05

北京师范大学中国古代散文研究中心专刊

北宋六家散文经典化研究

南宋金元时期（1127—1279）

裴云龙 著

商务印书馆
The Commercial Press

本书为 2014 年度国家社会科学基金重大项目
"中国古代散文研究文献集成"
(项目批准号 14ZDB066)成果

本书为 2018 年度国家社会科学基金青年项目
"元明时期唐宋八大家散文经典化研究"
(项目批准号 18CZW018)成果

总　序

中国古代散文从上古延续到晚清，是一座内涵丰富、数量庞大、亟待挖掘的学术宝库。在浩瀚的历史长河中，从经世济民、精思博学、传情言性，到描写社会、塑造历史、表现习俗，散文承担着其他文体难以取代的巨大的社会作用。从文献分类来看，经、史、子、集四部文献都以散文文体作为最核心的撰述方式，这就形成了一个以经部为源头，史部、子部分头并进，集部蔚为大观的古代散文世界。

中国古代的散文研究随着散文的产生而发生，历数千年而绵延不绝，表现出一些显著的文化特点：第一，与诗歌的"抒情性"不同，散文具有鲜明的"书写性"特征，在中国古代社会生活中发挥着广泛而巨大的实用功能，大量散文专书、别集、总集等盛行于世，上自贵族士夫，下至文人书生，通过对散文文本的编选笺释、教育讲授、阅读赏析，自觉并积极地参与散文研究，形成散文研究的普遍化特征；第二，从"知人论世"的研究方法出发，中国古代一直重视散文史料的搜集与编撰，从作家传记、作品评论到目录编制、资料汇编，形成了一座极其丰富的散文研究资料宝库，为散文研究打下了坚实基础；第三，同中国传统的包容性、随意性、领悟性的思维方式互为表里，古代的散文研究大多采用随笔式、杂感式的研究方法，研究成果多为随思、随感、随录而成的札记体、杂论体文章，散见于文人的交谈、书信、序跋、笔记、杂论等形式之中,甚至包含于文人的经学、史学、子学等著作之中,散文研究成果几乎无所不在;第四,古代的散文研究特别注重对散文文本内涵丰富性的深度发掘,注重勾连散文文本与社会生活、学术思想、文化习俗之间的密切联系,散文经典在不断阐释中被赋予生命,成为文学、文化、思想的重要载体和重要呈现,从而构建了开放而宏阔的散文研究格局;第五,由于散文具有实用性的"书写"功能,书写实践的需要促成历代文人乐此不疲地探究散文的写作体式(或表达方式),因此关于散文体式的研究成果数量庞大,内容丰富,论析细致,包括文体、篇体、语体、修辞、体貌等"散文写作学"的认知和辨析,足以构成中国古代"文章学"丰富而完整的话语体系。

由此可见,中国古代的散文研究观念和散文研究格局是相当宏通,也是相当开阔的。但是,20世纪以来,受到西方文学观念和现代文化思想的严重冲击,中国古代传统的"文学研究"发生了结构性变化。从总体上看,古代文学研究界更为热衷于记述和评论文学现象,探索和总结文学规律,而相对忽略对文学文献本身的整理与研究;而且在文学现象与文学规律的研究中,也更为偏重作家作品的评论与文学规律的总结,而相对忽略作家活动的记述与文学过程的梳理。具体落实到对论析中国古代的散文研究成果方面,学术界普遍倡导和实施散文批评史与散文理论史的建构,而相对忽略散文研究现象的描述与展现。所以大多数的研究成果,要么是断代的散文批评或散文理论研究,要么是某某作家或作家群(文学流派)的散文批评或散文理论研究。由于在根本上中国古代并没有出现过西方学术意义上的"纯文学"以及与之相伴而生的"纯文学观念"与"纯文学理论",因此散文批评史与散文理论史研究无论何等细致深入,都难免在不同程度上与中国文化传统及散文史风貌方枘圆凿。这种主动地将丰富多彩的古代散文研究成果狭隘化的学术视野,限制了散文研究的拓展和深入,一方面切断了与中国古代丰富而精彩的文学世界的联系,另一方面中断了与传统学术文化思想的对话。所以，20世纪以来的中国古代散文研究虽然努力开拓"审美空间""文学空间"，但是由于无法与中国古代深刻博大的审美精神与文化精神互相对话、互相融汇，不免导致散文研究长期以来一直陷入难以形成自身独立的价值体系、学术概念和研究方法的尴尬局面，在古代各体文学的研究中成为一个相对薄弱的环节。

毋庸置疑，散文是最具中华传统文化特色的文体形式，散文的功能、散文的类型、散文的写法、散文的美感，在中国古代都呈现出极为独特的表现形式，的确难以同古往今来的外国文学构成畅通无阻的文化对话。因此，20世纪以来，散文概念乃至散文研究观念长期处于古今分裂、中外对立的文化语境之中，致使研究者在现有的学科体系中，无法对中国古代的散文概念、范围、研究观念等进行有效的界定和确立，在展开古代散文研究时常常感到无所适从。

我们认为，中国古代散文研究本质上属于历史研究，必须回归古代散文世界，并进一步回归古代散文所依存的学术世界和文化世界，在宏观、整体的视野下重新审视丰富多彩的古代散文现象，这样才能真正建立古代散文研究自足的话语体系和理论体系。正是有鉴于此，北京师范大学在2013年成立了中国古代散文研究中心，2014年申请了国家社科基金重大项目《中国古代散文研究文献集成》。从2016年开始，我们又陆续出版《北京师范大学中国古代散文研究中心专刊》，希望在广泛吸收前人的编纂经验和研究成果的基础上，全面而深入地整理与研究中国古代散文的文本文献与研究文献，在贯通古今、打通中外的文化语境中，提炼、总结、发挥、建构古代散文研究的理论与方法，进而为建构中华文化独特的理论框架、学术话语和叙述方式尽一份绵薄之力。

无论古今中外，不同思想、不同阶层、不同群体的人们都能够以散文作为表情达意的书写方式，在各类文体中，只有散文真正实现了最为充分的社会化、大众化，当今社会也仍以新媒体下的散文作为主要的表达工具，这一点是古今相通的。而且，散文又是一个多元并存的世界，不同的社会阶层、社会群体，不同思想的指导和表达，不同时代的创作，构成了一个多元的散文世界，这一点也是古今相通的。在这两个相通的基础上，散文的社会功能无疑是巨大的，理应引起研究界的高度重视。中华文化的核心载体是散文，散文具有丰富深厚的精神内涵和文化内涵，特色鲜明的表达方式和审美特征，是中华优秀文化精神价值的重要载体。作为一份极其宝贵的人类文化遗产，中国古代散文值得我们仔细地品读、深入地体验和充分地阐释，从中发掘中华优秀传统文化的宝藏，为世界文化的继承和发展贡献独具一格的中国智慧和中国价值。

北京师范大学的中国古代散文研究具有悠久的传统，并取得了丰硕的成果。已故的郭预衡教授集毕生心血，独立撰著出版了体大思精的三卷本《中国散文史》，享誉学界。郭预衡教授晚年还积极倡导并亲自主持北京师范大学重点学科建设项目"中国散文通史"。该项目于2003年立项，历经十年，最终于2013年出版了十二卷本《中国散文通史》。这是一部迄今为止最为深入、全面而系统地描述中国古今散文演变史的学术著作，以扎实的学术基础、丰厚的论述内容和全新的撰写体例，实现了对中国古今散文史的一次全新的建构。以这两部散文史著作为基础，在商务印书馆的鼎力支持下，《北京师范大学中国古代散文研究中心专刊》将提供一个坚实的学术平台，逐步推出本研究中心专职和兼职研究人员的学术著作，向学术界展现中国古代散文研究的新思想、新方法、新成果，为中华优秀传统文化的创新性发展和创造性转化做出贡献。我们热切期待学术界同仁踊跃加入中国古代散文研究的学术队伍，我们更热切期待学术界同仁对我们的研究成果提出宝贵的批评意见，帮助我们在中国古代散文研究领域"更上一层楼"。

郭英德

2016年8月10日

序

裴云龙博士是土生土长的北京人，也是土生土长的北师大人。从2004年9月进入北京师范大学文学院汉语言文学专业修读，到2015年6月获得北京师范大学中国古典文献学专业博士学位，在十一年的岁月中，云龙见证了北师大的稳步发展，北师大也见证了云龙的茁壮成长。这十一年是北师大日新月异、蒸蒸日上的时期，也是云龙从学术的初学者成长为学术弄潮儿的时期。

这些年来，我多次为北师大中国古代文学专业和中国古典文献学专业的研究生开设"中国古代文学史概论"课程，其中一项重要的研习内容，就是请研究生分别考察20世纪50、60、70年代出生的古代文学、古典文献学、古代文论专业优秀学者的成长历程，以便研究生"近距离"地观察"优秀学者是怎样炼成的"，以之为鉴，规划自己的学术人生。我想，回顾云龙这十一年的学习历程，也可以为我们提供"青年学者是怎样炼成的"这一命题的丰富启示，这对像他一样有志于学术的青年学子的成长，应当不无裨益。

在古往今来的学术史上，一位青年学者的成长，固然有赖于种种外在的机缘，所谓"时势造英雄"，这是毫无疑问的，但是更为重要的因素，还是有赖于青年学者个人持之以恒的努力。在任何时代，学术的道路都不仅沿途布满重重荆棘，而且前程充满种种"未知数"。要一路上"披荆斩棘"，最终步入"远大前程"，如果仅仅天真地指望"外力""外援"或"偶然的机遇""天赐的良机",那只能陷入不切实际的幻想,而只有付出艰苦的劳作,才能有所收获。在十一年的成长历程中,云龙正是凭借锲而不舍的努力,一步一个脚印地跋涉在学术道路上,终于为自己赢得了学术的"远大前程"。

2007年12月确定本科生毕业论文题目时,云龙选择以"论明代官吏在'三言'小说中的呈现"为题。为了撰写论文,他不仅重新细读"三言"文本,而且查阅了20世纪以来几乎所有有关"三言"的研究文献,并参阅了部分明代史著,撰写出数万字的论文。后来,这篇论文的核心部分经过反复修改,以"'三言'故事中明代官吏形象的文化阐释"为题发表,并为中国人民大学复印报刊资料《中国古代、近代文学研究》转载。

进入中国古典文献学专业硕士学习阶段以后,云龙这种"拼命三郎"似的学术进取精神愈益彰显。为了充实自身的学养,云龙一方面继续元明清文学的修读,另一方面有意识地挑战自我,"扩大阵地",较为系统地阅读两宋历史、学术与文学文献,尤其关注中国古代学术与文学的密切关系,并逐渐形成自身独特的研究特色。

云龙选定宋代文学作为学位论文的研究对象后,便一头扎进卷帙浩繁的《朱子全书》和两宋时期浩如烟海的集部著作中,在文献的海洋中学习游泳,最终熟能生巧,形成了一套自身的阅读方法和研究方法,即细读文献——类编资料——提炼论题——解决问题。云龙的硕士学位论文《论朱熹对苏轼文学及学术的接受》如期完成,并得到答辩委员的一致好评,因此获得北师大优秀毕业研究生的荣誉。

2013年9月,他如愿获得本年度国家留学基金管理委员会资助,以"外国人共同研究者"身份,前往日本京都大学,接受半年的联合培养。在此期间,他得以近距离地接触日本学术,结识日本研究中国古代文学的优秀学者，阅读与学业相关的日文学术文献，大大拓宽了学术视野，增强了学术实力，提升了学术水平。

进入博士学习阶段以后，云龙选择了以"北宋六家散文的经典化研究(1127—1279年)"作为研究课题。这对他来说又是一次新的艰难的挑战，虽然他已较为广泛地涉猎了两宋历史、学术与文学的相关文献，但在北宋六家中，他精读过的只有苏轼一家的别集，其余几家都需要重新检读第一手文献。但是云龙仍然一以贯之地以"明知山有虎，偏向虎山行"的倔劲和韧劲，并且抱定"要做就做最好"的信念，全力以赴地投入博士学位论文的阅读、构思与写作之中。

云龙博士学位学习的结晶，就是目前呈现给读者诸君的这部专著《北宋六家散文经典化研究：南宋金元时期(1127—1279)》。虽然博士论文的完成过程已是五年多以前的事情了，但是云龙在阅读、构思、撰写论文过程中的彷徨、困惑、沉迷、执着、欣喜、欢悦等等的情感动荡，对我来说，迄今还历历在目。2016年，这篇论文获评北京师范大学优秀博士学位论文。值得欣慰的是，2018年，云龙顺利地申请获批了国家哲学社会科学基金青年项目"唐宋八大家散文在元明的经典化研究"，将我多年以来一直倡导的博士学位论文选题应"可持续发展"的设想付诸实践。

众所周知，有关"文学经典"和"经典化"的理论是现代西方学术的舶来品，但是近二十年来，中国学术界已经较为娴熟地将西方现代学术与中国传统学术"无缝对接"，形成一整套行之有效的"经典"研究理论与方法，并且成功地用以阐释、重构中国古代乃至现代的文学经典。尤其是詹福瑞的专著《论经典》，童庆炳、陈文忠、吴承学、张新科等人的相关学术论文，以厚实而又新锐的研究成果，有效地推进了中国文学经典研究的"本土化"进程。云龙也是这一学术趋向的优秀的实践者。

任何经典的生成，都由两种最为重要的动因促成：一种是客观的时间洗礼，一种是主观的文化建构。时间的流逝形成客观的历史过程，而文化的建构则形成主观的历史过程，二者相互作用，在斑驳绚烂的文化产品中，披沙拣金，最终筛选出一批经典，垂范后世。在这两种动因中，时间的洗礼是不以人的意志为转移的，而文化的建构则成为权力、道德、思想、学术……各种话语力量竞技夺标的场域。因此，"经典化"及其演进历程，就充满着种种可能性。经典的发现、标榜、解读、定位、传播、接受、重构……向人们展示出一幅风云诡谲、五彩缤纷的历史画卷。

由此可见，主体的知识、文化、情感、表达等多种因素的合力，是经典之所以生成、定位、增殖的内在动因。同理，主体的知识、文化、情感、表达等多种因素的合力，也是一位青年学者锻炼、成熟、进步的内在动因。我相信，云龙在对北宋六家散文经典化历程的学术研究中，一定融入了自身成长过程的深切体验，因此才能对这一课题情有独钟，体会深刻。我也相信，云龙的学术成长过程，作为"青年学者是怎样炼成的"这一命题的一种"经典答案"，一定会给其他有志于求学、有志于学术的青年学子以深刻而隽永的启示。

是为序。

郭英德
2019 年 9 月 2 日

目 录

绪 论 ·· 1
  第一节　论题阐释 ······································ 1
  第二节　相关研究成果回顾 ···························· 18
  第三节　研究思路与篇章结构 ·························· 41

第一章　儒家文学经典观念在南宋之前的演进 ············ 46
  第一节　儒家文学经典观念在北宋前的发展 ············ 46
  第二节　儒家文学经典观念在北宋的沿革及影响 ········ 77

第二章　"古文"传统的价值重估
  ——欧阳修、曾巩、王安石散文的经典化 ·············· 106
  第一节　欧阳修散文的多维解读 ······················ 107
  第二节　曾巩散文经典化与文道涵容 ·················· 135
  第三节　否定语境下的王安石散文接受 ················ 152

第三章　"苏学"的深度阐释
  ——"三苏"散文的经典化 ···························· 175
  第一节　苏轼散文经典性的重新建构 ·················· 176

  第二节　散文史视野中的"三苏"并称与苏学接受 …………… 203

第四章　经典系统的建构意义和生成机制 …………… 230
  第一节　建构意义 ………………………………………… 230
  第二节　生成机制 ………………………………………… 258

结　　语 ……………………………………………………………… 289

主要参考文献 ………………………………………………………… 298
后　　记 ……………………………………………………………… 313

绪　　论

第一节　论题阐释

本书的论题是"北宋六家散文经典化研究：南宋金元时期（1127—1279）"，即"唐宋八大家"散文中属于北宋的六家，如何在南宋及与之并列的金元时期（1127—1279），经由知识精英的建构而被确立为中国散文史上的经典。

本节将首先阐释这一论题本身所指涉的三方面内容。第一，在中国古代，什么是所谓的经典，"经典化"包含了一套怎样的行为过程？第二，中国古代散文经典包括哪些基本的共性，"唐宋八大家"代表了散文谱系中哪一种经典性的范型？第三，本书为何将研究的范围确定在南宋金元时期？

一、中国古代的"经典"与"经典化"

"经典"一词在现代的使用有些泛化，但在中国古代却有崇高的意义。根据《说文解字》的解释，"经"的含义是"织从丝也"，段玉裁注曰："古谓横直为衡从，《毛诗》云'衡从其亩'是也。字本不作纵，后人妄以代之，分别其音……织之从丝谓之经，必先有经而后有纬,是故三纲、五常、六艺,谓之天地之常经。"①自然,传授永恒道德与圣贤思想的学问就被称为"经学"。后来,儒家与佛家的典范性著作都被称作"经"书。"典",《说文》曰"五帝之书也",段注曰"三坟五典,见《左传》"②,《尚书》中将记录尧、舜言行的篇章称作《尧典》《舜典》,可见"典"一般用来形容具有庄重、崇高价值的文献。《尔雅》中解释道"典,经也",这就将"经""典"两字结合在了一起。《汉书·孙宝传》中讲述孙宝对汉平帝说"周公上圣,召公大贤。尚犹有不相说,著于经典,两不相损"③。可见,西汉时期人们已经很自然地用"经典"来指代记载先贤历史和言论的儒家书籍与文章。《汉语大词典》解释"经典"这一词汇的第一个义项"作为典范的儒家载籍"即源于此④。

在儒家典籍的系统中,较早产生的"五经"和后来形成的"四书"是其中最基本的经典。不过,与此有关的"经典化"的活动却有着复杂的背景和历程。汉武帝建元五年(前136),官方设立五经博士,使得"五经"成为了社会文化意义上的正统典范。这一经过士大夫长期努力并在帝王的主导下最终完成的"经典化"过程,成为了"儒生形成共同学术信念,也完成了汉世思想整合的儒学独尊运动"⑤。在经历魏晋南北朝时期政治动荡与文化芜杂的分裂局面之后,唐代初年的统治者组织孔颖达(574—648)等一批士大夫,以古文经学的理念对"五经"的诠释做了重新的整合,颁行天下的《五经正义》成为明经科考试的蓝本。不过,唐人并未对上述经典确立不同于以往的阐释体系,其对于儒

---

① [汉]许慎撰,[清]段玉裁注:《说文解字注》一三篇上,上海古籍出版社1981年版,第644页。
② [汉]许慎撰,[清]段玉裁注:《说文解字注》五篇上,第200页。
③ [汉]班固撰,[唐]颜师古注:《汉书》卷七七,中华书局1962年版,第3263页。
④ 汉语大词典编辑委员会、汉语大词典编纂处:《汉语大词典》(第九卷),汉语大词典出版社1992年版,第862页。
⑤ 陈逢源:《朱熹与〈四书章句集注〉》第一章,台北里仁书局2006年版,第10—11页。

家经典属性的定位也大多没有超越汉代经学家的视域。比如，孔颖达为《毛诗》和《春秋左氏传》所作的疏，都以毛传、杜注为基本依据，在"疏不破注"的原则下完成。另外，从陆德明（约550—630）《经典释文》对于"经典"书目的胪列和排序上，也可以看出初唐人对于"经典"含义的理解并没有足够的新见。《经典释文》所认定的"经典"包括《周易》《古文尚书》《毛诗》《周礼》《仪礼》《礼记》《春秋》《孝经》《论语》《老子》《庄子》和《尔雅》。其中，《老》《庄》两部子书也进入这一序列，且位居儒家的《尔雅》之前，这可能与唐代皇室高扬老聃的文化地位有关。另外，《论语》由于是"门徒所记"，所以其次序被编排在了《孝经》之后；而"五经"的顺序也简单地以伏羲、五帝、文王、周公、孔子这些所谓编述者的时代先后展开，并没有参考经书本身的意义、价值等更为复杂的因素①。

"四书"超越这一阐释体系被确立为新的经典，则是宋代之后的事情。"四书"当中，《中庸》《大学》是从传统经典《礼记》中筛选出的单篇文章，《论语》也早在唐代即被公认为经典，只有《孟子》此前一直被视为子部典籍之一。"四书"对"五经"的替代，特别是《孟子》的升格，是经学领域中更具革新性的一次经典化的行动。

中唐开始，以韩愈（768—824）为代表的儒学士大夫意欲摆脱经学家成说的束缚，自行探索儒家经典的思想价值，他们在这一动机之下开始大力褒扬孟子，认为"尧、舜、禹、汤、文、武、周公、孔子"所接续之"道"在孟轲（约前372—前289）之后"不得其传焉"，因而只有在孟子那里才能接续真正的儒家道统。到了北宋时期，孟子的重要性得到了越来越多的重视。孙复（992—

---

① ［唐］陆德明撰，黄焯汇校：《经典释文汇校》卷一《序录》"次第"，中华书局2006年版，第5—6页。

1057)、石介(1005—1045)等人都多次在韩愈所提及的"道统"语境下谈及孟子的历史价值①。范仲淹(989—1052)"先天下之忧而忧,后天下之乐而乐"的济世情怀也能从孟子的"乐以天下、忧以天下"言论中找到精神的发源。此后,王安石(1021—1086)以"他日若能窥孟子,终身何敢望韩公"自况,且在其推行的熙宁新政中将孟子配享庙庭、列入科考②。对于孟子的推崇,也在程颢(1032—1085)、程颐(1033—1107)的言论体系中有突出的表现,他们说过"学者当以《论语》《孟子》为本。《论语》《孟子》既治,则六经可不治而明矣"③,使得孟子在理学家的思维世界中也占据了重要的地位。

在《孟子》经典化过程中作用最为突出的,是朱熹(1130—1200)《四书章句集注》的完成。朱熹通过新注《孟子》原文,对《孟子》的文化内涵提出了新的理解。北宋时期,李觏(1009—1059)、司马光(1019—1086)等学者提出过诸如孟子无视周王室权威、对

---

① 宋孙复在《上孔给事书》中概括孔子的文化贡献"出乎伏羲、神农、黄帝、尧、舜、禹、汤、文、武、周公也远矣",孔子之后"得其门而入者……唯孟轲氏、荀卿氏、扬雄氏、王通氏、韩愈氏而已"(曾枣庄、刘琳主编:《全宋文》卷四〇一,上海辞书出版社、安徽教育出版社2006年版,第19册,第292页);石介在《读原道》中将《孟子》与《书》《周礼》《春秋》并列,称"《书》之《洪范》,《周礼》之六官,《春秋》之十二经,《孟子》之七篇,《原道》之千三百八十八言,其言王道尽矣"([宋]石介著,陈植锷点校:《徂徕石先生文集》卷七,中华书局1984年版,第78页)。

② 元脱脱等撰《宋史》卷一〇五《礼志·吉礼八》载熙宁七年,"礼官言……'孟子于孔门当在颜子之列,至于荀况、扬雄、韩愈皆发明先圣之道,有益学者,久未配食,诚阙典也。请自今春秋释奠,以孟子配食,荀况、扬雄、韩愈并加封爵,以世次先后,从祀于左丘明二十一贤之间'"(中华书局1985年版,第2549页)。《宋史》卷一五五《选举一》载熙宁年间的科举改革,"罢诗赋、帖经、墨义,士各占治《易》《诗》《书》《周礼》《礼经》一经,兼《论语》《孟子》"(第3618页)。

③ [宋]朱熹:《四书章句集注·读论语孟子法》,中华书局1983年版,第44页。

国君态度傲慢等质疑①，朱熹在其解读中回应了这些看法，认为时代形势的改变决定了周王室在士人心中的地位已经变化，且臣子对君主的反叛必须满足"在下者有汤武之仁，而在上者有桀纣之暴"的基础条件；并且，朱熹从人心决定天命的归属、君臣以道义结合、人性本善、传承道统等多个视角，解释了《孟子》文本的含义，由此对《孟子》的文化价值做了全新的定位②。南宋宁宗嘉定五年(1212)，《论语集注》与《孟子集注》被列入学官，对《孟子》的重新经典化工作宣告彻底完成。"四书"取代了"五经"，新的儒学经典体系也宣告确立。

"五经""四书"体系的确立以及《孟子》经典属性的提升过程，可以为我们提供一个参照的样本，使我们了解一种文化典范是如何被塑造的。所谓一部或者一系列著作的"经典化"，大体上需要由哪些行为来共同构成？根据对前述内容的梳理，可将这一系列过程大致归纳为如下步骤。

首先，经典的发现和标榜。这是经典化的源头和基础。一部文献在思想史、文化史、文学史上获得最为卓越、突出的地位，是从什么时期起源？最早由哪些人、在何种语境下为一篇文章或一部著作赋予其经典属性？这些是需要梳理并解答的问题。例如，《孟子》获得其作为儒学道统谱系传承者的经典属性，最早可以追溯至中唐时期韩愈、李翱(772—841)等人的论述。

---

① 宋邵博在《邵氏闻见后录》卷一二中摘录了李觏批判孟子的一些言论，诸如"孟子曰：'五霸者，三王之罪人也。'吾以为孟子者，五霸之罪人也。五霸帅诸侯事天子，孟子劝诸侯为天子。苟有人性者，必知其逆顺耳矣。孟子当周显王时，其后尚且百年而秦并之。呜呼！孟子忍人也，其视周室如无有也"(中华书局1983年版，第92页)。宋司马光在《疑孟·孟子将朝王》中批评孟子对诸侯国君的态度，"夫君臣之义，人之大伦也。孟子之德孰与周公？其齿之长，孰与周公？周公之于成王幼，周公负之以朝诸侯。及长而归政，北面稽首，畏事之，与事文、武无异也。岂得云彼有爵，我有德齿，可慢彼哉"(曾枣庄、刘琳主编：《全宋文》卷一二二一，第56册，第186—187页)。

② 对这一历史脉络更为详尽的论述，参见陈逢源《从"政治实践"到"心性体证"：朱熹注〈孟子〉的历史脉络》，《东吴中文学报》第20期，2010年11月。

其次,经典的解读和定位。应该说,被发现、标榜出的"经典"并不会在此前完全湮没无闻,然后在某一时刻被陡然发现;被"经典化"的著作,应该说在此前已经大体具备了被普遍承认且有比较突出的文化意义,但其价值属性一直没有得到完整、深入的阐释,人们对它的认识具有一定局限。因此,后世某一时期的读者感到有必要以新的视角解读这部著作,由此重新确定其经典属性。比如,孟轲早在《史记》中即已单独列传,《孟子》一书在西汉时就有了赵岐为其所作的章句,在晚唐时更有皮日休(约838—约883)请求将其列入科举[①],但这些都不是对《孟子》文本含义与文化内涵的全新解读,因此也就没有在新的高度上赋予《孟子》以经典的属性。直至朱熹采用"心性""道统"的视角对《孟子》加以重新理解、重新定位,并且澄清了与之相关的诸多争议之后,《孟子》才在"四书"这一体系内被彻底"经典化"。解读与定位的过程应该是"经典化"系列活动的核心。

再次,经典的传播。这是"经典化"最终完成的一步。经典著作本身以及解读者对经典著作的解读、定位方式,都需要向社会传播,通过传播得到知识精英的广泛认同。这一方面需要有众多支持者、协作者的共同参与,另一方面也需要在政治、文化的语境中得到来自权威的支持。例如,初唐时期古文经学对于儒学经典著作的解释权,就是在帝王与一批具有相同知识背景的文人士大夫的共同作用下,通过《五经正义》的颁行而完成的;而《孟子》通过《四书章句集注》获得其经典地位,得益于南宋理学发展这一特殊的文化背景——理学型的士大夫运用理学思想,借助文化活动传播了他们关于《孟子》思想的理解,并且

[①] 唐皮日休《请孟子为学科书》言:"臣闻圣人之道,不过乎经。经之降者,不过乎史。史之降者,不过乎子。子不异乎道者,孟子也……伏请命有司去庄列之书,以孟子为主,有能精通其义者,其科选视明经,苟若是也,不谢汉之博士矣。"([清]董诰等编:《全唐文》卷七九六,中华书局1983年版,第8350页。)

《孟子集注》也在最高统治者的批准下被列入学官，得到政治权威的认可，这些因素共同促进了《孟子》作为儒学经典的进一步传播。

这里所列举的"经典化"的行为步骤，体现的是一个逻辑的过程。在实际的操作中，三个步骤有时会交错、重叠。经典的标举者在肯定、赞扬一部著作的价值时，经典的解读者在向他人传授、分享自己的阅读体验时，这些过程本身即已发挥了传播经典的效用。另外，在对经典的解读和传播的过程中，质疑、批判的力量同样发挥了重要的作用。阅读者针对一部典籍或作品中的某些问题和倾向，提出质疑、否定的观点，一方面更加全面、客观地呈现了经典本身的面貌和影响，另一方面也可以引起不同观点之间的争鸣与交流，使得经典的属性在接受者的视野中被逐步改变。前述《孟子》经典化的过程中，李觏、司马光等人对《孟子》思想的质疑以及朱熹的思考和回应，也构成了这一历史进程中的重要环节。吴承学将这些质疑、否定的因素命名为"反经典"，并列举了《离骚》及潘岳、谢灵运诗歌的接受史作为例证，认为"反经典""蕴涵在经典自身之中，与经典的品质、经典的形成过程、经典的创作心理与接受心理密切相关"①。因此考察一部著作的"经典化"，就必须关注伴随其中的"反经典"因素。总体来说，众多文化因素或者说众多文化场域的相互作用促成了"经典化"的最终完成。

经学著作的"经典化"历程揭示了中国古代典籍走向经典的一般规律，这一规律也适用于文学作品的经典化。不过与纯粹属于经部的典籍相比，中国古代文学作品所指涉的范围更加广泛、驳杂，传播经典的形式更为丰富多样，作家别集的刊刻与流传、文学选本的编纂都属于这一范畴。另外，后代作家对前代作家写作

---

① 吴承学、沙红兵：《中国古代文学的经典与反经典》，《文史哲》2010年第2期。

风格的借鉴、模仿和超越,也证明了被借鉴和被模仿者具有典范的价值,而借鉴、模仿和超越的过程本身也体现了对前代经典的吸收和传播,比如宋初诗人写作的晚唐体、白体、西昆体诗歌,以及"江西诗派"作家群体对杜甫诗歌的模仿等,都属于白居易、李商隐、杜甫及晚唐诗歌"经典化"进程中的重要环节。

二、中国古代散文经典与"唐宋八大家"

"经典"一词具有较为明显的经学色彩,而中国古代的"文学"与经学虽有交集但毕竟不同,因此中国古代的"文学经典"似乎只能做一种模糊的定性。一方面,今天我们所说的"文学"是艺术的一个分支,一般是指以语言为媒介的审美意识形态,但是中国古代却不存在与此完全等同的"文学"概念,古人认为的"文学"基本上包含了文史知识、思想文化、作者情感、语言艺术等多重要素;另一方面,很多中国古代的经典文章、经典著作,尽管今天被我们在"文学史"上大书特书,但其在当时的主要价值未必体现于今天所谓"文学"这个层面上。因此,对于中国古代所有的"文学经典",我们可以将其理解为在知识、文化、情感、表达等多重维度上被广泛接受的文章、著作。

在中国古代所有"文学经典"的内部,如果按照现代文体的四分法来区分,对"散文经典"来下定义似乎更具难度,因为"散文"这一概念本身就存在诸多争议。并且,中国古代的"散文"概念,又与现代文学意义上的审美散文不同,它涵括了中国古代卜辞、铭文、传记、碑志、书信、札记、诏令、奏折、政论、史论、八股文等所有应用性、议论性的文章,广义的古代散文也包含了骈文与辞赋。不过,自南宋开始,大量"文话"类的著作开始问世,这说明古人对于散文创作的规范与技法问题已经积累了不少的心得。另外,当代学者对什么是中国古代经典散文这一问题,还是基本上能够做出大体一致的回答:20世纪以来多部散文史著作相继问世,其中

收录的散文作家、作品基本上是相似的①。当代人对于中国古代经典散文的选择与识别，也大体上承袭了古人建构的经典体系与

---

① 20世纪第一部分体的散文通史应为陈柱《中国散文史》（东方出版社1996年版）。20世纪末郭预衡《中国散文史》（上海古籍出版社2011年版）列举的散文经典有了大幅度扩充，但基本上是以陈柱为基础。参照两书目录列表如下：

分类	陈柱《中国散文史》	郭预衡《中国散文史》
先秦散文经典	"学术大师孔老之散文" "史传家左丘明之散文" "阴阳家之散文" "墨家墨子之散文" "儒家孟荀之散文" "道家庄周之散文" "法家韩非之散文" "名家公孙龙子之散文" "杂家之散文" "纵横家苏张之散文" "钟鼎文学家之散文"	"《易传》哲理之文" "老庄谈玄论道之文" "《山海经》的传奇志异之文" "屈原、宋玉的赋体杂文" "春秋战国之史（《春秋》《国语》《左传》《战国策》）" "私家著述（《论语》《墨子》《孟子》《荀子》《商君书》《韩非子》《孙子》《公孙龙子》《管子》《吕氏春秋》）"等
汉代散文经典	"辞赋家之散文（贾谊、司马相如）" "经世家之散文（晁错、赵充国）" "史学家之散文（司马迁、班固）" "经学家之散文（董仲舒、刘向）" "训诂派之散文（郑玄、许慎）" "碑文家之散文"	"歌颂之赋（枚乘、司马相如等）" "牢骚之赋（贾谊、董仲舒、扬雄等）" "总结历史经验时期之文（贾谊、晁错等）" "罢黜百家时期之文（董仲舒、司马迁等）" "文风复古时期之文（刘歆、扬雄等）" "揭露时弊时期之文（王符、荀悦等）" "史传文章（《史记》、《汉书》等）"
唐宋散文经典	"古文大家韩柳之散文" "韩门难易两派之散文（皇甫湜、李翱）" "宋古文六家之散文（欧阳修、曾巩、王安石、苏洵、苏轼、苏辙）" "道学家之散文（程颐、朱熹）"等	"韩愈的用世之文" "柳宗元的用世之文" "永贞前后的用世之文（李翱、皇甫湜、刘禹锡等）" "庆历新政前后之文（包括'欧阳修的道德文章''曾巩的儒者之文'等）" "熙宁变法前后之文（包括'王安石的政事和文章''司马光的学者之文''苏洵的纵横驰骤之文''苏轼的行云流水之文''苏辙的汪洋澹泊之文''周、张的讲学之文''二程的讲学之文'等）"

经典观念。

在浩如烟海的中国古代散文中,各个时代都留下了影响深远,令后人耳熟能详的经典作品,几乎涵括了各种文体。经过初步的回顾与审视,我们可将中国古代散文经典的共性概括为如下方面。

首先,古代经典散文应该在历代文章选本和散文批评的话语体系中占据重要的位置。文学选集的入选篇目,以及文学批评、史论中的话语,是衡量文学作品经典价值最基本、最直观的依据。先秦至唐宋的诸多经典散文,都被《文选》《文苑英华》《文章正宗》《古文辞类纂》《古文观止》等各个朝代的文章选本共同选入,也被历代知识精英在文章写作、文章批评、学术思辨等诸多语境中持久、深入地讨论与研析。因此,中国古代的文章选本和各种"文话"文本,是考察古人散文经典建构体系与观念的重要资源。

其次,古代经典散文的文化价值可能不止于文学层面,而是在政治、思想、历史等多个文化维度中都具有丰富的典范意义。按照中国古代对于文献典籍的四部分类,文学作品大多属于集部,而许多经典散文则在经部、史部、子部中均有所分布,例如先秦的诸多典籍,以及汉代、魏晋南北朝的子史文献等;甚至集部中的不少经典散文也具有这一特点,比如韩愈的《原道》等系列文章体现了中唐时期儒学思想发展变化的特点和趋势,柳宗元的《封建论》《非国语》等篇章在史学的场域中也具有探研的价值。可以说,中国古代的许多经典散文既具有文学经典的特性,同时也属于历史研究、哲学思想史研究的重要文献。

再次,古代的经典散文应该至少为相应类别的散文写作树立范式。文学经典不可能只具有单方面的审美价值,而应当为后人的写作提供充足的借鉴与垂范。在中国古代的文化语境中,散文是现实应用性最强,并且根据不同场景的应用需求而包含文体最多的一大文类,因此经典散文在写法上的示范价值也最为突出。

以历史散文为例,《左传》为编年体通史的写作确立了范式,《国语》《战国策》为国别体史书垂范,而《史记》《汉书》则为后世所有纪传体正史的写作开创了体例、写法的参照和示范,类似的示例还包括《世说新语》对后世《大唐新语》《玉堂丛语》等志人笔记的影响等。《文心雕龙》在对各类文体写作经验的述论中,都回顾、征引了大量的经典作品,其中绝大部分都属于散文。写作体例与行文技法上的示范性与可借鉴性,是古代散文经典的一个重要特征。

"唐宋八大家"是古代散文经典中的重要部分。这八位散文作家及其作品的合称,几乎可被视为唐宋散文发展高度与成就的最突出代表。这一文学史称谓,人们从清代以来一直认为始自明初的文学批评家朱右(1314—1376)。《四库全书总目提要》在为朱右现存的文集《白云稿》作叙录时说:"右为文不矫语秦汉,惟以唐宋为宗,尝选韩、柳、欧阳、曾、王、三苏为《八先生文集》,八家之目实权舆于此。"[①]不过,《提要》中所说的《八先生文集》早已无存,但我们还是能够在《白云稿》中找到朱右对唐宋八大家理解与认识的一些文章。

朱右的《文统》是一篇类似于纲领性的史论文章。该文认为,文章的正统应该符合天地、人间的基本规律和纲常,因此儒家的典籍《书》《诗》《礼》《春秋》和孔子(约前551—约前479)、子思(约前483—约前402)、孟子的著述都属于文章的正统。汉代之后,延续这一传统的有贾谊(前200—前168)、董仲舒(前179—前104)、刘向(前77—前6)的政论和学术文章,司马相如(约前179—约前118)、扬雄(前53—18)的大赋,司马迁(前145—约前86)、班固(32—92)的史著。经历魏晋的"日流委靡"之后,唐代的

[①] [清]纪昀等总纂,四库全书研究所整理:《钦定四库全书总目》(整理本)卷一六九,中华书局1997年版,第2267页。

韩愈接过了"文统"的旗帜,"上窥姚姒,驰骋马班,本经参史,制为文章,追配古作",其后欧阳修成为了这一统绪在宋代的正传。朱右指出,在韩、欧生活的同时代,"柳宗元、王安石、曾巩、苏轼皆远追秦汉,羽翼韩欧,然未免互有优劣"①。"唐宋八大家"中的六位已在此处被提及。另外一篇文章《新编六先生文集序》中则将唐宋八家和盘托出,其中的"三苏"被合并为一家。该文所表述的思想基本上和《文统》一致,仍然视"六经"、孔孟、汉代的"载道之文"为终极的文学典范;唐宋的文章正宗以韩、欧为主,柳、曾、王、"三苏"为辅②。这一思想在其另一篇文章《潜溪大全集序》中也得到了表述。

朱右对唐宋八家的表述,可以给我们提供三方面的信息。第一,"唐宋八家"从总体来说是"六经"、孔孟以来文章"正统"的延续,承载了儒家基本的文化精神。第二,"唐宋八家"虽然是八位作家的并称,但其内部的地位、次序并不是完全等同的,唐代以韩愈为主,宋代以欧阳修为主,另外六人处于相对依从、辅助的地位;而在"三苏"当中,又以苏轼(1037—1101)为主,苏洵(1009—1066)、苏辙(1039—1112)的作用有时被忽略。第三,《潜溪大全集序》中补充了这样一段话,"濂洛以来,圣学未明,文愈难治,工辞章者或昧于理,务直述者或少文致,二者胥失之也。要之辞严而理阐,气壮而文腴,什无二三"③。可见,朱右对唐宋八家的标举并不单纯为了弘扬"理",而是基于南宋以来习文者思想阐发深度与文章修辞技能双重衰弱的现实,希望"文致"和"理"能够得到并行、兼顾的发展。因此,他承认尽管唐宋八家在不同方面"互有优

---

① [明]朱右:《文统》,《白云稿》卷三,王云五主编:《四库全书珍本》二集,台湾商务印书馆1971年版,第1—2页。
② 参见[明]朱右《新编六先生文集序》,《白云稿》卷五,王云五主编:《四库全书珍本》二集,第10—11页。
③ [明]朱右:《潜溪大全集序》,《白云稿》卷五,王云五主编:《四库全书珍本》二集,第26—27页。

劣",但将他们并称足以体现一种有原则的开放性和包容性,即思想教化与语言艺术、正统学说与文化个性的兼容。

本书将要探讨的主题是"唐宋八家"中属于北宋的六家如何被建构为经典。在北宋六家投身文化活动以及他们的文章被充分接受、研究的时代,韩柳并称的格局已经先期存在。韩愈在思想史上的贡献主要在于弘扬道统,其文学精神上承"六经",这早在北宋初期就已在士人的心中达成共识。然而柳宗元(773—819)所代表的文化符号却与韩愈有所不同。一方面,柳宗元没有将儒家圣贤与所谓的"道"完全等同起来,他在《封建论》中认为"夫天下之道,理安,斯得人者也",而历史格局的形成也是"非圣人之意也,势也"的运行结果①;韩愈的文章重在对道德的阐发和精神旗帜的树立,而柳宗元的文章则重在对历史、自然规律的冷静思辨,明代"唐宋派"的代表人物茅坤(1512—1601)在编选《唐宋八大家文钞》时也揭示道:"昌黎之文,得诸古六艺及孟轲、扬雄者为多,而柳州则间出乎《国语》及《左氏春秋》诸家矣,其深醇浑雄或不如昌黎,而其劲悍沉寥,抑亦千年以来旷音也。"②学术渊源的不同,自然也带来了文化个性、文学风格的差异。另一方面,宋初士人推崇韩愈,但对柳宗元的评价却在肯定之余也包含了一些非议,这主要集中于柳宗元在永贞革新中的立场及其《非国语》等著作的思想方面③,例如司马光在《述国语》中说:"柳宗元邪佞之人,智识浅短,岂足以窥望古君子藩篱,而妄著一书以非之。"④韩柳并称的古文系统,在坚守儒家精神总体原则的基础上也体现了包容性,在学术渊源上经史并重,在个性风格上则醇厚与峭刻交

---

① [唐]柳宗元:《封建论》,《柳宗元集》卷三,中华书局1979年版,第74—75页。
② [明]茅坤:《唐宋八大家文钞·柳柳州文钞引》,上海古籍出版社1993年版,第1册,第203页。
③ 参见〔日〕副岛一郎《宋人眼里的柳宗元》《宋人与柳宗元的思想》,《气与士风——唐宋古文的进程与背景》,王宜瑗译,上海古籍出版社2005年版,第1—61页。
④ 曾枣庄、刘琳主编:《全宋文》卷一二一八,第56册,第132页。

相辉映。

欧阳修、苏轼等宋六家散文被塑造为与韩愈、柳宗元两位前贤之文并称的经典,并在此基础上通过彼此的关联形成体系,应该说就是在这一并重经史,兼容多种文化个性的基调下实现的。茅坤对这六家散文文风的总体概括,已经比较鲜明地体现了个体的差异和总体的包容性。例如,他对王安石散文成就与特色的概括是"王荆公湛深之识,幽眇之思,大较并本之古六艺之旨,而于其中别自为调,镵刻万物,鼓铸群情,以成一家之言者也"①;描述曾巩(1019—1083)散文风格为"曾子固之才焰,虽不如韩退之、柳子厚、欧阳永叔及苏氏父子兄弟,然其议论必本于六经,而其鼓铸剪裁必折衷之于古作者之旨"②,可以看出王、曾散文主要以其学术思想的正统性进入这一经典体系。相比之下,他将苏洵散文的风格总结为"苏文公崛起蜀徼,其学本申、韩,而其行文杂出于荀卿、孟轲及《战国策》诸家,不敢遽谓得古六艺者之遗,然其镵画之议,幽悄之思,博大之识,奇崛之气,非近代儒生所及"③,总结苏轼的文风为"苏子瞻之于文,李白之于诗,韩信之于兵,天各纵之以神仙轶世之才,而非世之间学所及者"④,可见苏氏父子的文章得到认可的原因在于其突出的学识、才气和个性,与其对儒学正统思想的坚守和阐发力度并没有显著的关联。

多种思想渊源与个性风格的兼容,也使得这一经典系统在接受史中难免遭到各种争论和非议。这些争议其实在宋元时期就已经发端,并且一直延续到了清代。清人张伯行(1651—1725)在为《唐宋八大家文钞》作序时也表明了类似的观点,认为"此数公者,其离合醇疵各有分数,又不可不审择明辨于其间,而概以其立

---

① [明]茅坤:《唐宋八大家文钞·临川文钞引》,第2册,第1页。
② [明]茅坤:《唐宋八大家文钞·南丰文钞引》,第2册,第190页。
③ [明]茅坤:《唐宋八大家文钞·老泉文钞引》,第2册,第302页。
④ [明]茅坤:《唐宋八大家文钞·东坡文钞引》,第2册,第396页。

言而不朽者,遂以为至也。余故选其文而论之,不特以资学者作文之用,而穷理格物之功即于此乎在"①。另一位清代批评者沈德潜(1673—1769)则表示"八家之文,亦醇驳参焉者也",且有这样一段更为形象的概括:

> 宋五子(周敦颐、程颢、程颐、张载、朱熹——引者注)书,秋实也;唐宋八家之文,春华也。天下无骛春华而弃秋实者,亦即无舍春华而求秋实者。②

他认为熟读唐宋八家散文是领悟儒学道德真理过程中所必经的一个初期阶段,这就在一个新的视角之下承认了这一经典体系在思想教育层面上的积极意义。可见,其经典性不仅在于供读者品读、借鉴,还在道德、思想的领域里提供了反思的资源。

唐宋八家散文的经典价值,还在于为各种应用文体的创作提供写作上的借鉴。例如,茅坤在《唐宋八大家文钞》中,抄录欧阳修的散文侧重于其《新五代史》中的传记,而对上皇帝书、疏、剳子、状、表、启、书、论、序、传、记、神道碑铭、墓志铭、墓表、祭文、行状等多种应用文体基本上予以并重;对曾巩的文章最重序、记;对"三苏"的文章最重政论、史论。其后,清人储欣(1631—1706)以"奏疏、论著、书状、序记、传志、词章"六大文类为依据,分文体选录唐宋八家之文,名为《唐宋八大家类选》,目的是"为初学治时文者揣摹"③,秉承的也是这一思路。

概而言之,作为中国古代散文经典的重要部分,"唐宋八大家"在思想、精神上以秉承儒家"文统"为主流但也涵容了更广泛、

---

① [清]张伯行:《唐宋八大家文钞》卷首《原序》,商务印书馆1936年版,第1页。
② [清]沈德潜选,宋晶如注释:《唐宋八大家古文》卷首《叙》,中国书店1987年版,第1页。
③ [清]储欣:《唐宋八大家类选》,清乾隆乙巳年(1785)刻本,受祉堂梓行。

多元的学术渊源、知识体系和文化个性,具有供读者学习与反思的双重价值;在写作上为适用于多种社交场合的应用性散文文体提供了摹拟、借鉴的范本。

三、南宋金元时期对于北宋六家散文经典化研究的意义

"唐宋八大家"的称谓始于明代,但形成这一经典体系的理念标准却需要溯源至南宋时期。南宋政权存在于1127—1279年间,是先后与金、元并立于南北中国的偏安王朝。因此,本书将对1127—1279年间有关北宋六家散文经典化的历史过程进行全面的考察。这一历史时段对于北宋六家散文经典化有以下三方面的意义。

第一,南宋是首个对北宋六家散文做全面、整体性回顾的历史朝代。北宋王朝统治结束前16年(1112),宋六家中的最后一位苏辙离世,由此"北宋六家"或"唐宋八大家"彻底走入历史。1127年宋室南迁,这虽然不是政权的更迭,但国家的形势发生了很大的变化,史学家认为中国由此进入了"转向内在"的新阶段[①]。由此,刚刚走入历史不久的北宋散文六家,在文化转换剧烈,但政权和制度仍延续维持的语境和氛围中进入了知识精英的阅读视野。考察北宋六家散文成为经典的漫长历史过程,必须深入研究南宋这一起始性的历史阶段。同时需要指出的是,南宋时期的中国始终处于南北政权分立的格局状态,北方在13世纪上半叶还经历了金、元的易代。彼时南、北士大夫的学术背景和知识结构,在具有紧密关联的基础上也存在相当的差异。由此,本书尝试立足于南宋及与之同时存在的金、元文化场域,全面考察北宋六家散文的经典化过程和意义。

---

① 参见〔美〕刘子健《中国转向内在——两宋之际的文化转向》第一部分,赵冬梅译,江苏人民出版社2012年版,第1—19页。

第二，南宋是中国古代有关"文章学"发展取得突破的时期。一方面，在这一时期的南宋产生了大量的文章选本。既包括《皇朝文鉴》(1179年)、《新刊国朝二百家名贤文粹》(1196年序定)、《圣宋名贤五百家播芳大全文粹》(1190年序定)等集成性选本，也包括《古文关键》《崇古文诀》《文章轨范》《文章正宗》《续文章正宗》等精选性选本。这些选本对历代散文都有所收录，而包括六家在内的北宋散文更是它们关注的焦点。其中，《古文关键》《续文章正宗》等选本所收录的北宋散文及篇目格局，已经和六家并称的体系相当接近。另外，以《古文关键》《崇古文诀》《文章轨范》为代表的散文选本都有明显的科举背景，编选者力图总结、提炼出其所录每一篇文章的技法特色，试图对科举应试者发挥指导之效。另一方面，中国历史上第一部文话类著作《文则》问世于1170年，而诸多笔记、子部书籍中也出现了针对散文阅读、写作的专题性论述内容。因此，从"文章学"的视角考察北宋六家散文的经典化，也必须关注到这一在文章学历史上影响深远的时代。

第三，南宋金元是理学思想发展成熟的时期。前述《皇朝文鉴》《古文关键》《续文章正宗》等与北宋六家散文经典化有密切关联的选本，其编选者吕祖谦(1137—1181)、真德秀(1178—1235)等人都可以被归为南宋理学家的范畴。同时，理学家中的集大成者朱熹也针对北宋六家散文的思想、内容与风格发表过诸多见解，包括对经典的标举与解读，也包括"反经典"性质的批判，从而对其经典化进程产生了重要的影响。朱熹的再传弟子王柏(1197—1274)也活动于这一历史时期，他的学术体系在清代《宋元学案》中从属于"北山四先生学案"，而明初"唐宋八大家"称谓的提出者朱右即出自这一学术脉络。另外，活动于北方、一般被认为是元代儒学家的郝经(1223—1275)生活于这一时期，另外两位自宋入元的理学家刘埙(1240—1319)、吴澄(1249—1333)在1279年南宋政权终结前也都具备了从事学术活动的基础知识和能力,他们的著述中均包含围绕北宋六家散文展开的评述,由此对其经典化的推进发挥了作用。总体来说,北宋六家散文的经典化进程中包含了理学思想这一重要的影响因素。这一现象已被诸多文学史家所发现并认可①。因此,考察北宋六家散文的经典化进程,有必要对活动于南宋金元时期并在这一进程中产生重要影响的理学家的学术主张和作用因素做深入的探索。

第二节 相关研究成果回顾

本节将从以下三方面综述国内外学界的既有研究成果:有关中国古代文学"经典化"问题的理论与实例研究;明清及近代知识界关于北宋六家散文在后世接受、影响状况的基本共识;当代学者围绕北宋六家散文经典化相关问题的研究。

一、有关中国古代文学"经典化"研究的成果

有关"文学经典"和"经典化"的理论是来自西方的舶来品。英国诗人、评论家艾略特(Thomas Stearns Eliot,1888—1965)较早探讨了"什么是经典作品"的问题。他认为经典文学作品的品质包括"心智的成熟、习俗的成熟、语言的成熟、共同文体的完善"四方面②。这是关于文学作品内在经典属性的探讨,所归纳的因素都属于文学自身内部的审美范畴。20世纪中期之后,"文化研究"的学者侧重从文学作品之外的社会因素及意识形态因素来研究文学经典化的要素及彼此关系,比如法国社会学家皮埃尔·布尔迪厄(Pierre Bourdieu,1930—2002)认为艺术作品价值的确立

---

① 参见许总《论理学与唐宋古文主流体系建构》,《文学评论》2005年第4期;束有春《理学古文史》第一、三章,大象出版社2011年版,第1—21、54—103页。

② 〔英〕艾略特:《什么是经典作品》,王恩衷编译:《艾略特诗学文集》,国际文化出版公司1989年版,第194页。

需要"一整套特定制度的出现",比如"展览场所(画廊、博物馆,等等)、认可机构(学院、沙龙,等等)、生产者的再生产机构(美术学院,等等)、专业化的行动者(商人、批评家、艺术史家、收藏家,等等)"等诸多因素的共同作用,因为"这些行动者具备了场客观上要求的配置与特定的认识评价范畴并能够规定艺术家及其产品的价值的一种特定标准"[1]。针对这一倾向,美国文艺理论家哈罗德·布鲁姆(Harold Bloom,1930—2019)坚持捍卫文学审美要素的本位性,认为形成文学经典性的因素应包括由"娴熟的形象语言、原创性、认知能力、知识以及丰富的词汇"等诸多内容所构成的"混合力",而"强有力的文学原创性"应最为重要[2]。他的力作《西方正典:伟大作家和不朽作品》中列举了26位被认定为"正典"的作家,其中莎士比亚(William Shakespeare,1564—1616)被视为"经典的中心"。布鲁姆认为,莎士比亚作品的特色在于"不受过多的道德与宗教约束",而"独特地同时展示了艰深和浅显的艺术",以"普遍适用的表现方式"得到了社会各阶层大多数观众的喜爱;以及"对人物和个性及其变化多端的表现能力",其戏剧中的人物"不管是正角还是反角,都消解了戏剧和自然之间的界限"。因此,莎士比亚的作品以其"能够超越一时之社会需求及特定成见的某种价值观"而居于经典的核心地位[3]。

西方理论家也关注过中国文学的经典化问题。20世纪90年代,荷兰文艺理论家佛克马(Douwe Fokkema,1931—2011)、蚁布思(Elrud Ibsch)在北京大学的演讲稿《文学研究与文化参与》中提到了中国文化史中文学经典随社会的近代化变迁而"剧烈变

---

[1] 〔法〕皮埃尔·布尔迪厄:《艺术的法则:文学场的生成与结构》,刘晖译,中央编译出版社2011年版,第275页。
[2] 〔美〕哈罗德·布鲁姆:《西方正典:伟大作家和不朽作品》,江宁康译,译林出版社2005年版,第18、20页。
[3] 同上书,第43、45、46、53页。

动"之问题①。同时,中国本土的理论学者在西方文学理论的指引下,试图剖析一些中国古代文学经典化的个案,或者借助中国的材料来验证、拓展经典化的理论。这其中,童庆炳(1936—2015)将文学经典建构的因素概括为艺术价值、可阐释的空间、意识形态和文化权力的变动、文学理论和批评的价值取向、特定时期读者的期待视野、发现人(又可称为"赞助人")六个方面,并以此剖析了《红楼梦》的经典化问题②。李玉平借助《文选》《河岳英灵集》等中国古代的诗文选本来研究文学选集在文学经典生成历程中的作用③。普慧认为,文学经典的建构必须具备多种因素,首先要拥有成为经典的内蕴并经历时间和空间的检验、过滤和筛选,特别是后世接受者的积极参与、诠释或改造、提升;经典传播的过程也不局限于精英人士,而更多和大众以及新旧媒体紧密联系在一起④。

近 15 年以来,以"经典化"的理论视角来解读中国古代文学史、接受史的范例逐步增多。陈文忠曾以《孔雀东南飞》的接受史来考察中国古代长篇叙事诗的经典化问题⑤。该文采用将作品"自身的艺术潜质和美学价值"与"特定的历史条件与审美文化因缘"相结合的方式,但《孔雀东南飞》这一个案的接受史是否足以代表整个中国古代叙事诗的经典化历程,还有待斟酌。另外,如何把握"接受史研究"与"经典化研究"的界限,还应进一步思考。

---

① 〔荷兰〕佛克马、蚁布思:《文学研究与文化参与》,俞国强译,北京大学出版社 1996 年版,第 45—47 页。

② 参见童庆炳《文学经典建构诸因素及其关系》,童庆炳、陶东风主编:《文学经典的建构、解构和重构》,北京大学出版社 2007 年版,第 80 页;童庆炳《〈红楼梦〉、"红学"与文学经典化问题》,《中国比较文学》2005 年第 4 期。

③ 参见李玉平《多元文化时代的文学经典理论》,南开大学出版社 2010 年版,第 53—78 页。

④ 参见普慧《文学经典:建构、传播与诠释》,《文学遗产》2018 年第 4 期。

⑤ 参见陈文忠《"长篇之圣"的经典化进程——〈孔雀东南飞〉1800 年接受史考察》,童庆炳、陶东风主编:《文学经典的建构、解构和重构》,第 293—307 页。

近年来，詹福瑞的著作《论经典》认为文学经典的内在属性应包括传世性、普适性、权威性、耐读性、累积性，其建构过程与政治、媒体、教育、大众阅读都存在密切、复杂的关系[1]；又指出文学经典分为"原生层"以及"包括整理与注释文本、评点与批评文本"的"次生层"，从而以"阅读史"的视角梳理了中国文学经典的"累积性"问题[2]，并对李白诗歌在唐宋时期的经典化问题进行了个案考察[3]。

其实，"经典化"研究的确应该在接受史的基础上展开，对标举经典、传播经典等因素的研究都属于接受史的范畴。然而，"经典化"的核心应是对文学作品经典属性的理解与定位，这一方面需要理解经典作品独特的个性品质，另一方面需要在后代的接受史材料中找到与作品经典性特质彼此契合或转移、偏转的因素。美国华裔汉学家孙康宜探讨过包括《楚辞》、陶潜（365—427）、王士禛（1634—1711）、明清女性作家等中国古代作品、作家经典化的多个个案。对于陶潜，孙康宜探讨了自六朝至清代的漫长历史中，其典范性文化人格由单纯的隐逸者向政治忠贞者和生活率性者两个方面延伸的情况，指出不同时代的解读者试图从中挖掘不同的经典属性，以及其中的误读因素[4]。对于屈原（约前342—前278），孙康宜将其置于刘勰（约465—约520）的经典论框架下探讨，研究《文心雕龙·辨骚》篇对于屈原和《楚辞》经典化的作用。她在该文中运用了艾略特、布鲁姆等人有关经典作品应该具备美学原创性的论断，认为刘勰同时抓住《楚辞》与经学典籍的契合与分歧的多重要素，在精神与审美上赋予其"取镕经意，自铸伟辞"的经典特性；而这一特性在后世的诗歌写作中产生了深远影响，

---

[1] 参见詹福瑞《论经典》，人民文学出版社2015年版。
[2] 詹福瑞：《试论中国文学经典的累积性特征》，《文学遗产》2015年第1期。
[3] 参见詹福瑞《唐宋时期李白诗歌的经典化》，《文学遗产》2017年第5期。
[4] 参见〔美〕孙康宜《陶潜的经典化与读者反应》，《文学经典的挑战》，皮述平等译，百花洲文艺出版社2002年版，第3—19页。

使得"才高者菀其鸿裁,中巧者猎其艳辞,吟讽者衔其山川,童蒙者拾其香草"。不过,孙康宜认为刘勰的经典观也包含了所谓"历史退化观"的因素,没有对屈原影响下的六朝诗歌的价值给予足够的肯定①。在对王士禛诗歌经典化的探讨中,孙康宜结合了王士禛诗歌的内在特性及其在清初文坛的接受情况。她认为,王士禛诗歌典范性的擢升有赖于康熙皇帝(1662—1722在位)以及清初遗民诗人群体的褒扬;其获得肯定的内在因素,则主要集中于其神韵诗风所具有的含蓄特性,以及对古代诗歌传统的习得与继承,这些都符合儒家正统的诗教主张,也切合清初士人的文体追求;另外,王士禛热衷于对自己作品的结集出版,并拥有庞大的门生集团,这些也都促进了其诗歌的经典化②。在这篇文章里,孙康宜抓住王士禛神韵诗风所包含的内容及影响、接受状况,统合了王士禛诗歌经典化历程中的内部和外部要素。在对明清女性作家作品经典化的研究中,孙康宜主要总结了明清文人提升女诗人作品文化价值的策略,包括拉近其与《诗经》《楚辞》等古代经典的距离、将"清"的道德与美学内涵赋予女性作家等,由此引申到经典的生成机制、生成原因等理论问题③。

在西方学术背景下,孙康宜较为成熟地将英美学界关于文学经典的理论探讨运用于中国古代文学史研究的个案实践。孙康宜的上述研究基本以接受史为基础展开,将文学作品自身的经典属性作为贯通内、外要素的核心,由个案研究的体会上升至对理论的回顾和提升,也为更广泛地研究中国古代文学史上的经典化现象提供了借鉴。

---

① 〔美〕孙康宜:《刘勰的文学经典论》,《文学经典的挑战》,皮述平等译,第20—35页。

② 参见〔美〕孙康宜《典范诗人王士禛》,《文学经典的挑战》,皮述平等译,第36—62页。

③ 参见〔美〕孙康宜《明清文人的经典论和女性观》,《文学经典的挑战》,皮述平等译,第83—98页。

相比之下，中国本土文学史家对古代文学经典化的研究相对滞后。在孙康宜的系列研究被译为汉语并在国内结集出版之后的数年里，国内学界才出现了一系列有关中国古代文学经典化的理论和个案研究的单篇论文。吴承学《中国古代文学的经典》一文从西方理论以及儒家经典和文学经典的关系入手，从政治经济制度、文教制度、社会心理结构、作品形态结构四方面探讨了经典的形成过程，将中国古代文学经典的品质总结为成熟、广涵性、普遍性和中心性、标准、可重读性五方面，并把中国古代文学经典的类型划分为大－小经典、作家－作品经典、公开－公认经典、雅言－俗语经典、个人－公共经典、口头－书面经典、古代－当代经典七种①。这是一篇对中国古代文学进行经典化研究的概论。六年后，吴承学的另一篇论文《中国古代文学的经典与反经典》问世，该文将文学批评中的质疑、否定的声音命名为"反经典"，认为"反经典"也是经典化历程中的重要因素，会对经典起到必要的补充、激发作用，经典的正、反力量共同推动了作品的典范化②。在具体个案上，吴承学就《过秦论》的经典化问题做了通史性的研究。他认为，《过秦论》的接受史总体上呈现为由史学经典向文学经典转变的态势，具体表现为自魏晋开始被文章选本、类书和各类评论、模仿者所青睐，唐宋时被纳入古文体系，其结构、用典、风格、文体特色在宋代之后也从文章学的角度得到精细解读，同时《过秦论》的观点及其思想也受到过不少质疑和反驳，所有这些标举、解读、传播和"反经典"的要素构成了《过秦论》成为散文经典的历史③。

同时，张新科近年对于文学经典化的研究也颇具规模，其研究对象集中在对汉赋、《史记》等古代散文的经典化历程上。对于

---

① 参见吴承学、沙红兵《中国古代文学的经典》，《中山大学学报》（社会科学版）2004年第6期。

② 参见吴承学、沙红兵《中国古代文学的经典与反经典》，《文史哲》2010年第2期。

③ 参见吴承学《〈过秦论〉：一个文学经典的形成》，《文学评论》2005年第3期。

汉赋的经典化，张新科已发表数篇文章，既包括时代性的历史研究，也包括某种经典化方式的理论研究。针对汉赋在汉魏六朝、唐宋、元代、明代的经典化途径，张新科大多是从文学家的写作摹拟、文学选本的选择与建构、科举考试方向的引导和文论家的评点等几个基本点展开，有时也兼及史学家、政治家的态度和文集注释、类书摘引等方面①。另外，他还指出了"赋论"对于传播作品、引导读者发挥的经典化效用②，并总结了新时期我国学界对汉赋的进一步经典化的工作，在此基础上提出了具有现实意义的一系列新的思考③。与之类似和相关的研究成果，还有刘彦青关于《史记》《汉书》等汉代史传文学对汉赋经典化作用的探讨④。对于《史记》的经典化，张新科仍然从"审美效果史、意义阐释史、经典影响史"等方面做了纵向的历史梳理⑤，并以汉魏六朝为例，回顾了《史记》诞生后的命运和传播、接受情况，从经典影响史、经典阐释史的角度解析了汉魏六朝时期针对《史记》评论的各种特点，以及《史记》对彼时文学创作与理论的影响⑥；又以明代为例，深入阐述了《史记》评点在引导读者和解密文本方面所发挥的经典化作用⑦。

---

① 参见张新科《汉赋的经典化过程——以汉魏六朝时期为例》，《人文杂志》2004年第3期；《唐宋时期汉赋的经典化过程》，《陕西师范大学学报》（哲学社会科学版）2008年第1期；《元代科举对汉赋经典化的影响》，《南京大学学报》（哲学·人文科学·社会科学）2015年第1期；《汉赋在明代的经典化途径》，《文学评论》2012年第3期。
② 参见张新科《古代赋论与赋的经典化》，《陕西师范大学学报》（哲学社会科学版）2013年第2期。
③ 参见张新科、刘彦青《新时期对汉赋经典的重新建构》，《文史哲》2016年第5期。
④ 参见刘彦青《汉代史传文学在汉赋经典化过程中的作用——以〈史记〉〈汉书〉为中心》，《云南师范大学学报》（哲学社会科学版）2016年第2期。
⑤ 张新科：《〈史记〉文学经典的建构过程及其意义》，《文学遗产》2012年第5期。
⑥ 参见张新科《汉魏六朝：〈史记〉文学经典化的起步》，《甘肃社会科学》2016年第6期。
⑦ 参见张新科《〈史记〉文学经典化的重要途径——以明代评点为例》，《文史哲》2014年第3期。

此外，郭宝军从《文选》的编纂思想、隋唐新文学观的形成、科举改革与李善、五臣注本的出现等因素入手，研究了《文选》自南北朝至初唐时期经典化的演进历史[①]；马东瑶在其专著《苏门六君子研究》中列有"'苏门六君子'的典范化"这一专章，研究了苏门六君子自北宋至南宋，在"理学崇黜"与"君子、小人之辨"的接受史背景下成为文化典范的历程[②]。吕双伟在充分解析陈维崧骈文艺术特色的基础上，梳理了陈维崧骈文经典地位在清代由确立到消解的过程，并以此为切入点剖析了清代骈文宗尚观念的转化[③]。沙先一研究了龚自珍诗歌伴随着晚清、民国时期社会思想发生急剧变化的特殊历程完成其初步经典化，并最终确立其经典地位的历史[④]。

在正统诗文之外，学界近10年来对词、曲经典化研究也有所涉及，既包括对某一朝代词作、曲作的整体研究，也包括对单独作家词作的专门研究[⑤]。研究的方法也大多做到了对作品内、外要素的综合把握，既探究了研究对象成为经典的内在质素，也对文学选本、文学评点、创作摹拟等外部因素进行了综合分析。

另外，近年来也有一些研究着眼于某部经典文献或者某种重要的媒介、途径、方法，考论其推进某部或某类文学作品经典化进

[①] 参见郭宝军《试论〈文选〉经典化之可能与生成》，《文学遗产》2016年第6期。
[②] 马东瑶：《苏门六君子研究》，北京大学出版社2005年版，第157—203页。
[③] 参见吕双伟《陈维崧骈文经典地位的形成与消解》，《文学遗产》2018年第1期。
[④] 参见沙先一、赵玉民《定庵诗的经典化历程及其文学史意义》，《暨南学报》(哲学社会科学版)2016年第8期。
[⑤] 有代表性的论文包括韩立平：《张志和〈渔歌〉引发的风波——谈宋人对文学经典的改编》，《古典文学知识》2010年第4期；郁玉英：《姜夔词史经典地位的历史嬗变》，《文学评论》2012年第5期；曹明升：《纳兰词在清代的接受及其经典化要素》，《四川大学学报》(哲学社会科学版)2013年第6期；《论朱彝尊在清代词坛的接受及其经典化过程》，《南京大学学报》(哲学·人文科学·社会科学)2015年第6期；沙先一、张宏生：《论清词的经典化》，《中国社会科学》2013年第12期；夏明宇：《柳永词在宋代的传播与经典化》，《中国韵文学刊》2015年第4期；苏文健：《秦观词在两宋时期的经典化生成》，《北方论丛》2016年第4期；孙欣婷：《从清词总集看"清词三大家"的经典化生成》，《南京师范大学文学院学报》2017年第4期；高岩：《论元曲的自我经典化》，《民族文学研究》2017年第3期；等等。

程的过程或意义①,从而促进学界对适用于不同时代、类别的文学作品的经典化方式有了更加全面、立体、深刻的感知。

总体来看,借助西方的文学经典理论对中国古代文学作品进行"经典化"研究在最近 10 年里已初具规模,且得到越来越多的重视。但是,研究成果大多以单篇论文呈现,这一领域的研究专著目前尚未出现,研究的体系性还需完善;另外,目前的经典化研究也仅集中于少数几种文体和作品,文学史的视野也需要大力扩展。

二、明清及近代知识界关于北宋六家散文接受及影响状况的共识

对"唐宋八大家"的文学经典化研究目前仍属于这一领域内的盲区。然而,对于唐宋八家尤其是北宋六家在后世的接受情况在数百年前已被广泛关注。清末民初学者郭象升(1881—1939)曾多次明确指出,北宋六家是承载"唐宋八大家"乃至"古文"系统的文学史典范意义最为突出的文学经典体系。他在《五朝古文类

---

① 研究重要史论、文学史著作或诗文评文献在文学经典化方面作用的,有马君毅:《文学史教科书中的〈左传〉书写及其文学经典化——以民国时期为例》,《北京社会科学》2018 年第 4 期;许云和:《经典建构:〈隋书·经籍志〉总集的范式意义》,《文学遗产》2015 年第 4 期;葛志伟:《钟嵘〈诗品〉与中古五言诗经典谱系的建构》,《文学遗产》2017 年第 4 期;潘磊:《〈宋书·隐逸传〉的隐逸观与陶渊明形象的经典化》,《北京社会科学》2019 年第 5 期;周晓琳:《文学史书写与古代文学经典化路径的重塑——以关汉卿[南吕·一枝花]〈不伏老〉为考察中心》,《甘肃社会科学》2015 年第 2 期;李蔚:《现代视域中文学史著对〈红楼梦〉经典化的推进(1900—1949)》,《红楼梦学刊》2019 年第 2 辑,等等;研究文学选本对推进文学作品经典化功用的,有丁放:《唐诗选本与李、杜诗歌的经典化——以唐代至明代唐诗选本为例》,《文史哲》2018 年第 3 期;查洪德、袁梅:《唐诗选本经典性及相关问题的几点思考》,《中州学刊》2018 年第 1 期;王顺贵:《历代宋诗选本与"江西诗派"的经典化》,《社会科学战线》2017 年第 3 期,等等;研究评点、图像等手段或媒介对文学经典化效用的,有罗时进:《宋代图像传播对唐代诗人与作品的经典化形塑》,《文学遗产》2018 年第 6 期;曾超皇:《手批杜诗:杜诗经典化的重要一环》,《中国文化研究》2018 年秋之卷;胡琦:《词章趣味与经典重置:以〈檀弓〉批点为中心》,《文学遗产》2017 年第 4 期;诸雨辰:《被塑造的经典——清代文评专书中的归有光》,《求是学刊》2017 年第 2 期,等等。

案叙例·中》当中表示"世传'八家'之目,北宋有其六人,古文之道,北宋非能尽之也,然元、明、清三朝所谓古文名家,大抵以北宋为归,而操唐音者,动以异端见诋,盖几于歇绝矣"①。此外,他又曾在《文学研究法》中指出"学八家者,大抵志在北宋六家,未有能攀韩、柳者,与其谓之'八家派',毋宁谓之'北宋派'也"②。由此可知,至迟在清末民初时期,文学史家已经充分意识到,研究文学史传统中"古文"的文化价值和示范作用,必须首先对北宋六家散文的经典化历程有深刻的认知。

明清至近代虽然尚未形成明确的"经典化"概念,但已有很多阅读者共同注意到北宋六家或"唐宋八大家"散文经典地位的形成与南宋人的作用有密切关系,并对北宋六家散文在后世的接受与影响状况做了较为深入的研讨。他们在这方面的共识主要体现于以下三个方面。

第一,他们注意到了南宋文章选本与"唐宋八大家"谱系所建立的关系。虽然"唐宋八大家"的说法始于元末明初的朱右,但清代的研究者已发现,"八家"这一选录标准的雏形源于南宋时期的各种选本。清末叶元垲《叶氏睿吾楼文话》载童槐(1773—1857)于道光九年(1829)为其所作叙文道:

> 洎韩、柳诸公惧文之不古,而古文始名,然当时犹不甚区别。物至而反,乃有穆伯长、柳仲涂之尊韩,由是欧、苏、曾、王递建门仞。东莱之《古文关键》、西山之《文章正宗》,持论滋严,体制务一,要在原本六经,出入子史。朱右因之,遂定"八家",此唐宋以来又一大职志也。③

---

① 郭象升:《五朝古文类案叙例·中》,山西图书馆 1921 年藏书,第 3 页。
② 郭象升:《文学研究法·文派篇》,中山图书社 1932 年版,第 101 页。
③ [清]童槐:《叶氏睿吾楼文话叙》,[清]叶元垲编纂:《叶氏睿吾楼文话》,清道光十三年(1833)刻本,鹤皋叶氏藏板。

童槐认为朱右遴选出"唐宋八家"是南宋以来以"原本六经,出入子史"为标准甄选文章的自然结果,最具代表性的南宋选本则首推《古文关键》和《文章正宗》。清末,郭象升在其《五朝古文类案叙例》中亦提到"'八家'之目,世俗以为定自茅坤,或又以为昉于朱右,皆非也;盖南宋以来人人如是说矣",并以小字自注道"多读宋元文集、笔语自知",但他同时也指出宋元时期仅出现了"八家"这一经典系统的雏形而非全貌,具体表现则是"但所谓苏氏者,往往专指东坡,或间及明允,而子由不与也",直至明代"唐顺之《文编》,始多取子由之文"[①];又曾在《文学研究法》中指出"自吕祖谦等选录古文,皆以欧、曾、王、苏上配韩、柳;明初,临海朱右乃集退之、子厚、永叔、子固、介甫、明允、子瞻之文,为七大家;嘉靖时,唐顺之、茅坤又益以子由,而'八大家'之说始定"[②]。另外,日本学者海保元备亦在《渔村文话》中指出"八家之名目在《真西山读书记》中就能见到,可知早在宋代已有此称"[③]。由此可知,清末及以后的学者已经认识到,"唐宋八大家"这一经典体系是在吕祖谦、真德秀等南宋士人的观念基础上逐步形成的。这也从侧面说明,南宋时期应被视作唐宋八大家散文经典化研究的历史起点。

第二,他们在对"唐宋八大家"这一整体或对北宋六家进行个别评价时,基本上都秉承了与南宋批评者,尤其是理学家一致的观念和视角。

明代茅坤的《唐宋八大家文钞》中包含了现存最早的、关于"唐宋八大家"整体及其中各家的详尽评点与史论。茅坤认为唐宋八家的散文"材旨小大、音响缓亟虽属不同,而要之于孔子所删

---

① 郭象升:《五朝古文类案叙例·上》,第3页。
② 郭象升:《文学研究法·文派篇》,第101页。
③ 〔日〕海保元备:《渔村文话·唐宋八家》,吴鸿春译,王水照主编:《历代文话》,复旦大学出版社2007年版,第10册,第10106页。

六艺之遗,则共为家习而户眇之者也"。然而,他指出八家散文在贯彻儒家"古六艺之旨"的方面"不敢遽谓尽得"①。并且,对于北宋六家散文的优势与不足,茅坤也做了精到的评析,且与朱熹等人持近似的看法。例如他认为苏洵学问驳杂,故"不敢遽谓得古六艺者之遗"的体系②,这承袭了朱熹有关老苏"议论乖角""文字初亦喜看,后觉得自家意思都不正当"的表述③;对于苏轼,茅坤直接引用了朱熹的观点,表示"朱晦庵尝病其文不脱纵横气习,盖特其少时沾沾自喜,或不免耳"④;而曾巩得以入选八家之列,茅坤直言是由于"独朱晦庵亟称之"⑤,"朱晦庵尝称其文似刘向,向之文于西京最为尔雅,此所谓可与知者言,难与俗人道也"⑥。可见,茅坤认可"唐宋八大家"这一说法中包含了朱熹的思想因素,且基本认同理学家对苏轼等人的评价和态度。另外,明人编纂的许多文话中都包含了对南宋批评者重要观点的收录和征引。唐之淳(1350—1401)《文断》辑录的对包括唐宋八家在内的历代散文的评价,即包括朱熹、张九成(1092—1159)、谢枋得(1226—1289)等人的观点,以及摘录自《文章精义》《纬文琐语》《容斋随笔》《挥麈录》等书籍的内容⑦。明代理学家余祐(1465—1528)编纂的《朱文公游艺至论》也对朱熹文集以及《朱子语类》中关于评析北宋六家散文的内容做了翔实的整理和再现⑧。

清代许多论者对于"八家"作品的选录与评价中也体现了较

---

① [明]茅坤:《唐宋八大家文钞·原叙》,第1册,第14页。
② [明]茅坤:《唐宋八大家文钞·老泉文钞引》,第2册,第302页。
③ [宋]黎靖德编,王星贤点校:《朱子语类》卷一三九,中华书局1986年版,第3311页。
④ [明]茅坤:《唐宋八大家文钞·东坡文钞引》,第2册,第396页。
⑤ [明]茅坤:《唐宋八大家文钞·论例》,第1册,第16页。
⑥ [明]茅坤:《唐宋八大家文钞·南丰文钞引》,第2册,第190页。
⑦ 参见[明]唐之淳《文断》,陈广宏、龚宗杰编校:《稀见明人文话二十种》,上海古籍出版社2016年版,第52—105页。
⑧ 参见[明]余祐《朱文公游艺至论·文》,陈广宏、龚宏杰编校:《稀见明人文话二十种》,第113—129页。

为强烈的理学视角。例如沈德潜编选的《唐宋八大家古文》,在《叙》中明确指出八家的思想"醇驳参焉",且以"表章"六经的"宋五子"与之参照,认为"宋五子书,秋实也;唐宋八家之文,春华也",学习者应该"从事于韩柳以下之文而熟复焉,而深造焉",由此循序渐进,以至"去华就实,归根返约",既不应"骛春华而弃秋实",也不应"舍华就实,而徒敝敝焉"[1]。张伯行编选的《唐宋八大家文钞》,其理学观照的倾向也十分鲜明。他在《原序》中指出唐宋八家符合"其气昌明而伟俊,其意精深而条达,其法严谨而变化无方,其词简质而皆有原本;若引星辰而上也,若决江河而下也;高可以佐佑六经,而显足以周当世之务"的精神气质,故"卓然不愧大家之称",但毕竟只属于"因文而见道"的"文人之文",必然"折衷于道,则有离有合,有醇有疵",因此读者"不可不审择明辩于其间"[2]。针对具体的作家,张伯行高度认同朱熹对三苏文的评论,认为"苟惟苏氏之文是习,其不至为心术之坏也几希",因此在其选本中"老泉聊存一二,东坡、子由亦择其醇正者而录之,其多从小处起议论者不录"[3];他对曾巩则有明显的褒扬,认为他虽然如朱熹所云"初亦止学为文,于根本工夫见处不彻",但毕竟"深于经,故确实而无游谈;濯磨乎《史》《汉》,故峻而不庸,洁而不秽",因此足以"上下千古而卓然垂不朽于著作之林矣"。他认为,朱熹对义理的掌握"广大精微,发于圣心",又习得曾巩行文的"波澜矩度",故其文章能够"传以垂教万世"[4]。

若把以上明清选家对"唐宋八大家"的态度做总体考察,可以看出他们对唐宋八家散文赋予的"经典"内涵有比较明确的属性界限,即"八家"的经典性在于其气质的宏阔、情感的深厚、见识的

---

[1] [清]沈德潜:《唐宋八大家古文》卷首《叙》,第1—2页。
[2] [清]张伯行:《唐宋八大家文钞》卷首《原序》,第1页。
[3] [清]张伯行:《唐宋八大家文钞·三苏文引》,第1页。
[4] [清]张伯行:《唐宋八大家文钞·曾文引》,第1页。

广博和对现实的紧密关注,而在儒学思想的维度上,他们承认"八家"散文在总体上符合儒家先圣的文学写作宗旨,但在醇正的程度上仍有所欠缺,因此时常批评其思想的驳杂与局限。由此可见,明清知识精英对"唐宋八大家"的评判基本上仍在南宋理学家所确定的视域下展开。

在这些"唐宋八大家"选本的编创者之外,还有很多的学者在品读个别北宋散文家的创作时也坚持了理学的思维视角和评判观念。例如明人王守谦(生卒年不详)在《古今文评》中区分了"理学"与"文章"的场域界限,"迨宋五星聚奎,已兆理学大明之象,倘论文章家,其欧、苏、曾、王乎"[①]。清初王夫之(1619—1692)在《夕堂永日绪论外编》中严厉抨击苏洵,认为"心粗笔重,则必以纵横、名法两家之言为宗主,而心术坏,世教陵夷矣,明允其明验也",而曾巩、王安石等人亦各有瑕疵,"学曾子固,如听村老判事,止此没要紧话,扳今掉古,牵曳不休,令人不耐;学王介甫,如拙子弟效官腔,转折烦难,而精神不属"[②]。朱彝尊(1629—1709)在《与李武曾论文书》中认为宋文的文学史地位等同于唐诗,应为后代学者所宗,但"惟苏明允杂出乎纵横之说,故其文在诸家中为最下;南宋之文惟朱元晦以穷理尽性之学出之,故其文在诸家中最醇"[③]。张谦宜(1650—1733)在《𫄧斋论文》中指出"三苏"之文的优势在于"每发其识见所到,真如海啸山移,不可抵当",但其"晰理固不如程、朱之深细",且"凡其惑于佛道者定当斥绝,不得赞其妙语旷达";而曾巩的文章之所以得到朱熹的欣赏和效仿,在于其"循循经术,不敢为矜张豪横之说";就总体而言,八家散文对于经学"只是摹仿字句,用文作料,就中道理都未细心研究",尤其苏轼的经

[①] [明]王守谦:《古今文评》,王水照主编:《历代文话》,第 3 册,第 3123 页。
[②] [清]王夫之:《夕堂永日绪论外编》,《薑斋诗话》卷二,《船山遗书》,湘乡曾国荃同治四年(1865)版,光绪十三年(1887)重印,第 15 页。
[③] [清]叶元垲编纂:《叶氏睿吾楼文话》卷二,第 11—12 页。

解"极为背戾,皆不得曰知道"①。再如方宗诚(1818—1888)《读文杂记》中认为"宋贤之文,惟欧公有儒者气象,其次则曾子固,至王介甫、三苏皆非儒者气象"②,苏洵"学不知本,则论古今事理,乍听之甚正,切实求之则皆不可行"③,"东坡看圣道太浅,只就迹上比较,而不明天理之原"④,并且"苏子由诸论无一不是老子作用"⑤。这些观点完全体现了朱熹等人理学眼光在后世的强大影响。

上述评论往往带有较为明显的理学倾向,因此对北宋六家散文所承载的思想观念体现了较为明显的批判视角。但也有一些清代学者对理学家与北宋散文家的趣味差异持相对中立的态度。如李绂(1675—1750)《秋山论文》"四十则"中指出"文所以载道,而能文者常不允于道,知道者多不健于文",并举例说明"柳子厚、苏老泉父子能文,而论多驳杂","南宋诸儒多知道者,而文多冗沓,惟朱子宗仰南丰,笔力颇健,亦未能不冗也","能文而衷于道"者,"惟韩退之、李习之、欧阳永叔、曾子固四人耳"。因此,他认为正确的学文之道应该是将"韩、李、欧、曾四家之作汇为一书,学者以此四家文为主,庶不惑于权谋小数、佛老异端"⑥。可见,李绂的指导思想仍然不脱离理学家的文道观以及摈斥"权谋"与"异端"的基本观念,但他毕竟认识到了文章写作并非理学家所普遍擅长,在文学史观念上没有惟朱熹等人马首是瞻。另外,张秉直(1695—1761)在《张含中文谈·序》中肯定唐宋八家为"唐宋之大宗、初学之楷模",他们的文章属于与"理学之文"和"才子之文"都不尽相同的"作家之文"。张秉直认为,对唐宋八家的学习目的是

---

① [清]张谦宜:《𦈏斋论文》卷五,清代刻本,第12—16页。
② [清]方宗诚:《读文杂记》,《柏堂读书笔记》,桐城方氏志学堂清光绪元年至十二年(1875—1886)刻本,第7页。
③ 同上。
④ 同上书,第10页。
⑤ 同上书,第12页。
⑥ [清]李绂:《秋山论文》,王水照主编:《历代文话》,第4册,第3999—4000页。

"尽文章之法",学习时段应该列在熟读《左传》《史记》《汉书》使得"根柢立"之后。他还特别提到了几部南宋选本对学习八家文章的引导作用,包括楼昉《崇古文诀》、吕祖谦《古文关键》和谢枋得《文章轨范》。同时,张秉直也没有回避"作家之文"可能引发争议的内容要素,对此则应"直斥之为叛道可耳"①。张秉直的态度并没有脱离理学观念的总体框架,但比较明确地揭示了唐宋八家散文在文学写作上的指导意义,认为不应因为其思想观念与理学的差异性因素而忽视其文学典范的效用,同时对南宋选本在唐宋散文经典化进程中的作用也有所关注。

第三,他们认识到北宋六家的散文风格被南宋人广泛借鉴、模仿,从而对南宋的散文写作产生了巨大影响。清人夏力恕(活动于清中期)在《菜根堂论文》中指出"自宋以来,圣学昌明,至于文字之门户,则南丰实开其先矣,南渡后朱子有取焉"②。朱仕琇(1715—1780)在《朱梅崖文谱》中指出"宋之南渡,作者率依附古籍而不能自为辞,陈亮、叶适、陆游、文天祥稍治气格,有二苏遗风,盖晁、张之亚也",但他同时表示苏氏兄弟的风格属于"挟其才智以倾一世",远非欧阳修、曾巩、王安石之类"特淳"者③,这一批判的视角也沿袭了理学家的文学批评观念。王葆心(1867—1944)《古文辞通义》中探讨作文方法时列举了"李文贞从朱子入手之法",并征引《退庵随笔》曰"朱子初学曾南丰,到后来却不似其少作,有古文气调。朱子正不欲其似古文也,又是一句有一句事理,即叠下数语,皆有叠下数语著落,一字不肯落空。八家作文,须得如此"④。尽管王葆心本人并不认同这种习文的方法,但

---

① [清]张秉直:《文谈·序》,[清]刘际清、李元春编:《青照堂丛书摘二十种》第7册,清道光十五年(1835)刻本,第2页。
② [清]夏力恕:《菜根堂论文》,清代刻本,第11页。
③ [清]朱仕琇:《朱梅崖文谱》,王水照主编:《历代文话》,第5册,第5144页。
④ [清]王葆心编撰,熊礼汇标点:《古文辞通义》卷七,武汉大学出版社2008年版,第239页。

认可朱熹的散文风格近似于曾巩的观点。刘咸炘(1896—1932)《文学述林》说"南宋之文则欧、苏二派而已",其中"策论为主,苏文最盛;序记则以欧为准";就具体的作家而言,"若朱元晦专学曾子固,缜密周至,但伤啴缓","而吕祖谦、叶适、陈傅良、陈亮皆以文名,皆苏氏之后昆也",并且"傅良、亮又皆学欧",另外"陆游修洁,有北宋风,亦可称也"[①]。郭象升《文学研究法》亦认为南宋散文成就杰出者均沿袭了北宋六家的文风,指出"朱子文出南丰,致广大而尽精微,道学之文,未有能先之者也。特繁絮之病,又盛于南丰……伯恭、同甫皆学眉山,水心亦眉山宗子,止斋微近半山",但他同时认为就总体而言,苏轼的影响最为全面且深远,指出苏轼诸如"文如行云流水"的创作观念在"南渡以后,莫不奉此言以为准则",并以小字自注道"世谓靖康以后,程学盛于南,苏学盛于北,此就其学言之耳,其实文章风气,南北皆奉东坡为准则",甚至"南渡之初,宗臣如李纲,处士如陈东,朝官如胡铨,经儒如胡安国,文章皆横利无前,亦东坡之余习也"[②]。民国时,陈柱《中国散文史》亦以"宋古文六家之散文"来总括整个北宋散文的成就,且指出"宋六家之文体,欧阳最长于言情,子固、介甫长于论学,三苏长于策论","其后朱子继南丰之作,为道学派之文;三苏之文,至叶适、陈亮等流为功利派之文矣"[③]。

此外,亦有一些研究者由此出发评析两宋散文的优劣。多数人认为南宋文的成就只在于对北宋文的摹拟,没有达到超越前代的高度。陈康黼(活动于民国时期)在《古今文派述略·宋及金元时之文派》中认为北宋散文的经典就是"八家"中的宋六家,"论理之文"更是"自西汉以来,至此为极盛焉",而南宋散文则"不振",

---

① 刘咸炘:《宋元文派略述》,《文学述林》,尚友书塾推十书经理处1929年刻本,第2册,第4—5页。
② 郭象升:《文学研究法·文派篇》,第104—105页。
③ 陈柱:《中国散文史》第四编《古文极盛时代之散文(唐宋)》,第258页。

可称道的只有"步武东坡"的吕祖谦和"师法韩、曾"的朱熹①。唐恩溥(活动于民国时期)在《文章学》中总结中国古代的文章源流，认为北宋"振鸿笔，揽魁柄，裒然称文章大家者，盖车载而斗量也"，南宋文则"语录盛行，文体破碎，高谈性命则有余，刻画金石则不足"，虽有"东莱与水心等吉光之片羽，至于迂斋、叠山、伯厚、彦章诸贤，亦称巨笔，然方之古人，为不逮矣"②。不过，也有人的态度与此有别，比如褚博皓在《石桥文论》中高度评价了朱熹的文学成就，"谓紫阳不喜东坡而学子固，其实不然，吾读文公所作，剖析性理之精微，则日月月明；穷诘邪说之隐遁，则神搜霆击。其感激忠义，发明《离骚》，则苦雨凄风之变态；其泛应人事，游戏笔墨，则行云流水之自然。盖亦宋文之雄者，谁谓文与道为二，学道者固不屑于文耶"③。郭象升认为朱熹之文在理学家的著作中最为丰富且更符合文学写作的体式，这方面得益于其对曾巩散文的研习：

　　朱元晦号为大家，笔力实不逮周、张、二程，然吾于北宋不取周、张、二程，而南宋乃取朱，何哉？元晦师法南丰，诸体皆备，盖有志于此事者；周、张、二程，其成一家之书者信善矣，而别集之文寥寥，于古文流派无所关涉，故不之及也。④

他在《文学研究法》中亦提及"治理学者，多推朱子，谓当增'八家'而九"⑤；但总体来说，他明确表示南宋散文创作的水平明显弱于

---

① 陈康黼撰，张世源注：《古今文派述略》，张寿镛辑：《四明丛书》，第15册，广陵书局2006年影印本，第9146—9148页。
② 唐恩溥：《文章学》上篇《文章源流》，王水照主编：《历代文话》，第9册，第8726—8727页。
③ 褚博皓：《石桥文论》，王水照主编：《历代文话》，第10册，第9665页。
④ 郭象升：《五朝古文类案叙例·中》，第4页。
⑤ 郭象升：《文学研究法·文派篇》，第104页。

前代,称"南渡以后之文,大抵酣适旺健,而失于平垣,比而同之,若出一手,出类拔萃,盖难其人"①,具体表现则为"体势坦夷,无逋峭之观也"②。

概括言之,关于北宋六家散文在后世的接受及影响,乃至其经典地位的形成,明清及近代的知识阶层达成了诸多共识:他们承认北宋六家散文自南宋开始被确立为文学典范,与此相关的经典观念也始自南宋;他们普遍赞同并接受了南宋理学家对"唐宋八大家"的评判观点,以理学的视角看待北宋六家散文的典范性及其内在局限;他们认为南宋的散文创作在很大程度上体现了对北宋六家经典散文风格和技法的模仿,将其视为北宋六家散文对于文学史的积极影响。

三、近三十年来与北宋六家散文经典化相关的研究成果综述

迄今为止,北宋六家散文的经典化尚未被作为一个独立、完整的课题得到系统研究。然而近 30 年来,已有相当多的研究都与此有较为密切的联系。这些相关领域的研究可被概括为三个方面。

第一是对南宋散文发展状况做历史叙述时,研究者关注到南宋散文在文体、思想、风格、技法等方面摹拟、借鉴了欧阳修、苏轼、曾巩等人的代表作品,这一观点王水照在《宋代散文的风格——宋代散文浅论之一》中③和张毅主编的《宋代文学研究》中都被提及④。

---

① 郭象升:《文学研究法·文派篇》,第 104 页。
② 郭象升:《五朝古文类案叙例·中》,第 4 页。
③ 王水照:《宋代散文的风格——宋代散文浅论之一》,《唐宋文学论集》,齐鲁书社 1984 年版,第 153 页。
④ 张毅主编:《宋代文学研究》第六章《宋文研究》,北京出版社 2001 年版,第 319—323 页。

第二是关注以朱熹为代表的南宋理学家对北宋散文所做评价的接受史、批评史意义。受近代以来中国社会思潮变化的影响，人们曾经对理学家的文学思想持负面的态度。比如黄春贵的《宋代古文运动探究》列《道学家的崛起与古文运动的结束》一节，指出"很不幸的，道学家的势力，由北宋的周敦颐开风气之先，再经二程子兄弟戮力经营，逐渐茁壮，到了南宋朱熹出现后，更是唯我独尊，不可一世，而宋代古文运动的气数，遂不得不告一个结束"，把道学家与古文家的区别形容为"敌强我弱"的关系[①]。近年，亦有学者从不同的角度看待理学家的作用。例如马茂军等人认为南宋开启了"中国古代散文理论自觉时代"，而朱熹则以其理学化的文道观推动了"南宋古文运动"，并且"矫正了唐宋八大家的形象和地位"[②]。此外亦有一些著作和文章谈及这一问题[③]。其中，许总的论文《论理学与唐宋古文主流体系的建构》揭示唐宋八家古文整体体系及其中各家历史地位的确立过程都渗透了理学的基本精神，束有春的专著《理学古文史》将北宋六家的散文都纳入"理学古文"的体系。这些研究对理学思想在北宋六家散文接受史中的作用进行了较为确切的描述或定位，但并未从六家散文经典化的要素和综合、比较的视角来加以全面的认识。

　　第三是针对南宋文章选本、文话类著作及其文学思想的研

---

　　① 黄春贵：《宋代古文运动探究》，台北八德教育文化出版社1987年版，第284—285页。

　　② 马茂军、刘春霞、刘涛：《中国古代散文思想史——文化生态与中国古代散文思想的嬗变》中篇第三章《宋代散文思想》，人民出版社2011年版，第168—176页。

　　③ 莫砺锋：《朱熹文学研究》第四章第一节《朱熹对历代散文的批评》，南京大学出版社2000年版，第134—151页；涂美云：《朱熹论三苏之学》，台湾秀威资讯科技股份有限公司2005年版；张毅：《苏轼与朱熹》，天津教育出版社2007年版；许总：《论理学与唐宋古文主流体系建构》，《文学评论》2005年第4期；祝尚书：《论宋代理学家的"新文统"》，《文学遗产》2006年第4期。束有春《理学古文史》第三章《北宋古文主流与理学基本精神》对北宋六家散文内容与理学的关系都做了梳理（第54—103页）。

究。在这方面,2000 年之前的研究仍大多遵循既往的思维模式,将"古文家"与"理学家"视作截然不同的阵营来区别对待①。近年来,较多学者针对《宋文鉴》《古文关键》《崇古文诀》等重要选本以及《文则》《论学绳尺》《文章精义》《古文标准》等重要文话类著作做了专门的研究②。另外,李建军在其专著《宋代浙东文派研究》中,对《东莱标注三苏文集》《欧阳文粹》等专门的总集、别集也有集中的考察③。闵泽平在其著作《南宋"浙学"与传统散文的因革流变》中,对陈亮编选《欧阳文粹》,吕祖谦编选《古文关键》与《三苏文集》,以及叶适"欲合周程、欧苏之裂"的系列活动及主张都做了梳理,在对《古文关键》加以分析时也考察了该书与明代茅坤编选《唐宋八大家文钞》的文学思想关联④。这些成果中,相当多的论文都试图从上述选本、文话中追溯"唐宋八大家"观念的起源,或寻找"唐宋八大家"称谓的早期形态,并且大多殊途同归地证明

---

① 参见张智华《南宋人所编古文选本与古文家的文论》,《文学评论》1999 年第 6 期,与《南宋人所编文章选本与理学家的文论》,《文艺理论研究》2000 年第 4 期。

② 关于《宋文鉴》的研究,有陈广胜《吕祖谦与〈宋文鉴〉》,《史学史研究》1996 年第 4 期;李建军:《宋人选宋文之典范——〈宋文鉴〉编纂、价值及影响考述》,《古籍整理研究学刊》2011 年第 6 期,巩本栋《论〈宋文鉴〉》,《中国文化研究》2012 年春之卷等;关于《古文关键》的研究,有邱江宁:《吕祖谦与〈古文关键〉》,《浙江社会科学》2005 年第 5 期;罗莹:《〈古文关键〉:经典的确立与文章学上的意义》,《沈阳师范大学学报》(社会科学版)2009 年第 4 期等;关于《论学绳尺》的研究,有吴建辉《从〈论学绳尺〉看南宋文论范畴——"老"》,《湖南科技大学学报》(社会科学版)2007 年第 3 期等;关于《文章精义》的研究,有闵泽平:《〈文章精义〉的文章观》,《湖北三峡学院学报》2000 年第 6 期等;关于《古文标准》的研究,有侯体健:《南宋评点选本〈古文标准〉考论》,《北京大学学报》(哲学社会科学版)2016 年第 5 期。

③ 参见李建军《宋代浙东文派研究》第九章第三节《三苏文章较早选本——吕祖谦〈东莱标注三苏文集〉》,第十章第二节《欧公文章最早选本——陈亮〈欧阳文粹〉》,中华书局 2013 年版,第 546—552、558—564 页。

④ 参见闵泽平《南宋"浙学"与传统散文的因革流变》第二章第三节《通于时文的〈欧阳文粹〉》,第三章第一节《吕祖谦的文章选本与时文观》,第五章第一节《叶适的文学思想与时文观》,浙江大学出版社 2014 年版,第 92—106、109—132、202—220 页。

南宋是形成"唐宋八大家"这一经典体系形成的起点[①]。日本学者高津孝《论唐宋八大家的成立》一文是较有代表性的研究。该文较为全面地统计了南宋几个重要选本选择韩、柳、欧、苏等几家文章的数量，论证了朱熹与真德秀等理学家对曾巩入选"八家"的影响，以及苏轼文章和南宋科举备考的关系等，并对《古文关键》与《皇朝文鉴》（即《宋文鉴》）的影响价值做了明确的区分[②]。但是，包括该文在内的很多论文都只关注了极为有限的几部选本与文话，尚无法满足对北宋六家散文经典化研究的视野需求。并且，"八家"中的每一家都有各自独立的经典化进程，而唐宋八家或北宋六家之所以形成一个经典体系，也是由内部各家在较为微观的系统基础上逐步由各类选本和史论描述中的"并称"捏合而成。限于单篇论文的篇幅和规模，上述研究都未能对六家各自的经典化以及由各自独立到融会为整体系统的历史过程做深入的梳理。付琼的著作《清代唐宋八大家散文选本考录》对24种清代唐宋八大家散文选本和20余种唐宋八大家散文选本佚书做了翔实的考证与评析[③]，更加全面地揭示了唐宋八大家散文在清代被选录、传播的情况，但该书属于断代式选本研究，只能展现其在清代经典化进程中的一个维度。

总体而言，近30年来的不少研究都与北宋六家散文经典化的论题有较为密切的关联，但都不属于严格、明确的经典化研究。与文学经典研究相关的理论与经验方法，也一直未能完整、系统

[①] 相关的研究有黄强、章晓历：《南宋时期集唐宋八大家为古文流派的趋势》，《扬州大学学报》（人文社会科学版）2001年第5期，与《推举"唐宋八大家"的重要动力》，《扬州大学学报》（人文社会科学版）2004年第1期；高洪岩：《论唐宋八大家散文选本经典化与文论的推进》，《沈阳师范大学学报》（社会科学版）2003年第2期；杜海军：《吕祖谦与"唐宋八大家"》，《广西师范大学学报》（哲学社会科学版），2006年第1期；邓建：《从"宋人选唐宋文"看宋人心目中的"唐宋八大家"》，《江汉论坛》2011年第9期。

[②] 参见〔日〕高津孝《科举与诗艺——宋代文学与士人社会》，潘世圣译，上海古籍出版社2005年版，第37—51页。

[③] 付琼：《清代唐宋八大家散文选本考录》，商务印书馆2016年版。

地应用于唐宋八大家散文这一重要的文学史领域。相对而言,学界对韩愈、柳宗元两家散文在后世影响的演进历史有较多的关注。例如,蔡德龙在论述韩愈《画记》经典化历程的基础上,研究过"画记"作为一种文体的发展源流①。刘成国对韩愈《原道》在9—13世纪经典化的发展、断裂、铸就以及遭受质疑、批判的过程做了全面的历史考察②。何诗海则就清代知识精英从多种维度对韩愈道统地位、文学史成就以及"文以载道"这一古文传统加以非议、质疑的过程做了历史的回顾③。杨再喜的专著《唐宋柳宗元传播接受史研究》中论及了柳宗元"文道观"与文章写作成就在两宋的接受过程以及"韩柳"并称问题④。然而,对于北宋六家散文在南宋金元时期经典化的曲折历程及其对后世的影响,尚未出现全面、系统的研究成果。不过,与北宋六家相关的一些个案论题已经得到了关注。例如,欧明俊在其《宋代文学四大家研究》中讨论过《秋声赋》《醉翁亭记》《前赤壁赋》的传播与接受问题,并对"欧苏"散文合论以及朱熹评价苏轼散文的问题展开过研讨⑤。张健梳理了南宋高宗至理宗朝苏学影响下的士大夫群体的崇黜经历,帝王及知识精英围绕苏轼能否具有从祀、配享孔庙资格与如何评价苏学历史影响的讨论过程,研究了"三苏"文章学术在南宋官方政治文化语境中的地位变迁⑥。洪本健在进一步阐释《唐宋八大家文钞》历史意义的基础上,通过对明代古文选本和文话著述的

---

① 参见蔡德龙《韩愈〈画记〉与画记文体源流》,《文学遗产》2015年第5期。
② 参见刘成国《文以明道:韩愈〈原道〉的经典化历程》,《文史哲》2019年第3期。
③ 参见何诗海《清代非韩论及其对"文以载道"的冲击》,《文学遗产》2019年第1期。
④ 参见杨再喜《唐宋柳宗元传播接受史研究》第11—13章,中国社会科学出版社2013年版,第152—175页。
⑤ 参见欧明俊《宋代文学四大家研究》第一章第一、二节与第二章第一、三、四节的表述,人民出版社2013年版,第1—25、69—90、105—124页。
⑥ 参见张健《从祀配享之议:南宋政治与思想视野下的苏学地位》,《北京大学学报》(哲学社会科学版)2018年第2期。

梳理，考察了明人对于欧阳修散文的深入研究①。周游抓住晚清桐城派文人对王安石散文雄健之风的肯定和吸收，以《泰州海陵县主簿许君墓志铭》为重点，剖析了他们对王安石散文风格、技法的借鉴过程②。立足于北宋六家散文这一整体体系经典化历程的全面考察，代表性的研究有陈广宏的论文《"古文辞"沿革的文化形态考察——以明嘉靖前唐宋文传统的建构及解构为中心》。该文阐释了"古文辞"的含义并评述了其发展的历史，深入研究了明代前、中期政治文化体制变化与唐宋古文地位升降的关系③。另外，朱刚在其著作《唐宋"古文运动"与士大夫文学》的末尾提到苏辙的去世"标志着'经典'创作时代的结束"，"接下去就是八大家作品被'经典化'的时代"；而这一时代"也将突破朝代区划的框限，而延续到'唐宋八大家'之说定型的时候"④。这一说法意味着唐宋八家或曰北宋六家散文经典化的论题已被正式提出。

第三节　研究思路与篇章结构

本节将阐述本书对于北宋六家散文经典化这一论题采用的研究思路，以及全书的篇章结构。

一、研究思路

本书将要开展的是"北宋六家散文"这一群体的经典化研究，

---

①　参见洪本健《论明人对深化欧文研究的贡献》，王水照、侯体健主编：《中国古代文章学的衍化与异形——中国古代文章学二集》，复旦大学出版社2014年版，第482—496页。
②　参见周游《晚清桐城派中的王安石文风——兼谈〈泰州海陵县主簿许君墓志铭〉的意义》，《文学遗产》2018年第6期。
③　参见陈广宏《"古文辞"沿革的文化形态考察——以明嘉靖前唐宋文传统的建构及解构为中心》，《文学遗产》2012年第4期。
④　朱刚：《唐宋"古文运动"与士大夫文学》，复旦大学出版社2013年版，第412页。

同时将研究对象的区间锁定在南宋金元时期,因而也是一项断代的经典化研究。总体而言,本书将遵循的研究思路包括以下四方面。

第一,本书将梳理儒家文学经典观念在南宋之前的发展情况。北宋六家散文本身也是呈现儒学思想的重要载体,其在南宋后的经典化过程也伴随着理学思想影响下的解读,以及理学思想体系内部的对话与互动。因此,本书将首先关注传统的中国儒家精英如何看待文学,如何确认文学的经典性问题。在南宋之前,包括北宋六家在内的唐宋"古文运动"的践行者,将"文以载道"的经典理念升华到了新的高度;而理学思想也于北宋中期兴起,以二程为代表的理学家不再将文学创作视为儒家道德精神的承载形式,传统的文学经典观也遭遇了冲击。儒家文学经典观的发展历程及其在北宋得到的继承和否定,共同构成了北宋六家散文进入南宋金元时期经典化历程的文化背景。本书的研究工作,将从对这些背景和基础性因素的深入梳理开始。

第二,本书将以先分后合的方式对北宋六家散文的经典化进程展开研究。北宋六家中的每一家都属于经典,也都经历了各自被标举、解读、定位的过程,同时也大多伴随着批判、质疑等"反经典"的声音。因此,本书的研究将包含对此六家散文经典化全部个案研究的统合。与此同时,北宋六家作为"唐宋八大家"这一经典性整体的宋代部分,其本身也同属于一个文学经典的系统。这一整体的系统以欧阳修、苏轼为代表,并由"欧曾""三苏"等局部、细微的经典系统聚合而成。本书的研究将在梳理个案的基础上,同时注重对这些统合性因素的把握。比如说,"三苏"作为一个具有近似文章风格与学术理路的家族性整体,为何能够共同进入这一经典体系之中?"欧曾""欧苏"这些并称的形态,包含了学术含义上的哪些联系和区别?北宋六家这一整体的经典系统的提出与确立,体现了哪些学术因素的聚合?本书的研究将遵循这一由个案研究上升至整体研究的思维过程。

第三,对于北宋六家散文经典化历程的个案研究,大致遵循绪论第一节所总结的标举经典、解读与定位经典、传播经典等外在的经典化行为依次展开。其中,由于选本的标举以及文论家的解读过程中已经融合、渗透了传播经典的要素,基本上不再单独列举。由于本书属于明确的断代研究,因而将以产生于南宋金元时期有针对性的文章总集(比如《重广分门三苏先生文粹》《东莱标注三苏文集》)、别集(比如《欧阳文粹》《经进东坡文集事略》)以及多种选本和史部、集部文献中所含论述性资料为主要的个案研究对象。对于北宋六家散文所单独具有的内在经典性质,本书将依据上述外部资料的表述来反观原典,把握贯穿前后的相通性因素,而不做孤立、抽象的概括。因此在个案研究上,本书的思路总体体现为由外及内。另外需要指出的是,绪论第二节末尾曾提到了朱刚的观点,认为苏辙的去世(1112年)标志着"唐宋八大家"经典化的起点。但实际上,这一年份只可被视作苏辙一家经典化的起始。若以此为标准审视,在其他五家当中,苏洵逝世于北宋治平三年(1066),欧阳修逝世于熙宁五年(1072),可以说苏洵、欧阳修等人已先于苏辙至少40余年进入了经典化的阶段。并且如果继续追溯,还可发现欧阳修、苏轼等人的作品,实际上在其有生之年已经开始了"经典化"。因此,若以1112年作为六家散文经典化的整体开端,则不能准确、客观地反映历史的原貌;若依照六家逝世的时间各自确定经典化历程的起点,则缺乏统一的观照视角。由此,本书将统一以宋室南渡的1127年作为研究各家散文经典化的起始年代,而将1127年前出现的所有与之相关的标举、解读、传播等因素作为各自的背景或"序幕",做参照性的研究。与此同时,对于一些产生于南宋灭亡之后,但与本书所论内容关联密切的材料(比如刘埙、吴澄等人在元代统一中国之后的相关著述,以及明人关于"唐宋八大家"的品评),本书也将依据研究的需要加以引述和参考。

第四，对于北宋六家散文并称的整体性研究，本书将从内、外要素入手对这一系统的学理意义和外在的产生机制进行全面考察。本书将逐一研究南宋金元时期的各种集成性、精选性的文章选本，探究这些选本所甄选的散文篇目及其构成的数量、比例，与六家并称这一总体格局有怎样的联系和区别。在此基础上，还将结合具体的语境，以史部、集部文献中的材料为依据，探究六家并称在各种历史描述中所标示的学术内涵。明确了六家并称这一系统的建构意义之后，本书将借用文化场域的研究理论，探究这一经典系统得以生成的外在文化机制。因此，在系统性研究上，本书遵循先内后外的研究思路。

二、篇章结构

如前所述，本书的论述策略基本体现为以儒家文学经典观的历史和演变为背景，先分述个案再总论整体，个案和系统的研究分别遵循由外及内、先内后外的总体思路。

由此，全书正文分四章展开。

第一章述论儒家文学经典观念在北宋前的演进过程，以及在北宋所经历的变化。在中国古代，对文学、文化等概念的理解都被涵容在"文"这一词汇当中。因此古人对"文"所具性质的理解中也包含了对于文学经典的鉴别观念。该章第一节结合《论语》中有关"文"这一词汇的表述和针对文艺现象的评论，将儒家文学经典观概括为包含知识、文化、情感、表达这四重维度的评价标准，并展示由此四重维度标准演变所构成的文学经典观念在历代的发展过程。第二节将阐述这一传统文学经典观念进入宋代之后的演进和变化，包括北宋"古文运动"参与者对儒家传统经典观念的继承和发扬，以及来自理学家的质疑和否定。这些因素共同构成了北宋六家散文在宋室南渡后进入全面经典化阶段的总体文化背景。

第二章进入北宋六家散文经典化的个案研究。该章分为三节，分别论述欧阳修、曾巩、王安石散文在南宋金元时期的经典化历程和意义。欧、曾、王三人同为江西籍贯，并且可以共同组成以欧阳修为中心的"欧学"体系，后人在历史描述中也时常将三人同时列举。因此，本书将欧阳修、曾巩、王安石散文的经典化历程归为一章。如前文所述，每一例个案研究都大致遵循标举经典、解读与定位经典的基本框架，并将传播经典的要素渗透进前两者当中，每一节的末尾都对相关作家经典化的实质加以总结。其中，王安石散文的经典化进程中包含诸多特殊情况，故该节内容的结构将与其他两节略有区别。

第三章集中探讨"三苏"散文的经典化。该章分为两节，论述的中心分别设置为"苏轼散文的经典化"与"'三苏'并称和苏洵、苏辙散文的经典化"。"欧苏"的并称可以作为北宋散文经典体系的代表，而在北宋六家散文这一系统的内部，苏轼是"三苏"这一堪与"欧曾"并列的另一个经典体系的中心，后世读者也通过解读为其经典性赋予了新的文化内涵；苏洵、苏辙散文的经典性则更多依托于"苏学"本身所特有的思想与知识体系，这也构成了"三苏"得以共同进入北宋六家这一经典系统的基本原因。

第四章将进入对北宋六家散文这一整体系统的经典化研究。该章分为两节，分别论述北宋六家散文作为经典系统的建构意义和生成机制。本书通过在南宋金元时期的文章选本和史论描述中所呈现的各种经典系统与北宋六家的关联，在此基础上探究北宋六家散文被建构为经典系统的学术意义；并借助社会学研究中有关"文化场域"的理论，对这一时期北宋六家散文经典化主要推动者的重要文化活动展开历史研究，由此阐释这一经典系统得以生成的文化机制。

全书的结语，总结北宋六家散文经典化的历史影响，并提出新的延展性问题。

第一章 儒家文学经典观念在南宋之前的演进

本章将就南宋之前儒家文学经典观念的演进过程展开论述,以此作为南宋金元时期北宋六家散文经典化研究的背景和基础。

文学作品的经典化是接受者选择经典、建构历史的系列行为,其过程和结果都渗透、体现了历史建构者的文学经典观念。戴燕指出,"在文学史的讲述当中,选择什么样的作品——视其代表性与示范性——为例,是由特定的文学经典观念决定的,那么,对这些作品的诠释,往往可以说是对一种文学经典观念的更加明确具体的表达"[①]。在古代中国,儒家文学经典观念反映了主流社会中知识精英鉴别、评价文学作品经典属性的价值标准。古人对文学作品、文学现象的感知和评论,以及文章选本、类书的择录标准,都是体现文学经典观念的载体。

第一节 儒家文学经典观念在北宋前的发展

本节将论述儒家文学经典观念在北宋之前的演进脉络。先秦时,儒学思想奠基者的话语系统中包含了对"文"这一词汇的意

---

① 戴燕:《文学史的权力》第五章,北京大学出版社 2002 年版,第 140 页。

义理解，以及对文艺、语言现象的评论和判断，这些内容为后人观照文学提供了多重维度的价值评判标准。儒家文学经典观念就由这些价值评判标准整合而成。经典观念的演进，也在这些价值评判标准的内涵与格局的变化上得到体现。

一、知识、文化、情感、表达：衡量文学价值的四重维度

追溯中国古人对文学的态度，就不得不首先从"文"这个汉字在实际应用中的含义说起。《周易·贲卦·彖传》中说"刚柔交错，天文也。文明以止，人文也。观乎'天文'，以察时变；观乎'人文'，以化成天下"[1]，这里的"文"可以概指自然界与人类社会中包孕的一切存在物和它们的生长方式，具有包罗万象的融合特征。在《论语》当中，"文"的含义明显侧重于"人文"的范畴。对人类社会中复杂多变的各种现象的观察和记录，就是知识的形成过程。《论语》中的"文"首先具有了在知识维度上的含义，学习知识就是学"文"。例如下面这七段话：

子曰："弟子，入则孝，出则弟，谨而信，泛爱众，而亲仁。行有余力，则以学文。"

子曰："夏礼，吾能言之，杞不足征也；殷礼，吾能言之，宋不足征也。文献不足故也。足，则吾能征之矣。"

子贡曰："夫子之文章，可得而闻也；夫子之言性与天道，不可得而闻也。"

子曰："君子博学于文，约之以礼，亦可以弗畔矣夫！"

子以四教：文，行，忠，信。

颜渊喟然叹曰："……夫子循循然善诱人，博我以文，约

---

[1] 李学勤主编：《十三经注疏·周易正义》（标点本）卷三，北京大学出版社1999年版，第105页。

我以礼,欲罢不能。"

　　德行:颜渊,闵子骞,冉伯牛,仲弓。言语:宰我,子贡。政事:冉有,季路。文学:子游,子夏。①

在知识维度中,"文"不仅用以描述知识本身,还可用来称赞勤奋学习知识的人,例如孔子对"孔文子何以谓之'文'"的回答②;孔子亦强调积累并运用知识是学习诗歌的重要目的,例如"诵《诗》三百,授之以政,不达;使于四方,不能专对;虽多,亦奚以为"、"不学诗,无以言"、"多识于鸟兽草木之名"③,都很明确地表达了这层意思。

　　人掌握了丰富的知识,则形成了高于众人的品质与修养,"文"也由此具有了文化维度上的含义。与记录客观的知识相比,"文化"更多地代表了人的后天创造,更能体现人的主体性,因此处于更高的层次上。这个含义又表现为两个向度,既可以指向个人品质的卓越和言行的优雅,又可用来概指王朝统治秩序的昌明和礼乐的兴盛。指向个人文化修养的"文",其含义一般和"质"相对,诸如下面四段:

　　子曰:"质胜文则野,文胜质则史。文质彬彬,然后君子。"
　　子曰:"文,莫吾犹人也。躬行君子,则吾未之有得。"
　　棘子成曰:"君子质而已矣,何以文为?"子贡曰:"惜乎,

---

①　杨伯峻:《论语译注》,中华书局 1958 年版,第 5、28、49、68、78、96—97、117 页。

②　朱熹《四书章句集注·论语集注》卷三于此条注释中引苏轼说曰"孔文子使太叔疾出其妻而妻之。疾通于初妻之娣,文子怒,将攻之。访于仲尼,仲尼不对,命驾而行。疾奔宋,文子使疾弟遗室孔姞。其为人如此而谥曰文,此子贡之所以疑而问也。孔子不没其善,言能如此,亦足以为文矣,非经天纬地之文也"(中华书局 1983 年版,第 79 页)。可见此处"文"的含义明显侧重于知识维度,与道德品质有明显的差别。

③　杨伯峻:《论语译注》,第 142、185、192 页。

夫子之说君子也！驷不及舌。文犹质也，质犹文也。虎豹之鞟犹犬羊之鞟。"

子路问成人。子曰："若臧武仲之知，公绰之不欲，卞庄子之勇，冉求之艺，文之以礼乐，亦可以为成人矣。"①

而指向统治秩序的"文"，可以形容一个时代的文化繁盛程度，例如"周监于二代，郁郁乎文哉！吾从周"，"大哉尧之为君也……巍巍乎其有成功也，焕乎其有文章"；也可以用来指称以往所有文明时期共同拥有并传承至今的文化建设方式，例如孔子所称"文王既没，文不在兹乎"的"文"②。

"文"在《论语》中所标示的含义，为我们评价后世衍生出来的"文学"提供了知识、文化这两重维度，这二者也在后人心中成为文学不可缺少的内在属性。优秀的文学作品中自然应该包含丰富的知识含量，应该具有庄重典雅的气度，应该能够体现并传承某种文化品质。文化维度比知识维度的层次更高，一方面其政治指向更为明显，另一方面其应用对象的品位更加卓越。对于《国风》中具体的篇目，孔子指出《周南》《召南》对提高个人文化素养、交往能力等方面的重要作用，指出"人而不为《周南》《召南》，其犹正墙面而立也与"③，这明显是基于文化维度所作的评论；而对于《国风》中"二南"之外的其他篇目，孔子表示"《邦风》，其纳物也，溥观人俗焉，大敛材焉"④，评价视角被转移到了知识维度，所评价的对象更具备知识量丰富、内容驳杂的特点。此外，我们从"郁郁乎""焕乎""巍巍乎"这些修饰词语也可以明显地感受到文化维度上的"文"具有更鲜明的崇高感。

---

① 杨伯峻：《论语译注》，第 65、81、133、156 页。
② 同上书，第 30、90、94 页。
③ 同上书，第 192 页。
④ 陈桐生：《〈孔子诗论〉研究》，中华书局 2004 年版，第 258 页。

《论语》当中还包含很多针对诗歌、音乐之类具体的文艺形式所发出的零散议论,这些内容无疑更接近于当代意义上的"文艺评论"。在这些话语中,孔子多从情感出发评价诗歌和音乐的价值,这也就为文学的评判标准引入了新的维度。和知识、文化维度有所不同的是,文学作品在情感维度上的判别标准不是从"文"这个汉字的意义上推演、剥离而来,而是通过对现成的各种文艺作品的实际接受感知而来的。比如下面几句:

> 子曰:"《诗》三百,一言以蔽之,曰'思无邪'。"
> 子曰:"《关雎》,乐而不淫,哀而不伤。"
> 子在齐闻《韶》,三月不知肉味。曰:"不图为乐之至于斯也。"
> 子曰:"兴于《诗》,立于礼,成于乐。"
> 子曰:"师挚之始,《关雎》之乱,洋洋乎盈耳哉!"
> 子曰:"小子!何莫学夫诗?诗,可以兴,可以观,可以群,可以怨……"[①]

在情感维度上,孔子给文学艺术作品的价值设定了两条标准:第一,诗歌与音乐应该达到使人情感愉悦、心旷神怡的欣赏效果,好的作品应该足以让人"三月不知肉味""洋洋乎盈耳";第二,优秀的作品可以包含多种趋向的情感,但情感的力度和抒情的方法必须有所节制,诗歌和音乐应该在这方面起到表率作用——例如应该通过读诗学会怎样做到合理适度的"怨",只有"乐而不淫,哀而不伤"的诗歌才堪称经典。同时,孔子还指出文艺作品在情感维度上的作用也有两个向度,既要对个人健全心智有益,也要对社会风俗的醇厚与净化有益——文明国家要把醇厚洁净、调节适度

[①] 杨伯峻:《论语译注》,第 12、32、75、87、89、192 页。

的情感推而广之,至少应该制止不健康、无节制情感的泛滥。

> 颜渊问为邦。子曰:"行夏之时,乘殷之辂,服周之冕,乐则《韶舞》。放郑声,远佞人。郑声淫,佞人殆。"
>
> 子曰:"恶紫之夺朱也,恶郑声之乱雅乐也,恶利口之覆邦家者。"①

因此,孔子在情感维度评价文学的经典性时,既考虑到个人的情感愉悦,同时又重视作品所表达的情感大而化之以后可能带来的社会及政治影响。

此外,孔子还从表达效果出发,提出了评价文学的又一重维度,我们姑且称之为表达维度。但是,在这层意义上孔子说得比较简略,《论语》中只有一句"辞达而已矣"②。我们可以认为,只要能获得"达"的效果,任何表达方式都可以采取。不过《左传》中还引述过孔子所说的"言之无文,行而不远"③,联系到前面总结过的"文"在知识维度、文化维度上的含义,我们可以把这句话理解为,若不积累足够的知识和充分的修养,语言表达的水平就会受到很大的限制。因此,文学作品表达效果的优劣,取决于创作者的知识储备的多少与文化修养的高低。

知识、文化、情感、表达是源自《论语》,与评价文学价值属性相关联的四重维度。其中知识、文化这两重维度是从"文"的字面含义上提炼、引申出来的,知识维度主要考察文学作品是否具有丰富、宽广的知识含量,文化维度主要考察文学作品秉承了怎样的文化传统,体现了怎样的文化观念,相对来说具有更高的层次和更突出的政治指向。情感维度是从读者阅读文学作品的实际

---

① 杨伯峻:《论语译注》,第 171、194 页。
② 同上书,第 177 页。
③ 杨伯峻:《春秋左传注·襄公二十五年》,中华书局 1990 年版,第 1106 页。

体验中总结而来的，主要考察文学作品及其作者的主导情感是否能够得当、是否能发挥正面的社会价值。表达维度主要考察文学作品的语言表达方式，在衡量文学作品价值的四重维度中，独立性相对较低，在很大程度上从属于知识维度和文化维度。孔子的话语体系所包含的文学经典观基本上可以被这样概括。《论语》中记载孔子自称"吾自卫反鲁，然后乐正，《雅》《颂》各得其所"①，说明孔子生前在选择文学经典上有过具体的实践。

其后，战国时期的儒学思想家孟子也曾谈及文学经典的问题。《孟子·离娄章句下》写道"王者之迹熄而《诗》亡，《诗》亡然后《春秋》作。晋之《乘》，楚之《梼杌》，鲁之《春秋》，一也：其事则齐桓、晋文，其文则史。孔子曰：'其义则丘窃取之矣'"②。可见，孟子衡量文学作品的价值，对文化维度的考量要胜过知识维度：史书记载的内容不一定能登大雅之堂，重要的是秉笔者所持有的立场是否承载儒家的道德传统。另外，孟子在谈论《诗经》中《小弁》《凯风》两首诗歌的情感时，指出"亲之过大而不怨，是愈疏也；亲之过小而怨，是不可矶也"③，这种对"怨"的程度因何而不同的解说，是从情感维度出发对诗歌的思想内容及其典范意义的解读。

二、大一统王朝时期的儒家文学经典观

战国末期的儒者荀子（约前313—前238）也曾谈及文学经典的问题，但他明显是从有利于政治统治的视角出发的。第一，《荀子》淡化了文学知识维度的重要性。《劝学》篇虽然提及"《诗》《书》之博"，但"博"的指向有了比较严格的限定。荀子希望人们将学习的范围确定在《书》《诗》《礼》《春秋》这几部经典著作以内，

---

① 杨伯峻：《论语译注》，第99页。
② 杨伯峻：《孟子译注》卷八，中华书局1960年版，第192页。
③ 杨伯峻：《孟子译注》卷一二，第278页。

且明确规定了各自的学习目标,即"《书》者,政事之纪也;《诗》者,中声之所止也;《礼》者,法之大分,类之纲纪也"①,学习每一本书都是为了明白"纲纪",其中学《诗》的目的也被限制于领会什么是被调控了的"中声",从而淡化了孔子所说的"兴观群怨"和"鸟兽草木之名"。第二,《荀子》更加明确了文化维度、情感维度的政治倾向。孔子对于"先王之道"只有"斯文""焕乎其有文章"这种感性的描绘,而荀子则指出"夫先王之道,仁义之统,《诗》《书》《礼》《乐》之分乎"②,"六经"观念的雏形也由此确立。对于文艺作品的情感功能,孔子既重视审美的愉悦,也重视对情绪的调控,但荀子将后者的作用及其社会影响远远扩大,以致认为"乐中平则民和而不流,乐肃庄则民齐而不乱。民和齐则兵劲城固,敌国不敢婴也",反之则会"百姓不安其处,不乐其乡,不足其上",因此"礼乐废而邪音起者,危削侮辱之本也"③。由于国民情感的倾向和调节程度足以关乎国家的存亡,那么国家就有理由运用政治手段来规定文艺作品所传达的情感。与孔孟及其所处时代的理想不同,荀子的著作体系中更多地突出了"富国""王霸""议兵""强国"等着眼于政治统治的内容,是儒学作为官方意识形态的先声。

经历秦末数次战争而建立的汉代,在政治和思想上都是相对稳定健全的大一统王朝。随着儒学思想彻底成为国家的意识形态,其文学经典观念中四重维度的内涵和彼此关系也在发生着巨大的变化。

首先,文学在知识维度方面的价值,即孔子所云"博学于文"的功能被进一步制约和弱化。汉代人认为文学作品不应传达与儒家正统观念有出入的信息。西汉大儒扬雄对"学"的态度,基本

---

① [清]王先谦集解,沈啸寰、王星贤点校:《荀子集解》卷一,中华书局1988年版,第11—12页。
② [清]王先谦集解,沈啸寰、王星贤点校:《荀子集解》卷二,第68页。
③ [清]王先谦集解,沈啸寰、王星贤点校:《荀子集解》卷一四,第380—381页。

上秉承了荀子《劝学》篇的思想,认为"学者,所以修性也。视、听、言、貌、思,性所有也。学则正,否则邪"。学习是避免"邪"、通向"正"的渠道,因此必须以正确的价值观念为标准对知识加以取舍,不能一味追求博学:

> 多闻则守之以约,多见则守之以卓。寡闻则无约也,寡见则无卓也。
>
> 或曰:"淮南、太史公者,其多知与?曷其杂也!"曰:"杂乎杂!人病以多知为杂,惟圣人为不杂。"
>
> 书不经,非书也;言不经,非言也。言、书不经,多多赘矣。
>
> 多闻见而识乎至道者,至识也;多闻见而识乎邪道者,迷识也。①

以知识含量丰富、多元见长的司马迁,因其"先黄老而后六经","退处士而进奸雄","崇势利而羞贱贫"等思想倾向遭到扬雄、班固这些正统儒家的非议。司马相如赋作的宏大叙事,作品里无所不包的风物记载,也被视作"淫靡"。尽管汉宣帝(前74—前48在位)曾对王褒(前90—前51)表示"辞赋大者与古诗同义,小者辩丽可喜……尚有仁义风谕,鸟兽草木多闻之观,贤于倡优博弈远矣"②,但这是帝王对自己喜好的辩护,与儒学的文学经典观念并不可等量齐观。

其次,在文化维度方面,汉代人认为经典的文学应该能够接续儒家的文化传统,并有助于社会思想的统一。《汉书·艺文志》卷首描述了汉代初期搜求典籍以求文化建设的目的和过程:

---

① 汪荣宝义疏,陈仲夫点校:《法言义疏》卷二、卷五、卷七,中华书局1987年版,第77、163、164、215页。

② [汉]班固:《汉书》卷六四,中华书局1962年版,第2829页。

第一章　儒家文学经典观念在南宋之前的演进

昔仲尼没而微言绝,七十子丧而大义乖。故《春秋》分为五,《诗》分为四,《易》有数家之传。战国从横,真伪分争,诸子之言纷然殽乱。至秦患之,乃燔灭文章,以愚黔首。汉兴,改秦之败,大收篇籍,广开献书之路。迄孝武世,书缺简脱,礼坏乐崩,圣上喟然而称曰:"朕甚闵焉!"于是建藏书之策,置写书之官,下及诸子传说,皆充秘府。至成帝时,以书颇散亡,使谒者陈农求遗书于天下。诏光禄大夫刘向校经传诸子诗赋,步兵校尉任宏校兵书,太史令尹咸校数术,侍医李柱国校方技。每一书已,向辄条其篇目,撮其指意,录而奏之。①

汉人对各类文章典籍的汇总和整理,是为了恢复并接续孔子时期已经中断多年的文化传统与文化精神,从而在儒学观念上强化本朝的文化归属与文化自信。《汉志》即便是偏于"文艺"的"诗赋略",其编纂意义也在于寻找并承继古代文学的"恻隐古诗之义"和"风谕"之义,汉武帝"立乐府而采歌谣"的目的亦有较强的政治性,意在使帝王能够"观风俗,知薄厚"②。反之,像汉大赋那样没能承载"风谕"功能以"劝百讽一"的文学是没有价值的。《汉书》的《儒林传》与《史记》相比,补叙了一大段关于"古之儒者,博学乎《六艺》之文。《六(学)[艺]》者,王教之典籍,先圣所以明天道,正人伦,致至治之成法也"的绪论文字③,其揭示本朝与儒家"先王之道"的"斯文"传统相赓续的意图十分明显,其中"博学乎《六艺》之文"一语更能清晰见出汉代正统儒学对经典文学知识范围的明确限定。这一文化建设的思路也在班固所

---

① [汉]班固:《汉书》卷三〇,第 1701 页。
② 同上书,第 1756 页。
③ [汉]班固:《汉书》卷八八,第 3589 页。

撰《两都赋序》中有鲜明体现①。

汉代人认为文学经典对于个人文化修养的完善也应该起到规范的作用,扬雄指出"圣人,文质者也。车服以彰之,藻色以明之,声音以扬之,《诗》《书》以光之"②。这一观念也被儒学思想家以外的一些"杂家"所认可,例如《淮南子》也指出"温柔惠良者,《诗》之风也;淳庞敦厚者,《书》之教也;清明条达者,《易》之义也;恭俭尊让者,《礼》之为也;宽裕简易者,《乐》之化也;刺几辩义者,《春秋》之靡也"③。这些都具有大一统时期鲜明的政治印记。

再次,汉代人对经典文学作品的主导情感做了泛政治化,但标准含糊的限定。孟子解读《诗经》时尚能认可《凯风》《小弁》所抒发的个人怨愤,但在汉代古文经学的《毛诗序》中,"变风""变雅"的创作缘由被理解为"国史"目睹社会政治生活中的大事而"伤人伦之废,哀刑政之苛,吟咏情性,以风其上"④,针对"一国"和"天下"的统治者所发出的忧虑、伤悼之感。可见,个人的审美愉悦和情感抒发的重要性被一降再降。由此,经典文学中的情感书写,从背景、内容、目的、方向上就必须符合儒家的政治理念。但是,由于汉人这种将一切情感"泛政治化"的理解方式属于有意识的误读,其本身的基础就不牢靠,也给这种标准之下的文学批评留下了不容易把握、界定的缝隙。比如,如何来明确地判断文学作品中的某种情感究竟是个人的还是政治的,"发乎情止乎礼义"

---

① 班固指出"或曰:赋者,古诗之流也。昔成康没而颂声寝,王泽竭而诗不作。大汉初定,日不暇给。至于武、宣之世,乃崇礼官,考文章,内设金马、石渠之署,外兴乐府协律之事,以兴废继绝,润色鸿业……且夫道有夷隆,学有粗密,因时而建德者,不以远近易则。故皋陶歌虞,奚斯颂鲁,同见采于孔氏,列于《诗》《书》,其义一也。稽之上古则如彼,考之汉室又如此"([南朝梁]萧统编,[唐]李善注:《文选》卷一,上海古籍出版社1986年版,第1—3页。)

② 汪荣宝义疏,陈仲夫点校:《法言义疏》卷九,第291页。

③ [汉]刘安等著,陈广忠译注:《淮南子译注》卷二〇《泰族训》,吉林文史出版社1990年版,第963—964页。

④ 郭绍虞主编:《中国历代文论选》,上海古籍出版社2001年版,第30页。

究竟要维持在怎样的尺度之内？汉代人对此类问题并没有一个相对统一的认识。最明显的事例，就是对屈原作品的解读。东汉的班固在《汉书·艺文志》"诗赋略"中认为"大儒孙卿及楚臣屈原离谗忧国，皆作赋以风，咸有恻隐古诗之义"①，这种评价基本上和司马迁、王逸（生卒年不详）的观点一脉相承②。然而，他却在为《离骚》作序时表示了与此完全不一样的立场，将屈原及其作品定性为"责数怀王，怨恶椒、兰，愁神苦思，强非其人，忿怼不容，沈江而死，亦贬絜狂狷景行之士。多称昆仑，冥婚宓妃，虚无之语，皆非法度之政，经义所载"，由此认为"谓之兼《诗》《风》《雅》，而与日月争光"的赞誉是言过其实的③。这种自相矛盾的态度，说明作为东汉儒家的班固对文学作品应该如何抒情、对怨愤的疏泄应该保持在何种限度等问题并没有明晰的答案。

复次，尽管汉代文学的文辞表达越来越丰富，但汉代儒学思想家在其评论话语中对过于繁复的表达技巧普遍持拒斥的态度。扬雄给语言的表达方式设置了许多界限：例如在语言修饰的范围上，指出"事胜辞则伉，辞胜事则赋，事、辞称则经。足言足容，德之藻矣"④；在语言能力的学习上，应该以"五经"的行文方式为蓝本：

> 惟"五经"为辩，说天者莫辩乎《易》，说事者莫辩乎《书》，说体者莫辩乎《礼》，说志者莫辩乎《诗》，说理者莫辩乎《春

---

① ［汉］班固：《汉书》卷三〇，第1756页。
② 司马迁认为屈原的诗歌精神兼容了"《国风》好色而不淫，《小雅》怨诽而不乱"的传统（《史记》卷八四，中华书局1959年版，第2482页）；王逸认为"《离骚》为文，依《诗》取兴，引类譬喻……其词温而雅，其义皎而朗。凡百君子，莫不慕其清高，嘉其文采，哀其不遇，而愍其志焉"，"……作《九歌》之曲。上陈事神之敬，下见己之冤结，托之以风谏，故其文意不同，章句杂错而广异义焉"，"屈原放于江南之野，思君念国，忧心罔极，故复作《九章》。章者，著也，明也。言己所陈忠信之道，甚著明也"（黄灵庚疏证：《楚辞章句疏证》，中华书局2007年版，第9—11、745—746、1262页）。
③ ［汉］班固：《离骚序》，黄灵庚疏证：《楚辞章句疏证·序跋著录》，第2965页。
④ 汪荣宝义疏，陈仲夫点校：《法言义疏》卷二，第60页。

秋》。舍斯,辩亦小矣。①

孔子没有具体阐释"辞达"的要义,或者说他笼统的一句"言之无文行而不远"为言辞表达规定了"必有"的因素,然而扬雄则为语言训练规定了"不可有"的因素,即不能掩盖儒家思想的突出地位,不能和儒家经典的语言风格有明显的差异。其后,东汉桓谭(约前23—56)、班固等人的态度都与此类似②。知识结构较为多元的司马迁则对此略为宽容,认为司马相如的赋作"言虽外殊,其合德一也",因此并不背离《春秋》《易》《诗》的经典传统,但这种观点不可能得到正统儒家的认同。

汉代儒家的文学经典观所包含的四重维度的变化,可以描述为在知识维度上"博学于文"的重要性被减弱;在文化维度上重视儒家传统的延续和六经的典范性;在情感维度上注重其中的政治内涵,但在判断标准上并不统一;在表达维度上不认可过于丰富的语言技巧,且为言辞的表达方式设置了诸多界限。

三、"文学自觉"时期的儒家文学经典观

魏晋南北朝时期被现代文学史家认为是"文学的自觉的时代"。政教倾向在这一时期的文学经典观念中不再那么强烈、鲜明,但依然有广泛而深厚的存在基础,经典观念中四重维度的评判标准发生了明显的变化。

第一,知识维度的意义被重新重视,博学的重要性被多次提及。文人在接受教育时往往被要求博览群书,在阅读的过程中不

---

① 汪荣宝义疏,陈仲夫点校:《法言义疏》卷七,第215页。
② 桓谭在《新论》中反对"或好浮华,而不知实核;或美众多,而不见要约"的"新进丽文",还批评了为铺陈辞藻而"用精思太剧"、"尽思虑,伤精神"的创作态度([汉]桓谭撰,朱谦之校辑:《新辑本桓谭新论》卷一二,中华书局2009年版,第52—53页)。班固批评宋玉、唐勒、枚乘、司马相如、扬雄的赋作"竞为侈丽闳衍之词,没其风谕之义"(《汉书》卷三〇,第1756页)。

必介意思想是否醇正。东晋思想家葛洪(284—364)在《抱朴子》中设《尚博》一篇,开篇写道:

> 正经为道义之渊海,子书为增深之川流。仰而比之,则景星之佐三辰也;俯而方之,则林薄之神嵩岳也。虽津途殊僻,而进德同归;虽离于举趾,而合于兴化。故通人总原本以括流末,操纲领而得一致焉。
>
> 古人叹息于才难,故谓百世为随踵。不以璞非昆山,而弃耀夜之宝;不以书不出圣,而废助教之言。是以间陋之拙诗,军旅之鞫誓,或词鄙喻陋,简不盈十,犹见撰录,亚次典诰。百家之言,与善一揆。譬操水者,器虽异而救火同焉;犹针、灸者,术虽殊而攻疾均焉。①

葛洪指出,诸子百家的杂书虽然不是"正经""道义",但同样可以对人有用,因而不可一概废弃。当然,这并非要忽略"本"和"末"的区别。葛洪在回答有关文学"今世所为,多不及古"的问题时,更直接地指出了当今作者知识结构不够丰富是造成这一现象的原因:

> 百家之言,虽有步起,皆出硕儒之思,成才士之手,方之古人,不必悉减也。或有汪濊玄旷,合契作者;内辟不测之深渊,外播不匮之远流。其所祖宗也高,其所绅绎也眇。变化不系滞于规矩之方圆,旁通不凝阂于一途之逼促。是以偏嗜酸咸者,莫能知其味;用思有限者,不能得其神也。②

---

① 杨明照:《抱朴子外篇校笺(下)》卷三二,中华书局1997年版,第98—99页。
② 同上书,第116页。

这段话强调人积累知识时应该放开束缚,广泛猎取。虽然葛洪以其道家思想闻名于世,但《抱朴子》是一部儒道兼容的"杂家"著作,而上引两段材料更多是以儒家思想为出发点的。南北朝时期,文人继续崇尚博学,延续着对各类知识的兼容态度。梁代昭明太子萧统(501—531)"三岁受《孝经》《论语》,五岁遍读'五经',悉能讽诵",年龄稍长之后又接受系统的佛家教育,"崇信三宝,遍览众经"①;梁元帝萧绎(508—555)在《金楼子》中借用孟子"五百年必有王者兴"的说法,慨叹"周公没五百年有孔子,孔子没五百年有太史公,五百年运,余何敢让焉"②,将与儒学正统观念颇有分歧的司马迁纳入了孔子的体系当中。刘勰(约465—约520)《文心雕龙》以《原道》开篇,重复了"道之文""言之文"的来源和"观天文以极变,察人文以成化"的意义,这也就从"文"的本义确认了"文"在知识维度层面所具有的基本功能③;对于正统儒家所拒斥的谶纬之学,刘勰也肯定了它对于文学的正面价值,即"事丰奇伟,辞富膏腴,无益经典,而有助文章"④,这就把纬书也纳入了创作优秀文学作品所必需的知识结构当中。思想较为正统的北朝儒学家也重视博学,颜之推(531—约597)在《颜氏家训》中提出学习者应"明'六经'之指,涉百家之书",且批评了"不涉群书,经纬之外,义疏而已"而从不阅读史部、文集的"俗间儒士"⑤,这与荀卿、扬雄的态度迥异。当然,这些人所强调的博览群书都是立足于儒家的思想,都首先肯定儒家经典文献在知识框架中的基础作用。从某种意义上说,这一时期里,孔子所提倡的"博学于文"的

---

① [唐]姚思廉:《梁书》卷八,中华书局1973年版,第165—166页。
② [南朝梁]萧绎撰,许逸民校笺:《金楼子校笺》卷四,中华书局2011年版,第798页。
③ [南朝梁]刘勰著,范文澜注:《文心雕龙注》卷一,人民文学出版社1958年版,第1—3页。
④ 同上书,第31页。
⑤ [北朝]颜之推著,檀作文译注:《颜氏家训》卷三《勉学第八》,中华书局2007年版,第101、114页。

重要地位在一定程度上得到了恢复。

　　第二，在文化维度上，魏晋南北朝时期的文学经典观尊重儒家思想的教化标准但不为其所束缚。魏晋南北朝文人依旧认可文学发源于儒家的六经，也承认儒家典籍之于文学具有最高的典范地位，例如挚虞(250—300)《文章流别论》强调"文章者，所以宣上下之象，明人伦之叙，穷理尽性，以究万物之宜者也"①，对"风谕之义"的强调也基本上与《汉书·艺文志》一脉相承。而刘勰在《文心雕龙》中一方面强调学文者应该"征圣""宗经"，他接受了《毛诗序》所说的"在心为志，发言为诗"，但并未将诗歌经典观像汉儒一样局限于"风谕之义"，而认为"怜风月，狎池苑，述恩荣，叙酣宴，慷慨以任气，磊落以使才"的诗歌也堪称经典②；他认可"赋"是"诗有六义"之一，但"立赋之大体"应为"文虽新而有质，色虽糅而有本"③，司马相如"繁类以成艳"、贾谊"致辨于情理"的赋作都得到了认可。在刘勰看来，传统儒家的著作和思想是经典文学的母体，二者在最高层次上精神相通，但文学从儒家经典中脱胎之后就有了独立的发展轨迹和评判标准。其后，钟嵘的《诗品》认为"古诗十九首"与《国风》在"惊心动魄"上一脉相承④，这种对《诗经》的解读方式已经和传统的儒学思想拉开了距离。南朝人为文学家所写史传中蕴含的思想则与传统儒学的诗教观越发疏远：《宋书》中只约略提及"夫志动于中，则歌咏外发"⑤，而《南齐书》则直接表明"文章者，盖情性之风标，神明之律吕也"⑥，已经几乎看不到儒学教化观念的踪影了。

---

① ［晋］挚虞：《文章流别论》，郭绍虞主编：《中国历代文论选》，上海古籍出版社1979年版，第1册，第190页。
② ［南朝梁］刘勰著，范文澜注：《文心雕龙注》卷二，第66页。
③ 同上书，第136页。
④ ［南朝梁］钟嵘著，周振甫译注：《诗品译注》，中华书局1998年版，第32页。
⑤ ［南朝］沈约：《宋书》卷六七，中华书局1974年版，第1778页。
⑥ ［南朝梁］萧子显：《南齐书》卷五二，中华书局1972年版，第907页。

此外，魏晋南北朝的批评家在文化维度上谈论文学时，关注点多集中于作者个人是否具备充分的文化教养。《颜氏家训》的《文章》篇讲到"夫文章者，原出'五经'"，但并未在国家文化建设与政治统治的层面谈及延续"五经"传统的必要性，而侧重的是"陶冶性灵，从容讽谏，入其滋味"，在性格修养的层面批评"自古文人，多陷轻薄"①。刘勰在其《文心雕龙》中也批判了屈原在《楚辞》中所表现的"诡异之辞""谲怪之谈""狷狭之志""荒淫之意"，认为这使得屈原的作品"异乎经典"②。是否符合儒学的道德精神，仍然是这一时期从文化维度衡量文学经典性的基本要素。

第三，魏晋南北朝人对文学作品中情感的要求比较宽松。他们并没有脱离传统的文学经典观的视域，但认为多种类型的情感表达都能符合儒家的教义，而没有预设复杂的限制。屈原的怨愤之情在汉代儒家眼中褒贬不一，而魏晋南北朝人则对其持鲜明的肯定态度，刘勰认为《离骚》包含了"典诰之体""规讽之旨""比兴之义""忠怨之词"，因而"观兹四事，同于风雅者也"③，其抒情的内容和限度都在儒家观念所允许的标准之内。钟嵘的《诗品》扩大了"诗可以怨"的涵容范围，甚至提出"感荡心灵"的时候"非长歌何以骋其情"④；李陵、曹植、阮籍等因个人遭际而常怀幽怨、被主流政治边缘化的作家不仅被视为"上品"，且被认为是《楚辞》《国风》《小雅》等正统文学经典的传承者。此外，陶渊明的隐逸诗歌及其中所表现的追求个人愉悦、远离政治生活的态度也得到了批评家的理解，钟嵘说"每观其文，想其人德，世叹其质直"⑤，萧统认为"能读渊明之文者，驰竞之情遣，鄙吝之意祛，贪夫可以廉，懦夫可以立，岂止仁义可蹈，爵禄可辞！不劳复傍游太华，远求柱史，

---

① ［北朝］颜之推著，檀作文译注：《颜氏家训》卷四，第141页。
② ［南朝梁］刘勰著，范文澜注：《文心雕龙注》卷一，第46—47页。
③ 同上书，第46页。
④ ［南朝梁］钟嵘著，周振甫注：《诗品译注》第21页。
⑤ 同上书，第66页。

此亦有助于风教"①。由于对社会道德观念的限定相对宽泛,政治的色彩被淡化,作家的独立人格得到了更多的尊重。前文已经概括,孔子的文学经典观允许表达个人情感但强调必要的限制。可以说,在大一统时代,文学经典观更重视对情感的节制;而在政权分裂的时期,则对个人情感的抒发予以更大程度的宽容。

第四,在表达维度上,魏晋南北朝的批评家承认语言表达中的修饰和技巧是文学必须具备的要素。例如陆机指出"诗缘情而绮靡",刘勰指出作赋"词必巧丽"。但是,形式大于内容的空泛修辞始终为批评家所反对。刘勰认为优秀的文学作品应该"为情而造文",相反"为文而造情"者只会"苟驰夸饰,鬻声钓世",使作品流于"淫丽而烦滥"②。萧子显亦列举了当下文学创作中"启心闲绎,托辞华旷,虽存巧绮,终致迂回","缉事比类,非对不发,博物可嘉,职成拘制"和"发唱惊挺,操调险急,雕藻淫艳,倾炫心魂"这三种偏颇,认为创作者应该在此三者之外去寻求"言尚易了,文憎过意,吐石含金,滋润婉切"③。颜之推指出理想的文学形态应将"古人之文"的"体度风格"与当今的"音律谐靡,章句偶对,讳避精详"结合,"宜以古之制裁为本,今之辞调为末,并须两存,不可偏弃"④。

此外,表达维度被这一时期批评家重视还出于这样的原因,即应用于不同场合、不同目的的文章究竟应该如何创作,这一现实性、应用性的问题越来越重要。鲁迅(1881—1936)将魏晋时期定义为"文学的自觉时代",认为其接近于西方"为艺术而艺术"的理念⑤。实际上这种"文学自觉",与其说是"为艺术",倒不如说是

---

① [南朝梁]萧统:《陶渊明集序》,北京大学、北京师范大学中文系教师同学编:《古典文学研究资料汇编·陶渊明卷》,中华书局1962年版,第9页。
② [南朝梁]刘勰著,范文澜注:《文心雕龙注》卷七,第538页。
③ [南朝梁]萧子显:《南齐书》卷五二,第908—909页。
④ [北朝]颜之推著,檀作文译注:《颜氏家训·文章第九》,第149—150页。
⑤ 鲁迅:《魏晋风度及文章与药及酒之关系》,《鲁迅全集》第三卷《而已集》,人民文学出版社2005年版,第526页。

"为应用"。文体的分类本身就是由各种特定的社会行为方式最终积淀而成①,而魏晋时期越来越细致的文体划分也必然是由渐趋丰富具体的实际行为所要求的。例如,曹丕的《典论·论文》中提及"奏议宜雅,书论宜理,铭诔尚实,诗赋欲丽"②,就具有非常鲜明的应用性特征,其中"奏议、书论、铭诔"都是应用性的文体,而居首位的"奏议宜雅"更可以被认定为曹丕作为君主对臣下所上奏章的格式要求。其后,挚虞、陆机、刘勰等人都越来越明确具体地针对各类文体提出了"应该怎么做"的问题③。萧统在《文选》中所做的细致分类与选编,也是对这种日益强烈的应用需求的响应。

魏晋南北朝时期,儒家文学经典观里四重维度的重要变化为:知识维度的重要意义被提升;在文化维度上,儒家六经传统的典范性仍然存在但对文学的束缚减弱,重视作家的文化修养但不强调文学的政治功效;在情感维度上认可作家对各种情感的自由疏泄;在表达维度上重视对语言修辞技巧的合理运用,并尝试为各种应用性文学确立具体的格式标准。

四、隋唐时期的儒家文学经典观

隋唐时期是中国历史上一个长期相对稳定的大一统时期,在文化与文学的繁荣方面也达到了更高的水平。统治者更加重视国家的文化建设,唐代君臣对于文学更表现出了由衷的热爱;同时儒学思想家也提出了对后世影响深远的文学经典观念。严格说来,儒家的文学经典观在隋代、初唐、中唐及晚唐五代时期

---

① 郭英德:《由行为方式向文本方式的变迁——中国古代文体分类生成方式片论之一》,《中国古代文体学论稿》,北京大学出版社 2005 年版,第 43 页。
② [三国魏]曹丕:《典论·论文》,《文选》卷五二,第 2271 页。
③ 关于《文心雕龙》对文学经典的历史建构,参见蒋凡、羊列荣《〈文心雕龙〉和古典历史主义》,中国文心雕龙学会编:《论刘勰及其〈文心雕龙〉》,学苑出版社 2000 年版,第 11—25 页。

都不同程度地发生过变化,这里只将它们的共同点择要列举如下。

第一,提倡文学创作者广泛猎取知识,但强调儒家传统学问在知识体系中的基础作用,以至重提《中庸》中"格物致知"的观点。隋代,"博学"的重要性尚不被思想家所重视。王通(584—617)在《中说》中曾说道"学者,博诵云乎哉?必也贯乎道。文者,苟作云乎哉?必也济乎义","王道之驳久矣,礼乐可以不正乎?大义之芜甚矣,《诗》《书》可以不续乎"[1],与西汉时扬雄的观点很类似。然而,《中说》相当多的篇幅从内容到语气都是对《论语》《法言》等著作的重复,没有为思想史注入足够的新质。初唐时期,在官方组织编纂的八部前代史书中,《周书》与《北史》的"文苑传"中均有这样一段话:

> 逮乎两周道丧,七十义乖。淹中、稷下,八儒三墨,辩博之论蜂起;漆园、黍谷,名法兵农,宏放之词雾集。虽雅诰奥义,或未尽善,考其所长,盖贤达之源流也。[2]

诸子百家的学说不再被视为异端或"邪道",这与汉代的大一统思想有了很大差别。各路多元的学术思想作为宏大知识体系中的一部分,被涵容进了唐代儒家的文学经典观中。

中唐古文家对吸收知识及文学作品知识含量的态度与初唐的官方修史者有一定的差别,他们较为鲜明地提倡了儒家正统的权威性,但也有原则地提倡作家对多方面知识的兼收并蓄。韩愈

---

[1] 张沛:《中说译注》卷二,上海古籍出版社2011年版,第39、51页。
[2] [唐]令狐德棻等:《周书》卷四一,中华书局1971年版,第742—743页;[唐]李延寿:《北史》卷八三,中华书局1974年版,第2778页。文字略有歧异。

的《进学解》用诙谐的语言描述了自己广博的读书范围①,其后,柳宗元提出在孔子思想之外,老子和杨、墨、申、商、刑名、纵横等学说"皆有以佐世"②,他还更加明确地提出了为文者应该如何以"五经"为核心来建立、完善自己的知识体系:

> 本之《书》以求其质,本之《诗》以求其恒,本之《礼》以求其宜,本之《春秋》以求其断,本之《易》以求其动,此吾所以取道之原也。参之《穀梁氏》以厉其气,参之《孟》《荀》以畅其支,参之《庄》《老》以肆其端,参之《国语》以博其趣,参之《离骚》以致其幽,参之太史公以著其洁,此吾所以旁推交通而以为之文也。③
>
> 大都文以行为本,在先诚其中。其外者当先读六经,次《论语》、孟轲书,皆经言;《左氏》、《国语》、庄周、屈原之辞,稍采取之;穀梁子、太史公甚峻洁,可以出入;余书俟文成异日讨也。其归在不出孔子,此其古人贤士所懔懔者。求孔子之道,不于异书。秀才志于道,慎勿怪、勿杂、勿务速显。④

柳宗元认为较高文学素养的形成要靠博览群书、博采众长,但"五经"必须是"本",范围不能逾越"孔子之道"。此外,柳宗元还在给韦珩的信中表示韩愈取得文学成就的原因在于他对司马迁、扬雄的学习,并赞赏其"好读南北史书,通国朝事,穿穴古今"的优点⑤。

---

① 文曰:"先生之于儒,可谓有劳矣。沉浸醲郁,含英咀华。作为文章,其书满家。上规姚姒,浑浑无涯。周诰殷盘,佶屈聱牙。《春秋》谨严,左氏浮夸。《易》奇而法,《诗》正而葩。下逮《庄》《骚》,太史所录。子云相如,同工异曲。"(参见《韩昌黎全集》卷一二,中国书店1991年版,第187页。)

② [唐]柳宗元:《送元十八山人南游序》,《柳宗元集》卷二五,中华书局1979年版,第662页。

③ [唐]柳宗元:《答韦中立论师道书》,《柳宗元集》卷三四,第873页。

④ [唐]柳宗元:《报袁君陈秀才避师名书》,《柳宗元集》卷三四,第880—881页。

⑤ [唐]柳宗元:《答韦珩示韩愈相推以文墨事书》,《柳宗元集》卷三四,第882页。

不过,柳宗元对文史知识中有悖于儒家正道的部分也持有负面的态度,例如他曾批评杨诲之的文章"用《庄子》《国语》文字太多,反累正气"①,他还这样解释自己写作《非国语》的原因:

> 左氏《国语》,其文深闳杰异,固世之所耽嗜而不已也。而其说多诬淫,不概于圣。余惧世之学者溺其文采而沦于是非,是不得由中庸以入尧、舜之道。本诸理,作《非国语》。②

作为深谙历史的学者与文学家,柳宗元对《国语》的既有吸收又有排斥,把握的尺度就是儒家的"中庸"之道。之后,韩愈的弟子李翱在《答朱载言书》中亦表明他赞成求学者学习多家的态度,"六经之后,百家之言兴。老聃、列御寇、庄周、鹖冠、田穰苴、孙武、屈原、宋玉、孟子、吴起、商鞅、墨翟、鬼谷子、荀况、韩非、李斯、贾谊、枚乘、司马迁、相如、刘向、扬雄,皆足以自成一家之文,学者之所师归也"③,但他在《复性书》中提出了更重要的内容,即"格物致知"的具体方法:

> 敢问致知在格物,何谓也?曰:物者,万物也;格者,来也、至也。物至之时,其心昭昭然明辨焉,而不应于物者,是致知也,是知之至也。④

以"昭昭然明辨"的态度来接纳世间万物,自然会对各种知识的是非曲直与内涵本质做出明晰的判断。这就从儒家的文学经典观扩展到哲学的方法论层面了。

---

① [唐]柳宗元:《与杨诲之第二书》,《柳宗元集》卷三三,第857页。
② [唐]柳宗元:《非国语序》,《柳宗元集》卷四四,第1265页。
③ [唐]李翱:《答朱载言书》,[清]董诰等编:《全唐文》卷六三五,中华书局1983年版,第6412页。
④ [唐]李翱:《复性书中》,[清]董诰等编:《全唐文》卷六三七,第6435页。

第二,在文化维度上,初唐的思想家持相对宽泛的态度,认为文学史上一切至今被广泛传播的作品都堪称经典,新时代文学应该在广泛继承的基础上有所开拓;而中唐的古文家则认为文学应该足以传承"古道"所承载的典范性内涵。

在初唐的官修正史中,编纂者几乎都用赞赏的语气描述了从孔子至南北朝的文学史发展。《晋书·文苑传》中评述晋代文学道"信乃金相玉润,林荟川冲,埒美前修,垂裕来叶。今撰其鸿笔之彦,著之《文苑》云"①。《陈书》表示"自楚、汉以降,辞人世出,洛汭、江左,其流弥畅。莫不思侔造化,明并日月,大则宪章典谟,裨赞王道,小则文理清正,申纾性灵"②,《周书》写道"虽诗赋与奏议异轸,铭诔与书论殊途,而撮其旨要,举其大抵,莫若以气为主,以文传意。考其殿最,定其区域,摭六经百氏之英华,探屈、宋、卿、云之秘奥",等等③。这种将古代一切文学遗产融会其中的包容的文学经典观,被包弼德(Peter K. Bol)概括为"选择适宜的典范和对传统的综合来建设一个规范的文化"④,也是初唐特有的思路。

其实,中唐倡导古文的作家也在一定程度上秉承了这一思想,但他们对既往的文学遗产多数采取了选择继承的态度,主张吸取、汇集那些儒学思想较为醇正、社会政治较为稳定、文化思潮较为蓬勃向上时期的文化。例如权德舆(759—818)在《兵部郎中杨君集序》中表示:

> 周家忠厚、文章备乎二代,先师有郁郁之叹。故周任、史克、仍叔、吉甫之伦生焉。汉氏刬烦苛,宏利泽,训辞深厚,议论宏大,故贾谊、扬雄、司马迁、相如之才出焉。唐兴,几二百

---

① [唐]房玄龄等:《晋书》卷九二,中华书局1974年版,第2370页。
② [唐]姚思廉:《陈书》卷三四,中华书局1972年版,第453页。
③ [唐]令狐德棻:《周书》卷四一,第744—745页。
④ 〔美〕包弼德:《斯文:唐宋思想的转型》,刘宁译,江苏人民出版社2001年版,第153页。

岁,绍闻周汉之逸轨,以人文华国,犹云汉之为章于上,江汉之为纪于下,九功成焉,百度贞焉。①

此外柳宗元在为其弟柳宗直所编《西汉文类》作的序中表示,应该学习、传扬西汉文章及其反映的社会文化精神:

> 文之近古而尤壮丽,莫若汉之西京……殷、周之前,其文简而野,魏、晋以降,则荡而靡,得其中者汉氏。汉氏之东,则既衰矣。当文帝时,始得贾生明儒术,武帝尤好焉。而公孙弘、董仲舒、司马迁、相如之徒作,风雅益盛,敷施天下,自天子至公卿大夫士庶人咸通焉。于是宣于诏策,达于奏议,讽于辞赋,传于歌谣,由高帝讫于哀、平,王莽之诛,四方之文章盖烂然矣……若乃合其英精,离其变通,论次其全叙位,必俟学古者兴行之。唐兴,用文理,贞元间,文章特盛。本之三代,浃于汉氏,与之相准。②

儒术的兴盛与创作的繁荣,是柳宗元认为应充分吸收借鉴西汉文学遗产的原因。梁肃则对汉代文章所反映的时代精神做了更细致的分析,指出"炎汉制度以霸,王道杂之,故其文亦二:贾生、马迁、刘向、班固,其文博厚,出于王风者也;枚叔、相如、扬雄、张衡,其文雄富,出于霸途者也"③,他认为汉代是主要靠霸道兴盛的时期,因此不应该是大力效仿的对象。中唐古文家仍然把总结、学习前代文学,创作新文学看作社会文化建设的重要途径,但他们选择经典的方针不再是宏大地涵容,而是认真地考察哪些时代的

---

① [唐]权德舆:《兵部郎中杨君集序》,[清]董诰等编:《全唐文》卷四八九,第4996页。
② [唐]柳宗元:《柳宗直西汉文类序》,《柳宗元集》卷二一,第576—577页。
③ [唐]梁肃:《补阙李君前集序》,[清]董诰等编:《全唐文》卷五一八,第5261页。

哪些作品更能代表、阐发儒家的道德精神。这与汉代儒家站在社会意识形态的角度要求思想的统一是不同的,它是儒家学者提出的一种通过树立文学经典来潜移默化地改变社会风气,以求社会秩序好转的策略。其实,初唐文学家已经提出过类似的问题。例如王勃(约650—约676)在为祖父王通作的《续书序》中提出"昔者仲尼之述书也,将以究事业之通,而正性命之理……道德仁义,于是乎明;刑政礼乐,于是乎出。非先王之德行不敢传,非先王之法言不敢道"①,杨炯(650—693)在为王勃别集作序时亦表示自汉代开始的文学都已经失落了"文"的精神,"汉皇改运,此道不还。贾、马蔚兴,已亏于《雅》《颂》;曹、王杰起,更失于《风》《骚》"②。然而,这种观念在初唐时并未引起新的批评思潮,王勃、杨炯等人也没有更深入地阐发这一问题。

有一些中唐古文家比较鲜明地认为文学作品应该传承并体现周代"王道"时期的文化品格。例如柳冕(约730—约804)在《谢杜相公论房杜二相书》中表示:

  古之作者,因治乱而感哀乐,因哀乐而为咏歌,因咏歌而成比兴,故《大雅》作则王道盛矣,《小雅》作则王道缺矣,《雅》变《风》则王道衰矣,诗不作则王泽竭矣。至于屈、宋,哀而以思,流而不反,皆亡国之音也。至于西汉,扬、马以降,置其盛明之代,而习亡国之音,所失岂不大哉? 然而武帝闻《子虚》之赋,叹曰"嗟乎,朕不得与此人同时"。故武帝好神仙,相如为《大人赋》以讽之,读之飘飘然,反有凌之志。子云非之曰"讽则讽矣,吾恐不免于劝也",子云知之不能行之,于是风雅

---

① [唐]王勃:《续书序》,[清]蒋清翊注:《王子安集注》卷九,上海古籍出版社1995年版,第275页。
② [唐]杨炯:《王子安集原序》,[唐]王勃著,[清]蒋清翊注:《王子安集注》,第61—62页。

之文变为形似,比兴之体变为飞动,礼义之情变为物色,《诗》之六义尽矣。何则？屈、宋唱之,两汉扇之,魏晋江左随波而不反矣。①

他对屈原以来的文学思潮都持拒斥的态度。此外对于韩愈、柳宗元等人钦慕并师法的司马迁,柳冕在另一篇文章里也指出了他的过失,"迁之过,在不本于儒教以一王法,使杨朱、墨子得非圣人"②。为文者的责任应该在于重建儒家理想中的社会道德秩序,因此选择正确的典范具有深远的作用：

> 六经之作,圣人所以明天道,正人伦,助治乱。苟非大者,君子不学;苟非远者,君子不言。学大则君子之德崇,言远则君子之业广。故仲尼叹曰："大哉尧之为君也,惟天为大,惟尧则之。巍巍乎其有成功也,焕乎其有文章",又曰："周监于二代,郁郁乎文哉,吾从周"。于是叙《书》即起《尧典》,称《乐》则美《韶》《武》,论《诗》即始《周南》,修《春秋》则绳以文武之道。然后乐正,雅颂各得其所。③

这段话重新诠释了孔子给"文"在文化维度上所赋予的含义,并将孔子对文学经典的选择作为这一文化活动在后世的永恒典范。韩愈描述了古代儒家所传习的"道",他的弟子李翱则具体地阐述了文学活动与"古道"的关系,并从这一角度揭示了学习古文的真正目的：

---

① [唐]柳冕:《谢杜相公论房杜二相书》,[清]董诰等编:《全唐文》卷五二七,第5354页。
② [唐]柳冕:《答孟判官论宇文生评史官书》,[清]董诰等编:《全唐文》卷五二七,第5355页。
③ 同上。

> 吾所以不协于时而学古文者,悦古人之行也。悦古人之行者,爱古人之道也。故学其言,不可以不行其行;行其行,不可以不重其道;重其道,不可以不循其礼。①

可见,中唐古文家的文学经典观仍然是恢复古代儒家的文化传统,应该说这种观点并非新生事物。但是,他们思想的出发点不是对古代的简单接续,而是从中寻求修正人们道德观念与行为习惯的方法。

第三,在情感维度上,初唐人认为经典的文学作品应该具有充沛的情感,但中唐古文家则对文学作品的抒情做了较多的限定。

在初唐的官修史书中,修史者认可情感是文学创作的来源,《南史》延续《南齐书》的观点"文章者,盖情性之风标,神明之律吕也"②,《周书》指出"原夫文章之作,本乎情性"③;此外对于情感的表现内容也做了比较宽泛的限定,例如《北史》《隋书》都提到"其离谗放逐之臣,涂穷后门之士,道轗轲而未遇,志郁抑而不申,愤激委约之中,飞文魏阙之下,奋迅泥滓,自致青云,振沉溺于一朝,流风声于千载者,往往而有矣"④,愤激、怨恨之情所浇铸的作品也得到了官方的认可。并且,初唐人对《诗经》中的情感也没有做出彻底的政治性解读。孔颖达为《毛诗正义》作序时说道:

> 六情静于中,百物荡于外,情缘物动,物感情迁。若政遇醇和,则欢娱被于朝野;时当惨黩,亦怨刺形于咏歌。作之者所以畅怀舒愤,闻之者足以塞违从正。发诸情性,谐于律吕,

---

① [唐]李翱:《答朱载言书》,[清]董诰等编:《全唐文》卷六三五,第6412页。
② [唐]李延寿:《南史》卷七二,中华书局1975年版,第1792页。
③ [唐]令狐德棻:《周书》卷四一,第744页。
④ [唐]李延寿:《北史》卷八三,第2778页;[唐]魏徵、令狐德棻:《隋书》卷七六,中华书局1973年版,第1729页。文字略有歧异。

故曰"感天地,动鬼神,莫近于《诗》",此乃《诗》之为用,其利大矣。①

本着疏不破注的原则,孔颖达不可能对毛诗的解读思路提出异议,但我们可以清晰感知到他更多地是从普通情感的认知角度来理解《诗经》中作品的生成,而不是像毛诗《大序》那样建构了一个"变风""变雅"的创作体系。不过,初唐人并非对文学作品中的所有情感都能涵容,他们拒斥"亡国之音"。例如《周书》中提到"然而子山之文,发源于宋末,盛行于梁季。其体以淫放为本,其词以轻险为宗。故能夸目侈于红紫,荡心逾于郑、卫。昔杨子云有言:'诗人之赋,丽以则;辞人之赋,丽以淫。'若以庾氏方之,斯又词赋之罪人也"②,《北史》与《隋书》均表示"梁自大同之后,雅道沦缺,渐乖典则,争驰新巧。简文、湘东启其淫放,徐陵、庾信分路扬镳。其意浅而繁,其文匿而彩,词尚轻险,情多哀思,格以延陵之听,盖亦亡国之音也"③。与汉代人要求文学作品必须符合儒家讽喻之义,且不能和政治统治相抵触不同,唐代人更为关心的是国家文化力量的强盛,因此他们能对充满阳刚之气的文学作品广泛包容,但忌讳颓伤、阴柔之类消极情感的弥漫。

中唐之后,主张复兴"六经"古道的古文家对文学作品的情感表达做了更严格的限制。李华(715—766)认为屈原、宋玉诗歌所传达的哀伤情感也是对"六经之道"的背离④。柳冕则比较细致地

---

① [唐]孔颖达:《毛诗正义序》,李学勤主编:《十三经注疏·毛诗正义》(标点本)上册,北京大学出版社1999年版,第3页。
② [唐]令狐德棻:《周书》卷四一,第744页。
③ [唐]李延寿:《北史》卷八三,第2782页;[唐]魏徵、令狐德棻:《隋书》卷七六,第1730页。文字略有歧异。
④ 李华《赠礼部尚书清河孝公崔沔集序》称"夫子之文章,偃、商传焉。偃、商没而孔伋、孟轲作,盖六经之遗也。屈平、宋玉哀而伤,靡而不返,六经之道遁矣"([清]董诰等编:《全唐文》卷三一五,第3196页)。

分析了情感的来源和调节的问题:

> 夫文生于情,情生于哀乐,哀乐生于治乱,故君子感哀乐而为文章,以知治乱之本。屈宋以降,则感哀乐而亡雅正。魏晋以还,则感声色而亡风教。宋齐以下,则感物色而亡兴致。教化兴亡,则君子之风尽,故淫丽形似之文,皆亡国哀思之音也。自夫子至梁陈,三变以至衰弱。嗟乎!《关雎》兴而周道盛,王泽竭而诗不作,作则王道兴矣。①

柳冕认为,文学作品应该来源于"哀"或者"乐"的情感。但是"哀"和"乐"都不能仅仅是个人情绪的传递,而应该能够对现实社会的"治乱"状况有所反映,经典文学作品所抒发的情感应该为个人和社会所共同感知。另外,若仅仅感"哀乐"而失去了"雅正"的调节,文学作品就会逐渐背离理想的"王道",其品质也会逐渐堕落。这也可被视为对孔子"乐而不淫,哀而不伤"传统的复归。不过,对"哀伤"情调的拒斥是有唐一代儒学批评家较为普遍的共识,亦可见出唐代人对文学作品情感基调所折射出的国家气运始终是高度关注的。

第四,隋唐批评家对于文学的表达技巧持相对自由的态度。《隋书·文学传》对于前代的文学成就已经表明了这种立场:"江左宫商发越,贵于清绮,河朔词义贞刚,重乎气质。气质则理胜其词,清绮则文过其意,理深者便于时用,文华者宜于咏歌,此其南北词人得失之大较也。若能掇彼清音,简兹累句,各去所短,合其两长,则文质斌斌,尽善尽美矣。"②总体来说,初唐批评家以理论形式确立了文学的华美形式与真挚情感相结合的经典观念,

---

① [唐]柳冕:《与滑州卢大夫论文书》,[清]董诰等编:《全唐文》卷五二七,第5356页。
② [唐]魏徵、令狐德棻:《隋书》卷七六,第1730页。

但这种思想在魏晋南北朝时期已成相当的气候,因而并无太多新质。

中唐时期,提倡古文的学者虽然极力抨击骈体文形式过于内容的弊端,但其出发点和目的都并非只针对文学的表达形式。从总体来说,古文家对于修辞技巧的使用一直是肯定的。例如独孤及指出"志非言不形,言非文不彰,是三者相为用,犹涉川者假舟楫而后济"①。韩愈用俳谐文风写作《毛颖传》,柳宗元对此持高度评价,称"仆甚奇其书,恐世人非之,今作数百言,知前圣不必罪俳也"②;在柳宗元的另一篇文章中,他系统地提出了对表达方式的要求,"文有二道:辞令褒贬,本乎著述者也;导扬讽谕,本乎比兴者也。著述者流,盖出于《书》之谟、训,《易》之象、系,《春秋》之笔削,其要在于高壮广厚,词正而理备,谓宜藏于简册也。比兴者流,盖出于虞、夏之咏歌,殷、周之风雅,其要在于丽则清越,言畅而意美,谓宜流于谣诵也"③。散文应该采用什么类型、什么程度的表达技巧,一要看该文体、文类的实际用途,二要遵循其在"六经"中的本源。这也印证了文学在表达维度上的要求是与其在文化维度上的属性紧密关联的。从总体来看,中唐古文家在表达维度上并没有为文学经典观念注入新的内容,唯一的期待就是搁置对文章表达风格的争议。韩愈提出文"无难易"及"师其意,不师其辞"④,李翱在《答朱载言书》中做了更具体的解说:

> 天下之语文章者有六说焉,其尚异者则曰"文章辞句奇险而已",其好理者则曰"文章叙意苟通而已",其溺于时者则

---

① [唐]独孤及:《检校尚书吏部员外郎赵郡李公中集序》,[清]董诰等编:《全唐文》卷三八八,第3945页。
② [唐]柳宗元:《与杨诲之书》,《柳宗元集》卷三三,第848页。
③ [唐]柳宗元:《杨评事文集后序》,《柳宗元集》卷二一,第579页。
④ [唐]韩愈:《答刘正夫书》,《韩昌黎全集》卷一八,第264页。

曰"文章必当对",其病于时者则曰"文章不当对",其爱难者则曰"文章宜深不当易",其爱易者则曰"文章宜通不当难"。此皆情有所偏滞而不流,未识文章之所主也。①

李翱在上述引文之后列举了文学史上的很多例子,证明语言是否对仗、精工与文学作品的经典性关系不大。学习古文的目的和方式并非要落实在文学语言上,而是最终要效仿"古人之行",由古人的"礼"去领会"古人之道",这一点已经在前文有所述及。对于语言表达技巧,汉代的观念侧重于严格限制,魏晋南北朝人侧重针对不同的需要提出具体的要求,而唐代古文家则在一定的原则内鼓励其自由发挥。

本节回顾并总结了自先秦至唐代的儒家文学经典观发展变化的历程。《论语》对"文"的描述以及对文艺、语言现象的评价,为后世提供了知识、文化、情感、表达这四重鉴别文学经典性质的维度。其中,知识维度用以评判文学作品所应具有的学识含量,考量文学作品能否提供给读者丰富的知识信息;文化维度用以评估文学作品的道德属性和社会教育的功能,且与国家意识形态的关联最为紧密;情感维度用以评价文学作品所抒发情绪的属性和社会影响;表达维度用以评价文章修辞手段的使用是否合适、得体。儒家文学经典观念在北宋前的演变轨迹,即体现在这四重维度之中。

中唐古文家对文学经典性的问题做了很多有价值的探索,这些探索总体上没有偏离孔子对上述四重维度的认识,具有更多的学理意义,其目的也多基于教育性而非政治性。不过,中唐古文家的文学理念在北宋时期才得到更为深入、持久的贯彻。

---

① [唐]李翱:《答朱载言书》,[清]董诰等编:《全唐文》卷六三五,第 6411 页。

第二节　儒家文学经典观念在北宋的沿革及影响

北宋是儒家思想建设取得丰硕成果的一个时期。北宋古文运动的参与者努力接续韩愈高扬的"道统"，试图通过符合儒学精神的文学创作来捍卫理想的道德精神。与此同时，二程所代表的道学思想也在北宋中期兴起。他们与古文家有共同的儒学追求，却代表了不同的知识体系与学术路径。北宋古文家不仅在文学创作上力图继承古学，也在理念上发展了儒家传统的文学经典观。然而，道学家的思维体系中并未包含文学经典的内容，但他们对于构成文学经典观念的四重维度也提出了自己的主张，并对此后的思想界产生了深刻影响。这两方面文化力量的综合作用，构成了北宋六家散文在南宋金元时期经典化历程的观念背景。

一、北宋古文家对儒家文学经典观念的发展

北宋古文运动以文学作为载体，呼唤儒学传统精神的重建。在古文运动的初期，文学家试图通过写作"古文"来复兴"古道"，以对抗佛老思想的侵蚀和西昆体文学的泛滥；随后，经过欧阳修对"太学体"和"诞者之道"的拒斥，"古文"的发展走向健康和兴盛，到苏轼达到顶峰。这一过程虽然伴随着思想的交锋和转变，但是古文家始终把文学视为儒学精神的载体，把文学创作作为弘扬并践履儒家道德的文化活动，也在这一共同的文化立场上发展了传统的儒家文学经典观念。对此，我们仍然可以透过知识、文化、情感、表达这四重维度加以考察、梳理。

首先，在知识维度上，北宋古文家大多提倡学文者博览群书，既要通晓儒家的六经，还要积极地猎取各种门类的知识，以提升文章的思想厚度。例如，北宋初期的古文家柳开（948—1001），一

方面宣称自己创作"孔子、孟轲、扬雄、韩愈之文"①,但同时也以自己"通诵六经、诸史、百氏之言"而自豪②;范仲淹认为,成为"文学之器",就应该具备掌握多方面知识的能力,包括"通《易》之神明,得《诗》之风化,洞《春秋》褒贬之法,达礼乐制作之情,善言二帝三王之书,博涉九流百家之说"③;韩琦(1008—1075)在一篇墓志铭中赞扬墓主的文学水平,也特别提到其丰富的知识储备,"究览经史百家之言,至于浮屠老子之书,无不探考,得其渊妙"④。

然而,北宋古文家对待各类文史知识与儒家正统精神间的分歧表现了较强的原则性,他们较为自觉地警惕各种杂家学说对儒学正统精神的损害。例如,柳开曾说:

> 君子之文,简而深,淳而精。若欲用其经史百家之言,则杂也。⑤

可见,柳开尽管重视对百家学说的习得,但他并不因此而容忍思想驳杂的文学作品。孙何(961—1004)曾对刘知幾的《史通》展开激烈的抨击,他指出:

> 刘子玄著《史通》二十卷,自左丘明、司马迁以降,皆区分利病,较定工拙,足以自成一家之书。然恃其诡辩,任其偏见,往往凌侮六经,诟病前圣……今子玄方欲捃拾遗阙,刊正

---

① [宋]柳开:《应责》,曾枣庄、刘琳主编:《全宋文》卷一二六,上海辞书出版社、安徽教育出版社 2006 年版,第 6 册,第 367 页。
② [宋]柳开:《字说》,曾枣庄、刘琳主编:《全宋文》卷一二六,第 6 册,第 369 页。
③ [宋]范仲淹:《南京书院题名记》,曾枣庄、刘琳主编:《全宋文》卷三八六,第 18 册,第 418 页。
④ [宋]韩琦:《故尚书比部员外郎崔君墓志铭》,曾枣庄、刘琳主编:《全宋文》卷八五八,第 40 册,第 107 页。
⑤ [宋]柳开:《上王学士第四书》,曾枣庄、刘琳主编:《全宋文》卷一二〇,第 6 册,第 285 页。

疑误,而先逆经背道,拔本塞源,取诸子一时之言,破百代不刊之典,多见其不知量也,在圣人何损于明哉!夫《汲冢琐语》者,战国遗烬;《山海经》者,方外奇说;《墨子》者,孔门罪人;《吕氏春秋》者,秦世杂记。皆叛去大教,驱驰异端。童子属文,尚所不取;信史秉笔,夫何足征?①

这种态度跟扬雄等汉代大儒的立场基本无二。同时在另一篇《尊儒》中,孙何批判了司马迁在《史记》收录的《论六家要旨》一文,因为其中包含了赞扬道家的观点;他又进而批评班固说"固既躬为史臣,已秉笔削,自宜刮去诸子,以扶正道。设若好奇尚异,志欲毕载其事,亦当独尊儒术,然后附见八家。今反齐书并列,以为等夷,不其大谬欤"②。史籍著作的撰写,自然需要广泛采集史料,并且对历史事件做出独立的评价,这一过程必将大量接触到儒家典籍之外的各种文献,并产生一些与正统思想不尽一致的思路和观点。尽管从根本上说,史学家们大多没有背离儒学思想的框架,甚至还带有更为高远的思想史追求③,但北宋古文家通常不将他们看作儒学精神的正派传承者。例如,孙复在《文王论》中说道,"司马子长修《史记》,叙太公之迹也,不能实录善事,乃散取杂乱不经之说以广其异闻尔"④,这一方面指出了《史记》与儒学主流的差异,另一方面也明确表示了以他为代表的北宋古文家对"杂乱不经"之说的拒斥态度。欧阳修亦在《春秋论》中表示:

---

① [宋]孙何:《驳史通序》,曾枣庄、刘琳主编:《全宋文》卷一八五,第9册,第200页。
② [宋]孙何:《尊儒》,曾枣庄、刘琳主编:《全宋文》卷一八六,第9册,第203页。
③ 例如司马迁在《太史公自序》中记叙自己编著《史记》的目标为"先人有言:'自周公卒五百岁而有孔子。孔子卒后至于今五百岁,有能绍明世,正《易传》,继《春秋》,本《诗》《书》《礼》《乐》之际?'意在斯乎!意在斯乎!小子何敢让焉"(《史记》卷一三〇,第3296页)。
④ [宋]孙复:《文王论》,曾枣庄、刘琳主编:《全宋文》卷四〇一,第19册,第301页。

> 孔子,圣人也,万世取信,一人而已。若公羊高、穀梁赤、左氏三子者,博学而多闻矣,其传不能无失者也。孔子之于经,三子之于传,有所不同,则学者宁舍经而从传,不信孔子而信三子,甚哉其惑也……经简而直,传新而奇,简直无悦耳之言,而新奇多可喜之论,是以学者乐闻而易惑也。[①]

舍传求经是宋代儒学的风尚,但欧阳修的这段议论较为充分地表明,他对各种新说异论干扰儒家正典的现象是警惕的,包括被后人列入《十三经》的《春秋》三传也概莫能外。

不过,从实际的应对策略来看,北宋古文家对于"博学"和"正统"的矛盾给出的是一条两全的调和之路。他们认为,广泛地吸收百家知识,与拒斥各种学说中存在的错误观点,二者不会形成尖锐的冲突。换句话说,只要把握得当,儒家正典的权威性并不会因为人们的博学而受到冲击。相反,只有全面细致地了解世间存在的各种知识,建立起宽广扎实的学识储备,才能更加深刻地领悟正确和错误的区别,从而切实体会到正典的价值。新时代的文学经典,应该在这样的知识培养中被熏陶出来。王安石在给曾巩的信中写道:

> 然世之不见全经久矣,读经而已,则不足以知经。故某自百家诸子之书,至于《难经》、《素问》、《本草》、诸小说无所不读,农夫、女工无所不问,然后于经为能知其大体而无疑。盖后世学者,与先王之时异矣,不如是不足以尽圣人故也。扬雄虽为不好非圣人之书,然于墨、晏、邹、庄、申、韩,亦何所

[①] [宋]欧阳修:《春秋论上》,《居士集》卷一八,洪本健校笺:《欧阳修诗文集校笺》,上海古籍出版社 2009 年版,第 546 页。

不读？彼致其知而后读，以其所去取，故异学不能乱也。惟其不能乱，故能有所去取者，所以明吾道而已。①

因此，对杂学应该批判，而非简单地拒绝。曾巩在《战国策目录序》中表明过他对于"邪说"的态度：

> 君子之禁邪说也，固将明其说于天下，使当世之人皆知其说之不可从，然后以禁，则齐；使后世之人皆知其说之不可为，然后以戒，则明，岂必灭其籍哉？放而绝之，莫善于是。是以孟子之书，有为神农之言者，有为墨子之言者，皆著而非之。至于此书（指《战国策》——引者注）之作，则上继春秋，下至楚汉之起，二百四五十年之间，载其行事，固不可得而废也。②

这种态度，一方面给儒家思想之外的各种典籍以生存和传播的空间，另一方面也在实质上认可了博览群书对铸塑知识修养的重要性。另一位古文家司马光，在其《稷下赋》中借古讽今，谴责"是非一概，邪正同区，异端角进，大道羁孤"的局面③，但他却明确地表示自己编纂《资治通鉴》是"遍阅旧史，旁采小说，简牍盈积，浩如烟海，抉摘幽隐，校计毫厘"的过程④，他为科举考试设定的目标，也是希望"举人皆务尊尚经术，穷圣人旨趣不敢不精，旁览子史不

---

① ［宋］王安石：《答曾子固书》，李之亮笺注：《王荆公文集笺注》卷三六，巴蜀书社 2005 年版，第 1264 页。
② ［宋］曾巩：《战国策目录序》，陈杏珍、晁继周校点：《曾巩集》卷一一，中华书局 1984 年版，第 184 页。
③ ［宋］司马光：《稷下赋》，曾枣庄、刘琳主编：《全宋文》卷一一七二，第 54 册，第 120 页。
④ ［宋］司马光：《进资治通鉴表》，曾枣庄、刘琳主编：《全宋文》卷一一七五，第 54 册，第 173 页。

敢不博,又不流放入于异端小说,讲求时务,亦不敢不知"①。当然,学习者需要对各类知识都加以深刻的思考和领悟,才能达到这一效果,古文家们认为"强记博诵"的死板学习是混乱而无效的②。

北宋古文家在知识维度上对文学经典的态度,可以用苏轼评孟子的一句话来概括,"尧、舜、禹、汤、文、武、周公之法度礼乐刑政,与当世之贤人君子百氏之书,百工之技艺,九州之内,四海之外,九夷八蛮之事,荒忽诞谩而不可考者,杂然皆列乎胸中,而有卓然不可乱者"。简要来说,就是"博学而不乱,深思而不惑"③。作为北宋古文家的集大成者,苏轼的认识,足以见出古文家所认定的文化经典必须具有广博、丰富的知识含量。

其次,在文化维度上,北宋古文家普遍认为经典的文学作品应该是从现实出发、通向儒家最高精神准则的桥梁。因此,他们普遍把汉代文学奉为学习和效仿的榜样。

每一位儒学思想家都把孔子的著述与经书的思想作为终极的行为规范,古典的经书本身就是用来传达思想规范的"圣人之文"。但是,圣人的时代毕竟过于遥远,后代的学习者只有通过各种媒介的引导,才能因时制宜、循序渐进地拉近自己与圣人的距离。文学经典在文化维度上的含义也就由此产生了。孙复曾经这样解释"文"所应承载的文化功能:

《诗》《书》《礼》《乐》《大易》《春秋》皆文也,总而谓之经者

---

① [宋]司马光:《起请科场札子》,曾枣庄、刘琳主编:《全宋文》卷一二〇五,第55册,第274页。
② 王安石《上仁宗皇帝言事书》中批评了科举考试中的错误倾向之一是"方今取士,强记博诵而略通于文辞,谓之茂材异等、贤良方正"(李之亮笺注:《王荆公文集笺注》卷二,第44页)。
③ [宋]苏轼:《孟子论》,孔凡礼点校:《苏轼文集》卷三,中华书局1986年版,第96页。

也,以其终于孔子之手,尊而异之尔,斯圣人之文也。后人力薄,不克以嗣,但当佐佑名教,夹辅圣人而已。或则列圣人之微旨,或则名诸子之异端,或则发千古之未寤,或则正一时之所失,或则陈仁政之大经,或则斥功利之末术,或则扬贤人之声烈,或则写下民之愤叹,或则陈天人之去就,或则述国家之安危,必皆临事摭实,有感而作。为论、为议、为书、疏、歌、诗、赞、颂、箴、解、铭、说之类,虽其目甚多,同归于道,皆谓之文也。①

简而言之,后代的经典文学应该立足于现实问题,从具体的人、事视角出发,阐发有价值、有见地的感想,以此来"佐佑名教,夹辅圣人",指引人们通向圣贤之路。这种观念促使北宋古文家自觉地取法汉、唐二代,而两者之中又尤以汉代为主。

孙何曾经指出,"夫文之隆浅,系乎王政之厚薄。周、汉之政粹,其文质而峻;魏、晋之政驳,其文放而浮"②。文学作品能否成为经典与其所处时代的政治秩序有紧密的关系。正因如此,苏轼认为"汉之治过于唐矣,汉有纲正",唐代则"三纲不正,无父子、君臣、夫妇"③。此外,范仲淹在《赋林衡鉴序》中曾说,"庶乎文人之作,由有唐而复两汉,由两汉而复三代"④。可见,在古文家心目中,汉代是"三代"之后最接近完美秩序的时期。汉代文章是文学创作层面上的最高典范,也最能够体现孙复所说的"佐佑名教,夹辅圣人"的作用。苏轼在《谢欧阳内翰书》中提出,铸塑新时期文

---

① [宋]孙复:《答张洞书》,曾枣庄、刘琳主编:《全宋文》卷四〇一,第 19 册,第 294 页。
② [宋]孙何:《上杨谏议书》,曾枣庄、刘琳主编:《全宋文》卷一八六,第 9 册,第 196 页。
③ [宋]苏轼:《历代世变》,孔凡礼点校:《苏轼文集》卷六五,第 2040 页。
④ [宋]范仲淹:《赋林衡鉴序》,曾枣庄、刘琳主编:《全宋文》卷三八五,第 18 册,第 398 页。

学风貌的目标应该是"将以追两汉之余,而渐复三代之故"①。

　　北宋古文家树立汉代文章为最高层次的典范,很可能主要基于三点原因。

　　其一,汉代文章具有强烈的经世致用精神。姚铉(968—1020)在《唐文粹》序言中写道,"如刘向、司马迁、扬子云、东京二班、崔、蔡之徒,皆命世之才,垂后代之法,张大德业,浩然无际"②,而他编纂《唐文粹》也正是以现实应用性为准则确立了更为细致的文体类别,他认为唐代文章因其经世精神而有"迹两汉、肩三代"的希望。苏洵在《上田枢密书》中特别提及董仲舒、晁错,尤其欣赏贾谊,他说"常以为董生得圣人之经,其失也流而为迂;晁错得圣人之权,其失也流而为诈;有二子之才而不流者,其惟贾生乎!惜乎今之世,愚未见其人也"③,他评价的依据仍然在于这些作家针对现实问题所表现出的态度和智慧。北宋古文家希望通过树立并创作经典的文学作品来改变社会的文化面貌,因此汉代文章所标榜、蕴含的经世致用、服务于现实的意识必然会受到推崇。

　　其二,在董仲舒等关键人物的影响下,儒家思想在汉代取得了官方意识形态的地位,且得到了全面、深刻的阐释。因此,北宋古文家认为汉代的文章代表了相对纯粹的儒学"道统"。孙复曾说,"自西汉至李唐……至于终始仁义,不叛不杂者,惟董仲舒、扬雄、王通、韩愈而已"④,可见董仲舒、扬雄代表的西汉文章被孙复认为足以承载更纯粹的"仁义"之道。另外,石介对姚铉所编《唐

---

　　① [宋]苏轼:《谢欧阳内翰书》,孔凡礼点校:《苏轼文集》卷四九,第1423页。

　　② [宋]姚铉:《唐文粹序》,曾枣庄、刘琳主编:《全宋文》卷二六八,第13册,第282页。

　　③ [宋]苏洵:《上田枢密书》,曾枣庄、金成礼笺注:《嘉祐集笺注》卷一一,上海古籍出版社1993年版,第319页。

　　④ [宋]孙复:《答张洞书》,曾枣庄、刘琳主编:《全宋文》卷四〇一,第19册,第294页。

文粹》和《昌黎集》给出的至高评价,就是"有三代制度、两汉遗风";他认为韩愈古文运动的成果是使得唐文"同于三代,驾于两汉"①。这是从儒学思想的传承性和精纯性出发所做的考虑。

其三,汉代的文章具有更为广阔的视域和恢弘的气度。石介在思想上高举孔、孟、扬、韩,但同时也在文学的角度上赞扬"孟轲、杨雄、董仲舒、司马相如、贾谊、韩吏部、柳宗元之才之雄",可见以扬雄、董仲舒、司马相如、贾谊为代表的西汉士大夫海纳百川的襟抱胸怀和高屋建瓴的艺术风格也为这位道统意识强烈的古文家所欣赏。孙仅(969—1017)在《读杜工部诗集序》中列举了文学在审美范畴中最杰出的审美典范,"风若周,骚若楚,文若西汉",他认为杜甫的卓越之处在于使诗歌走出了魏晋六朝的萎靡俗艳,达到了"与周、楚、西汉相准的"高度②。另外,韩琦称赞欧阳修的文章时,将其纳入与司马迁、韩愈相接续的历史脉络中③。这说明,韩琦所理解的文学经典性,并不单纯是传承儒家思想的问题,其中也包含了对司马迁的文化精神与文化个性的敬重。

总之,在文化维度上,北宋古文家推崇最能立足于现实问题、体现儒家最高价值观念的文学作品。经典的文学,应该是将今人引领至圣贤精神世界的媒介。从这个意义出发,汉代的文章成为最卓越的代表。在汉代文学以外,穆修(979—1032)称赞柳宗元的文章"与仁义相华实而不杂"④,也是基于这一观念。

第三,在情感维度上,北宋古文家大多提倡真实情感的自由

---

① [宋]石介:《上赵先生书》,陈植锷点校:《徂徕石先生文集》卷一二,中华书局1984年版,第135—137页。
② [宋]孙仅:《读杜工部诗集序》,曾枣庄、刘琳主编:《全宋文》卷二六九,第13册,第306—307页。
③ 韩琦《故观文殿学士太子少师致仕赠太子太师欧阳公墓志铭》称"自汉司马迁没几千年,而唐韩愈出;愈之后又数百年,而公始继之,气焰相薄,莫较高下,何其盛哉!"(《全宋文》卷八五九,第40册,第119页)。
④ [宋]穆修:《唐柳先生集后序》,曾枣庄、刘琳主编:《全宋文》卷三二二,第16册,第31页。

抒发，但有时也对情感的倾向和力度有较严格的限定。

  柳开是北宋最早提倡"古文"的作家之一。他所理解的"古文"中，自然包括了古人的情感以及古人抒发感情的方式。柳开认为对情感的自由抒发属于文学经典应有的品质，"古之时，声随己出，以舒其悲怨喜惧之心"，而"今之人"则很少能像这样自由地通过艺术来抒发情感，即便是通晓音乐的人也只是"盖能习乎古之遗声"，而"非能舒夫心以出乎声"①。因此，若能达到像古人那样得体舒畅地释放自己的情感，这本身就有待于对文艺修养的锤炼。此后，范仲淹在给一位隐士的诗集作序时，对文学作品的抒情问题做了相对明确的解释。他首先肯定了自由抒情的正当性：

  诗家者流，厥情非一。失志之人其辞苦，得意之人其辞逸，乐天之人其辞达，觏闵之人其辞怨。如孟东野之清苦，薛许昌之英逸，白乐天之明达，罗江东之愤怒，此皆与时消息，不失其正者也。

其后他又从反面列举了一些例子：

  其或不知而作，影响前辈，因人之尚，忘己之实，吟咏情性而不顾其分，风赋比兴而不观其时。故有非穷途而悲，非乱世而怨，华车有寒苦之述，白社为骄奢之语。②

范仲淹认为对于文学来说，只要源自真实的生活体验，任何向度

---

① ［宋］柳开：《送程说序》，曾枣庄、刘琳主编：《全宋文》卷一二四，第 6 册，第 345 页。
② ［宋］范仲淹：《唐异诗序》，曾枣庄、刘琳主编：《全宋文》卷三八五，第 18 册，第 394 页。

的情感抒发都可谓正当。他反对的是逢迎别人、矫饰造作的虚情假意。孙仅提出在写作时要"勇以作气",就是应该把想要抒发的情感勇敢、磅礴地释放出来,否则就会流入"气萎体瘵"①。苏轼称赞李方叔的文章时说"足下之文,正如川之方增,当极其所至,霜降水落,自见涯涘"②,这也是对酣畅抒情的赞扬。不过,从审美角度出发,苏轼将韦应物、柳宗元的"发纤秾于简古,寄至味于淡泊"树立为典范③,而拒斥萧统的"卑弱"④。可见在他心中,经典的文学作品应该传递高远、淡泊的情感。

但是,还有不少古文家从文学的社会功用考虑,有意识地限制文学的抒情倾向。姚铉从有补于世的角度出发,提倡"铿锵""纯粹"的情感,因而不满屈原、宋玉的骚体文,认为"自微言绝响,圣道委地,屈平、宋玉之辞,不陷于怨怼,则溺于谄惑"⑤。王安石表示"君子养性之善,故情亦善;小人养性之恶,故情亦恶。故君子之所以为君子,莫非情也;小人之所以为小人,莫非情也"⑥。这段哲学意味的论述,表明王安石重视通过调控情感来铸塑道德的重要性,但是不可能对情感的疏泄采取完全放纵的态度。

第四,在表达维度上,北宋古文家较为一致地提倡平实自然的文风,拒斥过于繁密的修辞技巧。这一点不同于唐代古文家相对宽容的态度。

对于古文的表达效果,王禹偁(954—1001)以韩愈为典范,提出了"句之易道,义之易晓,又辅之以学,助之以气"的标准,防止把古文的创作带入标新立异、故作惊人之语的弊端。欧阳修对

---

① [宋]孙仅:《读杜工部诗集序》,曾枣庄、刘琳主编:《全宋文》卷二六九,第13册,第306—307页。
② [宋]苏轼:《答李方叔书》,孔凡礼点校:《苏轼文集》卷四九,第1431页。
③ [宋]苏轼:《书黄子思诗集后》,孔凡礼点校:《苏轼文集》卷六七,第2124页。
④ [宋]苏轼:《题文选》,孔凡礼点校:《苏轼文集》卷六七,第2092页。
⑤ [宋]姚铉:《唐文粹序》,曾枣庄、刘琳主编:《全宋文》卷二六八,第13册,第281页。
⑥ [宋]王安石:《性情》,李之亮笺注:《王荆公文集笺注》卷三〇,第1063页。

"太学体"的拒斥,更是出于对"近怪自异以惑后生"的浮躁心态的担忧①。此后,欧阳修的这一主张成为了提倡"古文"者的共识。前文曾提到,韩琦将司马迁、韩愈、欧阳修纳入共同的典范传统,其出发点不仅仅在于强调"古文"的精神意义,也在于此三人所共有的"不见痕迹,自极其工"的"自然"文风②。

不过,此后的古文家提倡"辞达",也带有一些新的倾向。首先是对于修辞技巧的轻视甚至排斥,这与韩愈、李翱等唐代古文家的观点有较大的差别。例如,司马光说道:

> 今之所谓文者,古之辞也。孔子曰:"辞达而已矣。"明其足以通意,斯止矣,无事于华藻宏辩也。必也以华藻宏辩为贤,则屈、宋、唐、景、庄、列、杨、墨、苏、张、范、蔡皆不在七十子之后也。颜子不违如愚,仲弓仁而不佞,夫岂尚辞哉!足下所谓学积于内,则文发于外。积于内也深博,则发于外也淳奥。则夫文者虽不学焉,而亦可以兼得之。学不充于中,而徒外事其文,则文盛于外,而实困于内,亦将兼弃其所学。斯言得之矣。③

这段话的观点和欧阳修等人的表述似无根本的区别,但仔细琢磨就可发现,司马光认为经典的文学作品是知识积累后自然生成的副产品,而不需要着力创作,这就跟此前那些提倡通过文学来接近古道的古文家拉开了距离。在另一篇文章中,司马光更直白地说道:

---

① [宋]欧阳修:《与石推官第二书》,《居士外集》卷一六,洪本健校笺:《欧阳修诗文集校笺》,第1768页。
② [宋]韩琦:《故观文殿学士太子少师致仕赠太子太师欧阳公墓志铭》,曾枣庄、刘琳主编:《全宋文》卷八五九,第40册,第119页。
③ [宋]司马光:《答孔文仲司户书》,曾枣庄、刘琳主编:《全宋文》卷一二一一,第56册,第17—18页。

第一章　儒家文学经典观念在南宋之前的演进　　89

然光未知足下之志,所欲学者古之文邪? 古之道邪? 若古之文,则某平生不能为文,不敢强为之对,以欺足下。若古之道,则光与足下并肩以学于圣人。①

可见和"古之道"相比,韩愈、柳开等人标榜的"古文"在司马光这里也并不重要。这实际上已接近理学家的"重道轻文"。王安石也曾表示,"所谓文者,务为有补于世而已矣。所谓辞者,犹器之有刻镂绘画也。诚使巧且华,不必适用;诚使适用,亦不必巧且华。要之以适用为本,以刻镂绘画为之容而已。不适用,非所以为器也。不为之容,其亦若是乎? 否也。然容亦未可已也,勿先之,其可也"②。和司马光相比,王安石对文学修辞的作用有所承认,但仍以"适用"为原则。司马光和王安石都是政治家,通过干预现实来复兴古道是他们的第一要务,因此他们对文学表达有所轻视、抵触是难免的。

其次一种倾向,是苏轼所理解的"辞达"。诚然,从根本理念来说,苏轼对文学表达的看法与王禹偁、欧阳修等前辈没有分歧。他说过"辞至于达,止矣,不可以有加矣"③,并主张典范性的文学应"有意于济世之实用,而不志于耳目之观美"④,他也欣赏平易的文风而不喜刻意求奇。但是,苏轼的话语体系还是给多种表达风格都保留了空间,例如他对黄庭坚说过"凡人文字,当务使平和,至足之余,溢为怪奇,盖出于不得已也"⑤。这也就为"怪奇"的文

---

①　[宋]司马光:《答陈充秘校书》,曾枣庄、刘琳主编:《全宋文》卷一二一〇,第46册,第4—5页。
②　[宋]王安石:《上人书》,李之亮笺注:《王荆公文集笺注》卷四〇,第1363页。
③　[宋]苏轼:《与王庠书》,孔凡礼点校:《苏轼文集》卷四九,第1422页。
④　[宋]苏轼:《答虞倅俞括一首》,孔凡礼点校:《苏轼文集》卷五九,第1793页。
⑤　[宋]苏轼:《答黄鲁直五首(二)》,孔凡礼点校:《苏轼文集》卷五二,第1532页。

学表达留下了存在的余地,当然这需要在平和的文字达到"至足"之后,还应满足"不得已"这个前提。联系到苏轼谈论自己的文字,"大略如行云流水,初无定质,但常行于所当行,常止于所不可不止,文理自然,姿态横生"①,只要是情之所至,表达手段也就不必非得受哪一种风格的限定,在苏轼看来这也是"辞达"。这就和前辈古文家们所理解的,忠实于"古道"的辞达或立足于"适用"的辞达有了些许的差异,虽然苏轼在主观上并没有将它们对立开来的意图。应该说,这和苏轼自己旷达的性格,文学创作的天赋以及兼容多家学说的文化人格有较为密切的关系。并且,由于苏轼在文坛上的强大影响力,其文纵横多姿的审美效果以及关于"行云流水""姿态横生"的主张也影响了人们对于文学典范的认识,从而无可避免地引起了众多后学的效仿。因此,尽管也遵循"辞达"的主张,但苏轼却将它引入了一个追求新奇的新倾向,自己也成了理学家批判"作文害道"的反面示例。

总之,北宋古文家在这些方面继承、发展了传统的儒家文学经典观:在知识维度上提倡博学,认为博览群书与坚守道统可以并行不悖;在文化维度上认为经典的文学应该成为沟通今人与圣贤精神的媒介,而普遍以汉代文章为最高典范;在情感维度上包容多种向度的抒情,但有时也加以限定;在表达维度上以"辞达"为准绳,对修辞技巧有较多排斥。

二、道学家对文学经典观念中四重维度的认识

作为"宋学"体系中的重要部分,道学思想发端于北宋中期,在南宋之后逐渐取得了官方意识形态的地位。一般说来,正统的道学家大多认为"作文害道",对文学创作普遍持消极、甚至警惕的态度。对"文"所承载的文化精神的内涵,道学家做了不同于古

---

① [宋]苏轼:《与谢民师推官书》,孔凡礼点校:《苏轼文集》卷四九,第1418页。

文家的解答。不过,对于儒家文学经典观念所包含的四重维度,道学家也有自己的认识。伴随着道学话语地位的上升,这些认识也将影响宋室南渡后人们对于文学经典的判断。由于洛学思想在南宋后逐渐居于思想界的主流,因此这一部分将以对二程的言论、著述内容的列举和分析为主要内容。

第一,在知识维度上,道学家承认博学的必要性但更侧重限制。

对于博学的意义,二程曾有过如下表述:

> 为士者,当知道。己不知道,可耻也。为士者当博学,己不博学,可耻也。①
> 人之多闻识,却似药物,须要博识,是所切用也。②

再如程颢在一些墓志铭中写给墓主的夸赞之语:

> 好古力学,博观群书,尤精于《春秋》《诗》《易》。③
> 博物强记,贯涉万类,若《礼》之制度,《乐》之形声,《诗》之比兴,《易》之象数,天文地理,阴阳气运,医药算数之学,无不究其渊源。④

此外,二程弟子对恩师的敬重感也源自他们渊博的知识:

---

① [宋]程颢、程颐:《河南程氏遗书》卷一八,王孝鱼点校:《二程集》,中华书局1981年版,第189页。
② [宋]程颢、程颐:《河南程氏外书》卷七,王孝鱼点校:《二程集》,第392页。
③ [宋]程颢:《李寺丞墓志铭》,[宋]程颢、程颐:《河南程氏文集》卷四,王孝鱼点校:《二程集》,第497页。
④ [宋]程颢:《华阴侯先生墓志铭》,《河南程氏文集》卷四,王孝鱼点校:《二程集》,第505页。

> 至于六经之奥义,百家之异说,研穷搜抉,判然胸中。天下之事虽万变交于前,而烛之不失毫厘,权之不失轻重。①

尽管二程认同博学,但他们更主张对所学的知识限定明确的范围。他们认为应把最主要的学习对象锁定于儒家最基本的文化典籍,以此来直接领悟圣贤之道的精神性(孔孟)和实用性("五经"),而不像古文家那样提倡泛览百家之后再做出正确的取舍。二程曾说:

> 学者当以《论语》《孟子》为本。《论语》《孟子》既治,则六经可不治而明矣。读书者,当观圣人所以作经之意,与圣人所以用心,与圣人所以至圣人,而吾之所以未至者,所以未得者,句句而求之,昼诵而味之,中夜而思之,平其心,易其气,阙其疑,则圣人之意见矣。②
> 《诗》《书》《易》言圣人之道备矣,何以复作《春秋》? 盖《春秋》圣人之用也。《诗》《书》《易》如律,《春秋》如断案;《诗》《书》《易》如药方,《春秋》如治法。③

并且,理学家推崇的学习路径,体现为他们对"格物致知"或者说"格物穷理"所作的诠释中。他们认为"'格物'者,格、至也,物者、凡遇事皆物也,欲以穷至物理也。穷至物理无他,唯思而已矣"④。"穷理"的过程,是要先抓住不同事物的特殊性,再经过长期的累积和融会,在实践中把握贯通各种事物的普遍规律:

---

① 程颢、程颐:《河南程氏遗书》附录《门人朋友叙述并叙》,录"沛国朱光庭曰"(王孝鱼点校:《二程集》,第331页)。
② [宋]程颢、程颐:《河南程氏遗书》卷二五,王孝鱼点校:《二程集》,第322页。
③ [宋]程颢、程颐:《河南程氏外书》卷九,王孝鱼点校:《二程集》,第401页。
④ [宋]李参录:《程氏学拾遗》,[宋]程颢、程颐:《河南程氏外书》卷四,王孝鱼点校:《二程集》,第372页。

> 理则天下只是一个理,故推至四海而准,须是质诸天地,考诸三王不易之理。①
>
> 格物穷理,非是要尽穷天下之物,但于一事上穷尽,其他可以类推。至如言孝,其所以为孝者如何,穷理如一事上穷不得,且别穷一事,或先其易者,或先其难者,各随人深浅,如千蹊万径,皆可适国,但得一道入得便可。所以能穷者,只为万物皆是一理,至如一物一事,虽小,皆有是理。②
>
> 所务于穷理者,非道须尽穷了天下万物之理,又不道是穷得一理便到,只是要积累多后,自然见去。③

把握贯通人事的"理",才是知识积累的终极目的。而这个目标的实现,与其说要在书本中吸收知识,不如说要在生活实践中积淀思想厚度或提升道德水准。

> "……穷理亦多端:或读书,讲明义理;或论古今人物,别其是非;或应接事物而处其当,皆穷理也。"或问:"格物须物物格之,还只格一物而万理皆知?"曰:"怎生便会该通?若只格一物便通众理,虽颜子亦不敢如此道。须是今日格一件,明日又格一件,积习既多,然后脱然自有贯通处。"④
>
> 闻见之知,非德性之知。物交物则知之,非内也,今之所谓博物多能者是也。德性之知,不假闻见。⑤

因此,知识丰富固然可取,但这只是一个较浅的学习层次。二程

---

① [宋]程颢、程颐:《河南程氏遗书》卷二上,王孝鱼点校:《二程集》,第38页。
② [宋]程颢、程颐:《河南程氏遗书》卷一五,王孝鱼点校:《二程集》,第157页。
③ [宋]程颢、程颐:《河南程氏遗书》卷二上,王孝鱼点校:《二程集》,第43页。
④ [宋]程颢、程颐:《河南程氏遗书》卷一八,王孝鱼点校:《二程集》,第188页。
⑤ [宋]程颢、程颐:《河南程氏遗书》卷二五,王孝鱼点校:《二程集》,第317页。

对《论语》中有关"博学于文"的内容,所做的大多是限制性的阐释。例如下面四段:

> 博学于文,而不约之以礼,必至于污漫。所谓约之以礼者,能守礼而由于规矩者也。未及知之也,止可以不畔道而已。①
> 学者先学文,鲜有能至道。至如博观泛览,亦自为害。故明道先生教余尝曰:"贤读书,慎不要寻行数墨。"②
> 子曰:学不贵博,贵于正而已,正则博。③
> 子曰:……多识于鸟兽草木之名,非教人以博杂为功也,所以由情性而明理物也。④

对于知识"博杂"的问题,北宋古文家也有所认识,但他们的策略是调和的,并不像二程这样坚定地认为"博学"会对"至道"产生直接的妨害。因此,在二程看来,学习者要对浩如烟海的知识做出明确的取舍,学习的内容应该被主要限定在孔孟著作与六经当中;学习的目的并非为了获取多种知识,而是应该在实践、思考中体会万物贯通的"理",并由此提升德性。"博学于文"有好处,但限定得不够就可能有害。这种观念,使他们不能轻易认可文学作品中蕴含的多元思想和复杂人性。于此,可参考下面几段话:

> 司马迁以私意妄窥天道,而论伯夷曰:"天道无亲,常与善人。若伯夷者,可谓善人非邪?"天道甚大,安可以一人之

---

① [宋]程颢、程颐:《河南程氏外书》卷六,王孝鱼点校:《二程集》,第 382 页。
② [宋]程颢、程颐:《河南程氏外书》卷一二,王孝鱼点校:《二程集》,第 427 页。
③ [宋]程颢、程颐:《河南程氏粹言》卷一,王孝鱼点校:《二程集》,第 1198 页。
④ [宋]程颢、程颐:《河南程氏粹言》卷一,王孝鱼点校:《二程集》,第 1206—1207 页。

故,妄意窥测?①

> 墨子之德至矣,而君子弗学也,以其舍正道而之他也。相如、太史迁之才至矣,而君子弗贵也,以所谓学者非学也。②
> 或问贾谊。曰:"谊之言曰:'非有孔子、墨翟之贤',孔与墨一言之,其识末矣,其亦不善学矣。"③

对于重提儒学、标榜古文的韩愈,二程也同样在思想上指摘他的不足:

> 韩退之言"博爱之谓仁,行而宜之之谓义,由是而之焉之谓道,足乎己无待于外之谓德",此言却好。只云"仁与义为定名,道与德为虚位",便乱说。只如《原道》一篇极好。退之每有一两处,直是搏得亲切,直似知道,然却只是搏也。④

这种态度表明,以程颢、程颐为代表的洛学思想家不会认同、欣赏与正统思想有出入的文学作品。贾谊、司马迁、韩愈等被古文家视作经典的作家和他们的著述,在道学家眼中都因知识的驳杂和偏颇遭受拒斥。

第二,在文化维度上,二程将道德、文化之"文"与文章之"文"区别看待。

如本章第一节所述,《论语》中提到的"文",在文化维度上具有两重指向,一方面指向个人品质的卓越和言行的优雅,另一方面指向政治的昌明和礼乐的兴盛。在后来的时代里,随着诗文创作的不断繁荣和所谓的"文学自觉","文"的概念逐渐和"文字"

---

① [宋]程颢、程颐:《河南程氏遗书》卷一八,王孝鱼点校:《二程集》,第 215 页。
② [宋]程颢、程颐:《河南程氏遗书》卷二五,王孝鱼点校:《二程集》,第 319 页。
③ 同上书,第 326 页。
④ [宋]程颢、程颐:《河南程氏遗书》卷一九,王孝鱼点校:《二程集》,第 262 页。

"文章"趋于等同。但在程颢、程颐的著述中,可发现他们对不同语境下的"文"有不同的评判:当它单纯地表示"文章"时,二程大致采取了否定、轻视的态度;但当它表示"斯文",以代指综合性的儒家文化传统时,其意义仍是积极而正面的。

例如下面一则师生问答:

> (问)曰:"游、夏称文学,何也?"曰:"游、夏亦何尝秉笔学为词章也?且如'观乎天文以察时变,观乎人文以化成天下',此岂词章之文也?"①

此则材料在杨时(1053—1135)、张栻(1133—1180)编订的《程氏粹言》中被再次收录②。另外,程颐在为兄长修撰行状时,追忆他"谓孟子没而圣学不传,以兴起斯文为己任"③;在另一篇纪念性的文章中,再次提到"呜呼!圣学不传久矣。吾生百世之后,志将明斯道,兴斯文于既绝,力小任重,而不惧其难者,盖亦有冀矣"④;后学吕大临(1042—1090)在为程颢撰写的《哀词》中也说道,"夫位天地,育万物者,道也;传斯道者,斯文也;振已坠之文,达未行之道者,先生也"⑤。可见,程氏兄弟所理解并践履的"斯文",应该是儒家至高无上的精神秩序。程颐为母亲所作的墓志铭中有这样一句话:

> 夫人好文,而不为辞章,见世之妇女以文章笔札传于人

---

① [宋]程颢、程颐:《河南程氏遗书》卷一八,王孝鱼点校:《二程集》,第239页。
② [宋]程颢、程颐:《河南程氏粹言》卷一,王孝鱼点校:《二程集》,第1187页。
③ [宋]程颐:《明道先生行状》,[宋]程颢、程颐:《河南程氏文集》卷一一,王孝鱼点校:《二程集》,第638页。
④ [宋]程颐:《祭刘质夫文》,[宋]程颢、程颐:《河南程氏文集》卷一一,王孝鱼点校:《二程集》,第643页。
⑤ [宋]吕大临:《哀词》,[宋]程颢、程颐:《河南程氏遗书》附录,王孝鱼点校:《二程集》,第337页。

者,深以为非。平生所谓诗,不过三十篇,皆不存。①

由此可明显看出他所理解的"文"和"辞章"有很大的不同。

应该说,志在传承儒学至高精神的"斯文",这一点并不是二程与北宋古文家的分歧所在。他们的不同在于,古文家认为"斯文"的传统是以汉唐的文学经典为载体传承下来的,在当代也需要以"古文"为中介来接续;而二程则主张人们应该直接通过道德和行为的践履来实现对古圣前贤思想的领悟。程颐述说兄长"兴起斯文"的方式为:

> 先生教人:自致知至于知止,诚意至于平天下,洒扫应对至于穷理尽性,循循有序;病世之学者舍近而趋远,处下而窥高,所以轻自大而卒无得也。②

积累正确的行为和思想,并思考其中的原因和道理,这才是承续"斯文"的最恰当方式:

> 致知,但知止于至善、为人子止于孝、为人父止于慈之类,不须外面,只务观物理,泛然正如游骑无所归也。③
> 六经之言,在涵畜中默识心通。④
> 曰:"……'人而不为《周南》《召南》',此乃为伯鱼而言,盖恐其未能尽治家之道尔。欲治国治天下,须先从修身齐家

---

① [宋]程颐:《上谷郡君家传》,[宋]程颢、程颐:《河南程氏文集》卷一二,王孝鱼点校:《二程集》,第655页。
② [宋]程颐:《明道先生行状》,[宋]程颢、程颐:《河南程氏文集》卷一一,王孝鱼点校:《二程集》,第638页。
③ [宋]程颢、程颐:《河南程氏遗书》卷七,王孝鱼点校:《二程集》,第100页。
④ [宋]程颢、程颐:《河南程氏遗书》卷一五,王孝鱼点校:《二程集》,第143页。

来。不然,则犹'正墙面而立'。"①

文学毕竟与道德精神有不同的属性,也属于不同的领域,故文学不能起到与"道"真正相通的效果。因此在二程看来,古文家认为文学经典应该具备的中介功能是不存在的。他们指出:

> 学者须学文,知道者进德而已。有德则"不习无不利","未有学养子而后嫁",盖先得是道矣。学文之功,学得一事是一事,二事是二事,触类至于百千,至于穷尽,亦只是学,不是德。②
> 今之学者,歧而为三:能文者谓之文士,谈经者泥为讲师,惟知道者乃儒学也。③
> 退之晚年为文,所得处甚多。学本是修德,有德然后有言,退之却倒学了。④

从程颐对韩愈的评价,可以看出他没有把韩愈看作复兴儒学的旗帜性人物。古文家所继承、发展的文学经典观念,在程颐的话语系统中遭到了否定和拒斥。

程颢、程颐提倡以正确的行为和思想来践履"斯文",而否认文学在这一道德实践活动中的作用,其思想本身并不包含有关文学的经典观念。不过,他们对于文学也有过要求。程颐在写给朱长文的书信中表示,人不应该把过多的精力用于作文,为文之心应以"合于道"为旨归⑤。然而,该文对所谓"合于道"之文的具体

---

① [宋]程颢、程颐:《河南程氏遗书》卷二二上,王孝鱼点校:《二程集》,第293页。
② [宋]程颢、程颐:《河南程氏遗书》卷二上,王孝鱼点校:《二程集》,第20页。
③ [宋]程颢、程颐:《河南程氏遗书》卷六,王孝鱼点校:《二程集》,第95页。
④ [宋]程颢、程颐:《河南程氏遗书》卷一八,王孝鱼点校:《二程集》,第232页。
⑤ [宋]程颐:《答朱长文书》,[宋]程颢、程颐:《河南程氏文集》卷九,王孝鱼点校:《二程集》,第601页。

标准和创作范例却未清晰揭示。

第三,道学家对情感大多加以限制和升华。

《程氏遗书》第一卷开篇,就记载了二程关于性善的言说,"圣贤论天德,盖谓自家元是天然完全自足之物,若无所污坏,即当直而行之;若小有污坏,即敬以治之,使复如旧。所以能使如旧者,盖为自家本质元是完足之物"①。理学家认可性善之说,认为人心的"污坏"非天然,因此要对个人的欲望、情感加以干预才能回归"完足"的状态。

由此出发,理学家没有对自由抒情表示过肯定。他们只认可"圣人"的"摅发胸中所蕴",因为这体现了"有德者必有言"②。二程结合对《论语》中"兴于诗"的阐释认为,应该依靠《诗经》和音乐的熏陶将大多数人的情感引导至正确的轨道。例如下面几段言论:

> 夫子言"兴于《诗》",观其言,是兴起人善意,汪洋浩大,皆是此意。③
>
> 贵一问:"'兴于《诗》'如何?"曰:"古人自小讽诵,如今人讴唱,自然善心生而兴起……"④
>
> "兴于《诗》"者,吟咏性情,涵畅道德之中而歆动之,有"吾与点"之气象。⑤

还有一些从反面立论的话:

---

① [宋]程颢、程颐:《河南程氏遗书》卷一,王孝鱼点校:《二程集》,第1页。
② [宋]程颢、程颐:《河南程氏遗书》卷一八,王孝鱼点校:《二程集》,第239页。
③ [宋]程颢、程颐:《河南程氏遗书》卷二上,王孝鱼点校:《二程集》,第41页。
④ [宋]程颢、程颐:《河南程氏遗书》卷二二上,王孝鱼点校:《二程集》,第293页。
⑤ [宋]程颢、程颐:《河南程氏外书》卷三《陈氏本拾遗》,王孝鱼点校:《二程集》,第366页。

>弹琴,心不在便不成声,所以谓琴者禁也,禁人之邪心。①
>郑声使人淫溺,佞人使人危殆,放远之,然后可守成法。②

从这几段话,可看出二程认为情感应该先"养"而后抒发。情感的气势可以"汪洋浩大",但发扬的必须是"善心";并且,他们欣赏的是与天地万物和谐融会的温厚情感,而不是激扬淋漓的个性。对情感进行干预,是"养心"的一个环节,最终的目的仍是领悟"义理"。下面这段话在《二程集》中被采录多次:

>程子曰:"古之学者易,今之学者难。古人自八岁入小学,十五入大学,有文采以养其目,声音以养其耳,威仪以养其四体,歌舞以养其血气,义理以养其心。今则俱亡矣,惟义理以养其心尔,可不勉哉!"③

总之,理学家对于情感采取的是疏导、升华的态度,将这一过程作为道德培养的一部分。当然,除在解读《论语》时以《诗经》为例加以说明之外,二程并没有在文学创作的体系中系统地谈论这一问题;他们对文学的拒斥态度,也决定了他们不可能在文学的语境中深入讨论情感抒发的问题。由此,后代理学家的文学经典观,会更加认可带有温和、醇厚情感倾向的文学作品。

第四,在表达维度上,二程比较彻底地反对带有修辞技巧的文学创作。例如下面几段话:

>后之儒者,莫不以为文章、治经术为务。文章则华靡其

---

① [宋]程颢、程颐:《河南程氏遗书》卷三,王孝鱼点校:《二程集》,第60页。
② [宋]程颢、程颐:《河南程氏外书》卷三《陈氏本拾遗》,王孝鱼点校:《二程集》,第370页。
③ [宋]程颢、程颐:《河南程氏遗书》卷二一上,王孝鱼点校:《二程集》,第268页。

第一章　儒家文学经典观念在南宋之前的演进　　101

词,新奇其意,取悦人耳目而已……如是之学,果可至于道乎?①

　　苏昞问:"修辞何以立诚?"子曰:"苟以修饰言语为心,是伪而已。"②

　　子谓刘安节曰:"善学者进德,不有异于缀文者耶?有德矣,动无不利,为无不成,何有不文?若缀文之士,不专则不工,专则志局于此,又安能与天地同其大乎?吕大临有言:学如元凯,未免成癖,文似相如,未免类俳。今之为文者,一意于词章藻绘之美,务悦人之耳目,非俳优而何?"③

反对对文字的过分雕琢刻镂,这一主张与古文家一致。不过,二程更加明确地道出,他们反对的原因主要针对与此相关联的心态。他们认为华丽的文学修辞代表了虚伪、功利的处世态度,这对于一个人内心的修炼和道德的长进都有巨大的损害。

较之古文家反对华丽、主张"辞达"的观点,理学家更进了一步,他们有时连浅切通俗的文字也一样厌弃。例如程颐曾说过这样的话:

　　某素不作诗,亦非是禁止不作,但不欲为此闲言语。且如今言能诗无如杜甫,如云"穿花蛱蝶深深见,点水蜻蜓款款飞",如此闲言语,道出做甚?某所以不常作诗。④

从实际情况来看,尽管程颐确实存诗不多,但并没有完全排斥诗

---

① [宋]程颐:《为家君作试汉州学策问三首》,[宋]程颢、程颐:《河南程氏文集》卷八,王孝鱼点校:《二程集》,第580页。

② [宋]程颢、程颐:《河南程氏粹言》卷一《论学篇》,王孝鱼点校:《二程集》,第1184页。

③ 同上书,第1185页。

④ [宋]程颢、程颐:《河南程氏遗书》卷一八,王孝鱼点校:《二程集》,第239页。

文,其兄程颢留下的诗作更多。然而,道学家对于文辞修饰的反对态度,以及认为着意于创作诗文(包括"闲言语")于道有损的鲜明态度,将所有带修辞性的文章表达都排除出了经典的范畴。

总之,以程颢、程颐为代表的北宋道学家的话语体系中虽然不包含明确的文学经典观念,但他们针对传统儒家文学经典观中的四重维度都表明过自己的主张,他们认可博学但更强调对知识的选择和限定;他们理解的"文"是儒家传统的精神秩序而非文章,因此只强调"合道之文";他们对情感侧重于限制和升华,使之成为道德践履的一部分;他们对文字的修饰表达持更坚决的拒斥态度。由此,他们对古文家所接续的传统文学经典观起到了冲击、制约的否定性作用。

三、北宋古文家、理学家对南宋后文学经典观念的共同影响

综上所述,对待儒家传统的文学经典观,同属于"宋学"体系之内的古文家与理学家展现了不同的态度。他们的共同作用所形成的"合力",对南宋后的文学经典观念产生了重要的影响。

首先,经过前文的分析,可发现在知识、情感、表达的维度上,古文家与道学家虽然歧异明显,但都有类似的成分。他们都主张对知识要有一定程度的选择和鉴别,对情感要加以适度的引导和升华,对文字表达的技巧要加以限制。然而在文化维度上,古文家和道学家的分歧最为显著。继承并践行"文"所承载的道德、行为理念,是古文家与道学家作为儒学士大夫的共同旨归,但他们却将其导向了不同的理路。欧阳修为石介撰写墓志铭时,称赞其以"遇事发愤,作为文章,极陈古今治乱成败,以指切当世,贤愚善恶,是是非非,无所讳忌"的言论和著述践行了"所谓尧、舜、禹、汤、文、武、周公、孔子、孟轲、扬雄、韩愈氏者,未尝一日不诵于口;思与天下之士皆为周、孔之徒,以致其君为尧、舜之君,民为尧、舜

之民,亦未尝一日少忘于心"的儒学追求①。然而,程颐的后学胡安国(1074—1138)这样描述乃师的学术与思想理路:

> 夫颐之文:于《易》,则因理以明象,而知体用之一原;于《春秋》,则见诸行事,而知圣人之大用;于诸经、《语》、《孟》,则发其微旨,而知求仁之方,入德之序……颐之行:其行己接物,则忠诚动于州里;其事亲从兄,则孝弟显于家庭;其辞受取舍,非其道义,则一介不以取与诸人,虽禄之千钟,有必不顾也。②

由此可知,程颐认为践履儒家之道要靠日常生活中的规范性行为来实现,而"文"的功用应体现、落实为通过研读圣贤的精神来引领实践。进而,胡安国确信道学家开创了通向圣贤之道的唯一正确路径:

> 今欲使学者蹈中庸,师孔、孟,而禁使不得从颐之学,是入室而不由户也。不亦误乎?
> 本朝自嘉祐以来,西都有邵雍、程颢及其弟颐,关中有张载。此四人者,皆道学德行,名于当世……羽翼六经,以推尊仲尼、孟子之道,使邪说者不得乘闲而作。而天下之道术定,岂曰小补之哉?③

由此可知道学家将儒学引入了与古文家不同的实践道路,并认为自己这一认识的准确性和深度都已超越前人。在这一思想熏陶、

---

① [宋]欧阳修:《徂徕石先生墓志铭(并序)》,《居士集》卷三四,洪本健校笺:《欧阳修诗文集校笺》,第896—897页。
② [宋]胡安国:《奏状(节略)》,[宋]程颢、程颐:《河南程氏遗书》附录,王孝鱼点校:《二程集》,第349页。
③ 同上。

引领下的知识精英,不再将古文家的著述视为传承、捍卫儒学主流精神的文化经典。例如二程的弟子杨时表示:

> 且佛之为中国害久矣,士之有志于古者,力排而疾攻之。世常有焉。若唐之韩退之,今之孙明复、石守道、欧阳公之徒,皆其人也。然此数人者,其智未足以明先王之道,传孔孟之学,其所守不叛于道盖寡矣,况如彼何哉?是犹以一杯水救一舆薪之火,其不胜也宜矣。①

杨时认为孙复、石介、欧阳修一脉的古文家并不具备成为儒学文化典范的充足学力和素养。杨时逝世于绍兴五年(1135),他开启了洛学思想在南宋以后延续、发展的脉络。在这一思想体系的影响下,古文家和古文写作的文化地位受到另一高度的视角重新审视,从而不再被视为承载儒学思想的最高典范。儒家传统的文学经典观念也受到了强烈的冲击。

其次,我们还应注意到道学家降低古文的典范地位,冲击传统的文学经典观念,是源自他们在古文家的儒学理路之外另起炉灶,即"心性"之学。这可以被视作新、旧儒学形态和视角的一次转换。但是,以二程、杨时为代表的北宋道学家并没有从内部对传统的文学经典观加以实质性改造,也不可能按照道学的理念建构出与此前迥异的文学经典体系。即便后来出现了所谓的"新文统",其内容与理念也并不可能与传统的文学经典体系彻底切割②。同时,文学创作——特别是古文写作——在承载儒家思想和各种现实应用场合的作用也不可能被完全抹煞或取代。古文家、道学家的思想也在诸多方面存在交集而难以截然分开。朱熹

---

① [宋]杨时:《与陆思仲书》,曾枣庄、刘琳主编:《全宋文》卷二六七九,第 124 册,第 163 页。

② 参见祝尚书《论宋代理学家的"新文统"》,《文学遗产》2006 年第 4 期。

是二程思想体系在南宋的集大成者,但他的言论中仍包含对文学创作与欣赏的心得,且依然高度重视唐宋古文家的文化成就。因此,由古文家所接续的传统儒家文学经典观念在道学思想的冲击、制约下,仍将承担无可替代的职责,继续发挥重要的作用。在这样的经典观念背景下,北宋六家散文开启了南宋金元时期的经典化历程。

第二章 "古文"传统的价值重估
——欧阳修、曾巩、王安石散文的经典化

"北宋六家散文的经典化"这一论题带有两方面的含义,既指六家散文各自经由接受者的批评、解读与阐释,被分别打造为经典的历史过程;也标示"北宋六家"在接受史、学术史的视野中,被汇聚为代表北宋散文最高成就的经典系统的进程。六家散文各自的经典化历程和归宿,是经典系统得以形成的基础。因此,本书的研究将在逐一梳理、考释北宋六家散文各自的经典化过程之后,进一步探析它们被建构为经典系统的学术意义和文化机制。

北宋六家共同作为"古文运动"的重要参与者,其散文作品体现了近似的道德人格、学术旨趣和写作风格。然而,这一经典系统也同时包含了明显的个体差异,从而呈现出丰富多元的思维体系、知识世界与文化性格。从北宋开始,一直到朱右、茅坤等明代学者的史述中,欧阳修被许多批评者公认为韩愈"古文"思想传统在北宋的正宗赓续者,为博大、厚重的古文精神赋予了新的生命,他的两位江西籍同乡曾巩、王安石也都以对这一古典传统的忠实继承和努力践履而得到广泛肯定。与之相比,崛起于川蜀的苏氏父子三人既与欧阳修具有密切的学缘,同时也在学识体系与写作

技法上展现了更加丰富的思想和个性。

　　基于这一重要因素,本章将以欧阳修散文的经典化为研究对象先行展开,在此基础上对曾巩、王安石这两位与欧阳修具有相近地缘、学缘关系的散文经典化进程和意义进行探索。在具体的研究中,将综合考察各家散文经典化推动者的文化身份,批评者对各家散文的阐释思路与解读方式,以及各家散文的传播范围及效果等;在深入梳理和充分解析经典化的历史过程之后,进而总结其在文学批评史、儒学学术史上的意义。根据需要,各节内容将有选择地回溯相关对象在南宋之前的总体接受情况,并概述其对后世的影响。

第一节　欧阳修散文的多维解读

　　在"唐宋八大家"中,欧阳修位居北宋六家之首。他在生前将"古文运动"这一历史进程推至高峰,并且是曾巩、王安石、苏氏兄弟共同的宗师。南宋金元时期,在理学思想影响力日益扩大的学术语境下,以欧阳修为代表的北宋六家散文奠定了他们在文学史上的经典地位。欧阳修散文的经典化历程,对北宋古文历史地位的确立也具有引领的意义。本节将试图探索,欧阳修的散文如何在这一时期经由理学视域下的解读实现其"经典化",其经典属性如何在"唐宋八大家"的概念框架内最终成型。

　　一、文化经典属性的总体确认

　　在欧阳修生前,他的散文已被很多人尊为传承儒家文化的当代典范。具有儒学背景的释契嵩(1007—1072)曾称赞欧文"探经术,辨治乱,评人物,是是非非,必公必当"①。以史学著称的刘敞(1019—1068)对欧阳修《新五代史》予以极高评价,称"天意晚有属,先生拔乎汇。是非原正始,简古斥辞费。哀善伤获麟,疾邪记有蜚。处心必至公,拨乱岂多讳"②,并认为《新五代史》在对《春秋》精神的阐发上胜过《史记》与《汉书》。

1072年欧阳修去世,他的散文也彻底走入了历史的视野。与欧阳修的活动有过交集的士大夫,都在回忆文章中赞赏其文化成就足以垂范后世。与欧阳修同辈的韩琦在祭文中形容道:

> 自汉司马迁没几千年,而唐韩愈出;愈之后又数百年,而公始继之,气焰相薄,莫较高下,何其盛哉!③

另外作为欧阳修后学的苏氏兄弟,亦对乃师的精神贡献由衷赞佩。苏轼在《六一居士集叙》中说:

> 其言简而明,信而通,引物连类,折之于至理,以服人心,故天下翕然师尊之……士无贤不肖不谋而同曰:"欧阳子,今之韩愈也。"④

苏辙在神道碑文中表示宋代的文章因欧阳修的出现"乃复无愧于古",将韩、欧置于相同的历史地位上,称"自孔子至今,千数百年,

---

① [宋]释契嵩:《上欧阳侍郎书》,曾枣庄、刘琳主编:《全宋文》卷七六五,上海辞书出版社、安徽教育出版社2006年版,第36册,第136页。
② [宋]刘敞:《观永叔五代史》,傅璇琮等主编:《全宋诗》卷四六九,北京大学出版社1998年版,第5680页。
③ [宋]韩琦:《故观文殿学士太子少师致仕赠太子太师欧阳公墓志铭》,曾枣庄、刘琳主编:《全宋文》卷八五九,第40册,第119页。
④ [宋]苏轼:《六一居士集叙》,孔凡礼点校:《苏轼文集》卷一〇,中华书局1986年版,第316页。

文章废而复兴,惟得二人焉"①。

宋室南渡后,理学思想的影响力日益扩大。在这一语境中,周必大(1126—1204)、杨万里(1127—1206)、陈亮(1143—1194)等拥有理学背景的南宋大儒依然标举欧阳修散文的卓越价值。其中,官至宰相的周必大称颂欧阳修的历史贡献道"庐陵郡自欧阳文忠公以文章续韩文公正传,遂为本朝儒宗"②,并于庆元二年(1196)丙辰亲自主持完成了《欧阳文忠公集》的编纂。该书收录了《居士集》50 卷、《居士外集》25 卷、《易童子问》3 卷、《外制集》3 卷、《内制集》8 卷、《表奏书启四六集》7 卷、《奏议》18 卷、《河东奉使奏草》2 卷、《河北奉使奏草》2 卷、《奉事录》1 卷、《濮议》4 卷、《崇文总目序释》1 卷、《于役志》1 卷、《归田录》2 卷、《诗话》1 卷、《笔说》1 卷、《试笔》1 卷、《近体乐府》3 卷、《集古录》10 卷、《书简》10 卷、附录 5 卷③。该集全面体现了欧阳修在多个领域的全部著述与文化成就。此后,周必大的同乡杨万里为建于江西沙溪的"六一先生祠堂"撰文,在文中赞扬欧阳修"盖自韩退之没,斯文绝而不续,至先生复作而兴之"④。陈亮编纂的《欧阳先生文粹》则是这一时期产生的唯一一部别集性质的欧文选本,他在序文中称赞道:

公之文雍容典雅,纡余宽平,反覆以达其意,无复毫发之遗;而其味常深长于言意之外,使人读之,蔼然足以得祖宗致

---

① [宋]苏辙:《欧阳文忠公神道碑》,《栾城后集》卷二三,陈宏天、高秀芳点校:《苏辙集》,中华书局 1990 年版,第 1136 页。
② [宋]周必大:《龙云先生文集序》,曾枣庄、刘琳主编:《全宋文》卷五一二〇,第 230 册,第 183 页。
③ [宋]祝尚书:《宋人别集叙录》卷四《欧阳文忠公集》,中华书局 1999 年版,第 171—172 页。
④ [宋]杨万里:《沙溪六一先生祠堂记》,辛更儒笺校:《杨万里集笺校》卷七二,中华书局 2007 年版,第 3041 页。

治之盛。其关世教,岂不大哉!①

　　这段话既肯定了欧文的审美价值,更在文化维度上肯定其社会教化的功用。该书收录了130篇欧阳修散文,包括论、策问、书、札子、奏状、序、记、杂著、碑铭、墓铭10种文体②,而不含《秋声赋》《醉翁亭记》《丰乐亭记》等抒情性的文章。由此可见,陈亮的选本最看重欧阳修散文在思想、文法等方面的实用价值。

　　同样,以朱熹思想为代表的理学正统体系也尊重欧阳修文章的文化意义。在写给周必大的书信中,朱熹认可欧阳修对于儒家经典有"反复穷究"之功,且《本论》一文"推明性善之说",欧阳修的历史著作也符合儒家的著史精神,"深究国家所以废兴存亡之几,而为天下后世深切著明之永鉴者,固非一端";其他文章中尽管包含一些"游戏翰墨"之作,但大体上做到了在内容上"随事多所发明",在情感和语言上"词气蔼然,宽平深厚,精切的当"③。其后,朱熹再传弟子真德秀、魏了翁(1178—1237)响应了这一说法。真德秀认为宋代欧、王、曾、苏的文章都足以追赶"发挥理义、有补世教"的董仲舒和韩愈④。魏了翁在回顾欧阳修文章的社会价值时说道"微欧公倡明古学,裁以经术,而元气之会,真儒实才后先迭出,相与尽扫而空之,则伥伥乎未知攸届也"⑤。

　　此外,这一时期活动于中国北方金朝的士大夫也在他们的著

----

① [宋]陈亮:《书欧阳文粹后》,邓广铭点校:《陈亮集》(增订本)卷二三,中华书局1987年版,第246页。

② [明]郭云鹏:《欧阳先生文粹·遗粹》,全国图书馆文献缩微中心2011年版。

③ [宋]朱熹:《答周益公书》,刘永翔、朱幼文校点:《晦庵先生朱文公文集》卷三八,朱杰人等主编:《朱子全书》第21册,上海古籍出版社、安徽教育出版社2002年版,第1690—1691页。

④ [宋]真德秀:《跋彭忠肃文集》,曾枣庄、刘琳主编:《全宋文》卷七一七五,第313册,第258—259页。

⑤ [宋]魏了翁:《裴梦得注欧阳公诗集序》,曾枣庄、刘琳主编:《全宋文》卷七〇八〇,第310册,第49页。

述中将欧阳修的文章标举为文化典范。赵秉文(1159—1232)将欧阳修的散文与贾谊、董仲舒、司马迁、扬雄、韩愈等古人并列,认为这些人的文章都是代表最高成就的"大儒之文"①。元好问(1190—1257)也认可欧文有"传道"之功,韩、欧都堪称"系道之废兴"的大儒②。与南方士大夫相比,北方知识精英虽然同样接受理学思想的影响,但在知识结构和学术理念上与欧阳修、苏轼等人有更直接的传承关系。总而言之,在12、13世纪的大部分时间里,欧阳修散文一直被视为儒学文化经典。

然而,南宋后的知识精英解读欧阳修散文的思路呈现出了新的特色,并更明显地趋于历史的理性。一方面,理学思想所提供的视域,引导他们重新阐释欧阳修散文作为儒学文化典范的具体内涵;另一方面,他们从思想、文法和知识等多个视角对欧阳修的文章做了更为深入、精细的理解和剖析,使得欧文的典范性在多重维度的范畴中得到确立。

二、基于儒学思想维度的争议与调和

在南宋之前,欧阳修的散文被评论者认定为传承儒学道统精神的载体。曾巩称其"根极理要,拨正邪僻,掎挈当世,张皇大中,其深纯温厚,与孟子、韩吏部之书为相唱和,无半言片辞舛驳于其间,真六经之羽翼,道义之师祖"③。另外,在现存唯一"北宋人选北宋文"的总集《圣宋文选全集》中,被选录的两卷欧阳修散文内

---

① [金]赵秉文:《答李天英书》,《闲闲老人滏水文集》卷一九,《四部丛刊初编》本,上海书店1989年版,第4页。
② [金]元好问:《闲闲公墓铭》,《遗山先生文集》卷一七,《四部丛刊初编》本,上海书店1989年版,第6页。
③ [宋]曾巩:《上欧阳学士第一书》,陈杏珍、晁继周校点《曾巩集》卷一五,中华书局1984年版,第232页。

容大多与经史思想、现实政治和道德思考有关①。

然而自12世纪开始,这一格局发生了微妙的变化。其原因在于欧阳修《答李诩第二书》中所谓"性,非学者之所急"以及"性之善恶不必究"②的观点不符合日益壮大的道学思想。杨时的下述评价对后世形成了深远影响:

> 《孟子》一部书,只是要正人心……心得其正,然后知性之善。孟子遇人便道性善。永叔却言圣人之教人,性非所先。永叔论列是非利害,文字上尽去得,但于性分之内全无见处,更说不行。人性上不可添一物,尧舜所以为万世法,亦只是率性而已。所谓率性,循天理也。外边用计、用数,假饶立得功业,只是人欲之私,与圣贤作处天地悬隔。③

杨时从"内圣"之学的视角,强调心性的问题和性善的理论对于个人道德修炼与社会建设的基础作用,他认为欧阳修对这部分问题的有意回避使其学术思想很难发挥正面的社会价值。

杨时的观点在宋室南渡之后得到了很多理学家的呼应,从而对1127年后欧阳修散文经典性的具体定位产生了重要影响。程颐的再传弟子韩元吉(1118—1187)曾鲜明地表达对韩愈、欧阳修的非议,指出他们的功绩并不足以"绍圣人之传"。他评价欧阳修道:

---

① 《圣宋文选全集》(北京图书馆出版社2006年版,据中国国家图书馆藏宋刻本影印)选录的欧阳修文章有《本论上》《本论中》《本论下》《朋党论》《春秋论上》《春秋论中》《春秋论下》《石鹢论》《泰誓论》《易问上》《易问中》《易问下》《原弊》《上皇帝封事书》《上范司谏书》《与张秀才书》《答李翊书》《送方希则书》《送梅圣俞归洛序》《送廖倚归衡山序》《送徐无党南归序》《送王陶序》《章望之字序》《梅氏诗集序》《易传图序》《诗谱后序》《韵总序》《集古录目序》《孙子后序》《筠州学记》《非非堂记》《仁宗御飞白记》。

② [宋]欧阳修:《答李诩第二书》,《居士集》卷四七,洪本健校笺:《欧阳修诗文集校笺》,上海古籍出版社2009年版,第1169—1170页。

③ [宋]杨时:《语录·余杭所闻》,《杨龟山先生集》卷一二,杨氏家祠刻本清康熙四十六年(1707)版。

> 欧阳公论性,则以为性非学者所急,而六经不言性,不知穷理尽性者,果何事哉？二公者,是犹溺于文词而未究,况他人乎！①

他对欧阳修"性非学者所急"的批判和杨时如出一辙,并由此认为韩愈、欧阳修只是"文词"层面的典范,而不是传承儒学思想的经典。其后,理学大儒陆九渊(1139—1193)更加深入一步说道：

> "六经注我,我注六经。"韩退之是倒做,盖欲因学文而学道。欧公极似韩,其聪明皆过人,然不合初头俗了。②
> 欧公《本论》固好,然亦只说得皮肤。③

他反对韩愈、欧阳修的"因文学道",认为这样做颠倒了本末关系,因而对"道"的体认也不会深入;《本论》固是佳作,但在思想上未能鞭辟入里。方大琮(1183—1247)在《策问本朝诸儒之学》中再次引述了杨时的论点,"欧公论性非圣人所先,而世谓其性分之内全无见处"④。这些理学士大夫认为欧阳修的文章由于心性之学的缺失,不能继续被视为代表儒学思想文化的经典文本。

然而,如前文所述,在1127年后的文化场域中仍在相当程度上总体承续了将欧阳修文章奉为儒学文化典范的观念,这其中周必大、杨万里、陈亮等人的功用尤其显著。周必大称赞欧阳修"以六经粹然之文,崇雅黜浮,儒术复明,遂以忠言直道辅佐三朝,士

---

① [宋]韩元吉：《答汪尹书》,曾枣庄、刘琳主编：《全宋文》卷四七九〇,第216册,第59页。
② 钟哲点校：《陆九渊集》卷三四《语录上》,中华书局1980年版,第399页。
③ 同上书,第408页。
④ [宋]方大琮：《策问本朝诸儒之学》,曾枣庄、刘琳主编：《全宋文》卷七四〇一,第322册,第264页。

大夫翕然尊之"①,这大体再现了欧阳修"古文运动"时期同道者的观点。杨万里对欧阳修《本论》一文评价甚高,他认为该文用完美的逻辑和从容的气势阐释了儒、佛之辨,视其为"作文而有用"的典范。在文学传统的视野中,杨万里推崇"贾谊、董仲舒、刘向、扬雄、韩愈、陆宣公(陆贽——引者注)"等汉唐士人,认为他们"虽不足以望孔孟",但"其意纯而深,其文典而雅",而在宋代只有欧阳修和苏轼足以"传斯文之正脉,得斯文之骨气,上以窥孔孟之堂奥,下以蹑诸公之轨辙"②。陈亮也有类似的评价,称"公之文根乎仁义而达之政理,盖所以翼六经而载之万世者也"③。

上述思想在1127年后同样拥有广泛的支持者。在南方,陆九渊的弟子徐谊(1144—1208)于开禧二年(1206)八月在为周必大《平园续稿》所作序文中说道,"欧阳文忠公自庐陵以文章续韩昌黎正统,一起而挥之,天下翕然,尊尚经术,斯文一变而为三代、两汉之雅健,翰墨宗师,项背相望,故庆历、元祐之治,照映古今,与时高下"④。因而,他肯定周必大对欧阳修文章的保存、阐发工作具有深远意义。北方的王若虚(1174—1243)特意以这段话回应理学家对欧阳修的非议:

> 欧阳子尝谓圣人不穷性为言,或虽言而不究,学者当力修人事之实,而性命非其所急。此于名教不为无功,而众共嗤黜,以为不知道。高论既兴,末流日甚。中才庸质,例以上

---

① [宋]周必大:《庐陵县学三忠堂记》,曾枣庄、刘琳主编:《全宋文》卷五一五一,第231册,第265页。
② [宋]杨万里:《问本朝欧苏二公文章》,曾枣庄、刘琳主编:《全宋文》卷五三四二,第239册,第181页。
③ [宋]陈亮:《书欧阳文粹后》,邓广铭点校:《陈亮集》(增订本)卷二三,第245页。
④ [宋]徐谊:《平园续稿序》,曾枣庄、刘琳主编:《全宋文》卷六三九二,第282册,第79页。

达自期,章句之未知,已指六经为糟粕,谈玄说妙,听者茫然,而律其所行,颠倒错缪者十八九。此亦何用于世哉!愚谓欧阳子不失为通儒,而是说谠谠者,未必无罪于圣门也。①

他认为欧阳修回避空谈式的理论、专务于实事的态度值得肯定,这也是对于道学者空谈倾向的回击。

在如何从儒学思想的维度定义欧阳修散文经典性的问题上,古文家思想的传承者与尊奉程颐、杨时思想的理学家间产生了明显的争议。对此,朱熹等理学家则奉行调和的态度。朱熹从内容、语言上都高度推崇欧阳修的文章,并明言作文"固宜以欧、曾文字为正"②,且亲自为欧、曾编选过《文粹》。但朱熹在肯定欧阳修散文具有典范价值的同时,对其定位却与周必大、杨万里等人不尽一致。他在《读唐志》一文中表示:

> 夫古之圣贤,其文可谓盛矣,然初岂有意学为如是之文哉?有是实于中,则必有是文于外,如天有是气则必有日月星辰之光耀,地有是形则必有山川草木之行列。圣贤之心,既有是精明纯粹之实以旁薄充塞乎其内,则其著见于外者,亦必自然条理分明,光辉发越而不可掩盖。不必托于言语、著于简册,而后谓之文,但自一身接于万事,凡其语默动静,人所可得而见者,无所适而非文也。③

朱熹指出孔子所传之"斯文"不只是文章,还应确指务实的思想和

---

① [金]王若虚:《〈论语〉辨惑二》,《滹南遗老集》卷五,《四部丛刊初编》本,上海书店1989年版,第3—4页。
② [宋]黎靖德编,王星贤点校:《朱子语类》卷一三九,中华书局1986年版,第3311页。
③ [宋]朱熹:《读唐志》,刘永翔、朱幼文校点:《晦庵先生朱文公文集》卷七〇,朱杰人等主编:《朱子全书》,第23册,第3374页。

行为。他认为韩愈、欧阳修主张的先学文后务道,可能使后人对"斯文"的含义做出买椟还珠的片面理解,从而执着于作文而忽视修身。这一思想,与前文所阐述的二程之理念一脉相承。由此,他觉得欧阳修在思想上最大的问题就是"浅","平时读书,只把做考究古今治乱兴衰底事,要做文章,都不曾向身上做工夫"①,因此并没有给人切实地提供领悟、实践道德的路径方法,难免重"文"而轻"身"。他认为学生应从这一角度切实地理解这一问题,因而在《白鹿书堂策问》中提出过这样的设问:

> 本朝儒学最盛,自欧阳氏、王氏、苏氏皆以其学行于朝廷,而胡氏、程氏亦以其学传之学者。然王、苏本出于欧阳,而其末有大不同者。胡氏、孙氏亦不相容于当时,而程氏尤不合于王与苏也。是其于孔子之道,孰得孰失,岂亦无有可论者耶?②

朱熹在这段话中将欧阳修的文章归入"儒学"体系内的经典之一,但同时说明欧阳修将学术导向了与胡瑗(993—1059)、程颐有所不同且存在争议的道路。在理学的视域中,朱熹有限度地承认了欧阳修散文在儒学思想维度的典范价值,在肯定的同时也坚持了批判的视角。

13世纪后,朱熹这一调和式解读思路在黄震(1213—1280)《黄氏日抄》中再现。该书《读文集三·欧阳文》一卷的末尾对欧阳修文章做了如下总评:

> 公虽亦辟异端,而不免归尊老氏,思慕至人,辨《系辞》非

---

① [宋]黎靖德编,王星贤点校:《朱子语类》卷一三〇,第3113页。
② [宋]朱熹:《白鹿书堂策问》,刘永翔、朱幼文校点:《晦庵先生朱文公文集》卷七四,朱杰人等主编:《朱子全书》,第24册,第3579页。

圣人之言,谓嬴秦当继三代之统,视韩文公《原道》《原性》等作已恐不同,况孔子之所谓斯文者,又非言语文字之云乎!故求义理者,必于伊、洛;言文章者,必于欧、苏。盛哉我朝,诸儒辈出。学者惟其所之焉,特不必指此为彼尔。①

这段话既表明了黄震对于"斯文"的理解,也阐述了他对后学者能够自觉区分"义理"与"文章"的期待。北方的思想家郝经也贯彻了这一路数。他认为古文家对于儒学的思想贡献不应被抹煞,而所谓"道学"也不可局限于对周、程之学的独尊:

周、邵、程、张之学,固几夫圣而造夫道矣,然皆出于大圣大贤孔、孟之书,未有过夫尧、舜、禹、汤、文、武、周、孔之所传者,独谓之道学,则尧、舜、禹、汤、文、武、周、孔之学,不谓之道学,皆非邪?孟、荀、杨、王、韩、欧、苏、司马之学,不谓之道学,又皆非邪?②

这段话体现了郝经对周、程与欧、苏等多家思想的并重。然而,他对于心性之学的态度却沿袭程颐、杨时:

……则性之善,孔子备言之矣。于是孟子道性,断然以为善而不惑,而以已天下万世之惑也……至今先儒谓性非学者所急,又谓颜状未离于婴孩,高谈已及于性命,于是不言性,纵或言之,不过夫性习之说,不辨夫理性与夫气质之别,

---

① [宋]黄震:《慈溪黄氏日抄分类》卷六一《读文集三·欧阳文》,中华再造善本,北京图书馆出版社 2005 年版。

② [元]郝经:《与北平王子正先生论道学书》,李修生主编:《全元文》卷一二三,江苏古籍出版社 1998 年版,第 4 册,第 158 页。

> 遂谓扬子云之善恶混为最得。①

这段话已表明他对性理之学本体意义和性善理论的推崇,并对欧阳修关于"性非学者所急"做了不点名的否定。他对于欧阳修散文在儒学思想层面经典意义的理解体现在下面这段评述中:

> 宋兴,欧、苏则为之藻饰,周、邵则为之推明,司马则为之经济,程、张则为之究竟,天理昭明,人心泰定。故羽翼圣人之道者,莫如宋诸公。②

可知,郝经认为欧苏等古文家和濂、洛、关学的思想家虽同属于儒学传统的体系,但他们各自所发挥的"藻饰""推明""经济""究竟"的功效仍然有明显的层次区别,欧阳修的散文对于儒家思想的贡献与价值应被限定在"藻饰"的文学意义上。这一解读视角也被自宋入元的刘埙所采纳。他在《隐居通议》中将"欧公言道不言性"的问题解释为:

> 盖公之意,以仁义礼乐为道之实,而不欲说性者,惧其沦于虚,亦其生平恶佛而恐其涉于禅也,故曰:"执后儒之偏说,事无用之空言。"当是时,道学之说未盛也,公固已有忧矣。盖自五代极乱之后,而入于宋,混一诸国,中外太平,此时世运如天地重开。咸平、景德以来,真元会合一番,其人物往往笃实浑厚,山立河行,竭诚尽心,惟务修实德,行实政。至庆

---

① [元]郝经:《与汉上赵先生论性书》,曾枣庄、刘琳主编:《全元文》卷一二三,第4册,第163页。
② [元]郝经:《去鲁记》,李修生主编:《全元文》卷一三〇,第4册,第330页。

历、嘉祐,若少杀而犹未衰,一主于实,故不为无用之空言也。①

这段话结合历史背景,对欧阳修回避心性问题的态度做了切实的历史分析。然而刘埙最终认为欧、曾"终是未曾深入阃域",因而"千载唯以文章许二公"②。这一理学视域下的调和折中,回应了由不同视角所产生的评价争议,并对欧阳修散文在儒学思想层面上的经典属性做了明确的限定。

这一理念对后世文学史观念的形成颇具影响。爰及14世纪,余阙(1303—1358)曾经表示:

> 杨雄、司马相如、韩子、欧阳子,始号为工于文者,彼其于周公、孔子之文,非不欲穷日夜之力,极一世之所好,孜孜焉追琢磨砺以求其精,而卒不能至焉。③

他认为欧阳修属于对周、孔思想的忠实践履者,但没有达到精深的理解。由元入明的大儒宋濂(1310—1381)评述道,"夫自孟氏既没,世不复有文,贾长沙、董江都、太史迁得其皮肤,韩吏部、欧阳少师得其骨骼,舂陵、河南、横渠、考亭五夫子得其心髓"④。"骨骼"的定位比郝经认为的"藻饰"有所深入,但未臻"心髓"的深度。由此可知,后世关于欧阳修散文在儒学思想维度上经典属性的基本认识,是在理学视域的基础上形成的。

---

① [元]刘埙:《隐居通议》卷二"理学·欧公言道不言性"条,《丛书集成初编》本,中华书局2011年版,第18—19页。
② [元]刘埙:《隐居通议》卷二"理学·合周程欧苏之裂"条,第17页。
③ [元]余阙:《送葛元哲序》,《青阳先生文集》卷四,《四部丛刊续编》本,上海书店1985年版。
④ [明]宋濂:《徐教授文集序》,黄灵庚编辑校点:《宋濂全集》卷二九,人民文学出版社2014年版,第634页。

三、基于文章技法维度的精读与提炼

欧阳修散文高超的表达艺术很早即为人所关注。活动于11世纪末期的陈师道(1053—1102)是第一位全面从创作角度来解读欧阳修文章的评论者。他较多地概括、征引了前人的观点,比如"退之作记,记其事尔;今之记乃论也。少游谓《醉翁亭记》亦用赋体"[1]等。1127年后,大量文章选本和"文话"类的著述开始出现,从经典散文中探索文章写作的法则和规律,逐渐成为新的学术焦点。在这一背景下,越来越多的读者开始尝试从文章技法的层面对欧阳修的文章做细化、深入的解读。解读的切入点既包括微观的词句使用,也包括宏观的文体创作法则。欧文在文法层面的经典性在细读的过程中逐步确立。而在这一细读和提炼的过程中,理学士大夫以及他们的学术理念,同样发挥了重要的作用。

1. 遣词技法

在遣词方面,很多人从欧阳修散文中发现了使用虚词对于增强表达效果的作用。例如,李涂(1147年前后在世)的《文章精义》曾以《新五代史》为例,强调使用感叹词对提升文章表达效果的作用,提到"欧阳永叔《五代史》赞首必有呜呼二字,固是世变可叹,亦是此老文字,遇感慨处便精神"[2]。费衮(活动于12世纪中后期)的《梁溪漫志》中认为优秀的创作者可以娴熟地运用语气助词,使语言更加流畅自然。这方面优秀的范例一是韩愈的《祭十二郎文》,一是欧阳修的《醉翁亭记》:

---

[1] [宋]陈师道:《后山诗话》,[清]何文焕辑:《历代诗话》,中华书局1981年版,第309页。

[2] [宋]陈骙、李涂著,王利器校点:《文则 文章精义》,人民文学出版社1960年版,第70页。

> 退之《祭十二郎老成文》一篇,大率皆用助语。其最妙处,自"其信然邪"以下,至"几何不从汝而死也"一段,仅三十句,凡句尾连用"邪"字者三,连用"乎"字者三,连用"也"字者四,连用"矣"字者七,几于句句用助辞矣,而反覆出没,如怒涛惊湍,变化不测,非妙于文章者,安能及此?其后欧阳公作《醉翁亭记》继之,又特尽纡徐不迫之态。二公固以为游戏,然非大手笔不能也。①

由此可知 12 世纪后人们对欧阳修文章的解读已经深入到较为微观的内部构造。

2. 造句与谋篇技法

很多人亦尝试从欧文中总结造句与谋篇的经验。唐庚(1070—1120)第一次比较集中地研究欧阳修散文的"句法",他阐述了"凡为文,上句重,下句轻,则或为上句压倒"的句法论,并举《昼锦堂记》中的"此人情之所荣,而今昔之所同也"为例,认为只有此句可以跟前文"仕宦而至将相,富贵而归故乡"相承接②。南宋后,一些理学学者则在各种文章选本和著述中,对欧阳修散文的句法和文章结构做了更全面、细致的解析。例如,吕祖谦在其《古文关键》中选录了 11 篇欧阳修散文,其解读重点也较集中于宏观的文势与句法,如解说《纵囚论》一篇道"文最紧,曲折辨论,惊人险语,精神聚处,词尽意未尽"③,解说《上范司谏书》一篇说"大率平正有眼目,筋骨须看他前后贯穿,错综抑扬处"④。其后学

---

① [宋]费衮撰,金圆校点:《梁溪漫志》卷六"文字用语助"条,上海古籍出版社 1985 年版,第 63 页。
② [宋]唐庚、周密:《文录 浩然斋雅谈》,《丛书集成初编》本,中华书局 1985 年版,第 3 页。
③ [宋]吕祖谦:《增注东莱吕成公古文关键》卷七,中华再造善本,北京图书馆出版社 2004 年版。
④ [宋]吕祖谦:《增注东莱吕成公古文关键》卷八。

楼昉(生卒年不详)在其所编《崇古文诀》中,以笔法、文势为视角解读了18篇欧阳修散文,比如:

> 《峡州至喜亭记》:不言蜀之险,则无以见后来之喜;不言险之不测,则无以见人情喜幸之深。此文字布置斡旋之法。①
> 《五代史伶官传论》:只看盛衰两节,断尽庄宗始终,又须推原昔何为而盛,今何为而衰。②

吕祖谦、楼昉都出自浙江,在《宋元学案》中被列入"东莱学案"的学术脉络。此后,同样来自浙江且身为朱熹、吕祖谦四传弟子的黄震在其著述中解读了更多的欧阳修散文,且对文脉展开的结构顺序有较多的关注:

> 《夷陵县至喜堂》:先叙其俭陋,次叙朱侯能变其俗,次自叙得善地而忘其忧。
> 《画舫斋记》:始言为燕居而作,次反言舟之履险,而终归舟行之乐,三节照应。③

这些对语句使用和总体结构、脉络、气势的概括,既勾勒了整体观感,也深入至细部的行文理路。

3. "夺胎换骨"法

此外,很多人从"江西诗派"有关"夺胎换骨""点铁成金"的视点出发,指出欧阳修擅长在摹拟、取法他人文法的基础上生发新意。比如,陈善(1147年前后在世)的《扪虱新话》发现了欧阳修散

---

① [宋]楼昉:《迂斋先生标注崇古文诀》卷一八,中华再造善本,北京图书馆出版社2005年版。
② [宋]楼昉:《迂斋先生标注崇古文诀》卷一九。
③ [宋]黄震:《慈溪黄氏日抄分类》卷六一。

文中"拟韩文"的现象:

> 公集中拟韩作多矣,予辄能言其相似处。公《祭吴长史文》似《祭薛中丞文》,《书梅圣俞诗稿》似《送孟东野序》,《吊石曼卿文》似《祭田横墓文》,盖其步骤驰骋亦无不似,非但仿其句读而已。①

他进而提出"文章有夺胎换骨法"并解释道:

> 文章虽要不蹈袭古人一言一句,然古人自有夺胎换骨等法,所谓"灵丹一粒,点铁成金"也。欧阳公《祭苏子美文》云:"子之心胸,蟠屈龙蛇。风云变化,雨雹交加。忽然挥斥,霹雳轰车。人有遭之,心惊胆破,震汗如麻。须臾霁止,而四顾百里,山川草木,开发萌芽。子于文章,雄豪放肆。有如此者,吁可怪耶!"世人但知诵公此文,而不知实有来处。公作《黄梦升墓铭》,称梦升哭其兄之子庠之辞曰:"子之文章,电激雷震,雨雹忽止,阒然灭泯。"公尝喜诵之,祭文盖用此尔。梦升所作,虽不多见,然观其词句,奇倔可喜,正得所谓千兵万马之意。及公增以数语,而变态如此!此固非蹈袭者。②

可知"夺胎换骨"这一诗学观念也被应用于人们对散文的解读。此后,还有许多人注意到韩、欧文法的传承关系。例如洪迈(1123—1202)《容斋三笔》中曾列"韩欧文语"一条,详解《醉翁亭记》与《送李愿归盘谷序》的句法异同之处:

---

① [宋]陈善:《扪虱新话》上集卷一"欧文作文拟韩文"条,《丛书集成初编》本,中华书局1985年版,第6页。
② [宋]陈善:《扪虱新话》上集卷二"文章有夺胎换骨法"条,第16页。

《盘谷序》云:"坐茂树以终日,濯清泉以自洁。采于山,美可茹,钓于水,鲜可食。"《醉翁亭记》云:"野花发而幽香,佳木秀而繁阴。""临溪而渔,溪深而鱼肥;酿泉为酒,泉香而酒洌。""山肴野蔌,杂然而前陈。"欧公文势,大抵化韩语也。然"钓于水,鲜可食"与"临溪而渔,溪深而鱼肥","采于山"与"山肴前陈"之句,烦简工夫,则有不侔矣。①

同为江西籍的孙奕(1190年前后在世)曾谈到"祖述文意"的内容,有些说法和陈善类似:

公以文章独步当世,而于昌黎不无所得。观其词语丰润,意绪婉曲,俯仰揖逊,步骤驰骋,皆得韩子之体,故《本论》似《原道》,《上范司谏书》似《谏臣论》,《书梅圣俞诗稿》似《送孟东野序》,《纵囚论》《怪竹辩》断句皆似《原人》,盖其横翔捷出,不减韩作,而平淡详赡过之。②

由此两段材料,可知这一时期人们试图用历史考索的视角体会欧阳修散文的写作技法。甚至对于前述虚词使用,也有人从"祖述""化用"这一思路上做出解释。朱翌(1097—1167)《猗觉寮杂记》中录此一条:

《醉翁亭记》终始用"也"字结句,议者或纷纷,不知古有此例。《易·杂卦》一篇,终始用"也"字。《庄子·大宗师》自"不自适其适"至"皆物之情",皆用"也"字。以是知前辈文

---

① [宋]洪迈著,孔凡礼点校:《容斋三笔》卷一"韩欧文语"条,《容斋随笔》,中华书局2005年版,第437页。
② [宋]孙奕:《履斋示儿编(附校补)》卷七,《丛书集成初编》本,中华书局1985年版,第62页。

格,不可妄议。①

南宋末期的笔记《爱日斋丛抄》中写道,朱翌、项安世等人已发现,《易》《春秋》三传、《庄子》以及韩愈、柳开、苏洵、王安石等人的文章中都出现过"也"字连用的现象,单篇中最多达到19次②。

由此可知,南宋之后的知识精英不仅关注到单篇经典文章的取法与师承,而且自觉地为一些重要的作文方法建构纵向的发展脉络,从历史的角度看待文法的问题。江西诗派有关"夺胎换骨"的诗学观念,对欧阳修散文技法的解读、提炼同样发挥了重要的功用。而这一从前代经典文献内部搜寻规律、经验与灵感的内向型解读思路,与理学家致力于通过内心冶炼与知识梳理来重建社会道德的治学理路具有相通之处,共同体现了中国文化在这一时期"转向内在"的精神特征。欧阳修的散文也在这一理论中,被打造为渊源深长、历史悠久的文学经典。

4. 文体写作技法

由词、句、篇章逐步深入拓展,欧阳修的各体散文也被定位为文体写作的示范。浙东理学学者叶适(1150—1223)的《习学记言序目》简述了《皇朝文鉴》所分立的"赋""诏敕""册""诰""奏疏""表""记""论""书""策问"等多体散文的写作范例,欧阳修《通商茶法诏》《尊皇太后册文》《吉州学记》《丰乐亭记》《岘山亭记》《朋党论》等文章都被列举、解析③。另外,罗大经(1196—1252)在《鹤林玉露》中指出,欧阳修散文成为经典的原因不仅在于其内容上表现了"仁人之言""治世之音",更在于"事事合体":

---

① [宋]朱翌:《猗觉寮杂记》卷上,[宋]孔平仲、朱翌:《珩璜新论 猗觉寮杂记》,《丛书集成初编本》,中华书局1985年版,第29页。
② [宋]叶寘:《爱日斋丛抄》卷四,[宋]叶寘、周密、陈世崇撰,孔凡礼点校:《爱日斋丛抄 浩然斋雅谈 随隐漫录》,中华书局2010年版,第90—91页。
③ [宋]叶适:《习学记言序目》卷四七至五〇《皇朝文鉴》,中华书局1977年版,第696—754页。

作碑铭记序，便不减韩退之。作《五代史记》，便与司马子长并驾。作四六，便一洗昆体，圆活有理致……作奏议，便庶几陆宣公。①

还有人总结出了"四六""古文"这两大类文章的相通之处：

本朝四六，以欧公为第一，苏、王次之。然欧公本工时文，早年所为四六，见别集，皆排比而绮靡；自为古文后，方一洗去，遂与初作迥然不同。他日见二苏四六，亦谓其不减古文，盖四六与古文同一关键也。②

人们已经有意识地通过整理、研读，来归纳各种应用文章的创作体式与创作经验。

通过这些解读，欧阳修的散文被塑造为写作范式层面的典范。不过，也有人从反面的视角看待这些特性。南方的李如篪（约1126年前后在世）认为《醉翁亭记》的"助语太多"是其弊病：

如曰："环滁皆山也。其西南诸峰，林壑尤美。"则"其"字可去。"渐闻水声潺潺，而泻出于两峰之间者，酿泉也"，则"而"字可去，"泻"字亦自可去。"然而禽鸟知山林之乐，而不知人之乐"，"然而"二字可去。如此等闲字削去之，则文加劲健矣。③

---

① ［宋］罗大经撰，王瑞来点校：《鹤林玉露》丙编卷二《文章有体》，中华书局1983年版，第264—265页。
② ［宋］吴子良：《林下偶谈》卷二"四六与古文同一关键"条，［宋］龚熙正、吴子良：《续释常谈　林下偶谈》，《丛书集成初编》本，中华书局1985年版，第18页。
③ ［宋］李如篪：《东园丛说》卷下"杂说·欧文"条，《丛书集成初编》本，中华书局1985年版，第52页。

北方的王若虚也认为欧文中存在赘用、错用虚词的现象：

> 欧公多错下"其"字，如《唐书·艺文志》云："六经之道，简严易直而天人备，故其愈久而益明。"《德宗赞》云："耻见屈于正论，而忘受欺于奸谀。故其疑萧复之轻己，谓姜公辅为贾直而不能容"……此等"其"字，皆当去之。《五代史·蜀世家论》云："龙之为物，以不见为神。今不上于天而下见于水中，是失职也。然其一何多欤！""然其"二字，尤乖戾也。①

综合来看，南宋金元时期的读者努力探索、挖掘欧文在文法上的示范性，但也给讨论和争鸣留出了足够的空间。人们在平等、理性的阅读视角与心态之下，对欧文在技法上的典范特色加以辨析和提炼。

读者将欧阳修散文打造为作文技法的典范，其中不可避免地包含了对科举需求的回应。《古文关键》《文章轨范》等选本都具有指导科举文章创作的作用。不过，欧阳修散文涵括了多种文体，并没有在科举考试所要求的策论文方面有突出的偏重，这一点和"三苏"文的接受情况有所不同。并且，知识精英标榜欧阳修散文的意义，并非局限于使学习者功利性地获取应答科考文题的具体方法，而是力图使他们在欧文的涵泳、熏陶中提升自身的文化素养，以此引领和扭转整个科场、文坛的风气。陈亮在《欧阳先生文粹》的序言中这样描绘孝宗时期的科场面貌和自己编纂这部选本的意义：

> 二圣相承又四十余年，天下之治大略举矣，而科举之文犹未还嘉祐之盛，盖非独学者不能上承圣意，而科制已非祖

---

① ［金］王若虚：《文辨》，《滹南遗老集》卷三六，第6页。

宗之旧,而况上论三代!始以公之文,学者虽私诵习之,而未以为急也。故予姑掇其通于时文者,以与朋友共之。由是而不止,则不独尽究公之文,而三代、两汉之书盖将自求之而不可御矣。先王之法度犹将望之,而况于文乎?①

陈亮的态度足以说明欧阳修散文在理学视域下经典化的社会效用。这当中体现了对科举应试者的关切,但其终极目标超越了简单的功利需求。这一做法也和吕祖谦、楼昉等致力于编撰文章选本的理学家类似,体现了一部分理学士大夫对科举考试进行积极、良性干预的努力尝试。

四、基于文史知识维度的探索与辨析

欧阳修散文长期以其广博的知识含量为人注目。李清臣(1032—1102)在为欧阳修所撰《谥议》中称其"究览六经群史、诸子百氏,驰骋贯穿,述作数十百万言,以传先王之遗意"②。宋室南渡后,知识精英在学识维度对欧阳修散文做了更为纵深的解读,将其树立为知识性的经典范本。

1. 对欧阳修文章写作心态的剖析

在解读中,人们试图透过文本的字里行间,体察欧阳修隐于其中的心情和态度,由此深入揭示欧文重要篇章的写作动因。例如,理学家邵雍(1012—1077)之孙、自北宋入南宋的邵博(?—1158)在《邵氏闻见后录》中指出欧阳修在一些文章的细微之处体现了他与韩愈思想的区别,并列举《谷城县夫子庙记》一文说明:

---

① [宋]陈亮:《书欧阳文粹后》,邓广铭点校:《陈亮集》(增订本)卷二三,第246页。
② [宋]李清臣:《欧阳文忠公谥议》,曾枣庄、刘琳主编:《全宋文》卷一七〇九,第78册,第299页。

退之作《处州孔子庙碑》,以谓"自天子至郡邑守长,通得祀而遍天下者,唯社稷与孔子焉。然而,社祭土,稷祭谷,勾龙、弃,乃其佐享,非其专主,又其位所,不屋而坛,岂如孔子用王者事,巍然当座,以门人为配,自天子而下,北面拜跪荐祭,进退诚敬,礼如亲弟子者……所谓生民以来,未有如夫子,其贤过于尧、舜远者,此其效欤。"永叔作《谷城县夫子庙记》,乃云:"后之人徒见官为立祠,而州县莫不祭之,则以为夫子之尊,由此为盛。甚者乃谓生虽不得位,而没有所享,以为夫子荣,谓有德之报,虽尧、舜莫若,何其谬论者欤?"是欧阳公以退之为谬论矣。①

朱熹从欧阳修提出的"三代而上,治出于一"出发,认为欧阳修在儒学见解上超越了韩愈②,而邵博在比对文本之后通过对欧阳修写作心态的揣摩,发现他对韩愈观点的批评,呈现出与理学家近似的关注焦点和学术心得。此外,陈鹄(生卒年不详)也在《西塘集耆旧续闻》中仔细剖析了《醉翁亭记》的创作心理,该书写道"余谓文忠公此记之作,语意新奇,一时脍炙人口,莫不传诵,盖用杜牧《阿房赋》体,游戏于文者也。但以记其名醉为号耳"③。这一视角也延伸至解读《新五代史》中的一些篇章。吴曾(约1162年前后在世)在《能改斋漫录》里分析了欧阳修指责冯道的心理动因:

盖欧阳公为史时,甫壮岁;使晚为之,必不尔也。前辈谓

---

① [宋]邵博:《邵氏闻见后录》卷一五,中华书局1983年版,第118页。
② [宋]朱熹:《读唐志》,刘永翔、朱幼文校点:《晦庵先生朱文公文集》卷七〇,朱杰人等主编:《朱子全书》,第23册,第3375页。
③ [宋]陈鹄:《西塘集耆旧续闻》卷一〇"优《竹楼记》劣《醉翁记》非荆公言"条,[宋]李廌、朱弁、陈鹄撰,孔凡礼点校:《师友谈记 曲洧旧闻 西塘集耆旧续闻》,中华书局2002年版,第394页。

> 韩魏公庆历嘉祐施设,如出两手,岂老少之异欤。欧阳公出处与韩同,其论冯道,予以为当以庆历嘉祐为例。则道也,庶乎有取于欧阳公矣。①

他们在这样的解读路径中深刻揭示了欧阳修写作具体篇章时的心态和处境。

2. 对欧文中所涉文史知识的考察

知识维度的解读也体现于对欧阳修散文所涉文史知识的深入考察。例如范公偁(1126—1158)在《过庭录》中讲述了《昼锦堂记》写作、修改的背景:

> 韩魏公在相,曾乞《昼锦堂记》于欧公。云:"仕宦至将相,富贵归故乡。"韩公得之爱赏。后数日,欧复遣介,别以本至,云:"前有未是,可换此本。"韩再三玩之,无异前者,但于"仕宦""富贵"下,各添一"而"字,文义尤畅。②

南宋后期的文章选本和评点类著作,对此类背景知识的介绍更加详细。比如谢枋得《文章轨范》对《朋党论》的写作动因和历史背景做了较细致的勾勒,黄震在《黄氏日钞》中对《徂徕先生墓志》《滁州菱溪石记》《海陵许氏南园记》《真州东园记》《与高司谏书》《与尹师鲁书》等篇章所涉人物的生平、与作者关系、历史典故、创作缘由与后续反响等知识都有不同程度的简介。

欧阳修文章所包含的知识疑点也同样得到了解读者的关注。南宋初期的胡仔(1110—1170)指出,欧阳修《花品序》中有关牡丹

---

① [宋]吴曾:《能改斋漫录》卷一〇"议论·欧阳公论冯道乃壮岁时"条,中华书局1960年版,第299页。

② [宋]范公偁:《过庭录》"前辈为文不易"条,[宋]张邦基、范公偁、张知甫撰,孔凡礼点校:《墨庄漫录 过庭录 可书》,中华书局2002年版,第325页。

在刘禹锡之前"初不载文字"的说法可能不正确,而且对刘禹锡诗歌题目的引录也有错误①;其后,洪迈也注意到了这个问题,并且列举了白居易、元稹多首歌咏牡丹的诗作为证②;再到后来,王楙(1151—1213)发现了牡丹花在南北朝时期即已形诸文字的证据③。此外,还有人对欧阳修史论、史传类文章中的一些说法提出不同意见。比如罗大经在《鹤林玉露》中质疑了欧阳修《春秋论》中的"隐公非摄"之说④;王应麟(1223—1296)反驳了欧阳修所谓"五代礼坏,寒食野祭而焚纸钱"的说法,订正了纸钱产生的时间和进入葬仪的由来⑤。

经由知识维度的解读,欧阳修散文成为精英群体内部进行学理辨析和知识研讨的文化资源。与北宋时相比,南宋之后的读者不局限于宏观、仰视地描述欧阳修在知识上的成就,转而以平等的视角对欧阳修散文所包含的知识内容做纵深的探索与辨析。这种深入解析、理性思索的研读方式,也切合了这一时期以朱熹为代表的理学家对既往学术资源进行全面整合、提炼、反思的治学路径⑥。欧文由此被学术群体树立为理性、深入研析知识的文化范本。

五、欧阳修散文经典性内涵在理学语境中的转换

在南宋金元时期,精英阶层在理学视域下对欧阳修散文进行

---

① [宋]胡仔纂集,廖德明校点:《苕溪渔隐丛话》前集卷三〇"六一居士下",人民文学出版社1962年版,第206页。

② 参见[宋]洪迈《容斋随笔》卷二"唐重牡丹"条,第17—18页。

③ [宋]王楙撰,王文锦点校:《野客丛书》卷五"唐人言牡丹"条,中华书局1987年版,第47页。

④ [宋]罗大经撰,王瑞来点校:《鹤林玉露》甲编卷二"鲁隐公摄"条,第22—23页。

⑤ [宋]王应麟撰,[清]翁元圻等注,栾保群等校点:《困学纪闻全校本》卷十四,上海古籍出版社2008年版,第1667—1668页。

⑥ 参见〔美〕刘子健《中国转向内在——两宋之际的文化转向》,赵冬梅译,江苏人民出版社2012年版,第10、150—151页。

了多维的细致解读。在其文化经典的属性被总体确认的基础上，欧阳修散文在思想、文法、知识这三重维度的经典性都获得梳理和定位。经此过程，欧文在儒学思想维度的权威性被明确限定，而文章技法、文史知识维度的典范性被深入剖析。

宋室南渡之后，欧阳修的思想与理学主流观念间的差异得到彰显。这类差异也体现在作为欧文经典化主要推动者的周必大、杨万里、陈亮等人的著述中。

作为《欧阳文忠公集》的编纂者，周必大本人的文章里也体现了对欧阳修思想的沿袭。他的《泰和县龙洲书院记》一文记载泰和县令兴学的事迹，末尾提到：

> 昔欧阳文忠公著《本论》，谓三代之民不从事田亩则从事礼乐，不在其家则在庠序。是以王者之政明，圣人之教行，虽有佛老，无自而入。今也，昔之庠序皆转而为寺观，何不疑于彼而反疑于此也？幸贤令为之主盟，使诸生得藏修息游于斯。①

可见欧阳修的思想确对周必大有较深影响。周必大在政治场域中与朱熹等理学家有近似的立场，但他却并未对理学观念表现出特殊的兴趣或尊崇。对于理学家与古文家的思想差异，周必大持不偏不倚的中立态度，他在为程洵（生卒年不详）文集所作序中写道：

> 大抵议论正平，辞气和粹。盖尝记其师里人李绪之言曰："道有远近，学无止法。不可见其近而自止，必造深远，然

---

① ［宋］周必大：《泰和县龙洲书院记》，曾枣庄、刘琳主编：《全宋文》卷五一五〇，第 231 册，第 252 页。

后有成。"此程氏学也。又曰："文以载道,物有是理,辞者达是而已。"此苏氏学也。君之所得,实本于缙,学者果可无渊源乎?①

周必大对程洵的欣赏之处正在于其折中程、苏的学术取向,可见他与朱熹思想的显著区别。另外,周必大的著作中还包含《汉未央宫记》《唐政事堂记》等赞扬汉、唐盛世的文章,这种历史观念也与尊崇三代"道统"而轻视政统的理学家有所不同。

杨万里的著作中也可见欧阳修思想影响的印迹。他的《君道》三篇中有关"合天下之明,以为一人之明者,天下之公明也"的论述②,与欧阳修《为君难论》中"用人之难难矣,未若听言之难也"的阐述过程相近。和周必大相比,杨万里的思想更贴近理学家,他在《默堂先生文集序》中承认自孔子、颜子、曾子、子思、孟子贯穿下来的"道学之正统",且以"嗣千有余岁之绝者,不在伊川乎"来描述程颐的作用③。但弘扬道学思想的文章在杨万里的著作中并不多见,后世成书的《宋元学案》也只将杨万里归为"赵张诸儒学案"中的"门人"之一,并未单独强调他对道学发展的作用。

陈亮的文章也具有与欧阳修散文相通的文化气质。刘埙《隐居通议》中有"龙川宗欧文"一条,称赞陈亮文"纡余宽平,甚似欧文,岂非诵习之熟,自然逼真欤"④。在儒学文化的场域中,陈亮以事功之学以及与朱熹围绕如何从思想史角度看待汉、唐的争论而著称,且对心性之学有过直接的非议:

> 自道德性命之说一兴,而寻常烂熟无所能解之人自托于

---

① [宋]周必大:《程洵尊德性斋小集序》,曾枣庄、刘琳主编:《全宋文》卷五一一九,第230册,第163—164页。
② [宋]杨万里:《君道下》,辛更儒笺校:《杨万里集笺校》卷八七,第3426页。
③ [宋]杨万里:《默堂先生文集序》,辛更儒笺校:《杨万里集笺校》卷七九,第3218页。
④ [元]刘埙:《隐居通议》卷一五《文章三》,第162—163页。

其间,以端悫静深为体,以徐行缓语为用,务为不可穷测以盖其所无,一艺一能皆以为不足自通于圣人之道也。于是天下之士始丧其所有,而不知适从矣。为士者耻言文章、行义,而曰"尽心知性";居官者,耻言政事、书判,而曰"学道爱人"。相蒙相欺以尽废天下之实,则亦终于百事不理而已。①

亮少以狂豪驰骤诸公间,旋又修饰语言,诳人以求知。诸君子晚又教以道德性命,非不屈折求合,然终不近也。②

这种有意与道德性命论题保持距离的学术立场接近于欧阳修的主张,也自然体现了与理学主流观念的疏离。

综合来看,在12世纪之后,欧阳修回避心性之学的学术立场无法得到主流理学家的支持,全面推崇欧阳修思想的周必大、杨万里、陈亮等人都未能在理学语境中发挥核心的影响力。因此,欧阳修对儒学学术文化的发展起过的历史作用虽然得到总体承认,但他以及其坚定支持者的思想已不能代表宋室南渡之后的主流儒学。在这一语境基础上,知识精英对欧阳修散文中所涉文法、知识的成分做了更为全面、深入的解读与剖析,也使其经典性得以产生的维度得到明显扩展。这一经典化的进程及其内在理路,也充分包含、体现了理学视域的深刻影响。吕祖谦、陈亮、楼昉等人编撰文章选本对欧文表达技法进行提炼、概括,反映了理学家对科举考试的积极干预;众多学者以"江西诗派"的视角探寻、提炼欧文笔法中蕴含的历史传承要素,梳理、反思欧文中包含的文史知识与学术资源,都契合了理学家在这一"转向内在"时期从既有知识体系中寻找经验、灵感,并对之加以重新总结、整合的

---

① [宋]陈亮:《送吴允成运幹序》,邓广铭点校:《陈亮集》(增订本)卷二四,第271页。
② [宋]陈亮:《与韩无咎尚书》,邓广铭点校:《陈亮集》(增订本)卷二七,第311页。

治学理路。爰及后世，明代中叶茅坤编纂的《唐宋八大家文钞》中，对欧阳修散文的推崇主要集中于其堪与司马迁媲美的散文笔法，而不是他的儒学见解①，清代的文章选家也将其视作"长于论事，而言理则浅"②的"春华"③。

总之，在南宋金元时期理学语境的主导下，欧阳修散文经典性的内涵发生了变化。经由这一系列多维解读的过程，欧阳修在文学传统、文化经典谱系中的地位基本确立下来。在《宋元学案》梳理的学术史脉络中，欧阳修被视作"庐陵学案"的创始者，北宋散文六家中的另外五人都被归入该学案的"门人"或"学侣"④。由此可知，南宋金元时期的批评史家、学术史家在理学视域下对欧阳修的评价和定位，对北宋散文六家整体价值属性的确立都具有决定性影响。

第二节 曾巩散文经典化与文道涵容

在学术史的视野中，北宋散文六家同时被《宋元学案》纳入以欧阳修为源头的"庐陵学案"体系。然而，"三苏"和王安石都在这一基础上分别开辟了"苏氏蜀学"和"荆公新学"，将欧阳修的古文事业引入了新的学术脉络。曾巩是唯一没有形成独立学术体系的散文家，但他的文章仍然在北宋六家散文的经典系统中拥有无可替代的地位。本节将尝试探求，曾巩的散文如何在南宋金元时期的学术语境中被"经典化"，它被赋予的经典属性包含哪些方面

---

① ［明］茅坤：《唐宋八大家文钞·庐陵文钞引》，上海古籍出版社1993年版，第1册，第324页。
② ［清］张伯行：《唐宋八大家文钞》卷首《原序》，《丛书集成初编》本，商务印书馆1936年版，第2页。
③ ［清］沈德潜：《唐宋八大家古文》卷首《叙》，中国书店1987年版，第1页。
④ ［清］黄宗羲编纂，全祖望补修，陈金生、梁运华点校：《宋元学案》卷四，中华书局1986年版，第205—212页。

的内容。

一、理学家对曾巩散文经典化的推动

曾巩在世时，其散文的卓越水平已广受赞扬。有人认可曾巩继承发展了欧阳修的古文事业，比如苏轼曾称赞"醉翁门下士，杂沓难为贤。曾子独超轶，孤芳陋群妍"①。曾巩散文独立的文化价值也获得了广泛肯定，其弟曾肇（1047—1107）在《曾舍人巩行状》中提到"自朝廷至闾巷，海隅障塞，妇人孺子，皆能道公姓字。其所为文，落纸辄为人传去，不旬月而周天下。学士大夫手抄口诵，唯恐得之晚也"②，可知曾文在当时已有很高的传播热度。

宋室南渡后，承认、标举曾巩散文为经典的士大夫大多具有显著的理学背景，其中朱熹的作用尤为引人注目。朱熹对于曾巩散文的高度评价，为提升其经典性的上升做了开创性的贡献③。就文章特点的角度，朱熹对欧、曾的语言个性做了很多客观的比较，例如：

> 欧公文字大纲好处多，晚年笔力亦衰。曾南丰议论平正，耐点检。
>
> 欧公文字敷腴温润，曾南丰文字又更峻洁，虽议论有浅近处，然却平正好。④

---

① ［宋］苏轼：《送曾子固倅越得燕字》，［清］王文诰辑注，孔凡礼点校：《苏轼诗集》卷六，中华书局1982年版，第245页。
② ［宋］曾肇：《曾舍人巩行状》，曾枣庄、刘琳主编：《全宋文》卷二三八一，第110册，第92页。
③ 参见日高津孝撰《论唐宋八大家的成立》中曾巩"被选入唐宋八大家，被权威化的直接契机还是南宋朱熹的高度评价"的表述（《科举与诗艺——宋代文学与士人社会》，潘世圣等译，上海古籍出版社2005年版，第37—51页）。
④ ［宋］黎靖德编，王星贤点校：《朱子语类》卷一三〇、卷一三九，第3117、3309页。

朱熹认为欧、曾文章的表达效果各有千秋,二者虽有关联但并无主次之分。朱熹曾为曾巩的年谱作序道:

> 予读曾氏书,未尝不掩卷废书而叹,何世之知公浅也!盖公之文高矣,自孟、韩子以来,作者之盛,未有至于斯。①

另外还有感慨:

> 余年二十许时,便喜读南丰先生之文,而窃慕效之,竟以才力浅短,不能遂其所愿。今五十年乃得见其遗墨,简严静重,盖亦如其为文也。②

可知在北宋六家中,朱熹对曾巩最为珍视。此外,朱熹亲自编选《欧曾文粹》。该书虽已亡佚,但朱熹再传弟子王柏曾概括其择录标准为"文胜而义理乖僻者不取;赞邪害正者,文辞虽工不取;释老文字须如欧阳公《登真观记》,曾南丰《仙都观记》《菜园记》之属,乃可入",并称赞朱熹的编选品位"观其择之之精,信非他人目力所能到"③。与陈亮为欧阳修编选文粹、吕祖谦为三苏标注文集相比,朱熹及其后学更积极致力于推动曾巩散文的传播。

13世纪后,同为江西南丰人,官至殿中侍御史兼直讲、礼部尚书的陈宗礼(1203—1270)也推崇曾巩之文。陈宗礼具有理学的知识背景,其少年时曾求教于陆九渊的再传弟子袁甫④。宝祐四

---

① [宋]朱熹:《南丰先生年谱序》,《朱子遗集》卷五,朱杰人等主编:《朱子全书》,第26册,第762页。
② [宋]朱熹:《跋曾南丰帖》,刘永翔、朱幼文校点:《晦庵先生朱文公文集》卷八四,朱杰人等主编:《朱子全书》,第24册,第3965页。
③ [宋]王柏:《跋〈欧曾文粹〉》,《鲁斋王文宪公文集》卷一一,台湾学生书局1979年据《续金华丛书》本影印,第398—399页。
④ 参见[元]脱脱等《宋史》卷四二一,中华书局1985年版,第12594页。

年(1256)正月,陈宗礼作《南丰先贤祠记》一文,在历史的视野中强调了曾巩在"古文运动"里的特殊地位:

> 宋以文治一兴,涤凡革腐,几与三代同风,而士以文名者称之。嘉祐中,欧阳文忠公以古道倡,南丰之曾、眉山之苏,胥起而应。眉山父子兄弟稽千载治乱成败得失之变,参以当世之务,机圆而通,辞畅而警,立言之有补于世美矣。然求其渊源圣贤,表里经术,未有若吾南丰先生之醇乎醇者也。①

这段话区分了北宋古文家内部的学术脉络,认为"三苏"与曾巩虽同属欧阳修后学,但各自进入了不同的领域。"三苏"文以历史、实务问题为旨归,而曾巩文以圣贤思想和"经术"阐发为标的。在这一比较视域中,曾巩散文的独立地位与价值得到了确认。

另外,朱熹后学黄震在《黄氏日抄》中将他对多篇曾巩文的主旨概括和阅读感受写入"读文集"的卷目。两位生活于13世纪中期、自宋入元的江西籍理学士大夫刘埙、吴澄亦对曾巩散文予以特别关注。刘埙《隐居通议》的"文章"单元中列有"南丰先生学问""秃秃记""南丰县学记""曾文宗西汉"等条目,集中探讨曾巩文章的内容、思想、风格。吴澄以融汇朱熹、陆九渊思想著称,曾写作《宜黄县学记》一文,文中记叙新落成的宜黄县学"将刻南丰先生旧记于石,以与新记并"②,认为曾巩的同题前作对于当代学子依然具有观念指导的价值。

总体来说,在南宋金元时期,曾巩散文的经典化主要得益于朱熹等理学士大夫的努力推动。理学家在曾巩的文章中发现了

---

① [宋]陈宗礼:《南丰先贤祠记》,曾枣庄、刘琳主编:《全宋文》卷八〇八九,第350册,第7页。
② [元]吴澄:《宜黄县学记》,李修生主编:《全元文》卷五〇二,江苏古籍出版社1999年版,第15册,第131页。

与理学思想内容、学术旨趣相通的文化因素,并以此为基础赋予其典范意义。朱熹在《跋曾南丰帖》中表示"熹未冠而读南丰先生之文,爱其词严而理正"①。"词严"与"理正"分别指向了文法、观念这两重阐释的维度,理学家对曾巩散文经典性的解读即由此展开。

二、"理正":曾巩散文经典性在儒学文化维度的确立

1083年曾巩去世后不久,人们即已确认了曾巩散文对于传播儒学正统思想的贡献。林希(1035—1101)在《曾公墓志铭并序》中说,"其议论古今治乱得失、人贤不肖,必考诸道,不少贬以合世。其为文,章句非一律。虽开合驰骋,应用不穷,然言近指远,要其归,必止于仁义,自韩愈氏以来,作者莫能过也"②;孔武仲(1042—1097)在《祭曾子固文》中言"惟公文为世表,识在人先,愤道之息,志于必传"③。对曾巩散文"传道"价值的肯定,已成为当时知识精英间的文化共识。

南宋后,这一基本观念被总体沿袭。但在理学家的大力推动下,曾巩散文在儒学文化维度上被赋予了新的经典性。如前所述,他们对曾巩文章在北宋古文谱系中的地位做了更清晰的界定。对于曾巩同"三苏"的区别,朱熹做了较为明确的划分:

> 老苏文字初亦喜看,后觉得自家意思都不正当,以此知人不可看此等文字。固宜以欧曾文字为正。④

---

① [宋]朱熹:《跋曾南丰帖》,刘永翔、朱幼文校点:《晦庵先生朱文公文集》卷八三,朱杰人等主编:《朱子全书》,第24册,第3918页。

② [宋]林希:《朝散郎试中书舍人轻车都尉赐紫金鱼袋曾公墓志铭并序》,曾枣庄、刘琳主编:《全宋文》卷一八一二,第83册,第254页。

③ [宋]孔武仲:《祭曾子固文》,曾枣庄、刘琳主编:《全宋文》卷二一九五,第100册,第347页。

④ [宋]黎靖德编,王星贤点校:《朱子语类》卷一三九,第3311页。

这种区分,使得曾巩与苏氏父子的文章成为"意思正当"与否的标志。在具体的篇目中,朱熹赞扬了《宜黄县县学记》《筠州学记》《列女传序》等文章的思想内容①。由于心性、经史观念的差异,朱熹始终与以欧苏为代表的古文家存有思想分歧,然而他对曾巩却称许有加:

> 问:"南丰文如何?"曰:"南丰文却近质。他初亦只是学为文,却因学文,渐见些子道理。故文字依傍道理做,不为空言。只是关键紧要处,也说得宽缓不分明。缘他见处不彻,本无根本工夫,所以如此。但比之东坡,则较质而近理。东坡则华艳处多。"②

这段解读较为深入地揭示了朱熹如何理解曾巩、苏轼文章的区别,以及曾巩作为古文家的特殊性。朱熹认为曾巩的治学虽同样以作文为起始,且并未摆脱"本无根本工夫"的弊病,但大体符合将文章引入"道理"的路径。"质而近理"的文风,使曾巩文章在朱熹的视域中拥有独特的意义。

朱熹的解读,大多在随感式的短文和零散的对话中呈现。这些论述得到了很多后学的进一步阐发。朱熹弟子傅伯寿(1138—1223)在为曾巩侄孙曾协的《云庄集》作序时表示,"公家世以儒显,至南丰先生遂以经术、文章名天下,学者宗之,以继唐之韩文公、本朝欧阳文忠公"③。理学家韩淲(1159—1224)从"守道论学"的视角,把曾巩、王安石划分至与苏轼等人不同的序列中:

---

① 《朱子语类》卷一三九载"南丰作《宜黄》《筠州》二学记好,说得古人教学意出""南丰《列女传序》说'二南'处好"(第3314页)。
② [宋]黎靖德编,王星贤点校:《朱子语类》卷一三九,第3313—3314页。
③ [宋]傅伯寿:《云庄集序》,曾枣庄、刘琳主编:《全宋文》卷六二六三,第276册,第424页。

> 本朝庆历间诸公：韩魏公、富郑公、欧阳公、尹舍人、孙先生、石徂徕，虽有愤世疾邪之心，亦皆学道，有所见，有所守。下至王介甫、王深甫、曾子固、王逢原，犹守道论学。至东坡诸人，便只有愤世疾邪之心，议论利害是非而已。①

他认为曾巩、王安石的"守道论学"与苏轼的"愤世疾邪"、"议论利害是非"属于不同的思想理路，这一解读、区分的方式也与朱熹近似。此外，袁褧、袁颐父子（生卒年不详）所著《枫窗小牍》中说：

> 家大夫尝谓曾子固《南齐书序》是一部《十七史序》，不可不熟看……第其中反复照应处多累句重叠为可惜耳。②

在本段所提及的《南齐书序》即《南齐书目录序》一文中，曾巩提出了对修史者的希望，称"古之所谓良史者，其明必足以周万世之理，其道必足以适天下之用，其智必足以通难知之意，其文必足以发难显之情，然后其任可得而称也"。这段话的着眼点既在于史学家的实录精神与叙述才能，也包括"周万世之理""适天下之用"的原则立场与道德精神。由此，曾巩认为堪称"隽伟拔出之才、非常之士"的司马迁在思想上有所欠缺，"蔽害天下之圣法，是非颠倒而采摭谬乱者，亦岂少哉"③。袁褧就此进一步阐发道：

> 昔者唐虞有神明之性，有微妙之德，使由之者不能知，知之者不能名，其言至约，其体至备。而为之二典者，推而明

―――――――
① ［宋］韩淲著，张剑光整理：《涧泉日记》卷中，《全宋笔记》第 6 编，大象出版社 2013 年版，第 9 册，第 114 页。
② ［宋］袁褧：《枫窗小牍》卷上，［宋］袁褧、周煇撰，尚成、秦克校点：《枫窗小牍 清波杂志》，上海古籍出版社 2012 年版，第 18 页。
③ ［宋］曾巩：《南齐书目录序》，陈杰珍、晁继周校点：《曾巩集》卷一一，第 187—188 页。

> 之,所记者岂独其迹也?并与其深微之意而传之无不尽也。至于后世诸史,事迹扰昧,虽有随世以就功名之君,相与合谋之臣,未有得赫然倾动天下之耳目,而一时偷夺悖理之人,亦幸而不暴著于世。岂非所托不得其人故邪?①

史家的才华应该体现在生动、传神地记录古圣前贤的心理活动,这就要求著史者必须首先具备鲜明的道德立场,使叙事的才能、创作的智慧服务于正确思想的传播。曾巩的这一理念,得到了袁褧的理解和肯定。

13世纪后的陈宗礼也沿袭、发展了这一解读的视角。在《南丰先贤祠记》中,陈宗礼承袭朱熹的观点,区分曾巩与"三苏"的观念。在此基础上,他对于曾巩散文在儒学维度的价值进一步揭示道:

> 先生之学,非角声名竞利禄之学矣。韩子所谓"仁义之人,其言蔼如也"。故溢而为文辞,严毅正大,不诡不回,援孔孟之是,断战国策士之非,举典谟之得,正司马迁以下诸史之失,如针指南,如药伐病,言语之工云乎哉!②

这段话将《战国策目录序》《南齐书目录序》等文章的主旨融入其中,并称赞它们明确了前代史籍在思想层面的是非曲直,具有匡谬正俗的意义。由此,他认为与"三苏"文相比,曾巩文章在道德文化层面具有无可比拟的价值:

---

① [宋]袁褧:《枫窗小牍》卷上,[宋]袁褧、周煇撰,尚成、秦克校点:《枫窗小牍 清波杂志》,第18页。
② [宋]陈宗礼:《南丰先贤祠记》,曾枣庄、刘琳主编:《全宋文》卷八〇八九,第350册,第7页。

> 盖眉山父子兄弟,文之奇;南丰先生,文之正。奇者如天马,如云龙,恍惚变态;而正者金之精、玉之良,凡物莫能加也。帛之暖、粟之饱,不可一日无,人莫知其功也。以斯文明斯道,淑斯人,古所谓乡先生者正如是……①

陈宗礼指出,与"三苏"的奇特瑰丽不同,曾巩的散文呈现了一个符合儒学正统思想规范的朴实的思维世界。读者可通过研习曾巩的文章领悟道德,以规范自身的观念和言行,从而对儒学"斯道"精神的意义拥有更为切实的理解。陈宗礼认为,曾巩犹如谆谆诱导后学者的"乡先生",其文章对社会风气和人格养成都有教化的作用。曾巩散文的经典属性,也由此得到进一步明确。

此后,自南宋入元的刘埙对曾巩文章中与理学思想相通的内容要素做了深入解析。他评述曾巩《上欧阳学士第一书》中"明圣人之心于百世之上,明圣人之心于百世之下"一段话道:

> 观先生之志如此,是其少年所学,超卓不凡,非若新学小生,惟务词章而已。且是时濂洛未兴,而先生之学专向圣域,何可得哉?②

"专向圣域"的表述,揭示曾巩文章的表现内容已经契合了理学家的思想精髓,刘埙借此称赞曾巩在23岁的年龄已经表现出超越一般士人的儒学造诣和追求。在这段关于"古人自少力学"的论述中,刘埙同时列举的另一个事例是朱熹的老师李侗24岁时即向罗从彦汇报自己对"儒者之道"的深刻见解。由此可知,在刘埙的脑海中,曾巩与李侗一类理学大儒的学术地位相似。并且,刘

---

① [宋]陈宗礼:《南丰先贤祠记》,曾枣庄、刘琳主编:《全宋文》卷八〇八九,第350册,第7—8页。

② [元]刘埙:《隐居通议》卷一"古人自少力学"条,第113页。

埙在"南丰先生学问"一条中深入阐发道：

> 濂洛诸儒未出之先，杨刘昆体固不足道。欧、苏一变，文始趋古。其论君道、国政、民情、兵略，无不造妙。然以理学，或未之及也。当是时，独南丰先生曾文定公，议论文章，根据性理，论治道则必本于正心诚意，论礼乐则必本于性情，论学必主于务内，论制度必本之先王之法……其卓然绝识，超轶时贤……此朱文公评文，专以南丰为法者，盖以其于周、程之先，首明理学也。然世俗知之者盖寡，亡他，公之文自经出，深醇雅澹，故非静心探玩，不得其味。而予特嗜之。①

这段话较为直接地阐明，在北宋古文家中，曾巩的思想与理学家的学术理念最为接近。在"濂洛诸儒未出之先"的时代里，曾巩率先在古文家的场域中研讨了"性理"的话题。他的出现，也在一定程度上纠正、反拨了欧、苏等人轻视心性之学的缺失。刘埙从理学思想发展和儒学理路转型的视角，认为曾巩的散文发挥了开创和过渡的作用。13 世纪中叶以后，吴澄在为宜黄县学所撰学记中重提这一论点：

> 若南丰先生之记，在孟学不传之后，程学未显之前，而其言精详切实，体用兼该，有汉唐诸儒所不得而闻者……继自今，士之为学，人人能如南丰先生之记之所云，则合乎程，接乎孟，以上达乎孔氏，不待他求也。②

这段话揭示曾巩文章在理学思想全面产生之前，对个人道德心性

---

① [元]刘埙：《隐居通议》卷一四"南丰先生学问"条，第 263—264 页。
② [元]吴澄：《宜黄县学记》，李修生主编：《全元文》卷五〇二，第 15 册，第 131 页。

的陶冶和教化发挥了重要的作用,并对于那些与吴澄同时代的士人也深有价值。

另外,在南宋的各种文章选本中,曾巩所作"记""序"两类文章最受青睐。比如吕祖谦主持编纂的《宋文鉴》中,收录了 8 篇"记"和 9 篇"序";《新刊国朝二百家名贤文粹》中收录了《战国策序》《列女传序》《新序目录序》《说苑序》《南齐书序》《梁书序》《陈书序》7 篇"经史序"和《礼阁新仪序》1 篇"文集序";汤汉编选的《妙绝古今》中包括《新序目录序》《南齐书目录序》《分宁县云峰院记》《徐孺子祠堂记》4 篇曾文;真德秀主编《续文章正宗》中入选的曾巩文也以"序""墓志铭"为最多。从这些入选篇章的内容来看,"序"大多由传统经史典籍入手表达儒学见解;"记"大多由对景物的感知或对文化问题的思考生发,展现其对道德、心性问题的理解;《续文章正宗》中收录的曾巩所作墓志铭大多不局限于对传主生平的追述,基本上还都涉及对士大夫修身、出处问题的体会。可知在这一时期,文章选本的关注视角以及对其典范性的理解,也侧重于"理正"这一核心元素。

在南宋金元学术语境中,曾巩散文在儒家思想文化维度的典范性得到深入诠释。这一典范性的具体内涵,既包括足以滋养、熏陶读者的正统道德观念,也包含为北宋古文的学术内涵所注入的理学质素。后人对曾巩散文的解读也大多沿袭这一阐释思路。元明之时,虞集表示,"南丰曾子固,博考经传,知道修己,伊洛之学未显于世,而道说古今,反覆世变,已不失其正,亦孰能及之哉"①,基本上再现了刘埙所谓"其于周、程之先,首明理学"的观点。宋濂将欧、曾之文的特色做过比较,称"欧阳氏之文如澄湖万顷,波涛不兴,鱼鳖潜伏而不动,渊然之色,自不可犯。曾氏之文

---

① [元]虞集:《刘桂隐存稿序》,李修生主编:《全元文》卷八二〇,凤凰出版社 2004 年版,第 26 册,第 110 页。

如姬、孔之徒复生于今世,信口所谈,无非三代礼乐"①,认为曾巩散文传递、展现的道德感和教育意义比欧阳修散文更鲜明突出。

三、"词严":曾巩散文经典性在文章表达维度上的确立

在南宋金元时期,知识精英对曾巩散文表达技法的解读,主要集中于行文法度方面。

主要活动于12世纪前中期的吕本中(1084—1145)在《童蒙诗训》中说:"曾子固文章纡余委曲,说尽事情,加之字字有法度,无遗恨矣。"②和欧阳修的酣畅、舒缓相比,吕本中认为"法度"是曾巩散文最为杰出的语言特色。吕本中侄孙吕祖谦所编《古文关键》中收录了4篇曾巩文,对文章的解读主要着重于行文的条理和法则:

> 《战国策目录序》:此篇节奏从容和缓,且有条理,又藏锋不露,初读若太羹元酒,当仔细味之,若他练字好,过换处不觉,其间又有深意存。
>
> 《救灾议》:此一篇后面应得好,说利害体。"然百姓患于暴露",转。"非钱不可以立屋庐",两句纲目。"二者不易之理也",此一段文字有操纵。"非得此二者",抑扬。"虽主上忧劳于上",结。"使者旁午于下",关锁破前说。"特常行之法",结前说。
>
> 《送赵宏序》:句虽少,意极多,文势曲折,极有味,峻洁有力。

---

① [明]宋濂:《张侍讲翠屏集序》,黄灵庚编辑校点:《宋濂全集》卷三三,第717页。

② [宋]吕本中:《童蒙诗训》,郭绍虞辑:《宋诗话辑佚》,中华书局1980年版,第601页。

第二章 "古文"传统的价值重估　147

《唐论》:此篇大意专说太宗精神处。"成康殁而民生不见先王之治",文势说起,只归在"莫盛于太宗"一句上。"更二十四君,东西再有天下",都包汉尽,此是句法。"而其治莫盛于太宗",自前说入太宗。"仁心爱人",立三段间架。"以尊本任重,赋役有定制,兵农有定业,官无虚名,职无废事","以"字变作"有"字,"有"字变作"无"字,是句法。①

吕祖谦重点解析曾巩文章如何衔接语句之间的关系,如何用局部的要素串联起整体的文章脉络,以及如何通过整饬有序的结构逻辑体现文章的核心论点。在该书篇首的"看诸家文法"中,吕祖谦将"曾文"的特色概括为"专学欧,比欧文露筋骨",可知其视欧、曾文法为同源,且曾文的架构、理路更清晰可观。

朱熹也将行文法度作为解读曾巩文章的关纽。《朱子语类》中记录了他对曾巩"耐点检""谨严"的评价,另外还包括这些记载:

两次举《南丰集》中《范贯之奏议序》末,文之备尽曲折处。

问:"要看文以资笔势言语,须要助发义理。"曰:"可看《孟子》、韩文。韩不用科段,直便说起去至终篇,自然纯粹成体,无破绽。如欧、曾却各有一个科段。却曾学曾,为其节次定了。今觉得要说一意,须待节次了了,方说得到。及这一路定了,左右更去不得。"②

可知,朱熹认为曾巩善于驾驭"曲折"的文势,曾文对"科段""节

---

① [宋]吕祖谦:《增注东莱吕成公古文关键》卷一八、一九、二〇。
② [宋]黎靖德编,王星贤点校:《朱子语类》卷一三九,第3314、3320页。

次"的理性布置成为其结构美感的核心。谋篇布局的"节次"使得曾巩散文具有更明显的可借鉴性,便于被包括朱熹自己在内的学习者模仿、领会。

此后,朱熹的弟子真德秀在解读《抚州颜鲁公祠堂记》时说"先叙事,后议论,而神光精焰全于转折处透出,逼是西京"①,认为该文的精华在于叙事、议论之间的转换方法。楼昉《崇古文诀》中选录了6篇曾巩散文,在解读其文法时较多着眼于结构篇章的理路与法度。例如以下四段评点:

《相国寺维摩院听琴序》:法度之文,妙于开阖,可以观世变。自欧、曾以前有此等议论,至二程则粹矣。

《抚州颜鲁公祠堂记》:议论正,笔力高,简而有法,质而不俚。

《战国策目录序》:议论正,关键密,质而不俚,太史公之流亚也。咀嚼愈有味。

《移沧州过阙上殿奏疏》:看他布置、开阖、文势,次求其叙事、措词之法,而一篇大意所以详于归美,乃所以切于警戒,不可专以归美观。②

这四段点评重点提及"法度"的存在及其统驭语句、篇章的功效,认为曾文严明的法度也与其"纯正"的议论相得益彰。

13世纪中后期,刘埙在《隐居通议》中解读《战国策目录序》一文,并由此阐发对所谓"曾文宗西汉"的理解:

予以刘向所作《战国策序》,与先生之序并观,则胜于向。

---

① [清]孙琮:《山晓阁选宋大家曾南丰全集》,清代遗经堂刻本。
② [宋]楼昉:《迂斋先生标注崇古文诀》卷二七。

盖向之序文冗赘,而先生之文谨严,如曰:"论诈之便,而讳其败,言战之善,而蔽其患,其相率而为之者,莫不有利焉,而不胜其害也;有得焉,而不胜其失也。卒至苏秦、商鞅、孙膑、吴起、李斯之徒,以亡其身,而诸侯及秦用之,亦灭其国",此等笔力,刘不及也。①

刘埙认为,曾巩此文凭借严谨的行文法则与缜密的议论理路表达了鲜明、正统的论点,从而超越了前人的同题之作,成为新的文学典范。他解读叙事文《秃秃记》也以"法度"入手:

然《秃秃记》,则实自《史》《汉》中来也。此记笔力高妙,文有法度,而世之知者盖鲜,予独喜之不厌。②

"笔力"的"高妙"由清晰的"法度"映衬而出。刘埙对曾巩书序文、叙事文结构技法及典范性的解读,延续了与吕祖谦、朱熹、真德秀、楼昉等人近似的视角和思路。

概而言之,南宋金元时期的读者在解读曾巩散文的创作手法时,大多着眼于"法度"这一关键。精英阶层认为,曾巩散文的布局和结构体现了清晰、严密的逻辑理路,构成足以同其道德性内容相互映衬的秩序感,且便于习作者领会、借鉴。曾巩散文在文章技法层面的典范意义即由此形成。

四、曾巩散文经典化的学理意义

如前文所述,在《宋元学案》中所谓"庐陵学案"的体系里,曾巩是北宋散文六家中唯一未能自成"学案"的一家。以欧阳修为

---

① [元]刘埙:《隐居通议》卷一四"曾文宗西汉"条,第266页。
② [元]刘埙:《隐居通议》卷一四"秃秃记"条,第264页。

核心的北宋散文六家是一个含义丰富的文学经典系统，其学术脉络有较为广阔的延展空间。在这一体系内部，"欧曾""欧苏""三苏"的并称都代表了各自不同的侧重含义。

"三苏"同为蜀人，且都长于经史、兵政等题材的策论文；而曾巩、王安石都来自江西，行文内容多倾向于儒学思想与经术问题。黄震在《黄氏日抄》的"读文集"单元中，将曾巩、王安石并置于同一语境中比较论析：

> 南丰与荆公俱以文学名当世，最相好，且相延誉。其论学皆主考古，其师尊皆主扬雄，其言治皆纤悉于制度而主《周礼》。荆公更官制，南丰多为拟制诰以发之。岂公与荆公抱负亦略相似，特遇于世者不同耶……南丰比荆公则能多论及本朝政要，又责诮荆公不能受人之言。使南丰得政，当有可观者乎？南丰之文多精核，而荆公之文多淡靖；荆公之文多佛语，南丰之文多辟佛。此又二公之不同者。①

黄震认为曾巩与王安石的学术思想有近似的脉络，也有相近的政治立场和志向抱负；然而曾巩对政治局势有更为贴切的把握，并且具有更为包容、宽厚的性格，也因强调儒佛区别而坚守了儒学的纯粹性。曾巩、王安石的文章都对心性道德的儒学话题有明显侧重，这与理学家的思想旨趣构成了深层的默契。然而王安石所代表的"荆公新学"一直受到南渡后主流儒学的话语体系严厉批判，因此王安石的文章很难被明确树立为承载儒学精神的杰出典范。因此，以朱熹、陈宗礼、刘埙等人为代表的理学士大夫着力推动曾巩散文的经典化，意味着他们试图对理学与古文加以融合，努力在古文家的文化脉络中寻找与道学理念趋同的文化因素。

---

① ［宋］黄震：《慈溪黄氏日抄分类》卷六三"读文集五·曾南丰文"条。

弥合文章与理学的学术间隙是 12、13 世纪后很多儒学士大夫的共同期待。浙东学派的叶适与朱熹、刘埙等人学缘不同,但也在尝试"合周、程、欧、苏之裂"的努力。他在这一实践中发现了曾巩的价值,与此相关的思考被刘埙记录在《隐居通议》中:

> 南丰说理,则精于其师。如曰:"及其心有所得"而下,二三百言,非所诣之至,何以发明逗彻。东坡雄伟,固所不逮,伊洛微言,或有未过也。①

叶适认为,曾巩对儒学义理的阐释胜于欧阳修,其文章个性虽未及苏轼的"雄伟",但接近了理学家的"微言",由此可以成为沟通周程、欧苏之学的纽带。古文传统亦可由此在理学主导的儒学语境中延续其典范性。

对于叶适的上述说法,刘埙进一步阐释道"予详此言,似谓欧、曾可以合周、程,而苏自成一家,未知然否"。这就更清晰地揭示了曾巩散文具有弥合古文传统与道学精神的文化功用。虽然刘埙承认"虽以道许六一,以说理许南丰,终是未曾深入阃域,而千载惟以文章许二公也"的事实②,但仍明确标举曾巩在周、程之前"专向圣域""首明理学"的思想特性③。因此,在涵容古文与理学学术理念的探索中认可、强调曾巩的价值,是南宋金元时期众多儒学士大夫共同的治学心得和思想默契。曾巩散文经典化的实质和意义,即在这一涵容的过程中得到明确体现。

在南宋金元时期,经由理学家的推动,曾巩散文以其符合正

---

① [元]刘埙:《隐居通议》卷二"合周程欧苏之裂"条,第 129 页。
② 同上。
③ 有学者指出,刘埙从"认为文学不仅不与理学相悖,还能发挥理学的精髓"这一角度,抬高曾巩的地位,将曾巩"最主要的贡献"理解为"把不符合理学的文章转变为符合理学的文章"(王昌伟:《曾巩的心性论及其回响》,复旦大学文史研究院编:《中国思想文化史研究的新视野》,中华书局 2015 年版,第 10—23 页)。

统的道德观念,与理学思想贯通的内容要素以及整饬严谨的行文法度被赋予经典属性。降至明代,茅坤在《唐宋八大家文钞·南丰文钞引》中评述"曾子固之才焰,虽不如韩退之、柳子厚、欧阳永叔及苏氏父子兄弟,然其议论必本于六经,而其鼓铸剪裁必折衷之于古作者之旨。朱晦庵尝称其文似刘向,向之文于西京最为尔雅,此所谓可与知者言,难与俗人道也"①,在文体方面,茅坤也指出"曾之序、记为最"。可知,曾巩散文在南宋金元时期的经典化进程,是构成"唐宋八大家"这一文学史观念内涵的基本成分之一。

第三节 否定语境下的王安石散文接受

在北宋散文六家中,王安石是一个十分引人注目的存在。王安石生前即因其大刀阔斧的政治改革和桀骜耿介的个性引来了无数争议,他还与同为散文大家的苏洵、苏轼等人关系不睦,这些细节甚至引起了后世小说家的兴趣。王安石所推行的变法得到的评价不一,但宋室南渡之后人们基本上对其持否定态度,所谓的"荆公新学"也被视为应该对宋室的播迁承担历史责任的"邪说"。尽管如此,在南宋金元这一理学思想影响力日趋扩大的历史时期里,王安石散文作为文学经典的属性仍然得到了有力的确认,其获得接受和阐释的文化历程,成为"唐宋八大家"当中在否定、质疑、批判的学术语境下走向经典的最突出范例。本节将尝试探索这一历程,同时追问那些学术思想上的反对者为何能给王安石的文章赋予经典的价值?

一、王安石散文经典化历程中的特殊要素

在南宋金元的学术话语体系里,北宋六家中欧阳修、苏轼、曾

---

① [明]茅坤:《南丰文钞引》,《唐宋八大家文钞》,第2册,第190页。

巩的文章被接受者普遍推崇为代表宋代儒家文化的卓越典范,并经多重阐释被定位为包含思想、文法、学识等多维度的复合型经典。然而,王安石散文经典化的路径与它们迥然有别,其中包含了三个显著的特殊要素。

第一,由于复杂的政治文化形势,王安石的学术思想在宋室南渡后遭受了帝王、士大夫严厉的指责。具有理学背景的士大夫认为,王安石的学术见解不符合"道"的规范。程颐的弟子杨时说道:

> 某尝谓王金陵力学而不知道,妄以私智曲说眩瞀学者耳目,天下共守之,非一日也。①

在学术批判之外,杨时在政治上还有过果断的行动,且在文章中叙述了"昔王荆公以邪说暴行祸天下三十有余年,余备位谏省,论之,去其王爵,罢配享"这一事件的过程②。

南宋之后,猛烈批判王学祸国的士大夫还有很多。例如杨时的弟子陈渊(1067—1145)指出,王氏之学的实质是"以异端为正道,以公论为流俗",其盛行的结果是在士人当中形成了"偷安徇利之俗",致使"日入于衰薄乱亡而不悟",因此他断言"王氏之学不熄,则祖宗之治不复"③。杨时的另一位弟子廖刚(1070—1143)为此向高宗上书说道"如安石之学术,大抵专功尚利,轻改作而废典常,乐软熟而贱名节,使天下靡靡,日入于偷薄而莫之悟,其为

---

① [宋]杨时:《与吴国华别纸》,曾枣庄、刘琳主编:《全宋文》卷二六七八,第 124 册,第 152 页。
② [宋]杨时:《题诸公〈邪说论〉后》,曾枣庄、刘琳主编:《全宋文》卷二六八五,第 124 册,第 274—275 页。
③ [宋]陈渊:《答廖用中正言书》,曾枣庄、刘琳主编:《全宋文》卷三二九六,第 153 册,第 193—194 页。

害亦深矣"①。高宗最终在声讨王学的舆论影响下,判定王安石的思想为"邪说"并罢黜其配享孔庙的荣誉。胡寅(1098—1156)奉旨所撰《追废王安石配享诏》中写道:

> 朕临政愿治,表章斯文,将以正人心,息邪说,使不沦胥于异学。荆舒祸本,可不惩乎? 安石废绝《春秋》,实与乱贼造始。今其父子从祀孔庙,礼文失秩,当议黜之。夫安石之学不息,则孔子之道不著。②

直至100余年后的淳祐元年(1241),当时的帝王宋理宗(1224—1264年在位)仍斥责王安石对祖宗成法与社会舆论的傲慢态度:

> 王安石谓"天变不足畏,祖宗不足法,人言不足恤",此三语为万世之罪人,岂宜崇祀孔子庙庭? 合与削去。于正人心、息邪说,关系不小。③

可见在宋室南渡后的主流语境中,王安石的学术思想遭遇了猛烈抨击。这种以批判为主的舆论基调,与欧、曾、苏散文经典化的境遇存在巨大差异。

第二,王安石散文的卓越之处虽得到承认,但被认可的力度相对逊色于欧、苏,没有被普遍视为承续儒家文统的独立典范。后人在议论北宋的文章成就时也会时常提到王安石,但多数情况

---

① [宋]廖刚:《论王氏学札子》,曾枣庄、刘琳主编:《全宋文》卷二九九〇,第138册,第367—368页。
② [宋]胡寅:《追废王安石配享诏(奉旨撰)》,曾枣庄、刘琳主编:《全宋文》卷四一五八,第189册,第106—107页。
③ [宋]宋理宗:《王安石不宜从祀孔子庙庭诏》,曾枣庄、刘琳主编:《全宋文》卷七九七一,第345册,第188页。

下都是与欧、曾、苏等人并举,较少对他的文章予以单独的评骘。

例如,主要活动于高宗、孝宗时期的倪朴(1105—1195)在列举江西"人物之盛,甲于东南"时说:

> ……宋之文超汉轶唐,粹然为一王法,则欧阳公启之也。临川王文公,虽其所为有戾于人情,然其文字宏博魁然,有荀、扬气象。南丰曾夫子以辞学显,豫章山谷先生以文行著。①

此后,《朱子语类》中记录了"江西欧阳永叔、王介甫、曾子固文章如此好"的言说②。真德秀在《跋彭忠肃文集》中提到"欧、王、曾、苏以大手笔追还古作"③,认为这四人的文章足以和西汉文、韩柳文媲美。在1127年后的评述话语中,王安石的文章贡献大多与欧、曾、苏等人一起被提及。但在多数情况下,人们仍以欧、苏来指代北宋散文的突出成就。比如杨万里在谈及"儒宗文师,老于文学者"时列举了"本朝之欧、苏、曾、王者,磊磊相望"④,但他心中"传斯文之正脉,得斯文之骨气,上以窥孔孟之堂奥,下以躐诸公之轨辙"的只有欧、苏两人⑤。并且,吕祖谦、叶适等人试图弥合、融会文章、道学的努力,也被概括为"合周程、欧苏之裂"⑥。在前述多人并称的情形之外,王安石较少单独出现在"古文"领域的历史追述中。因此,王安石散文的经典地位在北宋六家中略显模

---

① [宋]倪朴:《筠州投雷教授书》,曾枣庄、刘琳主编:《全宋文》卷五四〇七,第242册,第92页。
② [宋]黎靖德编,王星贤点校:《朱子语类》卷一三九,第3315页。
③ [宋]真德秀:《跋彭忠肃文集》,曾枣庄、刘琳主编:《全宋文》卷七一七五,第313册,第258—259页。
④ [宋]杨万里:《再答虞少卿》,辛更儒笺校:《杨万里集笺校》卷一〇七,第4071页。
⑤ [宋]杨万里:《问本朝欧苏二公文章》,曾枣庄、刘琳主编:《全宋文》卷五三四二,第239册,第181页。
⑥ [元]刘埙:《隐居通议》卷二"合周程欧苏之裂"条,第17页。

糊,它的文化价值在得到承认的同时也时常被忽略。

第三,在解读的维度上,王安石散文没有被广泛视为知识层面和写作技法层面的典范。在南宋后,人们没有如同编纂《经进东坡文集事略》那样,为王安石的文集编一部知识性的导读本,也没有撰写类似《东莱标注三苏文集》的概要性解读著作。与此同时,一些以讲解、指导作文方法为要旨的文章选本,对王安石散文的关注程度也相对较低。站在"旧党"的学术立场上,吕祖谦《古文关键》没有选录王安石的散文。其后,楼昉《崇古文诀》收录的王安石文章只有9篇,这一数目远远小于欧阳修的18篇和苏轼的15篇,甚至少于苏洵的11篇。而在谢枋得《文章轨范》中,王安石只有《读孟尝君传》一文进入了该书的视野。另外,《朱子语类》中"论文"的卷目在讲解文章写作的示范时,提及王安石的频率也相对较低。其中"文字到欧、曾、苏,道理到二程,方是畅。荆公文暗"一句更能说明①,朱熹认为王安石的"文字"价值逊于欧、曾、苏三人。这说明,人们在阅读王安石的文章时,没有将其普遍视为获取、研讨知识的文本资源,也没有将其标举为习得作文技法的主要借鉴。

总而言之,王安石散文的经典化过程包含了三个突出的特殊要素:在主流舆论中遭遇强烈指责、抨击;在宋代散文经典体系中的地位相对微妙、模糊;被解读的主要视角和维度也有别于欧、苏等家。明代中叶的茅坤在《唐宋八大家文钞·临川文钞引》中将这一情形概括为"新法既坏,并其文学知而好之者半,而厌而訾之者亦半矣"②。这些特殊要素所指向、预示的问题是在南宋金元时期特殊文化语境的作用下,王安石的散文被赋予的经典属性与欧、苏等人具有显著区别。

---

① [宋]黎靖德编,王星贤点校:《朱子语类》卷一三九,第3309页。
② [明]茅坤:《唐宋八大家文钞·临川文钞引》,第2册,第1页。

第二章 "古文"传统的价值重估

接下来,本节将分别从文学选本对王安石散文的择录情况、王安石散文经典价值标举者的文化身份属性、知识精英对王安石散文的解读方式这些角度,论析王安石散文在南宋金元时期的经典化历程,并在此基础上探索其历史意义。

二、文学选本对王安石散文的择录

宋室南渡后,王学的式微冲击了王安石文章的接受效果,但仍有不少文学选本收录了他许多篇目。此前,《圣宋文选全集》即已选录了两卷"王介甫文",包括阐述经学义理的"论"体文、探讨政治与学术问题的上书和书信,以及《虔州学记》《君子斋记》等有关教化、道德的文章,共计27篇①。

南宋出现的文学选本,仍然比较青睐王安石有关经学、道德、政治等内容的系列文章。比如《新刊诸儒批点古文集成》选录的《送孙正之序》阐述了君子因"术素修而志素定","不肯一失诎己以从时者,不以时胜道"的修为问题,《谏官论》探讨了谏官作为"士"的地位与职责,《原过》对"有过而能悔,悔而能改"表示理解和肯定②;《妙绝古今》中选录的《书洪范传后》则强调了领会经典不应为传注所干扰的阅读准则③。另外,《新刊国朝二百家名贤文粹》中入选的王文,也以《礼论》《大人论》《上皇帝万言书》《答韩求仁书》《诗义序》《周礼义序》等谈论道德、政治、教化、经学之类议题的文章为主。

此外,王安石的碑志类文章也得到了选家的青睐。杜大珪(活动于宋光宗时期)《新刊名臣碑传琬琰之集》当中收录了8篇王安石写作的神道碑、墓志铭和行状。另外真德秀《续文章正宗》

---

① 《圣宋文选全集》卷一〇、卷一一。
② [宋]王霆震主编:《新刊诸儒批点古文集成》前甲集卷二、前丁集卷三、前壬集卷八,中华再造善本,北京图书馆出版社2005年版。
③ [宋]汤汉编:《妙绝古今》,清乾隆、嘉庆间(1736—1820)刻本。

也对王安石这一类文体的散文选录最多。值得关注的是,被选录的王安石碑志文大多在平白铺叙传主生平的基础上,还经常抒发不少有关道德的议论和感慨。比如《续文章正宗》"叙事(名儒文人事迹、贤士大夫事迹)"卷中选录的这两篇文章:

> 始,公自任以当世之重也,虽人望公则亦然。及遭太宗,愈自谓志可行,卒之闭于奸邪,彼诚有命焉。悲夫,亦正之难合也。虽其难合,其可少枉乎?虽其少枉,合乎未可必也,彼诚有命焉。虽然,其难合也,祗所以见正也。孔子曰:"所谓大臣者,以道事君,不可则止。"於戏!公之节,非庶几所谓大臣者欤?(《户部赠谏议大夫曾公墓志铭》)
>
> 嗟乎!以忠为不忠,而诛不当于有罪,人主之大戒。然古之陷此者相随属,以有左右之谗,而无如苏君之救,是以卒至于败亡而不寤。然则苏君一动,其功于天下,岂小也哉?苏君既出逐,权贵人更用事,凡五年之间,再赦而君六徙,东西南北,水陆奔走辄万里。其心恬然,无有怨悔。遇事强果,未尝少屈。盖孔子所谓刚者,殆苏君矣!(《广西转运使苏君墓志铭》)[①]

其中《曾致尧墓志铭》一文也被《名臣碑传琬琰集》中卷二所收录[②],再如被选入此书的《孔处士旼墓志铭》:

> 当汉之东徙,高尚守节之士,而亦以故成俗,故当世处士之闻独多于后世。乃至于今,知名为贤而处者,盖亦无有几

[①] 以上两段,参见《真文忠公续文章正宗》卷八,明南京国子监刻弘治十七年(1504)戴镛重修本,全国图书馆文献缩微中心 1986 年版。

[②] 参见[宋]杜大珪主编《名臣碑传琬琰集》中卷二,台北文海出版社 1969 年版,第 469—473 页。

人,岂世之所不尚,遂湮没而无闻,抑士之趋操,亦有待于世邪? 若先生,固不为有待于世,而卓然自见于时,岂非所谓豪杰之士者哉!①

这些议论性段落的存在,一方面,使文章超越了对传主生平的平白描述,而唤起了读者的共鸣,后世茅坤称赞道"予每读其碑志、墓铭,及他书所指次世之名臣、硕卿、贤人、志士,一言之予,一字之夺,并从神解中点缀风刺,翩翩乎凌风之翮矣,于《史》《汉》外别为三昧也"②;另一方面,这些段落大多结合传主的生活遭际,抒发对道德坚守者的崇敬,并揭示了人格理想准则与现实处境命运的矛盾,也将道德问题的探讨置于真实、鲜活的场景中。由此可知,王安石的碑志类文章得到后世重视的原因也与其文字中包含的道德性内容有密切关联。

概而言之,南宋后各类文学选本中收录的王安石文章包含了议论、叙事文类的多种文体,但在内容上大多涉及经学、道德、政治、教化等议题。这也意味着王安石文章因这些内容的存在而得到相对普遍的认可。这些内容也由此成为与王安石散文经典性相关联的重要因素。

三、理学家对王安石散文经典价值的标举

北宋后期,王学得到了帝王与士大夫的共同推崇。宋徽宗(1100—1126年在位)在《故荆国公王安石配享孔子庙庭诏》中将王安石的文化成就褒扬为"由先觉之智,传圣人之经,阐性命之幽,合道德之散,训释奥义,开明士心……盖天降大任,以兴斯文,

---

① [宋]杜大珪主编:《名臣碑传琬琰集》中卷三五,第919页。
② [明]茅坤:《唐宋八大家文钞·临川文钞引》,第2册,第2页。

孟轲以来,一人而已"①。此外,被《宋元学案》归入"荆公新学略"的陆佃(1042—1102)在写给王安石的祭文、墓文中说道"维公之道,形在言行,言为《诗》《书》,行则孔孟"②,以及"天锡我公,放黜淫诐,发挥微言,贻训万祀"③。

南渡后,政治文化局势发生了巨大转变,南宋"朝廷惩创王氏邪说之祸,罢配享,仆坐像,更科举法"④。但值得注意的是,南宋对王安石文章、学术予以高度关注的是几位重要的理学大儒,最突出的当属朱熹、陆九渊、黄震、吴澄四人。

朱熹对王安石的态度以否定为主,但批判的强烈程度却不及他对"苏学"的态度。他在给汪应辰(1118—1176)的两封书信中写道:

> 今乃欲专贬王氏而曲贷二苏,道术所以不明,异端所以益炽,实由于此。愚恐王氏复生,未有以默其口而厌其心也。⑤

> 今日之事,王氏仅足为申、韩、仪、衍,而苏氏学不正而言成理,又非杨、墨之比。⑥

在朱熹看来,王安石与苏氏兄弟的学说都存在瑕疵,但苏学对社

---

① [宋]宋徽宗:《故荆国公王安石配享孔子庙庭诏》,曾枣庄、刘琳主编:《全宋文》卷三五五六,第163册,第371—372页。
② [宋]陆佃:《祭丞相荆公文》,曾枣庄、刘琳主编:《全宋文》卷二二一一,第101册,第269页。
③ [宋]陆佃:《江宁府到任祭丞相荆公墓文》,曾枣庄、刘琳主编:《全宋文》卷二二一一,第101册,第270页。
④ [宋]吕祖谦:《故左朝散郎徽猷阁待制提举江州太平兴国宫江都县开国子食邑五百户致仕赠左通议大夫王公行状》,《东莱吕太史文集》卷九,黄灵庚、吴战垒主编:《吕祖谦全集》,第1册,浙江古籍出版社2008年版,第145页。
⑤ [宋]朱熹:《答汪尚书(七月十七日)》,刘永翔、朱幼文校点:《晦庵先生朱文公文集》卷三〇,朱杰人等主编:《朱子全书》,第21册,第1301页。
⑥ 同上书,第1304页。

会思想的迷惑更甚于王学。此外,朱熹的临川籍弟子吴琮(生卒年不详)记载过这样一段师生对话:

> 问:"万世之下,王临川当作如何评品?"曰:"陆象山尝记之矣,何待它人问?""莫只是学术错否?"曰:"天资亦有拗强处。"曰:"若学术是底,此样天资却更有力也。"①

这些材料说明,朱熹对王安石的学说及其客观存在的影响力颇为重视,并且在批判之余不乏同情和理解。

朱熹所提到的"陆象山尝记之矣",当指陆九渊的名篇《荆国王文公祠堂记》。该文作于淳熙十五年(1188)。文中对王安石"君臣相与,各欲致其义耳。为君则自欲尽君道,为臣则欲自尽臣道,非相为赐也"的识见和勇气大加赞赏,并由此展开对王安石的深入评价:

> 秦汉而下,当涂之士亦尝有知斯义者乎?后之好议论者之闻斯言也,亦尝隐之于心以揆斯志乎?惜哉!公之学不足以遂斯志,而卒以负斯志;不足以究斯义,而卒以蔽斯义也。②

这几句话的语气由赞扬逐步转为遗憾、痛惜。从朱熹的话来看,陆九渊此文的基本观点在理学士大夫群体中有着广泛的影响。陆九渊自己也在一封书信中证实了这一点:

> 《王文公祠记》乃是断百余年未了底大公案,自谓圣人复起,不易吾言。余子未尝学问,妄肆指议,此无足多怪。同志

---

① [宋]黎靖德编,王星贤点校:《朱子语类》卷一三〇,第3101页。
② [宋]陆九渊:《荆国王文公祠堂记》,钟哲点校:《陆九渊集》卷一九,第232页。

之士犹或未能尽察，此良可慨叹！足下独谓使荆公复生，亦将无以自解，精识如此，吾道之幸！①

他确信自己的文章对王安石的思想及其问题做了精准的解析。与朱熹的评论相比，陆九渊对王安石的文化贡献尤为称许。另外，《朱子语类》中记载"陆子静好令人读介甫万言书，以为渠此时未有异说"②，亦可见陆九渊承认王安石的"万言书"具有积极的教育意义。

13世纪后，理学学者黄震在其《黄氏日抄·读文集》中以"王荆公文"一卷来记录自己阅读王安石文章的体会，既有对具体篇目的分析，也有对王文的整体观感。该卷与"欧阳文""南丰文""苏文"等卷目并列，可见在北宋六家中，黄震对王安石散文的总体重视程度等同于欧阳修、曾巩、苏轼，而高于苏洵、苏辙。生于1249年，学承朱熹并会同朱、陆的江西抚州士人吴澄，将他对古文家的最高评价赋予了王安石：

> 宋三百年文章，欧、曾、二苏各名一世，而荆国王文公为之最。何也？才、识、学俱优也。③

在《临川王文公集序》一文中，吴澄有更具体的评述：

> 荆国文公才优学博而识高，其为文也度越辈流。其行卓，其志坚，超超富贵之外，无一毫利欲之污，少壮至老死如

---

① [宋]陆九渊：《与胡季随》，钟哲点校：《陆九渊集》卷一，第7—8页。
② [宋]黎靖德编，王星贤点校：《朱子语类》卷一二四，第2978页。
③ [元]吴澄：《王友山诗序》，李修生主编：《全元文》卷四八六，江苏古籍出版社1999年版，第14册，第384页。

一。其为人如此,其文之不易及也固宜。①

在吴澄眼中,王安石的文章及其中所蕴含的人格与学术内涵都堪称典范。这一评价在力度上又有极大擢升。在否定、抨击王学的总体语境中,吴澄的系列评价是给予王安石的最高褒奖。

总之,在南宋金元时期,尽管王学被主流学术话语质疑、排斥,但以朱熹、陆九渊、黄震、吴澄为代表的重要理学家却以多种角度、多种方式认可王安石文章与学术对于社会的正面影响和典范意义,并对王安石散文的经典价值有所褒扬。这或许可以说明,尽管存在学术见解上的分歧,但王安石与理学大儒之间在精神上具有深层的默契。

四、王安石散文的解读与典范价值的确立

这里所谓"解读",既包括对王安石全部文章的整体性理解,也包括对王安石部分单篇文章的析读。南宋后,人们对王安石散文的解读大多兼顾两个方面,一方面阐释王文中的经学与道德内涵,另一方面也对他们所发现的谬误观点予以批判。

南宋之前,王安石文章所包含的经学与道德属性即已得到重视。苏轼在拟撰《王安石赠太傅》的制诰中称赞他"少学孔、孟,晚师瞿、聃。网罗六艺之遗文,断以己意;糠粃百家之陈迹,作新斯人"②。宋室南渡之后,人们对王安石文化成就的称许也大多由此出发。比如孙觌(1081—1169)在《读临川集》中说:

> 王荆公自谓知经明道,与南丰曾子固、二王(深父、逢原)四人者,发六艺之蕴于千载绝学之后,而自比于孟轲、扬雄,

---

① [元]吴澄:《临川王文公集序》,李修生主编:《全元文》卷四八五,第14册,第351页。

② [宋]苏轼:《王安石赠太傅》,孔凡礼点校:《苏轼文集》卷三八,第1077页。

> 凡前世之列于儒林者,皆不足道也。①

郭孝友(1086—1162)在《六一祠记》中也记载:

> 逮熙、丰间,临川王文公又以经术自任,大训厥辞,而尤详于道德性命之说,士亦翕然宗之。②

"道德性命"是理学思想家关注、研讨的核心问题。由此可知,王安石散文受到重视的原因在相当大的程度上是基于其内容、思想当中与理学相通的学术因素。这不仅与"三苏"区别明显,而且彰显了与欧阳修所谓"性非学者所急"不同的学术路径。南渡之后,虽然王学已经从宋代官方学术的话语体系中被驱除,但这并未妨碍士大夫对其学理内涵的思考与探研。活动于宋孝宗时期的员兴宗(1174 年前后在世)在一篇策文中说:

> 昔者国家右文之盛,蜀学如苏氏,洛学如程氏,临川如王氏,皆以所长经纬吾道,务鸣其善鸣者也。程师友于康节邵公,苏师友于参政欧阳公,王同志于南丰曾公。考其渊源,皆有所长,不可废也……苏学长于经济,洛学长于性理,临川学长于名数。诚能通三而贯一,明性理以辨名数,充为经济,则孔氏之道满门矣,岂不休哉……今苏、程、王之学未必尽善,未必尽非,执一而废一,是以坏易坏。宜合三家之长,以出一道,使归于大公至正,即楚人合二篲之义也。③

---

① [宋]孙觌:《读临川集》,曾枣庄、刘琳主编:《全宋文》卷三四七七,第 160 册,第 328 页。

② [宋]郭孝友:《六一祠记》,曾枣庄、刘琳主编:《全宋文》卷三四〇五,第 158 册,第 117 页。

③ [宋]员兴宗:《苏氏王氏程氏三家之学是非策》,曾枣庄、刘琳主编:《全宋文》卷四八四二,第 218 册,第 217 页。

这段话将苏、程、王三家学术平等看待，没有体现出立场上的偏向，也没有简单从古文、道学并立的视角看待问题，因而将同属于散文六家的欧、苏与曾、王分列于不同的宋学门派。同时期北方的士大夫也认为王学属于性理哲学的范畴，赵秉文在《性道教说》中提到：

> 自王氏之学兴，士大夫非道德性命不谈，而不知笃厚力行之实，其蔽至于以世教为俗学。①

这一认识纵贯时代与地域，一直延续至茅坤《唐宋八大家文钞》的表述中：

> 王荆公湛深之识，幽渺之思，大较并本之古六艺之旨，而于其中别自为调，镌刻万物，鼓铸群情，以成一家之言者也。②

综合上述因素可以发现，在众多知识精英的判断中，王安石散文的经典属性与欧、苏有较明显的区别。王安石的文章从属于古文经典的系统，但在这一系统内部，构成其经典性的特殊要素主要来自于经学学术与道德哲学层面的价值。《朱子语类》中有关王安石的评说言论多见于"本朝"卷，而在"论文"卷中稀见，也可从侧面证实这一问题。乃至于后世《宋元学案》全文引录王安石所撰《王霸论》《性情论》《勇惠论》《中述》《行述》《原性》《原教》《原过》8篇文章，作为"荆公新学略"的内容纲领。

然而，大多数肯定王安石文章正面价值的持论者，也都以批

---

① ［金］赵秉文：《性道教说》，《闲闲老人滏水文集》卷一，第3—4页。
② ［明］茅坤：《唐宋八大家文钞·临川文钞引》，第2册，第1页。

判的眼光指出了其中存在的严重问题。前文引述的赵秉文《性道教说》即直言王安石文章在普及"道德性命"时使这一"世教"贬值为"俗学"。这些否定、批判在文学经典化的过程中,发挥了"反经典"因素的作用。

北宋六家散文在南宋金元时期的经典化历程中无一例外、不同程度地经受了"反经典"的冲击。欧、曾文章被定性为思想纯正但深细处多有缺陷的"大醇小疵","三苏"虽多受质疑但正反力量旗鼓相当。与他们相比,王安石的文章与思想承受了最多的非议与责难。在总体的否定语境下,"反经典"因素构成了王安石散文经典化过程中无法回避的重要成分。

陆九渊的《荆国王文公祠堂记》以很大篇幅褒扬了王安石的正面意义,但也同样包含了批判的内容,其重心主要落在对他最终"负斯志""蔽斯义"的惋惜。该文从道学的视角出发,认为王安石过于重视政治制度的改良而忽视道德心性的建设,在著述、思想中也没有彰显"大学"的要义,以致形成"不造其本而从事其末,末不可得而治"的局面①。尽管吴澄认为王安石的"才、识、学、行"在古文家中"为之最"②,但在为王安石文集作的序言中也提到:

> 然而公之学虽博,所未明者,孔、孟之学也;公之才虽优,所未能者,伊、周之才也。不以其所未明、未能自少,徒以其所已明、已能自多,毅然自任而不回,此其蔽也。③

这篇序文在肯定王安石的学识与才能之余,也痛惜其才学未能得到理想的发挥。陆、吴二人的话综合揭示出,即便是如王安石这

---

① [宋]陆九渊:《荆国王文公祠堂记》,钟哲点校:《陆九渊集》卷一九,第233页。
② [元]吴澄:《王友山诗序》,李修生主编:《全元文》卷四八六,第14册,第384页。
③ [元]吴澄:《临川王文公文集序》,李修生主编:《全元文》卷四八五,第14册,第351页。

样与道学理路最为接近的古文家,其思想、识见亦因巨大的局限性而难以成为修身、治国的文化纲领。

对于王安石的单篇文章,也有人从学理的角度做了批判性的解读。比如浙东士人唐仲友(1136—1188)对王安石《荀卿论》一文提出了不同的见解,认为荀卿"谓知己者贤于知人者"的主张与孔子"克己复礼,天下归仁焉"的论断无悖,故王安石对荀卿的批判因此不能成立[1];他的《刺客论》一文指斥曹沫、专诸、聂政、荆轲四人为"贼礼、贼义、贼仁、贼信",只称赞豫让"抗节致忠",并批评司马迁将五人并举为"不亦薰莸之共器"[2],以此和王安石《书〈刺客传〉后》中赞扬另外四人"挟道德以待世"却非议豫让的观点对立[3]。另外,黄震在《黄氏日抄》中记录了解读多篇王文的随想,其中相当一部分内容也坚持了否定、批驳的基调。比如对影响深远的《上仁宗皇帝言事书》论道:

> 谓方今患在不知法度……愚读之骇然。盖公之昏慺妄作,尽见此书……神宗以锐意斯世之心而卒听之,公遂得以鄙夷当世之人才,效尤王莽之法度,朝廷竟以征诛为威,公亦卒为排逐而不变,悉如前日所言。悲夫![4]

这段话从"万言书"的观点生发,剖析王安石政治改革失败的思想成因。数百年后,茅坤《唐宋八大家文钞》对该文的解读要点也与此近似:

---

[1] [宋]唐仲友:《题王介甫〈荀卿论〉下》,曾枣庄、刘琳主编:《全宋文》卷五八六〇,第260册,第290页。

[2] [宋]唐仲友:《刺客论》,曾枣庄、刘琳主编:《全宋文》卷五八六三,第260册,第341页。

[3] [宋]王安石:《书〈刺客传〉后》,李之亮笺注:《王荆公文集笺注》卷三四,巴蜀书社2005年版,第1191页。

[4] [宋]黄震:《慈溪黄氏日抄分类》卷六四《读文集·王荆公》。

> 荆公以王佐之学与王佐之才自任，故其一生措注已尽于此书中，所以结知主上亦全在此书中。然其学本经术，故所言非汉唐以来宰相所能见，而其偏拗自用，大较与商鞅所欲变法处相近，故其功业亦遂大坏，而反不如近世浮沉者之得。学者须具千古只眼看之。①

黄震与茅坤的思路达成了共鸣。对于王安石就儒学思想史热门议题阐发己意的几篇文章，黄震也直接提出非议：

> 《伯夷论》：谓伯夷未尝有叩马谏伐之事，而韩子之颂为大不然，疑伯夷不过老死道路耳。果如公言，则孔子"求仁得仁又何怨"之说及"饿死首阳之下，民到于今称之"之说，果何为而发哉？甚矣！公之好异论，疾正人，而不顾经训也。
> 《夫子贤于尧舜论》：孟子此言，不过以其集大成功施万世耳。而公以制法为言，盖借以发一己之私见。②

这些解读揣摩了王安石写作的动机，对其夹带私货随意解释经典并公然翻案的做法提出了批评。此外，黄震也批评了王安石几封重要的书信：

> 《答司马公书》：执迷之说也。
> 《答曾子固书》：谓小说无所不读，然后能知大体。呜呼，此公之所以不能知大体欤！又谓方今乱俗不在于佛，呜呼，此公之所以自误而乱俗者欤！③

---

① [明]茅坤：《唐宋八大家文钞》卷八一，第2册，第4页。
② [宋]黄震：《慈溪黄氏日抄分类》卷六四《读文集·王荆公》。
③ 同上。

这一批判的态度也影响了黄震对王安石文章的总体评价:

> 公之文有论理者,必欲兼仁与智,而又通乎命;有论治者,必欲养士、教士、取士,然后以更天下之法度。其文率暧昧而不彰,迂弱而不振,未见其有挈然当人心,使人心开目明,诵咏不忘者。或者辨析义理之精微,经纶治道之大要,固有待于致知之真儒耶。①

黄震肯定王安石的"论理之文"体现了对"仁、智、命"等儒学问题的重视和阐发,但直言王安石的设想未能达到期待中的效果。上引品评中最后一句话的思想,贯穿于他对欧、王、苏三人文章的总评,即认为只有程门理学家才能实现对儒学道德义理的精确把握。

黄震的品评代表了理学家对王安石文章进行批判解读的基调。他们试图从理学视角发现、解析王安石文章、思想中所包含的缺失与纰漏,探寻其学术体系与政治主张所存问题的根源。王安石的散文由此具有了供士大夫借鉴、反思的文化效用。

概而言之,经由南宋金元理学精英的解读梳理,王安石散文所拥有的经学学术内涵与道德哲学意义得到阐释、确认,其内容思想中包含的问题与局限同时被深入思考、辨析。在否定语境的强力作用下,王安石文章的典范性和影响力同时显现于正反两个向度——人们既尊重、肯定其与理学相通的学术与道德属性,也努力解析、反思其与主流儒学相冲突的偏颇因素。

五、王安石散文经典化的意义

王安石文章作为弘扬"道德性命"的文学载体,堪称将儒学思

---

① [宋]黄震:《慈溪黄氏日抄分类》卷六四《读文集·王荆公》。

想与文学传统紧密结合的示范,这也能够契合吕祖谦、叶适、真德秀、魏了翁等理学学者的学术追求。但是,南宋后的主流学术已经拒斥了"荆公新学",因此王安石的文章并未被知识精英共同标举为体现"文章"与"道学"相融合的典范。

如前所述,承认、肯定王安石散文经典性的代表人物是朱熹、陆九渊等主攻"心性之学"的理学宗师和他们的后辈弟子。这是因为王安石的观念学说与他们相通。《王霸》从心理动机的因素来探讨"王者之道"与"霸者之道"的各自根源①,《性情》对"性者情之本,情者性之用"的理解近似于对"未发"和"已发"不同状态的描述②,这些涉及心性话题的文章后来都被视为"荆公新学"的纲领之作。钱穆(1895—1990)在 1946 年的论著中指出王安石探讨心性问题的理路已经与周、邵、张、程的"第二期宋学"接近,"如其辨性情,实颇近濂溪。此后晦翁仍沿此路"③;邓广铭(1907—1998)也认为王安石属于推动心性义理之学融合儒家学说之取向达到高峰的代表人物④。余英时进一步指出,王安石"以'道德性命'之说打动神宗,这是他的'内圣'之学;他以《周官新义》为建立新秩序的根据,这是他的'外王'理想",他将"内圣外王"的系统抢先完成了一步,"成为道学家观摩与批评的对象"⑤。理学家试图通过"内圣"向度的修为而促进"外王"理想的实现,王安石成为他们必须在学理上加以借鉴、反思并超越的历史范例。

此外在政治层面,宋代士大夫与帝王"共定国是"的理想在王

---

① [宋]王安石:《王霸》,李之亮笺注:《王荆公文集笺注》卷三〇,第 1061 页。
② 同上书,第 1062 页。
③ 钱穆:《初期宋学》,《中国学术思想史论丛》卷五,安徽教育出版社 2004 年版,第 12 页。
④ 邓广铭:《王安石在北宋儒家学派中的地位——附说理学家的开山祖问题》,《邓广铭全集》第八卷,河北教育出版社 2005 年版,第 85 页。
⑤ 余英时:《朱熹的历史世界:宋代士大夫政治文化的研究》"绪说",生活·读书·新知三联书店 2004 年版,第 45—46 页。

第二章 "古文"传统的价值重估

安石的实践中达到了高峰,并且使士大夫的政治主体意识得以具体落实。这也契合了南渡后理学型士大夫改良政治局势的理想。并且,王安石关于兼学百家,"致其知而后读,以有所去取"的治学主张也与朱熹等理学家一致①。《朱子语类》所包含的话题也涉及对多家学派思想的研讨。王安石对老、庄思想的理解,也和朱熹具有一定的相似度,例如王安石称老子"抵去礼、乐、刑、政,而唯道之称焉,是不察于理而务高之过矣"②,而朱熹与弟子郑可学(1152—1212)就此问题有过如下切磋:

> 先儒论老子,多为之出脱,云老子乃矫时之说。以某观之,不是矫时,只是不见实理,故不知礼乐刑政之所出,而欲去之。③

同时王安石将庄子与伯夷、柳下惠共同置于"矫于天下者"的层面来讨论④,而朱熹关于"庄子、老子不是矫时;夷、惠矫时,亦未是"的说法,也可谓在王安石论点基础上的进一步探研⑤。因此,王安石对理学士大夫的影响还延伸至政治实践和知识结构等多个维度。后世理学家对王安石散文中所含经学与道德内容的肯定,也标示了他们在精神旨趣上存在不少契合之处。

然而,王安石的文章学术并没有因此在理学话语体系中得到权威的地位。理学主流对王学的强烈否定,构成了重要的"反经典"因素。对这一因素的具体内涵,理学家基于对王安石文章的解读,产生了大体一致的见解,包括其学说本身因掺入了杂学的因素而不够纯正,没有明确突出心性之学的基础地位,性格过

---

① [宋]王安石:《答曾子固书》,李之亮笺注:《王荆公文集笺注》卷三六,第1264页。
② [宋]王安石:《老子》,李之亮笺注:《王荆公文集笺注》卷三一,第1083页。
③ [宋]黎靖德编,王星贤点校:《朱子语类》卷一二五,第2990页。
④ [宋]王安石:《庄周(上)》,李之亮笺注:《王荆公文集笺注》卷三一,第1085页。
⑤ [宋]黎靖德编,王星贤点校:《朱子语类》卷一二五,第2990页。

于执拗、褊狭以及喜发异论,等等。朱熹在《读两陈谏议遗墨》中颂扬王安石"行己立朝之大节"和"志识之卓然",均达到了"秦汉以来诸儒所未闻",但指出其性格与学术思想中仍存在致命的问题:

> 然其为人,质虽清介而器本偏狭,志虽高远而学实凡近,其所论说,盖特见闻亿度之近似耳。顾乃挟以为高,足己自圣,不复知以格物致知、克己复礼为事,而勉求其所未至以增益其所不能。是以其于天下之事,每以躁率任意而失之于前,又以狠愎徇私而败之于后。此其所以为受病之原。①

这段话揭示王安石未能领悟"格物致知、克己复礼"的要义。陆九渊也在一封书信中阐述类似见解:

> 荆公英才盖世,平日所学,未尝不以尧舜为标的。及遭逢神庙,君臣议论,未尝不以尧舜相期,独其学不造本原,而悉精毕力于其末,故至于败。②

王安石的学术思想与道学有类似的路径,但在思考的方式和顺序上却有不同。日本学者土田健次郎对此做过概括,"道学把以性命问题为中心的格物致知放在学问的起点,以治国平天下为最终的结果,王学的方向正好与此相反"③。由于二者存在相似性,理学家对王安石文章和学术思想的深入解析与批判更具有现实作

---

① 〔宋〕朱熹:《读两陈谏议遗墨》,刘永翔、朱幼文校点:《晦庵先生朱文公文集》卷七〇,朱杰人等主编:《朱子全书》第23册,第3380页。
② 〔宋〕陆九渊:《与钱伯同》,钟哲校点:《陆九渊集》卷九,第121—122页。
③ 〔日〕土田健次郎:《道学之形成》第六章,朱刚译,上海古籍出版社2010年版,第352页。

用。王安石的文章已经达到明确"先王所谓道德者,性命之理而已"的思想深度,他的行动也接近于实现从"内圣"走向"外王"的理想,这些都被理学家基本的文化立场所认同。因此在理学话语体系中,王安石由于学术思想的缺陷而导致政治实践失败的警示价值也更为突出。这构成了理学家在否定语境中将王安石散文树立为经典的基本意义。

此外,陆九渊也指出了"旧党"在历史教训中应该承担的责任:

> 于是排者蜂起,极诋訾之言,不复折之以至理,既不足以解荆公之蔽,反坚神庙信用之心。故新法之行,当时诋排之人当与荆公共分其罪。此学不明,至今吠声者日以益众,是奚足以病荆公哉?①

在否定王安石已经成为主流共识的舆论下,如何摆脱利益、门派以及人云亦云的局限,真正意识到王学思想纰漏的本原,从正面的角度凝聚共识,具有更重要的现实意义。

王安石志在以学术思想推动政治改革,他的用心与努力也得到了一批后辈理学士大夫的承认和欣赏。然而在历史的作用下,他未能进入儒学道统的谱系,而是在否定语境影响下的经典化进程中步入了文学经典的序列。爰及清代,张伯行在其《唐宋八大家文钞》序文中指出王安石文章思想的弊病在于"坚僻自用"②;沈德潜将王安石散文评价为"半山之文纯粹狠戾互见,芟而存之,勿以人废言可也"③,"纯粹"指向其与理学相通的内容,"狠戾"指向

---

① [宋]陆九渊:《与钱伯同》,钟哲校点:《陆九渊集》卷九,第121—122页。
② [清]张伯行:《唐宋八大家文钞》卷首"原序",第2页。
③ [清]沈德潜评点,〔日〕岛田正干纂评:《纂评唐宋八家文读本》"凡例",田中菊三郎1887年版。

其争议性的思想以及由文章渗透出的文化性格,"芟而存之"的态度也贯彻了在批判、反思中对其保持认可、尊重的接受立场。可知,这一在南宋金元时期由理学家所主导的经典化进程,基本上奠定了王安石散文在"唐宋八大家"这一文学经典体系中的特殊地位。

第三章 "苏学"的深度阐释
——"三苏"散文的经典化

"三苏"既以其文章成就将北宋"古文运动"的发展水平提升至新的高度,也以其自成一家、独具特色的学识体系与文化个性,为北宋"古文"和宋学的思想谱系注入了新的文化基因。由此,"三苏"散文形成了一个兼具文化家族、文章风格和学术思想三重属性的经典系统。与此同时,在相同血缘和学缘的基础上,"三苏"散文的承载内容、表达方式也呈现出相对独立的特征,并形成了各自区别的接受效果与阐释路径。在南宋金元时期由理学思想主导的文化场域中,"三苏"散文作为与理学差异明显的学术体系的重要代表,如何能够在多元争鸣、切磋思辨的学术语境中成为经典,是本章所探索的核心问题。

本章的论述分为两节展开。第一节专门研究苏轼散文的经典化过程和历史意义,该节依旧遵循标举经典、解读与定位经典的逻辑顺序,并将传播经典的要素融于其中;第二节在对"三苏"并称的文化内涵加以阐释的基础上,考察苏洵、苏辙散文的经典化历程和意义,该节首先梳理南宋金元时期文章选本、史论描述中出现的关于"三苏"散文并称的各种形态,并对"三苏"在散文史视野中的整体意义和各自价值做出基本的判断,由此深入解析苏洵、苏辙散文经由批评者的解读与阐释被塑造为经典的路径和意义。

第一节　苏轼散文经典性的重新建构

在北宋六家中,苏门父子三人独占了半壁江山,而苏轼的重要性无疑位居"三苏"之首。在南宋理学文化日益成熟的视域下,苏轼散文如何被重新建构为文学经典?这一经典化进程体现了怎样的文化内涵?本节将试图探索这些问题。

一、苏轼散文经典性的提出

在南宋之前,对苏轼散文予以高度赞誉的人大多与苏轼的文化活动有较为明显的关联性。这些人当中包括李廌(1059—1109)、黄庭坚(1045—1105)、秦观(1049—1100)等苏门后学[①],以及道潜(1043—1106)、惠洪(1071—1128)等佛门人士[②],他们从创作状态、历史地位、气度涵养等多个角度,高度推崇苏轼的散文。苏辙在为其兄所撰墓志铭中,对苏轼文学、学术创作的经验和成就做了最为全面、系统的回顾:

---

① 李廌在《师友谈记》"王丰甫言郆公得东坡进士举论策稿"条中称颂苏轼《刑赏忠厚之至论》的写作状态,"凡三次起草,虽稿亦记涂注,其慎如此"([宋]李廌、朱弁、陈鹄撰,孔凡礼点校:《师友谈记　曲洧旧闻　西塘集耆旧续闻》,中华书局 2002 年版,第 24 页)。黄庭坚《与王观复书》载"文章盖自建安以来,好作奇语,故其气象衰苶,其病至今犹在。唯陈伯玉、韩退之、李习之,近世欧阳永叔、王介甫、苏子瞻、秦少游,乃无此病耳"(曾枣庄、刘琳主编:《全宋文》卷二二八一,上海辞书出版社、安徽教育出版社 2006 年版,第 104 册,第 297 页)。秦观《答傅彬老简》载"苏氏之道,最深于性命自得之际,其次则器足以任重,识足以致远,至于议论文章,乃其与世周旋至粗者也"([宋]秦观著,徐培均笺注:《淮海集笺注》卷三〇,上海古籍出版社 1994 年版,第 981 页)。

② 道潜在《东坡先生挽词》中赞扬其"经纶等伊吕,辞学过班杨……博学无前古,雄文冠两京"(傅璇琮等主编:《全宋诗》卷九二一,北京大学出版社 1998 年版,第 10800 页)。惠洪在《跋东坡忴池录》中称赞苏文因"理通"而"涣然如水""漫衍浩荡"(曾枣庄、刘琳主编:《全宋文》卷三〇二〇,第 140 册,第 176 页)。

> 公之于文,得之于天。少与辙皆师先君。初好贾谊、陆贽书,论古今治乱,不为空言。既而读《庄子》,喟然叹息曰:"吾昔有见于中,口未能言;今见《庄子》,得吾心矣。"乃出《中庸论》,其言微妙,皆古人所未喻……至其遇事所为诗、骚、铭、记、书、檄、论、撰,率皆过人。①

概而言之,北宋后期推崇苏轼散文的人群大多在性格、文艺观念上和苏轼有较多的共通之处。

北宋末年"元祐党禁"的政治事件,使得苏轼诗文的传播受到了客观的阻碍。不过,这并没有减弱苏轼文章在读者心中所占有的崇高地位。南宋后,苏轼散文所受到的关注与认可程度较之以往都有了明显的提升。这方面最突出的标志,就是将苏轼散文标举为经典的人群主体,既提升了层次也拓展了广度。

这当中最引人注目的,是苏轼的散文得到了南宋高宗、孝宗两朝帝王直接、热烈的肯定。宋高宗(1127—1162 年在位)在《苏文忠公赠太师制》中称许苏文"知言自况于孟轲,论事肯卑于陆贽"②,认为苏轼文章的内容体现了"王佐之才"和"君子之道"。宋孝宗(1162—1189 年在位)于乾道九年(1173)特为苏轼的文集作序,他不仅直言自己对苏轼的散文情有独钟,并且态度鲜明地将苏轼称赞为古往今来独一无二的文章、学术宗师:

> 雄视百代,自作一家,浑涵光芒,至是而大成矣。朕万几余暇,紬绎诗书,他人之文,或得或失,多所取舍;至于轼所

---

① [宋]苏辙:《亡兄子瞻端明墓志铭》,《栾城后集》卷二二,陈宏天、高秀芳点校:《苏辙集》,中华书局 1990 年版,第 1126—1127 页。
② [宋]宋高宗:《苏文忠公赠太师制》,[宋]郎晔:《经进东坡文集事略》卷首,台湾世界书局 1992 年版。

著,读之终日,亹亹忘倦,常置左右,以为矜式,信可谓一代文章之宗也欤!①

孝宗对苏文"亹亹忘倦"的研读成果,能够从他的文章中寻觅出一些踪迹。例如,他所作《原道辨》一文认为韩愈对儒释道的辨析只做到了"从其迹而已,不言其所以同者",这一看法同苏轼在《韩愈论》中的观点类似②。另外,孝宗于乾道八年(1172)为礼部奏名进士考试所出拟的试题,比较了汉文帝、汉武帝、唐太宗个性与功业的差别,并希望考生能够"习先圣之术,通当世之务",将"仁、义、功、利"之间的关系理清。这类思路也在苏轼的文章中经常见到,例如"私试策问"中的《汉之变故有六》以及"迩英进读"中的《汉武帝唐太宗优劣》等文章。这说明,苏轼文章的文化内涵与思维特色,已经熔铸进了孝宗的知识结构当中。帝王的高度肯定,使得苏轼散文成为了具有政治典范性的宝贵遗产。这在北宋六家散文经典化历程中是唯一的一例。

南宋之后,将苏轼散文标举为经典的还有一批具有理学背景的士大夫。苏轼与程颐观念、性格迥异,以至形成"蜀党"与"洛党"的激烈争论。但南宋之后许多接受过理学教育或者思想观念与理学较为接近的士大夫也对苏轼的文章成就表示高度的肯定。例如生活在南北宋之交的士人王十朋(1112—1171),史书记载其"每以诸葛亮、颜真卿、寇准、范仲淹、韩琦、唐介自比,朱熹、张栻雅敬之"③,他在《国朝名臣赞》中说"东坡文章,百世之师……我读公文,慕其所为。愿为执鞭,恨不同时"④,这化用了《史记·管晏

---

① [宋]宋孝宗:《御制文集序》,[宋]郎晔:《经进东坡文集事略》卷首。
② 苏轼《韩愈论》中说"韩愈之于圣人之道,盖亦知好其名矣,而未能乐得其实"(孔凡礼点校:《苏轼文集》卷四,中华书局1986年版,第114页)。
③ [元]脱脱等:《宋史》卷三八七《王十朋传》,中华书局1985年版,第11887页。
④ [宋]王十朋:《国朝名臣赞·苏东坡》,梅溪集重刊委员会编:《王十朋全集》文集卷六,上海古籍出版社1998年版,第673页。

列传》赞语里的话，是极高的评价；另外在《游东坡十一绝》中还有"读公赤壁词并赋，如见周郎破贼时"，"三道策成名煊赫，万言书就迹危疑"之类的诗句，并特别提及《赤壁赋》和苏轼的策论、上皇帝书等文章①。曾在孝宗时期官居宰相的周必大，曾借用汉宣帝时期任用公孙弘、蔡义、韦贤等"俗儒"导致"杂霸"的典故，向孝宗讲述"知真儒"的必要性，这一思路基本上体现了道学家的视角②。他对欧阳修敬仰有加，但也同样敬重苏轼，说"尺牍传世者三，德、爵、艺也，而兼之实难。若欧、苏两先生，所谓'毫发无遗恨'者，自当行于百世"③。周必大的同乡杨万里也曾在张浚（1097—1164）门下受过理学思想的教育，"浚勉以正心诚意之学，万里服其教终身，乃名读书之室曰诚斋"④。杨万里在《澈溪居士文集后序》中将苏轼比作宋代的扬雄⑤，在《杉溪集后序》中认为宋代的文章集古今之大成，"在仁宗，时则有若六一先生，主斯文之夏盟。在神宗，时则有若东坡先生，传六一之大宗……视汉之迁、固、卿、云，唐之李、杜、韩、柳，盖奄有而包举之矣"⑥。

当然，苏轼与理学家在道、性之类哲学问题上的观点与精神气质毕竟还有相当大的区别，因此南宋理学家在认可苏轼文章的同时，也自然会在很多方面对其加以尖锐的批判。其中，态度最为鲜明、突出的当属朱熹，他在与程洵、汪应辰、吕祖谦等人的书

---

① ［宋］王十朋：《游东坡十一绝》，梅溪集重刊委员会编：《王十朋全集》诗集卷二四，第452页。
② ［元］脱脱等：《宋史》卷三九一《周必大传》，第11966页。
③ ［宋］周必大：《又跋欧苏及诸贵公帖》，曾枣庄、刘琳主编：《全宋文》卷五一二四，第230册，第269页。
④ ［元］脱脱等：《宋史》卷四三三《杨万里传》，第12863页。
⑤ ［宋］杨万里：《澈溪居士文集后序》，辛更儒笺校：《杨万里集笺校》卷八三，中华书局2007年版，第3335页。
⑥ ［宋］杨万里：《杉溪集后序》，辛更儒笺校：《杨万里集笺校》卷八三，第3351页。

信往还中多次用坚决、激烈的语言谈及这一问题①。但是,苏轼散文的认可度毕竟在南宋后得到了极大的扩展,而且在理学阵营这一原本与苏轼思想格格不入的文化群体中也几乎成为了共识。这说明对苏轼散文经典性的认可已经在相当程度上超越了士大夫思想的分歧,精神气质与文化追求上的相通性应该是将他们连结在一起的纽带。

这一时期,中国北方的赵秉文、王若虚等人也在标举苏轼散文的文化价值。他们的观点基本上延续了北宋古文家的主张,认为文章是传递儒家传统道德精神的基本载体。由此,他们对苏轼散文的评价也带有较强烈的感情色彩,比如赵秉文称"东坡先生,人中麟凤也……独有忠义数百年之气象,引笔著纸,与心俱化,不自知其所以然而然,其有得于此而行之于彼,岂非得古人之大全也耶"②;王若虚也对苏文做出过"坡冠绝古今,吾未见其过正"的高度褒扬③。

总体来说,标举、赞扬苏轼散文的价值,是宋金时期中国文化界较为普遍的共识。南宋的帝王与中国南北方的士大夫,都不吝赞扬之辞。苏轼的价值并没有被限制在"文章家"的畛域中,文化精英对苏文的欣赏,跨越了政治地位、学术传统与地域的阻隔。入元之后,一批原来活动于宋金的士大夫依然秉承了过往的态

---

① 参见[宋]朱熹《答程允夫》("熹承寄示前书"),刘永翔、朱幼文校点:《晦庵先生朱文公文集》卷四一,朱杰人等主编:《朱子全书》,上海古籍出版社、安徽教育出版社2002年版,第22册,第1862—1864页;《答汪尚书(七月十七日)》("熹不揆愚鄙"),《晦庵先生朱文公文集》卷三〇,同上书,第1299—1302页;《答吕伯恭》("示喻曲折"),《晦庵先生朱文公文集》卷三三,同上书,第1427—1429页。

② [金]赵秉文:《跋东坡四达斋铭》,《闲闲老人滏水文集》卷二〇,《四部丛刊初编》本,上海书店1989年版,第1页。

③ [金]王若虚:《文辨》,《滹南遗老集》卷三六,《四部丛刊初编》本,上海书店1989年版,第8页。

度,包括具有理学背景的刘埙、吴澄等人①,苏轼作为儒家"文统"中不可或缺的重要一环的地位近乎完全奠定。

帝王和知识精英阶层在普遍认可苏轼散文典范价值的基础上,从不同维度对苏文的内涵进行了深入辨析,多重视角、层面的理解方式与解读效果,形成了他们对苏文经典价值的不同判定。总体而言,这一时期的接受者大致采取了三种主要的阅读策略,即从苏轼的散文中汲取人格示范、获得文法借鉴、进行学术思辨。由此,苏轼散文的经典性也被定义在精神风貌、写作范式和知识学理这三重维度上。

二、苏轼散文经典性在文学精神与文人风貌层面的确立

苏轼的散文有两个突出的精神面貌得到了后人的欣赏和崇敬,一个是忠贞果敢的刚毅性格,另一个是凌厉潇洒的自由气质。

北宋中后期的士大夫读者就已经高度肯定苏轼忠诚、刚毅的文化性格。苏门文人的评价话语中就包含了"忠孝强果,独立不惧""尊主爱民之心"等内容。南宋后,来自帝王的赞誉使得这一评价的高度和内涵都有了极大的提升。宋孝宗为苏轼文集所作的序言如此开篇:

> 成一代之文章,必能立天下之大节。立天下之大节,非其气足以高天下者,未之能焉。孔子曰:"临大节而不可夺,君子人欤!"孟子曰:"我善养吾浩然之气,以直养而无害,则

---

① 刘埙在《隐居通议》卷一五"三苏"条中说"三苏皆得谥文,老泉文安,东坡文忠,颍滨文定,森然鼎峙,为一代文宗"(《丛书集成初编》本,中华书局 2011 年版,第 158 页)。吴澄在《遗安集序》中说"唐宋二代之文,可与六经并传者……欧阳文忠公、王丞相、曾舍人、苏学士皆由时文转为古文者也"(李修生主编:《全元文》卷四八六,江苏古籍出版社 1999 年版,第 14 册,第 369 页)。

塞乎天地之间。"盖存之于身谓之气,见之于事谓之节。节也,气也,合而言之道也。以是成文,刚而无馁。①

这一段话既体现了孝宗的文学观念,更体现了他的一种人格态度,认为气节是做人与做文章都必不可少的品质基础,也是儒者最需要具备的人格素养。苏轼的散文正是在这样的前提下具备了成为经典的价值:

故赠太师谥文忠苏轼,忠言谠论,立朝大节,一时廷臣,无出其右。负其豪气,志在行其所学。放浪岭海,文不少衰。力斡造化,元气淋漓。穷理尽性,贯通天人。山川风云,草木华实,千汇万状,可喜可愕,有感于中,一寓之于文。雄视百代,自作一家,浑涵光芒,至是而大成矣。②

可见,孝宗认为苏轼文章所充溢的"豪气"支撑了其整个的文学世界,这是他被认定为"一代文章之宗"的原因。值得注意的是,多数具有古文学术背景的士大夫通常会将欧阳修视为宋代文章的宗师,因为欧阳修被认为在学术思想上更接近于正统的儒学。但是,宋孝宗这位与理学士大夫关系密切的帝王却将这一分量极重的称号赋予了苏轼,可见"浩然之气"在孝宗心中的地位是极其重要的。

孝宗将苏轼文章中高扬的士大夫气节与孔孟的主张结合起来,这一点也得到了南宋时期诸多理学型士大夫的共鸣。例如,对苏轼学术非议颇多的朱熹,也曾对学生谈起"东坡善议论,有气

---

① [宋]宋孝宗:《御制文集序》,[宋]郎晔:《经进东坡文集事略》卷首。
② 同上。

节"①;朱熹在晚年还作过专文,提倡苏轼《刚说》中的观点:

> 苏文忠公为孙君介夫作《刚说》,其所以发明孙君之为人者至矣。然刚之所以近仁,为其不诎于欲而能有以全其本心之德,不待见于活人然后可知也……因为识其左方,以告观者,使勉夫刚,而益求所以为仁之方云。②

可见,对不屈于狭隘"人欲"的刚直品格的推崇是超越学术分歧的精神纽带,也是苏轼与朱熹这两位时代、知识体系与性格思想都区别甚大的文化巨人取得默契的一个重要原因。其他一些接受朱熹思想影响的理学家在这一点上也有类似看法。比如,曾受教于朱熹的曹彦约(1157—1228)说过:

> 文忠立朝,未大用,以诬奏诸外补,稍迁而守徐,得政平讼理,即不废事,职不可以谏,又委曲为人言之。忠肝义胆,不置国事于度外可见矣。③

时间稍晚的黄震,在《黄氏日抄》中这样给苏轼文章做全面的总结:

> ……尤长于指陈世事,述叙民生疾苦。方其年少气锐,尚欲汛扫宿弊,更张百度,有贾太傅流涕汉庭之风。及既惩创王氏,一意忠厚,思与天下休息。其言切中民隐,发越恳

---

① [宋]黎靖德编,王星贤点校:《朱子语类》卷一三〇,中华书局1986年版,第3113—3314页。
② [宋]朱熹:《跋东坡〈刚说〉》,刘永翔、朱幼文校点:《晦庵先生朱文公文集》卷八三,朱杰人等主编:《朱子全书》,第24册,第3928—3929页。
③ [宋]曹彦约:《跋刘倅所藏东坡论兵书后》,曾枣庄、刘琳主编:《全宋文》卷六六六四,第293册,第40页。

到,使岩廊崇高之地,如亲见闾阎哀痛之情,有不能不恻然感动者。真可垂训万世矣!呜呼!休哉!①

鲜明的"浩然正气"既是孟子的为人风格,也是孟子思想体系中重要的组成部分,孟子认为"浩然正气"需要通过"勿忘、勿助长"的方式来长期滋养和锤炼。朱熹对《孟子》文化价值的挖掘很大程度上就集中于"心性"这一角度,苏轼散文被理学家尊奉为精神风貌上的典范,可能正和他们的这一学术主张有关。

北方文人也在这一点上对苏轼散文的文化价值有较多肯定。例如赵秉文在《题东坡书孔北海赞》中将孔融、李白、苏轼的忠义人格贯穿了起来,并在末尾说道:

坡作此赞,实亦自况。元祐之党,仅类党锢。元丰之政,初亦有为,但荆公新法不合人情,温公继之,力革前弊。然绍圣、崇宁,子也,一旦使子改父道,小人得以藉口矣……然坡公身愈斥志愈不衰。坡尝称太白雄节迈伦,高气盖世,余于东坡亦云。②

再如王恽(1226—1304)评价苏轼《表忠观碑》一文道:

坡书在霄壤间,忠义之气郁郁然,秋色争高,虽片言只字,不可遗逸,宜其世宝而力致之也……况公斯文关系世教,令人读之,油然有忠孝之劝,乌可只以翰墨为之论乎?③

---

① [宋]黄震:《读文集四·苏文·总论》,《慈溪黄氏日抄分类》卷六二,中华再造善本,北京图书馆出版社 2005 年版。
② [金]赵秉文:《题东坡书孔北海赞》,《闲闲老人滏水文集》卷二〇,第 3 页。
③ [元]王恽:《表忠观碑始末记》,李修生主编:《全元文》卷一七二,江苏古籍出版社 1998 年版,第 6 册,第 112—113 页。

苏轼的文章因其"忠义之气"具有警世的教化意义,而不只是供人把玩的文艺作品,这和孝宗的论述也有一脉相承之处。

苏轼散文所体现出的凌厉洒脱之气,也是他得到众人欣赏的一个原因。苏籀(约1091—1164)记载祖父苏辙之言,"子瞻之文奇,予文但稳耳"①。在杨万里的诗文中,苏轼直接就是以仙人的形象出现的②。此外,魏了翁也评价苏轼《辞免中书舍人稿》一文"其词气和平而不怼也,其识虑深长而有托也"③,也是指苏轼文章中所流露的面对险恶政治形势时洒脱从容的心态。同时期北方的王若虚也曾概括道"东坡,文中龙也。理妙万物,气吞九州,纵横奔放,若游戏然,莫可测其端倪"④。超脱奔放,将人生悲欢得失视若游戏的气质特性,使苏轼的文章和人格带来了感性的艺术魅力,由此也可看出苏轼散文的经典化具有较多的感性崇拜的因素。陆游(1125—1210)曾有文章记载他专程来到黄州"东坡",追寻苏轼生活、游历的足迹⑤;浙江一带曾筑有"怀坡楼",后来虽经荒废,元代统一后又由许有壬(1286—1364)复建,并记录下了这一过程⑥。苏轼散文的经典化也成了其艺术性人格魅力感召下的必然结果。

不过,感性的崇拜常常会有两面性,在积蓄正向情感的同时也会给相反的态度留下空间。不同于欧阳修、曾巩的雍容和缓,

---

① [宋]苏籀:《栾城遗言》,《双溪集·附遗言》,《丛书集成初编》本,中华书局1985年版,第215页。

② 杨万里《延陵怀古·东坡先生》中说道,"吹赤壁之月笛兮,瞻黄州之雪堂;弹湘妃之玉瑟兮,织天孙之锦裳。招先生之来归兮,何必怀眉山之故乡"(辛更儒笺校:《杨万里集笺校》卷四五,第2299—2300页)。

③ [宋]魏了翁:《跋东坡辞免中书舍人稿真迹》,《重校鹤山先生大全文集》卷六〇,《四部丛刊初编》本,上海书店1989年版,第13页。

④ [金]王若虚:《滹南遗老集》卷三九"诗话",第8页。

⑤ [宋]陆游:《入蜀记》卷四,钱锡生、薛玉坤校注:《入蜀记校注·老学庵笔记校注》,《陆游全集》,浙江教育出版社2011年版,第11册,第95—96页。

⑥ [元]许有壬:《怀坡楼记》,李修生主编:《全元文》卷一一九一,凤凰出版社2004年版,第38册,第189—190页。

苏轼扬厉的个性使他屡遭磨难,也给其文章在后世的经典化进程埋下了引发争议的隐患。朱熹曾说道,"欧文如宾主相见,平心定气说好话相似。坡公文如说不办后,对人闹相似,都无恁地安详"①。罗大经在《鹤林玉露》中亦记载了杨万里长子杨东山(活动于12世纪中后期)的评价,说"欧阳公所以为一代文章冠冕者,固以其温纯雅正,蔼然为仁人之言,粹然为治世之音……其次莫如东坡,然其诗如武库矛戟,已不无利钝。且未尝作史,藉令作史,其渊然之光,苍然之色,亦未必能及欧公也"②。当然,评论者喜好的不同并不会影响到苏轼文章业已存在的价值与魅力,但与之关联的问题是苏轼散文所代表的风格是否应该被广泛效仿。

三、苏轼散文经典性在写作范式层面的确立

为文章写作提供方法上的借鉴,是经典散文的基本功用之一。苏轼散文在这一方面也并不例外。但是,由于苏轼文章中所体现的相对尖锐、扬厉的个性,导致很多人在阅读时,很可能偏重直观感性的喜爱,从而忽视了对文章理路与作文方法的揣摩思考。同时,苏轼散文中包含的文法等技术性的因素也会因其感性气质充溢其中而难以被人发现。王十朋在这方面曾说过一句有趣的话:"唐宋之文,可法者四:法古于韩,法奇于柳,法纯粹于欧阳,法汗漫于东坡。"③其实这句话本身就是矛盾的,因为"纯粹"与"汗漫"相互抵触,而且如果仅仅是"汗漫"又如何可"法"?"法"来的"汗漫"又怎么可能真实自然?所以有些人认为,苏文很难作为可以效法、摹拟的典范。比如谢尧仁(生活于1174年前后)说过,

---

① [宋]黎靖德编,王星贤点校:《朱子语类》卷一三九,第3312页。
② [宋]罗大经撰,王瑞来点校:《鹤林玉露》丙编卷二"文章有体"条,中华书局1983年版,第264页。
③ [宋]王十朋:《杂说》,梅溪集重刊委员会编:《王十朋全集》文集卷一四,第801页。

"文章有以天才胜,有以人力胜,出于人者可勉也,出于天者不可强也;今观贾谊、司马迁、李太白、韩文公、苏东坡,此数人皆以天才胜,如神龙之夭矫,天马之奔轶,得躐其踪而追其驾"①;钱康公也在《植跋简谈》中说,"苏东坡似司马迁,夫人而能言之;然其所以似之者,人或不能知也"②。因此,很多批评者特别注意到在阅读的侧重点上给人以指导,力图从苏轼天马行空、随性而至的文学世界中挖掘提炼出理性的经验,使其成为可供学习、模仿的经典。朱熹曾说:

> 东坡虽是宏阔澜翻,成大片滚将去,他里面自有法。今人不见得他里面藏得法,但只管学他一滚做将去。③

浙东学者叶适也这样谈及苏轼的论体文:

> 独苏轼用一语,立一意,架虚行危,纵横倏忽,数百千言,读者皆知其所欲出,推者莫知其所自来。虽理有未精,而辞之所至,莫或遇焉,盖古今论议之杰也。④

同时期的王若虚也曾概括道:

> 东坡自言其文"如万斛泉源,不择地而滔滔汩汩,一日千里无难,及其与山石曲折,随物赋形,而不自知所之者,当行

---

① [宋]谢尧仁:《张于湖先生集序》,曾枣庄、刘琳主编:《全宋文》卷六三九二,第282册,第85页。
② [宋]钱康公:《植跋简谈》,[元]陶宗仪编:《说郛三种》卷二〇,上海古籍出版社1986年版,第374页。
③ [宋]黎靖德编,王星贤点校:《朱子语类》卷一三九,第3322页。
④ 清徐乾学等编《御选古文渊鉴》卷五〇页眉中引此段话(清光绪癸卯春正蓳英分局石印本)。

于所当行,而止于不可不止。"论者或讥其太夸,予谓惟坡可以当之。夫以一日千里之势,随物赋形之能,而理尽辄止,未尝以驰骋自喜,此其横放超迈而不失为精纯也耶!①

这些解读策略都力求在苏轼"纵横倏忽""横放超迈"的文风中寻找"精纯"的"法度"所在。很多解读者都在告诫后人阅读苏轼的文章并不能只看皮毛,将其误解为单纯的自由随性之作。较早时期,朱翌在《猗觉寮杂记》中详细考辨《后赤壁赋》的细节道:

《后赤壁赋》:"举网得鱼,巨口细鳞,状似松江之鲈。"多不知为何等鱼?考之乃鳜也。《广韵》注:"鳜,巨口细鳞。"《山海经》云:"鳜,巨口细鳞,有斑彩。"以是知东坡一言一句,无所苟也。②

另外,朱弁(1085—1144)也在笔记中记录欧阳修、苏轼的创作习惯,认为欧苏的文章都是反复锤炼、仔细钻研之后的产物,他们的文章在"明白平易"的风格背后却包含了极为辛苦的琢磨③。同时,从相反的角度,朱熹也提出了学习苏轼散文需要避免的误区,他针对苏轼的好"奇"讲道:

……夫所贵乎文之足以传远,以其议论明白,血脉指意晓然可知耳。文之最难晓者,无如柳子厚,然细观之,亦莫自有指意可见,何尝如此不说破?其所以不说破者,只是吝惜,

---

① [金]王若虚:《文辨》,《滹南遗老集》卷三六,第10页。
② [宋]朱翌:《猗觉寮杂记》卷上,第29页。
③ 朱弁《曲洧旧闻》卷九载"旧说欧阳文忠公虽作一二字小简,亦必属稿,其不轻易如此!然今集中所见,乃明白平易,反若未尝经意者,而自然尔雅,非常人所及。东坡大抵相类,初不过为文采也"([宋]李廌、米弁、陈浩撰,孔凡礼点校:《师友谈记 曲洧旧闻 西塘集耆旧续闻》,第215页)。

欲我独会,而他人不能,其病在此。大概是不肯蹈袭前人议论,而务为新奇。惟其好为新奇,而又恐人皆知之也,所以吝惜。①

为了避免这一情况,朱熹认为"人有才性者,不可令读东坡等文。有才性人便须取入规矩,不然荡将去"②。可见,以苏文为写作典范的阅读肯定不同于直观感性的欣赏,需要暂时抛开极具冲击力的文字本身,在其背后寻觅内在的法度;而且这主要适用于对古文规范已经熟练掌握的人,他们可以通过这样的阅读来获得更高层次的技巧,达到"从心所欲不逾矩"的更高境界。

苏轼散文具体有哪些值得借鉴的写作技法呢?南宋金元时期的批评者对此做了非常多的概括,包括字词的使用(朱熹称欧苏的文章都使用平常的词语,不堆砌辞藻)③、句法及段落的安排(吕祖谦《古文关键》、谢枋得《文章轨范》对单篇文章的评析)、四六文与古文作法的相通性(阙名《木笔杂钞》中所说"四六与古文同一关键")等。一些解读者着力将苏轼超越其他散文家的独特的作文特色展示出来,比如对于苏轼擅长的"论"体文和奏议文,朱熹曾概括道:

> 东坡平时为文论厉害,如主意在那一边利处,只管说那利;其间害处,亦都知,只藏匿不肯说。欲其说之必行。④

这一特点既可以做学术渊源上的理解,比如苏轼知识结构与《战国策》的关系;但也的确可以借用来作为写作论辨类文章的策略。

---

① [宋]黎靖德编,王星贤点校:《朱子语类》卷一三九,第3314页。
② 同上书,第3322页。
③ 《朱子语类》卷一三九载"欧公文章及三苏文好说,只是平易说道理,初不曾使差异底字,换却那寻常底字"(同上书,第3309页)。
④ [宋]黎靖德编,王星贤点校:《朱子语类》卷一三〇,第3113—3114页。

另外"论"体文常常需要融入叙述,比如论史有必要在文中交代历史背景、论时事有必要讲述局势的现状,那么如何详略得当地协调叙述与议论的关系,既使读者明晰相关事情的始末,同时不会对议论有所冲淡,是值得斟酌的问题。苏轼散文在这方面的经验,引起了很多人的注意。朱熹曾说"大抵朝廷文字,且要论事情利害,是非令分晓。今人多先引故事。如论青苗,只是东坡兄弟说得有精神,他人皆从别处去"①。洪迈在《容斋随笔》中对此关注更多,比如"东坡引用史传"条:

东坡先生作文,引用史传,必详述本末,有至百余字者。盖欲使读者一览而得之,不待复寻绎书策也。如《勤上人诗集叙》引翟公罢廷尉,宾客反覆事;《晁君成诗集叙》引李邰汉中以星知二使者事;《上富丞相书》引左史倚相美卫武公事;《答李琮书》引李固论发兵讨交趾事;《与宋鄂州书》引王濬活巴人生子事;《盖公堂记》引曹参治齐事;《滕县公堂记》引徐工事;《温公碑》引慕容绍宗、李勣事,《密州通判题名记》引羊叔子、邹湛事,《荔枝叹》引唐羌言荔枝事也。②

再如"东坡文章不可学"条评述《盖公堂记》一文叙事的简略:

是时熙宁中,公在密州,为此说者,以讽王安石新法也。其议论病之三易,与秦汉之所以兴亡治乱,不过尽三百言而尽之。张文潜作《药戒》,仅千言……予观文潜之说,尽祖东坡之绪论,而千言之烦,不若三百言之简也。故详书之,俾作

---

① [宋]黎靖德编,王星贤点校:《朱子语类》卷一三九,第3315页。
② [宋]洪迈:《容斋三笔》卷一一,孔凡礼点校:《容斋随笔》,中华书局2005年版,第560—561页。

文立说者知所矜式。①

俞文豹（南方士人，1240年前后在世）在《吹剑三录》中也举苏轼《表忠观碑》为例，做了类似的概括：

> 宪宗伐蔡之功，孰如肃宗之兴复？元结《磨崖颂并序》，仅二百六十八字；韩文公《平淮西碑并序》，乃千五百余字。碑记固非颂比，然东坡《表忠观碑》，非不详赡，亦止八百余字……荆公谓《表忠观碑》似司马子长《楚汉以来诸侯王表》。②

由此，苏轼散文在写作范式这个层面上展现出了其较为突出的特殊性。

总之，苏轼散文被打造为写作范式层面上的经典的过程，包含了较为丰富的因素。一方面，承认苏轼的文章可作为学习的对象；但另一方面，强调阅读苏轼散文需要理性、冷静的心态，读者要在酣畅的感观之后静下心来寻找、总结苏文里面包含的作文法度，避免盲目地陷入求"奇"的误区。

四、苏轼散文经典性在知识学理层面的确立

经典散文除了字里行间包含着可供发现、提炼的文法以外，其内容本身也包含着可供学习、反思的众多资源。苏轼散文中包含了较为丰富的知识含量，既有文章本身所涉及的文史知识，也有苏轼对相关问题的观点态度。如何对这些信息加以充分地整合、利用，成了苏轼散文经典化过程中的重要一环。

---

① ［宋］洪迈：《容斋五笔》卷四，孔凡礼点校：《容斋随笔》，第871、873页。
② ［宋］俞文豹：《吹剑三录》，张宗祥辑补并校：《新校吹剑录全编》，杨家骆编：《读书札记丛刊·宋人札记八种》，台湾世界书局1980年版，第53页。

对于苏轼散文自身所包含的文史知识,南宋金元时期的读者做了不少考证、阐释的工作。其中,郎晔的《经进东坡文集事略》最具系统性。该书是现存最早的苏轼散文别集,宋孝宗曾为该书作序。这部书力图阐释苏轼每一篇文章的具体创作背景和意图,例如:

> 《商鞅论》:公因读《战国策》,论商鞅功罪,有言"后之君子,有商君之罪,而无商君之功,享商君之福,而未受商君之祸者,吾为之惧矣"。观此,则知此论亦为荆公发也。①
>
> 《勤而或治或乱,断而或兴或衰,信而或安或危》:国学秋试题。温公《日记》云:"王介父初为政,每赞上以独断,上专信任之。苏轼为开封试官,问进士以'晋武平吴,以独断而克;苻坚伐晋,以独断而亡。齐桓专任管仲而霸;燕哙专任子之而败。事同而功异者,何也?'介父见之不悦。"即此题也。②
>
> 《超然台记》:"余自钱塘移守胶西",公时年三十九,就杭州通判移守密州。公有《别天竺观音寺序》云:"余昔通守钱塘,移莅胶西,以九月二十日来别南北山道友。"乃知公以熙宁七年秋末去杭适密。③

可见《经进东坡文集事略》并不是一部单纯的别集,而是知识型的读本,力图将收录的 498 篇文章都作为一种文化资源来普及于世,使读者能够尽可能全面、深入理解每一篇苏文。类似的做法在胡仔《苕溪渔隐丛话》、洪迈《容斋随笔》、黄震《黄氏日抄》等书

---

① [宋]郎晔:《经进东坡文集事略》卷一四,第 206 页。
② [宋]郎晔:《经进东坡文集事略》卷二二,第 344 页。
③ [宋]郎晔:《经进东坡文集事略》卷五〇,第 829 页。

中也都可以零散见到①。

如何看待苏轼散文中对一些重要文史问题表现出的观点态度,则是苏轼散文经典化历程中更为复杂的问题。由于苏轼与程颐一派的道学家在学术观点、思想个性上的极大差异,南宋之后的朱熹为普及理学学说而匡谬正俗,对苏轼关于哲学、历史的很多观点做出过专门、激烈的批判。例如朱熹在写给汪应辰的一封信中说:

> 苏氏之学虽与王氏若有不同者,然其不知道而自以为是则均焉。学不知道,其心固无所取则以为正,又自以为是而肆言之,其不为王氏者,特天下未被其祸而已。其穿凿附会之巧,如来教所称论成佛、说《老子》之属,盖非王氏所及。而其心之不正,至乃谓汤武篡弑,而盛称荀彧,以为圣人之徒。凡若此类,皆逞其私邪,无复忌惮,不在王氏之下。②

这种激烈反对的态度,加之朱熹在南宋思想文化场域中的重要地位,为苏轼散文的经典化进程注入了一股"反经典"的力量。朱熹表明类似观点的文章很多,甚至在写给国子博士芮晔(1115—

---

① 胡仔《苕溪渔隐丛话·后集》卷二八中曾考证《后赤壁赋》中"孤鹤"典故的出处([宋]胡仔著,廖德明校点:《苕溪渔隐丛话》,人民文学出版社1962年版,第208页)。洪迈《容斋续笔》卷一二"东坡论庄子"条中经过仔细的考辨,认可苏轼《庄子祠堂记》中的观点(孔凡礼点校:《容斋随笔》,第367—368页)。黄震《黄氏日抄》卷六二中将概括文意与概述背景知识相结合,例如对《超然台记》解读为"谓物皆可乐,人之所欲无穷,而物之可以足吾欲者有尽,无往而不乐者,盖游于物外也";对《表忠观碑》的解读兼谈对于五代十国时期吴越历史的看法,等等(《慈溪黄氏日抄分类》)。

② [宋]朱熹:《答汪尚书(十一月既望)》,刘永翔、朱幼文校点:《晦庵先生朱文公文集》卷三〇,朱杰人等主编:《朱子全书》,第21册,第1303—1304页。据陈来《朱子书信编年考证》,该信作于1168年(生活·读书·新知三联书店2011年版,第48页)。

1172)的书信中希望其对苏文"拔本塞源"①,尽可能禁止苏轼观点学说在社会的流传。

在北宋六家散文的经典化历程中,"反经典"的现象及其影响在苏轼散文的问题上体现得相当突出。对于"反经典"的问题,吴承学认为"经典从不同的角度遭到反叛与背离,既是反经典的活力,也是经典的潜力,还可以说是经典与反经典共同构成的合力",二者的关系也最终会"从正题与反题走向'合题'"②。反面观点的推广自然会冲击既有的观点,但经典的真正价值也并不会因此而遭到绝对抹煞。其实"反经典"最直接的作用,就是提醒更多的人用更加全面的视角来阅读和思考。因此,在"反经典"力量的作用下,开始有更多的人以理性、折中的态度来做批判式的解读。比如对于朱熹所指斥的苏轼"谓汤武篡弑,而盛称荀彧",就引发了许多的讨论。有些论者与朱熹的看法近乎一致,比如王若虚:

> 东坡以武王伐殷为非圣人,斩然不疑。至其论范蠡之去,荀彧之死,则皆许以圣人之徒,是何靳于武王而轻以予二子也。③

再如黄震:

> 苏子谓武王非圣人,孔子所不敢言也。谓孔氏之家法,孟轲始乱之,儒者所不忍言也。谓荀文若为圣人之徒,自昔立议论者无此言也。于武王、孟子何损?于荀文若何益?独

---

① [宋]朱熹:《与芮国器》,刘永翔、朱幼文校点,《晦庵先生朱文公文集》卷三七,朱杰人等主编:《朱子全书》,第21册,第1625页。据陈来《朱子书信编年考证》,该信作于1169年(第61页)。
② 吴承学、沙红兵:《中国古代文学的经典与反经典》,《文史哲》2010年第2期。
③ [金]王若虚:《议论辨惑》,《滹南遗老集》卷三〇,第3页。

可为苏子惜耳。①

但也有人认同苏轼的论点,比如俞文豹:

> 孔子罪汤武之意深矣。曰:"放桀于南巢,惟有惭德。"曰:"武尽美矣,未尽善也。"伊尹,相汤者也,无一辞及之;伯夷,非武王者也,则屡称之。序《汤誓》曰:"伊尹相汤放桀。"序《泰誓》曰:"武王伐殷。"序《洪范》曰:"武王胜殷,杀受。"其罪汤武也甚矣。但书法谨严,语意含蓄,读者未知其为罪之之辞……韩文公《伯夷颂》,虽甚激扬,然终不敢斥言武王。至东坡《武王论》出,而后夫子之深意,始大暴白于天下后世。②

还有人对于苏轼与程朱学术的区别做了另一种理解,比如沈作喆(1147年前后在世)在笔记中说:

> 程氏之学,自有佳处,至椎鲁不学之人,窜迹其中,状类有德者,其实土木偶也,而盗一时之名。东坡讥骂靳侮,略无假借,人或过之。不知东坡之意,惧其为杨、墨,将率天下之人,流为矫虔庸堕之习也。③

但朱熹的态度毕竟更接近于正统的儒学思想,而且影响力更为深远,因此很多人对苏轼散文的解读都坚持了这一赞扬与批判兼具的折衷立场。黄震在概述苏轼"论"体散文的成就时说:

---

① [宋]黄震:《读文集四·苏文·志林》,《慈溪黄氏日抄分类》卷六二。
② [宋]俞文豹:《吹剑录》,张宗祥辑补并校:《新校吹剑录全编》,杨家骆编:《读书札记丛刊·宋人札记八种》,第5页。
③ [宋]沈作喆:《寓简》卷五,第37页。

至论孔子从先进,谓先进为仕进之初,论正统不过虚名,篡弑者与圣人同称而无害,而反斥章子贬曹魏之非,恐亦文人自主其说,未必圣人之本旨,万世之通言也。中庸之不可能,固如此哉！①

他在最后总评时也不忘补充说明,苏轼的散文不可被视为阐释儒学学术的典范,"然至义理之精微,则当求之伊洛之书"②。王若虚亦表示,"东坡之解经,眼目尽高,往往过人远甚。而所不足者,消息玩味之功,优柔浑厚之意。气豪而言易,过于出奇,所以不及二程派中人"③。朱熹"反经典"影响之下所形成的这种折衷式的解读办法,一方面对苏轼散文经典性的层次做了严格的限定,而这种思路一直延续影响到明清文人对苏轼散文的定位态度,另一方面使得苏轼散文具有了更为宽阔的讨论与阐释的空间,成为了一种可供反思的文化经典。

　　"反经典"对苏轼散文经典化的影响,不仅见于前述那些直接的评论性文字,同时还可以在一些文章写作中找到相应的痕迹。12世纪中后期的浙东学者是南方理学家的一个重要群体,他们提倡"事功"而与朱熹的思想有一定的分歧。浙东文人的文集中经常可以见到大量的史论文章,这一点与苏轼乃至"三苏"的特点都极为类似。然而,他们论史的立场、观念,却能够见出苏轼观点与理学视点的折衷。苏轼在多种文体的文章中都经常谈论历史兴衰的话题,试图从现实策略上总结出成败的经验教训。但是,"以

---

① [宋]黄震:《读文集四·苏文》,《慈溪黄氏日抄分类》卷六二。
② 同上。
③ [金]王若虚:《著述辨惑》,《滹南遗老集》卷三一,第3页。

成败论是非,而不本于义理之正"的论史立场恰为朱熹所反对①。我们在浙东学者的史论文中,能够发现这种思维的倾向,特别是在他们与苏轼共同关注的话题中。比如,苏轼《诸葛亮论》的核心论点是"仁义诈力杂用以取天下者,此孔明之所以失也"②,意在由诸葛亮事业最终失败的结果去倒推其成因。然而浙东文人陈亮、叶适的视角都与此有显著的区别。陈亮认为,诸葛亮在行政、治军上的才能都堪称完美,失败的原因仅仅是命运的巧合:

> 且孔明之治蜀,王者之治也。治者,实也;礼乐者,文也。焉有为其实而不能为其文者乎……不幸而天不相蜀,孔明早丧,天下犹未能一,而况礼乐乎!使后世妄儒得各肆所见以议孔明者,天也,非人之所能为也。
>
> 夫善观人之真情者,不于敌存之时,而于敌亡之后。孔明之存也,仲达之言则然。及其殁也,仲达按行其营垒,敛衽而叹曰:"天下奇才也!"彼见其规矩法度出于其所不能为,恍然自失,不觉其言之发也。可以观其真情矣。论者不此之信,而信其谲,岂非复为仲达所谲哉!③

叶适也试图用新的思路来看待这一问题:

> 且天下之心既已去汉而安为曹氏之臣矣,虽其子孙,安

---

① 朱熹由此批评《左传》,"尝谓左氏是个猾头熟事,趋炎附势之人","《左氏传》是个博记人作,只是以世俗见识断当它事,皆功利之说"([宋]黎靖德编,王星贤点校:《朱子语类》卷八三,第 2149、2151 页)。另外朱熹在给陈亮的信中亦说道"若以其能建立国家,传世久远,便谓其得天理之正,此正是以成败论是非,但取其获禽之多,而不羞其诡遇之不出于正矣"([宋]朱熹:《答陈同甫(六)》,刘永翔、朱幼文校点:《晦庵先生朱文公文集》卷三六,朱杰人等主编:《朱子全书》,第 21 册,1583 页)。

② [宋]苏轼:《诸葛亮论》,孔凡礼点校:《苏轼文集》卷四,第 112 页。

③ [宋]陈亮:《酌古论·孔明(上、下)》,邓广铭点校:《陈亮集》(增订本)卷六,中华书局 1987 年版,第 61—64 页。

得而强之！而况于徒托其义以为名者乎？虽然,孔明不得此,终不可立于天下矣。虽其闭关绝栈,苟以一州自王,非有先人世守之旧也。而今年出师,明年出师,驱其民于必死之地以求不可必之功,此何为者耶……由此论之,仁义者人之所自尽,功名者人之所难必,有其具而不及试,亦已众矣,天下固未尝无其人也。①

苏轼关注历史问题、反思成败原因的思考方式在陈亮、叶适那里得到了传承,但思考的角度却有了较为明显的变化。

不过,在陈亮、叶适的史论文章中还是能够找到与苏轼思维的近似之处。比如,陈亮将曹操成败的原因概括为"得术之一二而遗其三四,则得此失彼,虽能雄强于一时,卒不能混天下于一统"②,这和苏轼《魏武帝论》的中心论点"魏武长于料事,而不长料人;是故有所重发而丧其功,有所轻为而至于败",基本上一脉相承③。叶适对《庄子》思想极端化的批判"人道之伦颠错而不叙,事物之情遗落而不理,以养生送死,饥食渴饮之大节而付之倜傥不羁之人,则小足以亡身,大足以亡天下"④,也和苏轼认为老庄思想泛滥致使"不忌其君,不爱其父,则仁不足以怀,义不足以劝,礼乐不足以化",最终导致商鞅、韩非法家学说"得其所以轻天下而齐万物之术,是以敢为残忍而无疑"的议论有异曲同工之妙⑤。

折衷式解读带来的效果,还可以在浙东学派的古文家吕祖谦的著作中发现较为明显的痕迹。吕祖谦对北宋各家古文都有较深入的研读,其著作中包含多篇针对历史人物、事件的专题性论

---

① [宋]叶适:《诸葛亮》,《水心别集》卷八,刘公纯等点校:《叶适集》,中华书局1961年版,第739页。
② [宋]陈亮:《酌古论·曹公》,邓广铭点校:《陈亮集》(增订本)卷六,第53页。
③ [宋]苏轼:《魏武帝论》,孔凡礼点校:《苏轼文集》卷三,第83页。
④ [宋]叶适:《庄子》,《水心别集》卷六,刘公纯等点校:《叶适集》,第712页。
⑤ [宋]苏轼:《韩非论》,孔凡礼点校:《苏轼文集》卷四,第102页。

述,而大都可以见到苏轼思维模式的隐约影响。比如,在《历代圣君论·武王》篇中,吕祖谦意在理清武王所遭受的非议,认为"吾以是知武王之心也,不怨天,不尤人,不咎文考之过,不知当时之非,不避后世之议,以天下之责而萃于一己",这当然和苏轼认为"武王非圣人"的论断有极大区别。但该文末尾的一段论述"可胜则胜,非求胜也;可杀则杀,非过杀也;可立则立,立之所以为仁;可归则归,归之所以为义。而武王一以无心处之,斯其所以为皇极之君也欤"①,却和苏轼在《伊尹论》中"夫以天下之大而不足以动其心,则天下之大节有不足立,而大事有不足办者矣"的表述几乎出自同一机杼②。伊尹、周公的话题也受到古人的热议,苏轼对这两位历史人物的艰难处境与勇敢抉择都做了精细的分析,他的思路在吕祖谦的同题史论中也大体上保留了下来,但伦理道德性思考的力度得到大幅提升③。此外,吕祖谦《司马迁论》的核心论点是"人不可以有不平之气也。有不平之气,必有矫枉过直之言,言至于过直,则其害有不可胜言者矣"④;而苏轼《荀卿论》的主题意在批判荀卿"历诋天下贤人"的"高谈异论"致使李斯"以其学乱天下"带来的负面影响⑤,可知两篇文章的理路大体同源。再如,吕祖谦《六朝十论·晋论下》中以一连串的战事胜利导致"既无法家拂士,又敌患不至,则君骄臣纵,入于危亡而不自知"作为东

---

① [宋]吕祖谦:《历代圣君论·武王》,黄灵庚、吴战垒主编:《吕祖谦全集》,浙江古籍出版社 2008 年版,第 1 册,第 964—965 页。
② [宋]苏轼:《伊尹论》,孙凡礼点校:《苏轼文集》卷三,第 84 页。
③ 吕祖谦在《伊尹论》中说"夫子书法不隐,而伊尹为法受恶,虽一毫之私不贷也。嗟夫,天下任与于尹而任之重如此哉!吾固谓伊尹之心有甚于汤、武、周公也"。《周公论》中说"然则周公非欲全名也,盖欲全周也;非果于不仁,而果于仁天下;非果于不信,而果于信其心;非果于不友,而果于友文王"(黄灵庚、吴战垒主编:《吕祖谦全集》,第 1 册,第 933、935 页)。
④ [宋]吕祖谦:《司马迁论》,黄灵庚、吴战垒主编:《吕祖谦全集》,第 1 册,第 944 页。
⑤ [宋]苏轼:《荀卿论》,孔凡礼点校:《苏轼文集》卷四,第 101 页。

晋灭亡的原因①，而这层意思在苏轼的《士燮论》中已经有所表述：

> 料敌势强弱，而知师之胜负，此将帅之能也。不求一时之功，爱君以德，而全其宗嗣，此社稷之臣也。鄢陵之役，楚晨压晋师而陈。诸将请从之。范文子独不欲战，晋卒败楚，楚子伤目，子反殒命。范文子疑若懦而无谋者矣。然不及一年，三郤诛，厉公弑，胥童死，栾书、中行偃几不免于祸，晋国大乱。鄢陵之功，实使之然也。
>
> ……故兵之胜负，不足以为国之强弱，而足以为治乱之兆。盖有战胜而亡，有败而兴者矣。②

虽然针对的具体对象不同，但反思的方式与得到的结论却基本一致，结合吕祖谦的知识背景与生平著述，我们可以将其归结为阅读苏轼文章所受到的影响。同异交织、对立与认同兼具，吕祖谦对苏轼史论文章思想的解读也体现了折衷式的思辨态度。

对苏轼文章中所涉及的文史知识加以综合整理，使得苏轼散文成为了知识性的文学经典；"反经典"作用下形成的折衷思辨式的解读路数，又使其成为学理反思的文化资源。苏轼散文在知识学理层面上的经典化路径就由此形成。

五、苏轼散文经典化的意义初探

前文总结了南宋金元时期苏轼散文经典化过程的基本情况和步骤。在这一时期，苏轼散文被认可的广度有了明显的扩充，帝王与理学型士大夫都踊跃地加入这一行列；对苏轼散文的解读

---

① [宋]吕祖谦：《六朝十论·晋论下》，黄灵庚、吴战垒主编：《吕祖谦全集》，第1册，第899页。

② [宋]苏轼：《士燮论》，孔凡礼点校：《苏轼文集》卷三，第89—90页。

与经典性定位的范畴,可以总结为精神风貌、文章技法和知识学理三层维度。

将苏轼的散文打造为文学精神与文学风貌典范的过程由帝王与士大夫共同参与,其中孝宗皇帝的作用尤为有力、显著。宋孝宗是一位希望有所作为的帝王。隆兴二年(1164)南宋与北方议和之后,面对暂时稳定的边界形势,孝宗希望与理学型士大夫合作以实现政治改革。但是,孝宗长期受到太上皇高宗的掣肘与压制,并且当时的朝廷大臣并非都是堪当大任之辈,王淮(1126—1189)之流缺乏政治理想的官员充斥朝堂,阻碍着改革举措的实施。甚至理学士大夫周必大,也因施政魄力不足而遭遇同僚的诟病,《鹤林玉露》中记载朱熹曾对刘子澄(生卒年不详)写信抱怨道"如今是大承气证,渠却下四君子汤,虽不为害,恐无益于病耳"①。在这样的形势下,孝宗与那些希望有所作为、重振国家实力与社会道德的士大夫目标一致,都期待士人能够弘扬儒家所提倡的浩然正气,以责任心与勇气投身于政治实践。苏轼的人格在士大夫心中有长久的魅力,其文章在经历了多次动荡、风波之后依然得到广泛的传播,被公认为提振士气的典范②。苏轼的散文中充满了学术、政治等与现实应用密切关联的内容,因此由帝王领衔、众多理学型士大夫协作将其打造为文学经典,具有突出而迫切的现实政治意义。

然而,将苏轼的散文分别打造为文章技法、知识学理两个层面的典范,则是针对不同的人群,有着不同的适用范围。

苏文在文法层面的"经典化",主要作用于学习写作或者参加程文考试的士子。陆游《老学庵笔记》中记载的南宋初年"苏文

---

① [宋]罗大经撰,王瑞来点校:《鹤林玉露》甲编卷二,第22页。
② 参见张健:《从祀配享之议:南宋政治与思想视野下的苏学地位》,《北京大学学报》(哲学社会科学版)2018年第2期。

熟,吃羊肉;苏文生,吃菜羹",描述的就是青年士子备考的情况①。因此,总结苏轼文章写作的经验,特别是突出技法上的独特之处,以及揭示学习苏文的过程中可能遇到的问题和必须避免的误区,是十分必要的。这方面的内容,多见于《古文关键》《文章轨范》等文学选本,以及王十朋、朱熹、洪迈等人的笔记与对话当中,即可说明这一问题。

苏文在知识学理层面的"经典化",则主要集中于这一时期知识阶层或学术人群的内部。志在全面总结、梳理苏文所涉知识的集部巨著《经进东坡文集事略》,其编著者郎晔本身就有深厚的理学背景,而且该书题为"经进",即为进呈帝王而作,且据考证"当时虽曾进呈乙览,但并未颁行,故流传不广",以致宋、元、明代书录及《四库全书总目》中都未收录该书②,可见这部书主要面向帝王和政治、文化精英阶层。对苏文背景知识的一揽子梳理和总结,也反映了他们的文化需求。朱熹从思想出发来批判苏轼,主要也是通过与其相同阶层、文化水平的士大夫(汪应辰、吕祖谦、程洵、芮晔等人)之间书信往还的形式来进行的。由其"反经典"行为引发的对苏轼散文的折衷、反思式的解读,以及进而对苏轼散文经典性的最终定位,也主要由儒学精英来实现。他们通过这一系列的活动,不仅确立了苏轼散文的经典地位,也试图由此起到规范、引领社会主导思想,合理应用文化遗产资源的作用。

总之,苏轼散文在南宋金元时期的经典化,作为其奠定文学史地位的关键环节,有着丰富的文化背景,是在不同社会阶层的多种文化需求与社会介入方式之下实现的。

---

① [宋]陆游撰,李剑雄、刘德权点校:《老学庵笔记》卷八,中华书局1979年版,第100页。

② 曾枣庄等:《苏轼研究史》第二章,江苏教育出版社2001年版,第141页。

第二节　散文史视野中的"三苏"并称与苏学接受

苏洵、苏轼、苏辙父子三人共同属于"唐宋八大家"这一散文经典谱系中的基本元素。在苏轼散文的经典性已被普遍承认并充分诠释的前提下,"三苏"在散文经典体系中的并称具有何种文化意义,苏洵、苏辙散文的经典属性基于何种维度而独立体现,是值得进一步深入研究的问题。

清人袁枚(1716—1797)对"三苏"文章被并置为经典的现象提出过质疑,称"三苏之文,如出一手,固不得判而为三"[①]。然而,这一疑问始终未得到后世文学史家的直接回应。本节将继续探究,在南宋金元这一理学思想的影响力日益扩大并对南北中国知识界均产生深远影响的历史时期里,"三苏"并称如何在散文经典的维度中标示其文化属性?苏洵、苏辙的文章如何被建构为文学经典?

一、南宋金元时期"三苏"并称现象的梳理与考察

文章选本的编纂是文学经典化的基本表现形式,具有标举经典、传播经典的重要功能。南宋出现了多种以"三苏"命名的文章选集,且至少有三种保存至今,分别是《重广分门三苏先生文粹》《重广眉山三苏先生文集》和《东莱标注三苏文集》。本节首先依次分析这三部选集的篇目,考察进入这一经典体系中的"三苏"散文的文体类型和基本内容。

1.《重广分门三苏先生文粹》(以下简称《文粹》)

该书有 100 卷本和 70 卷本两种。宋刊 100 卷本自清宫流出

[①] [清]袁枚:《书茅氏八家文选》,《小仓山房续文集》卷三〇,周本淳标校:《小仓山房诗文集》,上海古籍出版社 1988 年版,第 1814 页。

后东渡日本[①],藏于宫内厅书陵部,2012年上海古籍出版社影印出版[②]。该书第1—10卷属于经学类的文章,包括对经书的总论和对经典的阐释;第11—42卷为各种类别的"论"体文,其中尤以历史题材的专题性文章最多,如"帝王君论""帝王臣论""圣贤论""列国君论""列国臣论""历代君论""历代臣论""历代论""历代土风论""历代夷狄论""权书""衡论""史论""谥法论",以及苏轼、苏辙的"秘阁试论"等;第43—60卷为各种"策"体文,包括"策略""策别""进策""策问"等,其中仍包含了很多史论性散文,尤以苏辙作品为最多;第61—72卷为进呈帝王的文章,包含"上书""奏议""表""状"等文体;第73—81卷为一般性社交类的文体,包含"书"和"启";第82—86卷为抒情言志类的"记"和"叙";第87—89卷为各种杂文,包含"杂说""杂史""史评"等;第90—100卷为人物类文章,包含"颂赞""碑铭""行状""墓志铭"等。

　　通过目录,可知《文粹》选录的"三苏"散文大多属于学术思辨性的文章,经学、历史、政治题材的论证、阐释性文章的入选比例接近60%。其中,史论类文章入选最多,仅历史人物论一项就独占了20卷的篇幅,另外在"策""史评"等其他文类中也包含诸多史论类文章。可以说,史论类散文构成了《文粹》选文的主体——苏洵集中谈论历史经验的"权书""衡论"组文都被悉数选录;苏辙史论的入选数量更多,其出处不仅来自《栾城后集》《栾城应诏集》,也包括其《古史》中几乎全部的论赞;此外苏轼《东坡志林》中的"史评"以及苏辙《古史序》,也在其他类别的文体中入选。《文粹》的这一编选思路,说明散文经典体系中的"三苏"并称在极大程度上是基于史学内容的要素。

　　另外,苏洵的经学议论文——"六经论"被置于全书的首卷,

---

① 祝尚书:《宋人总集叙录》卷二,中华书局2004年版,第92页。
② 安平秋、郝平主编:《日本宫内厅书陵部藏宋元版汉籍选刊》,上海古籍出版社2012年版,第137—139册。

足以见出这部"三苏"总集的学术性及编选者在学理层面的用心考量。清初黄宗羲《宋元学案》中对《苏氏蜀学略》的整理、归纳,即将此六篇文章作为"苏学"的纲领性文献而全文抄录[①]。

同时,该书的目录也提供了另一方面的信息,即在"记"体文这类侧重于抒发个人情怀而非学术见解的文章中,苏轼散文的入选数量(15篇)要远多于苏洵(3篇)、苏辙(8篇)。由此可知,较之苏轼散文经典化拥有较为多样化的维度,苏洵、苏辙散文的经典价值相对集中体现在知识、学术的维度中。

《文粹》的70卷本则先以作家、后以文体分卷——第1—11卷为苏洵文、第12—43卷为苏轼文,第44—70卷为苏辙文。11卷苏洵文中,"论""策"体文占了7卷,其中《高祖》《项籍》等五篇文章仍归于"权书"系列文中,未重新归类。27卷苏辙文中,"经解""论""进策"等学术性文章占了24卷,"历代论""进论"与《古史》中的论赞部分仍然按照所论对象的时间顺序,被混合收录其中[②]。该书编选视角与100卷本的同名著作大体一致。

2.《重广眉山三苏先生文集》(以下简称《文集》)

该书80卷,先以文体、后以作家分卷——每种文体都依次收录苏洵、苏轼、苏辙的文章。与《文粹》的区别在于,《文集》将三苏"上皇帝书"而非关于儒学经典的述论置于卷首。但其与《文粹》相同的地方仍很明显,即阐理性的"论"体文占据了将近一半的篇幅(38卷)。不过,该书编选者的眼光相对粗糙,以致出现了明显的硬伤——在第55、60卷等处将苏辙的14篇文章(《三国论》《晋论》《西南夷论》《北狄论》等)误归入"东坡先生"之作[③]。

---

① [清]黄宗羲编纂,[清]全祖望增补,陈金生、梁运华校:《宋元学案》卷九九《苏氏蜀学略》,中华书局1986年版,第3276—3284页。

② 《三苏先生文粹》,据中国国家图书馆藏宋婺州吴宅桂堂刻、王宅桂堂修补印本影印,中华再造善本,北京图书馆出版社2004年版。

③ 《重广眉山三苏先生文集》,据北京大学图书馆藏宋绍兴三十年(1160)饶州德兴县银山庄溪董应梦集古堂刻本影印,中华再造善本,北京图书馆出版社2006年版。

3. 吕祖谦《东莱标注三苏文集》

该书体例与 70 卷本《文粹》类似,含苏洵文 11 卷、苏轼文 26 卷、苏辙文 22 卷。策论文章在苏洵、苏辙文中所占比例仍然很大——苏洵文中有 7 卷、苏辙文中有 19 卷;苏辙"历代论""进论"组文和《古史》中的大多数论赞均在其中。相较而言,在"记""序"两类文体中,苏轼文的入选数量(11 篇"记"、9 篇"序")仍远多于苏洵(4 篇"记")、苏辙(5 篇"记"、4 篇"序")文①。与之对比,吕祖谦所编另一部文章选本《古文关键》却只收录了 2 篇苏辙文章(《三国论》《君术二》),甚至少于曾巩文章的入选数量(4 篇)②,这是因为《古文关键》更侧重展示所选文章的结构特色和语言水平。由此再度证明,苏辙散文主要凭借其史论类文章的内容与思想受到编选者的重视。

入选此三部选本的"三苏"作品大多具有阐述经史思想、政治观点的学术性质,其中史论类散文所占比重最大,由此可知在散文经典体系中的"三苏"并称包含了学术思想的重要因素。而在"三苏"之中,苏洵、苏辙散文的经典属性更明显地依托于其学术性的内容。

在文章选本之外,"三苏"并称也在当时许多文章、笔记中出现。早在 11 世纪,《渑水燕谈录》即记载"父子名动京师,而苏氏文章擅天下,目其文曰'三苏'"③。12 世纪后,越来越多的人开始回顾性地评说"三苏"的文章成就。他们有的重在说明"三苏"或"二苏"(苏轼、苏辙兄弟)代表了同一类型的文章风格,例如吕本中在《童蒙诗训》中说"读三苏进策涵养吾气。他日下笔自然文字

---

① [宋]吕祖谦:《东莱标注三苏文集》纲目,据国家图书馆藏宋刻本影印,中华再造善本,北京图书馆出版社 2004 年版。
② [宋]吕祖谦:《增注东莱吕成公古文关键》目录,据国家图书馆藏宋刻本影印,中华再造善本,北京图书馆出版社 2004 年版。
③ [宋]王辟之:《渑水燕谈录》卷四"才识",[宋]王辟之、欧阳修著,吕友仁、李伟国点校:《渑水燕谈录 归田录》,中华书局 1981 年版,第 42 页。

霁霈,无吝啬处"①,元好问说道"苏氏父子昆弟,文派若不相远"②;有的重在说明苏氏父子兄弟共同代表了士大夫文化人格的一种范型,比如魏了翁称赞东坡兄弟"以正学直道周旋于熙、丰、祐、圣间,虽见愠于小人,而亦不苟同于君子"③;也有人表示"三苏"或"二苏"代表了一种知识体系或脉络。例如叶适在为李焘(1115—1184)《巽岩集》所作序文中说:

  蜀自三苏死,公父子兄弟后起,兼方合流以就家学,综练古今名实之际,有补于世。天下传以继苏氏。④

"综练古今名实之际"即总结历史的成败得失,这构成了后人传承"苏学"的基本内容。北方的赵秉文亦在《性道教说》中有这样的设问:

  或曰:韩欧之学失之浅,苏氏之学失之杂,如其不纯何?曰:"欧苏长于经济之变,如其常,自当归周、程。"⑤

可知在唐宋散文经典体系中,"苏氏之学"代表了与韩愈、欧阳修不同的学术特征,以知识含量的丰富性而非正统思想的纯粹性见长。

  然而,若只笼统地并称"三苏"或单独强调苏轼的价值,不仅

---

  ① [宋]吕本中:《童蒙诗训》,郭绍虞:《宋诗话辑佚》附辑,中华书局1980年版,第605页。
  ② [金]元好问:《跋苏叔党帖》,《遗山先生文集》卷四〇,《四部丛刊初编》本,上海书店1989年版,第11页。
  ③ [宋]魏了翁:《黄太史文集序》,曾枣庄、刘琳主编:《全宋文》卷七〇七九,第310册,第32—33页。
  ④ [宋]叶适:《巽岩集序》,《水心文集》卷一二,刘公纯等点校:《叶适集》,第210页。
  ⑤ [金]赵秉文:《性道教说》,《闲闲老人滏水文集》卷一,第3—4页。

可能模糊苏洵、苏辙文章的经典意义,而且难以全面、准确地理解"苏学"的含义。在 12—13 世纪,已有许多人留意"三苏"的区别。

苏辙之孙苏籀较早关注到了这一问题。他在《栾城遗言》中以祖父苏辙的视角,记述了苏氏兄弟在文章风格、学术思路上的区别。在作文方面,苏籀记载了苏辙所说"子瞻之文奇,予文但稳耳"①,以及刘邠(1022—1088)对苏辙所作"训词"的评价"君所作强于令兄",等等②;在治学理路方面,苏籀有过这样一段记载:

先王议事以制,不为刑辟。东坡有人法兼用之说,公以为敕令不可不具。二公之论不同。坡外集有《策题》一首,乃此意。③

这段话标示了苏氏兄弟在政治、历史观念上的差异。该书还记载了二人在经学研究上的思路差异,例如这段材料:

公少年与坡公治《春秋》。公尝作论,明圣人喜怒好恶,讥《公》《穀》以日月土地为训,其说固自得之。元祐间,后进如张大亨嘉父亦攻此学,大亨以问坡,坡答书云:"《春秋》儒者本务,然此书有妙用,学者罕能领会,多求之绳约中,乃近法家者流,苛细缴绕,竟亦何用。惟邱明识其用,终不肯尽谈,微见端兆,欲使学者自求之。故仆以为难,未敢轻论也。"④

即讲述了苏轼、苏辙研读《春秋》时的不同侧重。

---

① [宋]苏籀:《双溪集·附遗言》,第 215 页。
② 同上书,第 216 页。
③ 同上书,第 222 页。
④ 同上书,第 214 页。

此外，朱熹在与弟子的交谈中提到过自己对"三苏"文章风格相近与区别之处的理解，在苏轼之外提及苏洵较多，例如：

> 东坡文字明快。老苏文雄浑，尽有好处。
> 老苏父子自史中《战国策》得之，故皆自小处起议论。
> 老苏之文高，只议论乖角。
> 老苏文字初亦喜看，后觉得自家意思都不正当。以此知人不可看此等文字，固宜以欧、曾文字为正。东坡、子由晚年文字不然，然又皆议论衰了。东坡初进策时，只是老苏议论。①

这些话点出苏洵文章的价值在于其"雄浑"的特色，并对苏轼散文风格的形成具有影响；但是苏洵的文风具有纵横家气，其思想也包含了与儒学正统观念的轩轾之处。相比之下，朱熹并未从文学审美的角度对苏辙的文章做出较高评价：

> 道夫问："看老苏文，似胜坡公。黄门之文，又不及东坡。"曰："黄门之文衰，远不及，也只有《黄楼赋》一篇尔。"
> 或问："苏子由之文，比东坡稍近理否？"曰："亦有甚道理？但其说利害处，东坡文字较明白，子由文字不甚分晓。要之，学术只一般。"②

朱熹对苏辙文章的关注重点，主要是学术思想而非语言审美。他曾与学生谈及《古史》：

---

① ［宋］黎靖德编，王星贤点校：《朱子语类》卷一三九，第 3306、3307、3311 页。
② 同上书，第 3312、3313 页。

> 道夫因问黄门《古史》一书。曰:"此书尽有好处。"道夫曰:"如他论西门豹投巫事,以为他本循良之吏,马迁列之于滑稽,不当。似此议论,甚合人情。"曰:"然。《古史》中多有好处。如论《庄子》三四篇讥议夫子处,以为决非庄子之书,乃是后人截断《庄子》本文换入,此其考据甚精密。由今观之,《庄子》此数篇亦甚鄙俚。"①

另外,《朱文公文集》卷七二中有《古史余论》一文,肯定了该书的存在价值:

> 近世之言史者,惟此书为近理,而学者忽之。予独爱其序言:"古之帝王,皆圣人也。其于为善,如水之必寒、火之必热;其于不为不善,如驺虞之不杀,窃脂之不谷。"非近世论者所能及。而所论史迁之失,以为"浅近而不学,疏略而轻信",亦中其病。②

并且,朱熹认为苏辙虽然在义理上未臻完美,但毕竟胜过苏轼,称"若长公之《志林》,则终身不能有以少变于其旧,又不逮其弟远矣"③。这就将苏轼、苏辙在史学的维度上做了对比。此外,学宗朱熹的楼钥(1137—1213)在《王文定公内外制序》中引录"苏长公才气迈往,不可强追轨躅;少公沉厚尔雅,尚庶几焉"一句④,认可苏辙的文章比苏轼更具有摹拟、借鉴的价值。

生活于13世纪中后期、自南宋入元的吴澄、刘埙对"三苏"的

---

① [宋]黎靖德编,王星贤点校:《朱子语类》卷一三九,第3312页。
② [宋]朱熹:《古史余论》,刘永翔、朱幼文校点:《晦庵先生朱文公文集》卷七二,朱杰人等主编:《朱子全书》,第24册,第3496页。
③ 同上书,第3500页。
④ [宋]楼钥:《王文定公内外制序》,顾大朋点校:《楼钥集》卷四九,浙江古籍出版社2010年版,第922页。

区别有更深入的思考。吴澄将北宋的散文经典列举为"欧阳、苏（洵）、曾、王、苏（轼）"五家，且称"明允雄浑奇峭，永叔拟以荀卿，直跻之周秦间；子瞻长江大河，一泻千里，评者曰：'子瞻之文非明允之文也。'"①这段话强调苏洵散文的艺术典范性不应被苏轼所掩盖，但并未提及苏辙之文。刘壎在《隐居通议》中对"三苏"有专门解释：

> 三苏皆得谥文：老泉文安、东坡文忠、颍滨文定。森然鼎峙，为一代文宗。老泉之文豪健，东坡之文奇纵，而颍滨之文深沉，差不逮其父兄，故世之读之者鲜焉。惟进卷中《历代论》，如夏、商、三国、东晋数篇，却自精妙有味。他作如《御风词》，超然特出者甚少。然其所作《古史》，则议论高绝，又非坡所及。②

这段话在概括"三苏"区别之余，突出肯定了苏辙史学文章、著作中"议论"成分的卓越价值，与朱熹、吴澄的观点皆近似，也与前文所列三部"三苏"文选本的编选思路有相通之处。

通过对这一时期内散文选本和批评话语中"三苏"并称现象的分析，可知"三苏"散文的并称在相当程度上基于知识精英对"苏学"的接受。同时，也有很多人留意到"三苏"的区别，特别是苏洵、苏辙散文的独特价值。接下来，将分别考察苏洵、苏辙散文在这一时期的经典化历程及其意义。

二、苏洵散文的多重解析：对"苏学"本源的认可

苏洵的知识结构侧重史学，欧阳修在为苏洵所作墓志铭中记

---

① ［元］吴澄：《刘尚友文集序》，李修生主编：《全元文》卷四八六，第 14 册，第 367—368 页。

② ［元］刘壎：《隐居通议》卷一五，第 158—159 页。

录了其青年时读书求学的经历:

> 大究六经、百家之说,以考质古今治乱成败、圣贤穷达出处之际,得其粹精,涵畜充溢,抑而不发。①

进而评价其为文:

> 由是下笔,顷刻数千言,其纵横上下,出入驰骤,必造于深微而后止。盖其禀也厚,故发之迟,志也悫,故得之精。自来京师,一时后生学者皆尊其贤,学其文以为师法。以其父子俱知名,故号老苏以别之。②

曾巩在《苏明允哀辞》中评价苏洵为文成就时,从其语言与内容两个方面入手,在谈及语言特色时说道:

> 盖少或百字,多或千言,其指事析理,引物托喻,侈能尽之约,远能见之近,大能使之微,小能使之著,烦能不乱,肆能不流。其雄壮俊伟,若决江河而下也;其辉光明白,若引星辰而上也。③

评述其文章内容时说:

> 明允每于其穷达得丧,忧叹哀乐,念有所属,必发之于

---

① [宋]欧阳修:《故霸州文安县主簿苏君墓志铭并序》,《居士集》卷三四,洪本健校笺:《欧阳修诗文集校笺》,上海古籍出版社2009年版,第902页。
② 同上书,第902—903页。
③ [宋]曾巩:《苏明允哀辞》,陈杏珍、晁继周校点:《曾巩集》卷四一,中华书局1984年版,第560页。

此。于古今治乱兴坏,是非可否之际,意有所择,亦必发之于此。①

南北宋之交的李良臣(生卒年不详)在追溯苏洵成名过程时也提到"眉山有巨儒苏洵者,以高明博大之学崛起于千百载间,众莫孰何之"②。苏洵以史学为主的知识体系,与欧阳修、曾巩等立志于接续韩愈一脉儒学道统精神的古文家有相当的区别,其文章成就也集中体现于纵横驰骋的凌厉气质以及对"古今治乱兴衰、是非可否"的反思心得。由此,苏轼、苏辙兄弟以及苏门后学的文学路径,都是在苏洵所奠定的学术基础上的继续发展。刘克庄(1187—1269)曾说"颢颐理学,本珣之贤;轼辙文宗,亦洵之教"③。直至明代中叶,茅坤在《唐宋八大家文钞·老泉文钞引》中说道:

> 苏文公崛起蜀徼,其学本申、韩,而其行文杂出于荀卿、孟轲及《战国策》诸家,不敢遽谓得古六艺者之遗,然其镌画之议,幽悄之思,博大之识,奇崛之气,非近代儒生所及。要之韩、欧而下与诸名家相为表里,及其二子继响,嘉祐之文,西汉同风矣。予读之,录其书状十四首,论三十七首,记四首,说二首,引二首,序一首,厘为十卷。④

可知11、12世纪以来对苏洵散文文化内涵的理解具有历史的延

---

① [宋]曾巩:《苏明允哀辞》,陈杏珍、晁继周校点:《曾巩集》卷四一,第560页。
② [宋]李良臣:《雅州雷苏贤范堂记》,曾枣庄、刘琳主编:《全宋文》卷三一四二,第146册,第49页。
③ [宋]刘克庄:《通议大夫守刑部侍郎兼国子祭酒兼侍读江万里弟承议郎新差充提领犒赏酒库所主管文字万顷封赠父母:故父烨任奉议郎致仕已赠朝请今拟赠奉直大夫(制)》,辛更儒笺校:《刘克庄集笺校》卷七二,中华书局2011年版,第3333页。
④ [明]茅坤:《老泉文钞引》,《唐宋八大家文钞》,上海古籍出版社1993年版,第2册,第302页。

续性。

在这一基础上,南宋之后的知识精英还以多种视角对苏洵散文的整体特色及具体篇目做了深入解读,包括对苏洵文章主旨的阐释与摹拟,对其写作技法的提炼与总结,以及对其气质个性的感知与赞赏。

1. 对苏洵文章主旨的阐释与摹拟

吕祖谦《东莱标注老泉先生文集》以经学论、史学论和"权书""衡论""几策"为专题依次排列苏洵的策论文章。对于全部文章的主旨,吕祖谦都在目录的标注中做了概括,例如将三篇"史论"组文的立意分别概括为"论经史体不相沿用实相资","论迁、固兼道法之体有四","论迁、固、范晔、陈寿之失",将《訾妃论》主题概括为"论《史记》载简狄吞卵、姜嫄践迹之妄"①。这既体现了吕祖谦研读苏洵文章的心得,也为阅读者理解文意提供了指引。

《文粹》的编选者也关注到苏洵史论文章的单篇主题以及篇章之间的立意关联性,从而在目录上做了重新的排列和归类。该书在将"权书""衡论"组文悉数收录的基础上,又根据内容和主旨的特殊性对一些文章重新编排——包括把《子贡》《六国》《孙武》《高祖》《项籍》五篇文章摘出,分别编入"圣贤论""列国君论""列国臣论""历代君论""历代论"这些专题;将《管仲论》从《嘉祐集》的"杂论"转至"列国臣论"中,将探讨史书编写法则与尺度的《訾妃论》与三篇《史论》共同编入"史论"这一新的专题。这些选本通过对文章的编排,着力使读者更准确、便捷地了解苏洵散文的内容与思想。

此外,辛弃疾(1140—1207)的重要文章《美芹十论》也被视为苏洵政论文影响下的产物。刘克庄《辛稼轩集序》中评价其"笔势

---

① [宋]吕祖谦:《东莱标注三苏文集·老泉先生文集纲目》。

浩荡，智略辐凑，有《权书》《衡论》之风"①，认为这十篇兵政文章在组合方式和写法上都借鉴了苏洵的文风。例如，《美芹十论》的首篇《审势》与苏洵的文章同题，在内容主旨上也有相似之处——苏洵建言统治者应果断施行强势政治，辛弃疾则建议帝王找准北方劲敌的软肋强势出击②。

不过，由于"苏学"与儒家正统思想间的明显差异，苏洵的散文也自然成为理学精英批判、质疑的主要对象。朱熹在肯定苏洵文章气势的同时批评其意思"不正当"，为北方的士大夫所赞同，例如王若虚曾列举《谏论》一文批评道：

> 老苏《谏论》曰：苏秦、张仪，吾取其术，不取其心；龙逢、比干，吾取其心，不取其术。予谓挟仪、秦之术者必无逢、干之心，存逢、干之心者固无事乎仪、秦之术也。苏氏喜纵横而不知道，故所见如此。③

这一批判式的解读，也为苏洵散文的经典化注入了反思性的因素，并延及后世。

2. 对苏洵文章写作技法的提炼总结

如前文所述，朱熹及其弟子对苏洵散文的笔法颇多赞扬，而吕祖谦在其《古文关键》中则有更为具体的解析。该书收录了苏洵的三篇史论，吕祖谦分别点评道：

> 《高祖论》：此篇须看抑扬、反复、过接处，将无作有，以虚为实。

---

① ［宋］刘克庄：《辛稼轩集序》，辛更儒笺校：《刘克庄集笺校》卷九八，第4112页。
② 参见［宋］辛弃疾《美芹十论·审势第一》，邓广铭辑校审订，辛更儒笺注：《辛稼轩诗文笺注》，上海古籍出版社1995年版，第7—8页。
③ ［金］王若虚：《议论辨惑》，《滹南遗老集》卷三〇，第3页。

> 《春秋论》：此篇须看首尾相应、枝叶相生，如引绳贯珠，大抵二节未尽，又生一节。别人意多则杂，惟此篇意多而不杂，六句应接得紧切，自此振发。"公""私"二字是一篇本意。
>
> 《管仲论》：老苏大率多是权书，惟此文句句的当。又云前亦可学，后不可到。此篇义理的当，抑扬反[复]及警策处多。①

苏洵史论文具有丰富的知识含量，能够在描述历史场景与辨析现实义理之间自然、灵活地转换，由此形成其最为突出的典范特质。类似的解读，还可见于谢枋得《文章轨范》当中，比如对《高祖论》：

> 此论因高祖命平、勃即军中斩樊哙事有所见，遂作一段文字。知有吕氏之祸，而用周勃不去吕后二事，皆是穷思积虑，刻苦作文，非浅学所到，必熟读暗记，方知其好。
>
> 此篇以高帝命平、勃即军中斩樊哙一事立一篇议论。斩樊哙如一篇题目；命周勃为太尉一事，如论之原题。高帝不去吕后者，正为惠帝计，斩樊哙可以去吕氏之党，制吕氏之变，论之主意。②

这类阐释将解读文意与概括技法相互结合，也将苏洵文打造成为指导后学写作的典范文本。

3. 对苏洵文章气势个性的感知与赞赏

活动于宋度宗年间(1265—1274)的胡次焱(？—1306)在《跋辋轩唱和诗集》中说道：

---

① 此三段材料，参见[宋]吕祖谦《增注东莱吕成公古文关键》卷九、卷一〇，中华再造善本，北京图书馆出版社 2004 年版。

② [宋]谢枋得《叠山先生批点文章轨范》卷三"小心文"，据国家图书馆藏元刻本影印，中华再造善本，北京图书馆出版社 2005 年版。

第三章 "苏学"的深度阐释

> 南渡前,说诗文家必曰苏、黄;南渡后,说道学家必曰朱、张。老苏雄词健笔,成一家言,虽无坡、颖,无伤也。①

这段话说明,老苏文因其磅礴的气势以及独立的见解,拥有了可以不依托苏轼、苏辙而单独存在的经典价值。

此外,李焘之子李壁(1157—1222)还曾上书宋宁宗(1195—1224年在位),试图使苏洵的文章成就得到朝廷的追认。他在《乞与苏洵定谥札子》中这样回顾苏洵的文化贡献:

> 苏洵学综六艺,词杂百家,通于王政,达于权事。方时燕安,中外以兵为讳,洵独著书极论为国之大计与制虏之长策,皆指事切理,不为空言。故欧阳修一见太息,比之荀卿,而韩琦亦谓虽贾谊不能过。独王安石恶其异己,指为战国纵横之流,天下不以为然也。晚沾一命,订礼容台,浸乡于用,不幸赍志没地。独其书伟然配况、雄以传,而琦尤加器重,以为"文追典诰,论极皇王"。自斯言之出,学者益以尊信,非若专门浅局之士,好高泥古,于用则疏者之比也。②

李壁的这段话基本上集中概括了当时人对苏洵散文的赞誉,但他的提议终未得到上层的认可而不了了之。尽管苏洵在文章中体现了充足的文化品格,在士人群体中获得了不少赞誉,但终未如苏轼一般被帝王亲自标举为道德垂范。

苏洵的文章被认可为"苏学"的本源,但其被褒扬、解读与传

---

① [宋]胡次焱:《跋辙轩唱和诗集》,曾枣庄、刘琳主编:《全宋文》卷八二四四,第356册,第127页。

② [宋]李壁:《乞与苏洵定谥札子》,曾枣庄、刘琳主编:《全宋文》卷六六八四,第293册,第374—375页。

播的力度都明显逊于苏轼。这一情形亦属正常,因为苏洵散文传世的数量远少于苏轼,其本人的仕宦生涯也相对短暂;苏洵虽精于史学,但由于未参加过制科的考试,也就未能留下规模较大、体系相对完整的历史朝代及人物专论,因此他也难以充分践行在《史论》等文中提出的、关于史学文章的写作理念。尽管如此,在南宋金元时期,以吕祖谦为代表的一批士大夫仍通过文章选本的编纂与各种散见的评论,将其建构为多重维度的文学经典。

三、苏辙散文经典化:"苏学"与理学的折中

苏辙的文章和著作,将"三苏"史论的学术成就提升至新的高度。苏洵、苏轼的史论文章大多作于壮年时期,且与其仕宦生涯有较为密切的关联;而苏辙不仅在嘉祐五年(1060)与苏轼"同举制科"时写作了 50 篇策论(其中包含 15 篇历史朝代、人物专论,后被编入《栾城应诏集》),更在 24 年后(1084)开始编写体系完备的 60 卷著作《古史》,写作时间直至绍圣二年(1095)[①]。《古史》以纪传体的形式展开,在体例和观点上都对《史记》做了修正,其论赞中的一些观点(包括《殷本纪》等篇)沿袭了他青年时期在应制文中的主张。此后,苏辙还写作了 5 卷(45 篇)短文,谈论历史上的人物和兵政、地理,合称"历代论"。在"历代论"引言中,苏辙写道:

> 予少而力学。先君,予师也。亡兄子瞻,予师友也。父兄之学,皆以古今成败得失为议论之要……仕宦之余,未尝废书,为《诗》、《春秋》集传,因古之遗文,而得圣贤处身临事之微意,喟然太息,知先儒昔有所未悟也。其后复作《古史》,

---

[①] 参见孔凡礼《苏辙年谱》卷二、卷一〇、卷一八,学苑出版社 2001 年版,第 31、275、545 页。

所论益广，以为略备矣。元符庚辰，蒙恩归自岭南，卜居颍川。身世相忘，俯仰六年，洗然无所用心，复自放图史之间。偶有所感，时复论著……心之所嗜，不能自已，辄存之于纸。①

这段话已清晰说明，"历代论"的写作目的不同于被收入《栾城应诏集》中的应制策论文，它记载了苏辙晚年写作《古史》之后继续梳理、总结一生治学心得的收获。

这些文章，以及《古史》中的绝大多数论赞，都在12、13世纪理学思想深入发展的百余年中被标举为经典。《重广分门三苏先生文粹》《重广眉山先生三苏文集》和《东莱标注三苏文集》都注意到了这些文章的价值。吕祖谦在其标注的《颍滨先生文集》的纲目中，对它们的主旨也都做了概括②。直至明代，茅坤收录于《颍滨文钞》的20卷苏辙文中，也包含了"诸论及历代古史名论八十二首"③，这一数量远高于其他文体的文章。这类文章大多篇幅较短，是针对某一历史人物、历史事件观点的直接记录，尤其《古史》的论赞更是从史传原文中提取出的局部精华，有时只有寥寥几句，不可能如二苏早年的进卷策论那样，借由历史朝代、人物的从某一特性，用较长的篇幅、严密的逻辑推论来阐述另外的主旨④。另外，吕祖谦标注《三苏文集》时对苏辙《古史》"历代论"中的系列

---

① ［宋］苏辙：《历代论引》，《栾城后集》卷七，陈宏天、高秀芳点校：《苏辙集》，第958页。
② ［宋］吕祖谦：《东莱标注三苏文集·颍滨先生文集纲目》。
③ ［明］茅坤：《颍滨文钞引》，《唐宋八大家文钞》，第2册，第719页。
④ 二苏进卷策论文的这一特性，可以借用朱刚的直观论述："虽然同是史论，主题实际上非常多样化，而且前后并无统一的思路……像《秦始皇帝论》是强调'礼'的必要性，《汉高帝论》则讨论臣下应如何向君主进言，《周公论》辨文王、周公不'称王'，《管仲论》讲兵法，《子思论》讲立论的方法问题，《荀卿论》批评异说高论之害，《贾谊论》谈处世之道，《扬雄论》探讨'性'的善恶，等等，他不是从某种确定的原则、标准出发去评议历代人物，而是每篇都选取不同的视角，抓住历史人物的不同方面，展开各具特色的论旨。"（朱刚：《唐宋"古文运动"与士大夫文学》第四章，复旦大学出版社2013年版，第284—285页。）

论赞文章都有收录,但《古文关键》却未予采录,而将关注的视角主要投向了苏洵、苏轼的作品,因为后者具有引人注目的"格制"或"体制"。可知苏辙散文的经典价值侧重于知识内容而非笔法技巧,这也印证了朱熹、刘埙对他的评价。

在这一时期,肯定苏辙《古史》的学术价值,认为它体现了苏辙文章、学术最高水平者亦不乏其人。比如李壁在《苏子由〈古史〉跋》中说:

> 士固有夙怀精识,自其少年便自超卓,至于终身不能以易者。观苏黄门应制五十篇之文,首论夏商周,考其年甫逾冠耳,而其辞已闳诣如此。逮晚谪官,续成《古史》,乃系以前论,止附益数言,岂非理之所到,初无老少之异乎?①

李壁的这段表述肯定了苏辙卓越的史识与史才,并将其与苏辙青年时期的创作成就合而观之。另外,黄震在《黄氏日抄》中将自己阅读欧阳修、苏轼、王安石散文的心得都归入"读文集"的单元,而他所关注的苏辙文章仅限于《古史》,故将其编入"读杂史"的专题中。可见,南宋金元时期的士大夫主要以史学经典的视角来看待以《古史》为代表的苏辙文章。

南宋金元时,也有很多理学家对苏辙的一些历史论断提出了质疑。受朱熹《古史余论》影响,另一名理学研习者陈天瑞写成《古史要略》一书,被朱学再传王柏称赞为"以苏氏《古史》为题,占地步以甚阔;以朱子《余论》为主,立门户以甚正"②。王柏在给陈天瑞的回信中也详述了自己阅读《古史》的体会,列举了《鲁世家》

---

① [宋]李壁:《苏子由〈古史〉跋》,曾枣庄、刘琳主编:《全宋文》卷六六八五,第293册,第390页。
② [宋]王柏:《复天台陈司户》,《鲁斋王文宪公文集》卷八,台湾学生书局1979年版,第299页。

《晋世家》《管仲传》《孔子传》《乐毅传》等篇目中存在的立场与观点问题,但同时也称许了《伯夷传》的论赞为"实以夫子之言,此为最淳,其论亦简明,抑扬顿挫,有余味也"①。王柏认为,陈天瑞对《古史》的批判虽"其间亦尚有些小徇苏处",但总体上"识见迥特,议论淳正,比苏氏尤为峻洁",并建议他将书名改为《信古录》②。

陈天瑞、王柏对《古史》的分析与批判都贯彻了朱熹理学的视角,这一批判也可以被看作是一种"反经典"的态度。"反经典"是"经典化"过程中难以避免的一部分,它从侧面印证了批判对象所拥有的广泛影响力,也使得文学作品在对话、争论的语境和多元的解读视角中得到更有力的传播③。苏辙的史论并不包含类似苏轼"武王非圣人"之类引起强烈争议的观点,但他的一些主张仍难以符合理学家的正统眼光。比如苏辙在《历代论·荀彧》中认为,荀彧期望曹操等待时机成熟之后顺势取代东汉,而不应主动出击以暴露篡权的痕迹:

文若之意,以为劫而取之,则我有力争之嫌,人怀不忍之志,徐而俟之,我则无嫌而人亦无憾。要之必得而免争夺之累,此文若之本心也。惜乎!曹公志于速得,不忍数年之顷,以致文若之死。④

苏辙对荀彧的肯定、同情,很难获得理学家正统思想的认可。例如,眉州人史尧弼(1118—约1157)虽然认同苏辙对荀彧的分析,

---

① [宋]王柏:《复天台陈司户》,《鲁斋王文宪公文集》卷八,台湾学生书局1979年版,第305页。
② 同上。
③ 参见吴承学、沙红兵《中国古代文学的经典与反经典》,《文史哲》2010年第2期。
④ [宋]苏辙:《历代论·荀彧》,《栾城后集》卷九,陈宏天、高秀芳点校:《苏辙集》,第977页。

但评价的立场截然两样:

> 盖世有操刀而戕人者,而彼又教以徐毙之,使人莫之觉,抑又甚矣。语曰:"兵莫惨于志,莫邪为下。"今必以情而听小大之狱,则荀彧之罪当加于曹操之一等矣。①

史尧弼谴责荀彧忠于曹操的立场,也在实质上反对了苏辙的态度。朱熹也不支持苏辙对荀彧的同情,称"考其议论本末,未见其有扶汉之心也,其死亦何足悲"②。金代王若虚也有近似的主张:

> 苏子由论曹操曰,使其主盟诸夏而不废旧君,上可以为周文王,下犹不失为桓、文公。不能忍而甘心于九锡之事,此荀文若之所以为恨也……嗟夫!……意则善矣,抑不思彼三贼(曹操、王敦、朱温——引者注)者,可以是而望之乎?书生之迂阔如此。③

在理学的视域中,苏辙对历史人物的论断得到重新审视。

然而,与苏洵、苏轼相比,苏辙的文章特色与理路毕竟与儒学正统思想更为接近。淳熙三年(1176)四月,章谦(生卒年不详)在为苏辙申请谥号的奏议中概括其文章特色和价值道:

> 观公少年擢两科,与其父兄俱以文名世。而公之文汪洋澹泊,深醇温粹,似其为人。文忠尝称之,以为实胜己。其所

---

① [宋]史尧弼:《荀彧论》,曾枣庄、刘琳主编:《全宋文》卷四八三二,第218册,第61页。
② [宋]朱熹:《答潘叔昌(书杜生二论复)》,刘永翔、朱幼文校点:《晦庵先生朱文公文集》卷四六,朱杰人等主编:《朱子全书》,第22册,第2145页。
③ [金]王若虚:《议论辨惑》,《滹南遗老集》卷三〇,第3—4页。

为诗、骚、铭、颂、书、记、论、训,与夫代言之作,率大过人……其后作《古史》,所论益广,以删补子长杂乱残缺之失。书成抚之而叹,自谓得圣贤处身临事之微意。末复论著历代,大抵以考古今成败得失为要,不务空言。此其道德博闻之渊源者,如是可不谓文乎?①

"深醇温粹""道德博闻"的特色都紧密契合了儒家正统的文艺主张。章谦据此认为苏辙可被谥为"文定"。一个月后,何万(生卒年不详)对此复议,表示"按谥法,文之义十有八,道德博闻莫如公优;定之义有九,安民大虑莫如公称,乃请谥文定"②。宋孝宗也认同了他们对苏辙文章的评价,并亲自称赞"子由之文平淡而深造于理",更着手安排了《栾城集》的校勘③。不过,孝宗评价苏轼、苏辙文章的区别亦由此显现,他对东坡文中蕴含的学问、气节都由衷钦佩,而对苏辙文的肯定集中在"深造于理"这一特色。

苏辙史论与儒家正统观念的切合之处,也得到了理学家的承认。朱熹批评过《古史》中的一些问题,但仍称赞该书较符合"义理":

唯苏黄门作《古史序》,篇首便言古之圣人其必为善,如火之必热,水之必寒;不为不善,如驺虞之不杀,窃脂之不谷,于义理大纲领处见得极分明、提得极亲切。虽其下文未能尽

---

① [宋]章谦:《苏辙谥议》,曾枣庄、刘琳主编:《全宋文》卷五八二九,第259册,第194—195页。
② [宋]何万:《苏辙覆谥议》,曾枣庄、刘琳主编:《全宋文》卷五七一四,第254册,第262页。
③ 苏辙四世孙苏森开禧三年(1207)正月在《栾城集跋》中引用孝宗的话,"孝宗皇帝玉音问曰:'子由之文平淡而深造于理。《栾城集》天下无善本,朕欲刊之。'"(曾枣庄、刘琳主编:《全宋文》卷六七〇七,第294册,第354页。)

善，然只此数句已非近代诸儒所能及矣。①

与苏洵、苏轼散文相比，苏辙的史论文时常在议论中融入"道德""天理"等话题。例如"历代论"组文中的四个片段：

> 古之贤君，必志于学，达性命之本而知道德之贵，其视子女玉帛与粪土无异，其所以自养，乃与山林学道者比，是以久于其位而无害也。（《三宗》）
>
> 然此二者，皆人情之所不能忍也。忍之近于弱，不忍近于强，而武能忍之。晋、楚不争，而诸侯赖之。故吾以为武有仁人之心二焉。凡晋之所以不失诸侯，而赵氏之所以卒兴于晋者，由此故也。《春秋》书宋之盟，实先晋而后楚。孔子亦许之欤！（《知莹赵武》）
>
> 《语》曰："君子学道则爱人，小人学道则易使。"故人必知道而后知爱身，知爱身而后知爱人，知爱人而后知保天下。故吾论三宗享国长久，皆学道之力。至汉昭帝，惜其有过人之明，而莫能导之以学。故重论之，以为此霍光之过也。（《汉昭帝》）
>
> 凡此皆不知道之过也。苟不知道，则凡所施于世，必有逆天理，失人心，而不自知者。故楚昭王惟知大道，虽失国而必复。太宗惟不知道，虽天下既安且治，而几至于绝灭。孔子之所以观国者如此。（《唐太宗》）②

其中，《汉昭帝》一文中评价霍光的视角，与苏轼的《霍光论》有相

---

① ［宋］朱熹：《答赵几道》，刘永翔、朱幼文校点：《晦庵先生朱文公文集》卷五四，朱杰人等主编：《朱子全书》，第 23 册，第 2574 页。

② 此四段材料，参见［宋］苏辙《栾城后集》卷七、卷八、卷一〇，陈宏天、高秀芳点校：《苏辙集》，第 960、964、970、998 页。

当大的区别①。苏辙在史论中强调"道"的意义,这一评析历史的视角确与理学家接近。再如《古史》中的两段论赞:

> 武王以大义伐商,而伯夷、叔齐亦以义非之,二者不得两立,而孔子与之,何哉?夫文、武之王,非其求而得之也,天下从之,虽欲免而不得。纣之存亡,不复为损益矣。文王之置之,知天命之不可先也;武王之伐之,知天命不可后也。然汤以克夏为惭,而孔子谓武未尽善,则伯夷之义岂可废哉?(《伯夷列传》)
>
> 周衰,礼义不明,而小人奋身以犯上,相夸以为贤,孔子疾之。齐豹以卫司寇杀卫侯之兄絷,蔡公孙翩以大夫弑其君申,《春秋》皆以盗书而不名,所谓求名而不得者也。太史公传刺客凡五人,皆豹、翩之类耳,而其称之不容口,失《春秋》之意矣。(《刺客列传》)②

这些论断都基于儒学正统立场,修正了司马迁《史记》中引发争议的一些主张。这种以正统道德观反思历史的视角,在 13 世纪得到了理学家黄震的认可。针对上述两段文章,黄震分别评价道:

> 虽夫子发言之意未必尽,然而旨意则过史迁矣。(《伯夷传》)
>
> 呜呼伟哉!惜不并四人者删之耳。彼凶愚小人,狂感轻生,何足垂世而以传为?虽曰豫让,去在报君,然所事智伯者

---

① 苏轼认为,霍光因其"才不足而节气有余"而得到汉武帝的信任,并保住汉代江山的安稳。(参见[宋]苏轼:《霍光论》,孔凡礼点校:《苏轼文集》卷四,第 109 页。)
② [宋]苏辙:《古史》卷二四、卷五九,《四库全书珍本》,台湾商务印书馆 1971 年版,第 92—94 册。

何人？其执迷至死。晏子有言，君为社稷死则死之。(《刺客传》)①

可见苏辙文章的思想在一定程度上拉近了史学与道学的间距。

苏门弟子陈师道在《答李端叔书》中写道"两公之门，有客四人：黄鲁直、秦少游、晁无咎，长公之客也；张文潜，少公之客也"②，这意味着苏氏兄弟拥有各自的师承体系。观察秦观、张耒(1054—1114)两人针对司马迁、韩愈的同题写作，即可感受到他们在不同师承下所形成的思想差异。秦观在评价司马迁时质疑班固的批评，称"先黄老而后六经，求古今搢绅先生之论，尚或有之。至于退处士而进奸雄，崇势利而羞贫贱，则非闾里至愚极陋之人不至是也，孰谓迁之高才博洽而至于是乎？以臣观之不然，彼实有见而发、有激而云耳"③，这是站在司马迁的立场为其回护；然而张耒对司马迁却以批判为主，称"且方李陵之降，其为汉与否未可知，而迁独激昂不顾出力辩之如此，几于愚乎！与夫时然后言，片言解纷者异矣。不知其失，而惑夫道之是非，何哉？至怨时人之不援己为祸，而拳拳于晏子，迁亦浅矣！迁亦浅矣"④，这实质上与班固对司马迁"是非颇谬于圣人"的品评暗合。对于韩愈，秦观在《韩愈论》中力赞其"钩列、庄之微，挟苏、张之辩，摭班、马之实，猎屈、宋之英，本之以《诗》《书》，折之以孔氏……集诗文之大成者欤"⑤；张耒对韩愈则有"韩退之以为文人则有余，以为知道则

---

① [宋]黄震：《慈溪黄氏日抄分类》卷五一。
② [宋]陈师道：《答李端叔书》，《后山居士文集》卷一〇，上海古籍出版社1984年版，据北京图书馆藏宋刻本影印，第3页。
③ [宋]秦观：《司马迁论》，徐培均笺注：《淮海集笺注》卷二〇，第700页。
④ [宋]张耒：《司马迁论上》，李逸安等点校：《张耒集》卷四一，中华书局1989年版，第664页。
⑤ [宋]秦观：《韩愈论》，徐培均笺注：《淮海集笺注》卷二二，第751—752页。

不足……愈于道本不知其何物,故其言纷纷异同而无所归"的批评①,这一视角与理学家近似。由此可知秦观、张耒分别作为苏轼、苏辙的弟子,他们评价历史人物的视角、观念因师门教育、影响的不同而显出了差异;受苏辙影响较多的后学在思想上更契合正统的儒家道德观,从而更易获得理学家的认可。

苏辙从道德、心性视角出发评析历史人物的思路,在活动于12世纪以后且拥有"苏学"背景的一些理学家的著述中也有体现。比如《南轩学案》的张栻(1133—1180),与父亲张浚同属《赵张诸儒学案》②,而张浚则直接受教于苏辙族孙苏元老(约1078—约1124),因此张栻可谓苏门之再传③。张栻的很多史论秉持道学视角,且与苏辙的观点多有异曲同工之妙。比如他对霍光的评价:

> 霍光天资重厚,故可以当大事,而其所以失,则由于不学之故也……予谓人才如光辈,学者要当观其大节,先取其所长而后议其所蔽,反身而察焉,则庶几为蓄德之要。不然,所论虽似高,亦为虚言而已矣。④

就类似苏辙《历代论·汉昭帝》中的主旨。再如,苏辙评价东汉的陈蕃道:

> 蕃一朝老臣,名重天下,而猖狂寡虑,乃与未尝更事者

---

① [宋]张耒:《韩愈论》,李逸安等点校:《张耒集》卷四一,第677页。
② 参见[清]黄宗羲编纂,[清]全祖望增补,陈金生、梁运华校《宋元学案》卷四四《赵张诸儒学案》,第1409页。
③ 参见[元]脱脱等《宋史》卷三三九,第10835页;[清]黄宗羲编纂,[清]全祖望增补,陈金生、梁运华校《宋元学案》卷九九《苏氏蜀学略》,第3273页。
④ [宋]张栻:《霍光得失班固所论之外尚有可议否论》,曾枣庄、刘琳主编:《全宋文》卷五七三七,第255册,第324页。

比,几乎暴虎冯河,死而无悔者,斯岂孔子所谓贤哉!①

张栻评价东汉党锢之祸的立场及结论几乎与此完全相同:

> 东京党锢诸君子,盖嘉其志之美而惜其所处之未尽,重其天资之高而叹其于学有所未足也……然惟其未知从事于圣门也,故所行虽正,立节虽严,未免发于意气之所动,而非循乎义理之安,出于恶其声之所感,而未尽夫恻隐之实。处之有未尽,固其宜也,岂非于学有所不足欤?②

这也近似于吕祖谦在《考古论·萧望之》篇的论点:

> 是望之死生,实汉室之所由存亡也。望之纵不自惜,独不为汉惜乎?又况望之素以大儒自处,一旦临事,乃自经沟渎,与田光、侯嬴之徒比,岂天之弃汉而夺其魄耶?③

吕祖谦解读《左传》的著作《东莱左氏博议》也试图用道学观念解析历史。吕祖谦致力于"三苏"散文的推广、传播,其本人亦被时人视作欧、苏、曾古文传统在南渡之后的接续者,也被认为在"会融"程、苏之"谈理"与"论文"之学方面有所贡献④。苏辙散文的价值较多集中于史论,他以道德、心性视角解析历史的治学理路不

---

① [宋]苏辙:《历代论·陈蕃》,《栾城后集》卷八,陈宏天、高秀芳点校:《苏辙集》,第976页。
② [宋]张栻:《党锢诸贤得失如何论》,曾枣庄、刘琳主编:《全宋文》卷五七三八,第255册,第334页。
③ [宋]吕祖谦:《考古论·萧望之》,黄灵庚、吴战垒主编:《吕祖谦全集》,第1册,第952—953页。
④ [宋]吴子良:《筼窗续集序》,曾枣庄、刘琳主编:《全宋文》卷七八六三,第341册,第19—20页。

仅为张栻、吕祖谦等人传承并借鉴，也给他们弥合苏学与理学的学术差异提供了可能。

概而言之，苏辙散文的经典属性相对单一地依托其史论类文章的内容与思想。在南宋金元时期，苏辙的史论文章受到理学精英的关注并引发热烈讨论，其观点中与理学思想相契合的成分得到了他们的广泛认可与有力借鉴。苏辙散文的经典化历程，由此在"苏学"与理学的思维、立场之间开辟了一条折中的路径。

本节经过对现存南宋金元时期"三苏"散文选本篇目的考察，发现其阐述经史思想、政治观念的策、论体文章入选数量最多，可知在散文经典体系中的"三苏"并称包含了学术思想的要素。与苏轼相比，苏洵、苏辙散文的经典属性更明确地依托其学术性内容。此外，"三苏"并称在各种评说中也时常指向"苏学"的因素。与此同时，有很多人尝试辨析"三苏"文章风格及学术特色的区别，特别是苏洵、苏辙散文的经典意义，以此对"苏学"的内涵做出完整的解读。在这一时期里，知识精英普遍认可苏洵文章作为"苏学"起源的价值，在此基础上对其篇章主旨、写作技法和行文风格做了全面的解读，将其建构为涵括多重维度的文学经典。苏辙散文更集中地体现了"苏学"的史学成就，主要凭借其史论性内容得到知识精英的密切关注；苏辙史论中的诸多观点契合了儒家正统的道德理念，从而得到了众多理学家的广泛认可，也为"苏学"与理学的弥合、折中提供了可能。

第四章　经典系统的建构意义和生成机制

作为"唐宋八大家"的宋代组成部分,北宋六家散文不仅是六位作家及其代表作品的简单聚合,更属于一个由后世批评者建构、被认为足以代表宋代散文最高成就的文学经典系统。本章尝试探索南宋金元时期知识精英构建这一经典体系的学术意义,在此基础上全面考察其得以生成的文化机制。

第一节　建构意义

北宋六家散文不仅各自拥有独立的经典价值,更在多种文章选本的择录和历史评述的话语中被凝聚为一个具有特殊文化意义的经典系统。这个系统的内部还包含若干微观的经典体系。六家并称的整体系统,也正是在这些微观体系的基础上被绾合而成的。

本节将尝试探索,在南宋金元时期的文学选本和史论描述中,都包含哪些与建构北宋六家散文体系有关的系统形态,这些系统又以何种方式被聚合为六家并称的整体状貌,这一建构经典体系的过程具有何种学术史意义。

一、文章选本呈现的经典系统

诗文选本的编纂者通过选择和收录文学作品，传递其推崇、传播某一类文学经典的价值理念，也由此建构经典系统。在选本中入选数量最多的作家和作品，被视为构成这一系统的代表。因此，产生于南宋金元时期的各类文章选本，能够为考察北宋六家散文经典系统的形成提供一个重要的参考视角。

南宋时期有多种文章选本问世，这其中既有《皇朝文鉴》《新刊国朝二百家名贤文粹》《圣宋名贤五百家播芳大全文粹》等收录数百家、上千篇文章的集成性选本；也有诸如《古文关键》《妙绝古今》《文章轨范》等收录十家左右、数十或数百篇文章的精选类选本。对这两种类型的选本，本节将采取不同的考察策略。集成类选本的编选目的既在于"选"也在于"全"，选录范围宽泛，因此本节将主要考察哪些作家的散文入选的数量、比例最多，足以构成这一系统的代表，并整理出相应的"排行榜"；精选类选本的选录范围小，系统也相对闭合，本节将考察那些被精选出来的作家、作品所形成的系统格局，与北宋散文六家并称的状态有怎样的区别和联系。此外，产生于宋徽宗崇宁年间的《圣宋文选全集》虽在北宋末年问世，但与南宋较为接近，且入选作家的范围较小（仅有14家），故本节也将其纳入精选类选本一并考察。

1. 集成类选本

本节将重点考察《皇朝文鉴》《新刊国朝二百家名贤文粹》《圣宋名贤五百家播芳大全文粹》三部书目。

《皇朝文鉴》由吕祖谦主编，编成于淳熙六年（1179）。周必大在序言中赞扬宋代文章"二百年间，英豪踵武，其大者固已羽翼六经，藻饰治具，而小者犹足以吟咏情性，自名一家"，并肯定《皇朝文鉴》的编选原则贯彻了帝王"思择有补治道者，表而出之"的文化追求①。因此，这部巨著既具有总结本朝文学成就的集成性，也体现了比较鲜明的儒家道德理想。该书共 150 卷，除第 12—30 卷收录诗歌外，其他 131 卷均为散文。经统计，《皇朝文鉴》所收录的宋代散文包含 250 家、1575 篇。入选数量最多的前十家分别是：苏轼（160 篇）、欧阳修（144 篇）、王安石（96 篇）、刘敞（65 篇）、宋祁（48 篇）、曾巩（41 篇）、司马光（36 篇）、苏辙（30 篇）、张耒（21 篇）、程颐（19 篇）。其中，苏轼散文的入选数量超过了全书文章总数的十分之一，欧阳修散文的入选量也接近了这一比例。可见，将欧苏共同标举为经典的基本观念在《皇朝文鉴》中已较为明确，而苏轼受到重视的程度甚至超过了欧阳修。此外，王安石的 96 篇虽远不及苏、欧，但仍然在其他各家之上，其经典地位也得到了承认。相较而言，曾巩、苏辙作品的入选篇目都在 30—40 篇，这一数量并不突出，而苏洵散文仅有 11 篇入选。他们在《皇朝文鉴》所确立的经典系统中尚处于相对从属的地位。

《新刊国朝二百家名贤文粹》也是一部值得关注的选本。王偁在庆元二年（1196）为该书作序中称其收录之文为"不离于道者"。该书收录的范围上溯柳开，下讫吕祖谦，共 200 家、2007 篇。其中，苏轼散文入选的数量依旧高居榜首，为 141 篇，领先第二名黄庭坚 84 篇之多。入选数量居第 2 至 10 位的作家依次是：黄庭坚（57 篇）、欧阳修、苏辙（二人均为 55 篇）、张栻（53 篇）、司马光（45 篇）、张耒（42 篇）、王赏（40 篇）、王安石（35 篇）、苏洵、杨时、邵博（三人均为 32 篇）。由此可知，这部书对苏门文人的作品极为重视，黄庭坚、苏辙、张耒、苏洵散文的入选比例都远多于《皇朝文鉴》。这其中，不仅苏轼散文的入选数量是欧阳修的两倍有余，而且黄庭坚散文入选数量也略高于欧阳修；另外苏辙《古史》中的

————

① ［宋］周必大：《〈皇朝文鉴〉序》，［宋］吕祖谦辑：《皇朝文鉴》，中华再造善本，据国家图书馆藏宋嘉泰四年（1204）新安郡斋刻本影印，北京图书馆出版社 2006 年版。

论赞部分也被大量选入，这一编选思路也近似于以"三苏"及苏门文人散文为对象的文学总集。并且，入选数量居第 5 位的张栻出身川蜀，且曾受教于苏门；位居第 8 位的王赏（生卒年不详），正是为该书作序并编著《东都事略》的蜀人王偁之父，父子二人都以史学成就著称。这些都足以证明，这部选本具有蜀学的学术印迹，对于史学题材的文章有明显的偏重。相比之下，该书中程颢、程颐散文仅各有 4 篇、10 篇入选，低于平均每位作家的入选数量（10.04 篇）；同时，曾巩散文有 18 篇，这一数量并不突出。总体来看，在《新刊国朝二百家名贤文粹》所确立的经典系统中，苏轼散文居于明显的领衔地位，苏门文人的作品也得到了充分的彰显。

《圣宋名贤五百家播芳大全文粹》也是一部集成性的文章选本。绍熙元年（1190）八月，许开仲在为该书作序时称"巨鹿魏君仲贤、南阳叶君子实，实徜徉其间，储藏之丰，奚啻插架三万轴而已；一日合并且欲集本朝名公杂著之文，以惠同志，于是各出所有，辟馆以居之，巨篇奥帙，奇书秘字，充衍其中……凡世用之文靡所不备"①。可知，这部书的特色主要在于丰富、详尽地收录"世用之文"，其胪列的文体较多集中于表、启、制辞、封书、尺牍、青词、朱表、释疏、祝文、婚启、乐语等特殊场合的应用文，而论、策体文章均一篇未录，同时作者信息也经常标注不清。因此，该书作为散文经典选本的适用范围和借鉴意义，具有相对的局限性。经统计，在该书所收录的 524 家、3692 篇文章中，仍以苏轼、王安石、欧阳修为最多，分别为 103 篇、71 篇、60 篇。

经过对以上三部集成性选本所收录宋代作家作品和数量的考察，可以发现苏轼、欧阳修、苏门文人的文章得到了相当广泛的认可，一个以"苏轼—欧阳修"或"苏轼—苏门"为中心的经典系统

---

① ［宋］魏齐贤、叶棻辑：《圣宋名贤五百家播芳大全文粹》，中华再造善本，据国家图书馆藏宋刻本影印，北京图书馆出版社 2006 年版。

框架已初步形成；另外王安石散文也大体上获得了超越于其他家的突出地位，足以在宋代散文的经典系统中占据重要位置。不过，"唐宋八大家"中的北宋六家得到共同标举的完整形态尚未得到清晰呈现。

2. 精选类选本

本节将重点考察《圣宋文选全集》《东莱集注观澜文集》《古文关键》《崇古文诀》《文章轨范》《新刊诸儒批点古文集成》《妙绝古今》《续文章正宗》这8部选本。

《圣宋文选全集》问世于北宋徽宗时期，是现存最早的由宋人编选的宋文总集。《四库提要》记载其"惟以其有关于经术、政治者，诗赋碑铭之类不载焉"，并称许其"宋人选宋文者，南宋所传尚夥，北宋惟此集存耳。其赅备虽不及《文鉴》，然用意严慎，当为能文之士所编，尤未可与南宋建阳坊本出于书贾杂抄者一例视之也"[1]。该书收录的宋代散文包含欧阳修、司马光、范仲淹、王禹偁、孙复、王安石、余靖、曾巩、石介、李清臣、唐庚、张耒、黄庭坚、陈瓘14家，共计383篇。"三苏"文未被选入其中，被后人认为与宋徽宗时期的元祐党禁有关[2]。入选数量最多的六家依次是：张耒(93篇)、司马光(65篇)、李清臣(50篇)、欧阳修(32篇)、王安石(27篇)、曾巩(20篇)。张耒的文章入选数量最多，且论体文占据了一半以上(55篇，其中历史人物论为40篇)；入选的65篇司马光散文也以历史人物、朝代论为主体，可见该书侧重史学的倾向也十分鲜明。这与此后出现的、以"三苏"和苏门文章为主要选录对象的文章选本有相通之处。因此，张耒、司马光史论文的大

---

[1] ［清］纪昀等：《钦定四库全书总目》卷一八六"集部三九·总集类一"，中华书局1997年版，第2613页。

[2] 清纪昀等《钦定四库全书总目》称："中无三苏文字，而黄庭坚、张耒之文则录之。岂当时苏文之禁最严，而黄、张之类则稍宽欤？又其中无二程文，盖不以文士目之也。"(卷一八六"集部三九·总集类"，第2613页)

量入选，也可以看作是对"三苏"文章的某种替代。此外，该书相对均衡地体现了欧阳修、王安石、曾巩散文共同作为经典的价值，使得"欧、王、曾"大体上形成了一个经典系统的格局雏形。

《东莱集注观澜文集》与《古文关键》分别由吕祖谦集注与编纂。《东莱集注观澜文集》是林之奇（1112—1176）主编的一部纵贯古今的选本，共收录245篇历代文章，其中包括宋代26位作家的95篇散文。入选数量最多的8家依次是：苏轼（20篇）、曾巩（10篇）、苏辙（9篇）、司马光（8篇）、石介（6篇）、王安石（5篇）、欧阳修、黄庭坚（各4篇）。这部选本仍然最重苏轼，也提高了曾巩、苏辙的地位。《古文关键》以讲授作文方法为主，且具有明确的科举特性；此书收录的宋代文章恰为6家，包含11篇"欧阳文"、6篇"老苏文"、18篇"东坡文"、2篇"栾城文"、4篇"南丰文"和2篇"宛丘文"。然而，该书没有给王安石留下空间，他的位置被苏门高足张耒的两篇论体文所取代。不过，若将《皇朝文鉴》和《东莱集注观澜文集》共同考察，可知吕祖谦并未忽视王安石散文的经典价值。另外，《古文关键》对苏辙史论文的青睐程度，亦远不及吕祖谦编纂的另一部著作《东莱标注三苏文集》。因此，吕祖谦关于宋代散文的经典观念并非单独体现于《古文关键》这一部科举实用性较强的著作，需要与《皇朝文鉴》《东莱集注观澜文集》《东莱标注三苏文集》等其他选本合观而呈现。总体而言，吕祖谦高度肯定了"三苏""欧苏"作为经典系统的存在意义，也认可王安石、曾巩散文的经典价值，但尚未明确形成将"三苏"、欧阳修、曾巩、王安石的作品汇总为散文经典系统的清晰观念。

此后还出现了许多与《东莱集注观澜文集》《古文关键》类似的选本。吕祖谦的弟子楼昉编著的《崇古文诀》也具有较强的科举实用性，该书收录了27家共123篇宋代散文，入选篇目最多的6家依次是欧阳修（18篇）、苏轼（15篇）、苏洵（11篇）、张耒（10篇）、陈师道（7篇）、曾巩（6篇）。该书仍然没有选录王安石的文章，所呈现的经典系统也依然以欧阳修、苏洵、苏轼及苏门文人的作品为主体。与之类似的还有谢枋得编选的《文章轨范》，这部讲解作文法则的科举读物收录了欧阳修、苏洵、苏轼、王安石、胡寅、范仲淹、辛弃疾、李觏、李格非9家28篇宋文，在数量上以苏轼（12篇）为最多，欧阳修、苏洵（各4篇）次之，曾巩、苏辙都未能进入该书的视野。此外，《新刊诸儒批点古文集成》与《东莱集注观澜文集》类似，都属于选录时段比较长的历代文章选本。该书收录宋文92家353篇，入选数量最多的8家依次是朱熹（26篇）、杨万里（25篇）、张栻（22篇）、欧阳修（15篇）、苏轼（13篇）、张耒（8篇）、苏洵（6篇）、真德秀、曾巩（二人均为5篇）。此外，苏辙散文仅入选2篇。可见，这部选本对南宋理学家的文章关注最多。六家的文章虽然悉数入选，但六家并称作为一个经典系统的特殊意义仍未彰显。

与集成类的选本相比，上述六部精选类的选本一方面继续对欧苏高度肯定，另一方面也在相当程度上擢升了曾巩散文的经典价值，并为"欧曾"并称提供了依据。但是，这些选本和选家都尚未在一个鲜明、统一的评价维度下，将北宋六家散文聚合为一个新的经典体系。

汤汉（约1198—1275）的《妙绝古今》以编选"载道之文"为旨归，收录自《左传》直至北宋的历代文章。六位宋代散文家的作品进入了该书的视野，包括1篇范仲淹文、7篇欧阳修文、4篇曾巩文、2篇王安石文、3篇苏洵文和8篇苏轼文。这其中虽未包含苏辙的文章，但这一序列的形态已经和六家并称的格局大致接近，并且较为全面地体现了汤汉在文学通史的视野下选择经典的眼光和尺度。由此也可以获知，六家散文并称这一经典系统的形成，可能与标榜、倡导儒家道德精神的文化主张有较为密切的关联。

真德秀的《续文章正宗》则是与六家并称形态更为接近的精选类选本。作为《文章正宗》这部历代文选的续编，真德秀在晚年选取了 18 家、271 篇他认为足以接续"正宗"的本朝文章。该书按照文体排列，收录文章数量最多的六位作家分别是：欧阳修（78篇）、苏轼（57篇）、王安石（46篇）、曾巩（45篇）、苏辙（13篇）、程颐（10篇）。此外，苏洵也有 2 篇文章入选，但这一数量居于张耒、晁无咎、曾肇、游酢 4 人之后。综合来看，这部选本有三点值得注意之处。第一，《续文章正宗》是南宋唯一一部现存的以北宋六家散文为主体的宋文选本，六家散文的入选数量达到 241 篇，占据了全书选文总数的 88.9%。第二，从各位入选作家篇目数量的比较来看，这部书突出地彰显了北宋六家中除苏洵之外其他五家的经典地位，尤其强调欧阳修、苏轼散文的卓越性，而二者之中又以欧阳修为重；同时，该书对王安石、曾巩散文的定位几乎等同，即居于欧、苏之下但远高于其他各家。由于苏洵散文传世数量最少，且其思想体系中包含诸多被理学家视为功利的因素，因此该书选录苏洵散文相对较少也符合情理。总体来说，《续文章正宗》选录北宋六家散文的来源和数量，大致勾勒了这一经典系统内部的格局组成，而这一格局的基本模型也为后世的批评家所认可和沿袭。第三，《续文章正宗》以"正宗"为标题，体现了该书在思想文化维度上较为鲜明的儒学指向。这也进一步说明，六家并称这一经典系统及其内部格局的形成，与南宋儒学思想家试图梳理、总结、审视本朝与前代文化史、思想史的学术追求有明显的关系。另外，该书末卷清一色地收录了北宋理学家的散文，包括 1 篇周敦颐文（《太极图说》）、1 篇张载文（《西铭》）、10 篇程颐文和 3 篇游酢文。这一安排可谓颇具深意，足以说明真德秀着力以理学家的哲思和视角，回顾、反思本朝并兼及前代的文章全貌。

总体而言，南宋出现的集成类文章选本和大多数精选类文章选本在对北宋散文的选录过程中，大体上默认了"苏轼—欧阳修—苏门文人"以及"欧阳修—王安石—曾巩"这两个经典体系的形成，但与北宋六家散文并称的系统形态尚未完全吻合。汤汉的

《妙绝古今》与真德秀的《续文章正宗》所选择的文章构成了与六家并称形态最为接近的经典体系,尤其后者所勾勒的经典系统及其内部格局,与后世关于北宋六家散文并称的总体认知大体一致。这也初步说明,北宋六家散文经典系统的格局框架是在文献集成、文学范式、科举指导、学术反思等多重因素的共同作用下逐步形成的,而理学家在学术史层面的梳理、反思与回顾是推动这一系统形成的最为直接、有力的因素。

二、史论描述呈现的经典系统

各种选本通过入选文章的数量、内容呈现了文学经典的系统,而文史批评者则在对历史的回顾、评述中通过对多位作家的并称,更为直观地呈现了他们所构建的经典系统和含义。

对于前代文学史、文化史中出现过的并称现象,南宋后的知识阶层已经做出了具有一定深度的思索。比如庄绰《鸡肋编》中记载了关于历代"李杜""苏李"并称的感想:

> 李杜、苏李之名尤著于世者,以历代所称,兼于文行故也。余尝以一绝记其闻者:"大义终全显汉廷(李固、杜乔),名标八俊接英声(李膺、杜密),文章万古犹光焰(李白、杜甫),疑是无私李杜名。""居前曾是少陵师(苏武、李陵),资历文章亦等夷(苏味道、李峤),思若涌泉名海内(苏颋、李乂),从来苏李擅当时。"①

另外洪迈《容斋随笔》中著有"韩柳为文之旨"条,讲述了对韩愈、柳宗元散文并称之中的联系与区别:

---

① [宋]庄绰撰,萧鲁阳点校:《鸡肋编》卷上,中华书局1983年版,第4—5页。

韩退之自言：作为文章，上规姚、姒、《盘》、《诰》、《春秋》、《易》、《诗》、《左氏》、《庄》、《骚》、太史、子云、相如，闳其中而肆其外。柳子厚自言：每为文章，本之《书》《诗》《礼》《春秋》《易》，参之《穀梁氏》以厉其气，参之《孟》《荀》以畅其支，参之《庄》《老》以肆其端，参之《国语》以博其趣，参之《离骚》以致其幽，参之太史公以著其洁。此韩、柳为文之旨要，学者宜思之。①

这些都足以说明，南宋之后的中国知识精英对历史上具有影响力的人物并称现象颇为关注，并努力揭示被并称者之间的内在联系，考察并称现象得以形成的原因。

与前述各类选本所呈现的情况类似，在南宋金元时期的史论描述中，关于北宋散文家并称的探讨也存在于两类不同的维度中，即相对单一的文章学维度与文化意义上的儒学思想维度。

在相对单一的文章学维度下，论者在讲述北宋文章的表达特色时会将北宋六家中的部分人物并列提及。早在 11 世纪后期，吕南公（约 1047—1086）在《与汪秘校论文书》称"去元和至吾宋又数百年，而有欧、王之盛，宗其学者文辞往往奇特"②；李之仪（1048—1117）在《答人求所为诗文书》中亦说道：

窃闻平居专以欧阳永叔、王介甫之文备肘后之索。甚矣，二人之文，乃一时之宗也。长江秋霁，千里一道，滔滔滚滚，到海无尽。③

---

① ［宋］洪迈著，孔凡礼点校：《容斋随笔》卷七"韩柳为文之旨"条，中华书局 2005 年版，第 87—88 页。
② ［宋］吕南公：《与汪秘校论文书》，曾枣庄、刘琳主编：《全宋文》卷二三六五，上海辞书出版社、安徽教育出版社 2006 年版，第 109 册，第 201—204 页。
③ ［宋］李之仪：《答人求所为诗文书》，曾枣庄、刘琳主编：《全宋文》卷二四一〇，第 111 册，第 254 页。

这些论述都将欧阳修、王安石并称。另外还有欧、苏并称之例，毛滂(1065—1124)《上苏内翰书》中说：

> 本朝以文章耸动缙绅之伍者，天下最知有欧阳文忠公，中间先生父子兄弟怀才抱道，吐秀发奇，又相鸣于翰墨之囿，如长江大河，浩无畔岸，崇岩峭壁，万仞崛起，此天下所以目骇耳回，而披靡于下风也。①

此外，李清照(1084—约1115)《词论》中亦出现了王、曾并称之例，称"王介甫、曾子固文章似西汉"。叶适在《习学记言序目》中还提到"文字之兴，萌芽于柳开、穆修，而欧阳修最有力，曾巩、王安石、苏洵父子继之始大振"②，这已是对六家并称较为准确的表述。不过，叶适对于《皇朝文鉴》的解析较偏重于包含思想性的学术探研，他本人也以试图"合周程、欧苏之裂"而著称于思想界。实际上，与六家并称相关的更多表述，都是在思想文化维度的语境下展开的。

与这一时期文章选本的情况类似，和北宋散文有关的并称表述大多以欧阳修、苏轼为中心展开。其中，出现频率最高的就是欧阳修与苏轼的并称，例如杨万里《问本朝欧苏二公文章》：

> 呜呼，传斯文之正脉，得斯文之骨气，上以窥孔孟之堂奥，下以蹑诸公之轨辙，非吾宋欧阳六一、眉山东坡，谁足以当其任哉……欧公以斯文倡于前，苏公以斯文踵于后，二公

---

① [宋]毛滂：《上苏内翰书》，曾枣庄、刘琳主编：《全宋文》卷二八五五，第132册，第231页。

② [宋]叶适：《习学记言序目》卷四七《皇朝文鉴》，中华书局1977年版，第696页。

所以平生握手相欢,连袂以入于圣贤君子之域者,其亦以斯文宗派实为至亲故耶。当时天下之人皆以欧公为今之韩愈,名公巨卿皆以苏公为贾谊、陆贽复出,真确论欤。①

这段话既在"斯文正派"的层面上将欧阳修、苏轼并举,同时也指出了欧、苏文章在表现内容与形式上的区别,原文分别列举了《本论》《上神宗皇帝书》作为欧、苏文章成就的代表。此外,王十朋所标举的宋代文章经典,也只有欧阳修、苏轼二人:

唐宋文章,未可优劣。唐之韩、柳,宋之欧、苏,使四子并驾而争驰,未知孰后而孰先,必有能辨之者。

不学文则已,学文而不韩、柳、欧、苏是观,诵读虽博,著述虽多,未有不陋者也。②

此后,王十朋也点明欧阳修与苏轼在思想、风格上存在"纯粹"与"驰骋"的区别,并由此提出了"法纯粹于欧阳,法汗漫于东坡"。再如,廖行之(1137—1189)在《谢万倅启》中将欧苏并称作为宋代学术文化的高峰来列举:

洪惟熙朝,益尊多士。若韩、范经纶之勋业,与欧、苏讲学之渊源,道匪虚行,世咸蒙赖。③

并且,前述选本《妙绝古今》的编选者汤汉亦在该书序言中将欧、

---

① [宋]杨万里:《问本朝欧苏二公文章》,曾枣庄、刘琳主编:《全宋文》卷五三四二,第239册,第181—182页。

② [宋]王十朋:《读苏文》,梅溪集重刊委员会编:《王十朋全集》文集卷一四,上海古籍出版社1998年版,第798页。

③ [宋]廖行之:《谢万倅启》,曾枣庄、刘琳主编:《全宋文》卷六〇八六,第269册,第299页。

苏列举为本朝文章之标杆:

> 文章之精绝者,一代不数人,而一人不数篇。余自《春秋传》讫欧、苏氏,拔其尤,得七十有九首,盖千载之英华萃矣。①

再如北方的郝经在《文说送孟驾之》中说,"有宋氏兴,欧、苏、周、邵、程、张之徒,始文乎理而复乎本"②,也将欧、苏与周敦颐、邵雍、程颐等思想家共同置于学术史的维度下加以观照。综合来看,欧苏并称的情况在这一时期的史论描述中最为多见,论者一般认为欧苏将从古代延续至今的儒家传统文学精神发挥到了最高的水平。基于年齿、学缘的先后,这些论述大多将欧阳修置于苏轼之前,但论者对欧苏在儒学文化上的贡献和价值基本上给予了同等的尊重,并未有意突出、辨析二者的区别和优劣。由此,欧苏并称也成为足以代表北宋散文经典体系和最高成就的表述形态。

与此同时,欧阳修与苏洵并称的现象也偶有出现。杨万里在《问古今文章》中列举本朝的文学及学术成就时,同时列举了欧阳修《本论》与苏洵《衡书》:

> 是故元祐之文究极乎天人事物之归,熙丰之文根本乎性命道德之理,虽三代之全盛,不过是也。六一《本论》,断断乎生民之谷粟;眉山《衡书》,凿凿乎治国之药石,虽孟氏之醇粹,不过是也。③

---

① [宋]汤汉:《〈妙绝古今〉序》,据首都图书馆藏明萧氏古翰楼本原大影印,国家图书馆出版社2014年版。
② [元]郝经:《文说送孟驾之》,李修生主编:《全元文》卷一二九,江苏古籍出版社1998年版,第4册,第298页。
③ [宋]杨万里:《问古今文章》,曾枣庄、刘琳主编:《全宋文》卷五三四二,第239册,第184页。

这段话没有将苏洵文章简单以"驳杂"视之，而是肯定了他的散文属于儒学正统的一部分。另外方大琮在《策问本朝诸儒之学》中也将欧阳修与老苏并提：

> 欧公论性非圣人所先，而世谓其性分之内全无见处。苏公《权书》《衡论》之作，或谓战国纵横之书。①

这段话将欧阳修、苏洵的文章共同视为宋代儒学的组成部分和不同类型的代表而加以批评、探研。

欧阳修与曾巩的并称在这一时期的史述中被多次提及，并代表了包含另一种儒学文化范式的经典体系。其中，朱熹对《欧曾文粹》的编选，使得这一经典体系以文学选本的形式奠定下来。这部已经佚失的著作是朱熹编选的唯一一部宋文总集，在理学场域内部的重要性不言自明，同时也揭示了欧曾并称的确立在相当程度上源自与理学思想接近的文化特性。朱门再传弟子王柏在为该书所作的跋文中明确了这层含义：

> 右欧阳文忠公、南丰曾舍人《文粹》，合上下两集六卷，凡四十有二篇，得于考亭门人，谓朱子之所选。观其择之之精，信非佗人目力所能到。抑又尝闻朱子取文字之法，文胜而理义乖僻者不取，赞邪害正者文辞虽工不取。释老文字，须如欧阳公《登真观记》、曾南丰《仙都观记》《菜园记》之属乃可入。此可以知其取舍之意矣。②

---

① ［宋］方大琮:《策问本朝诸儒之学》，曾枣庄、刘琳主编:《全宋文》卷七四〇一，第322册，第264页。

② ［宋］王柏:《跋〈欧曾文粹〉》，《鲁斋王文宪公文集》卷一一，台湾学生书局1979年版，第398—399页。

此外，傅伯寿在《云庄集序》中对曾巩"以经术、文章名天下，学者宗之，以继唐之韩文公，本朝欧阳文忠公"的描述①，以及刘克庄称赞《迂斋标注诸家文集》的编选眼光时言其"故所采掇，尊先秦而不陋汉唐，尚欧曾而并取伊、洛，矫诸儒相反之论，萃历代能言之作"②，都是在经学、理学的视角和语境之下将欧、曾散文并称的示例。

同样，欧阳修与王安石的并称也在儒学文化维度的论述话语中时而出现。这一并称有时会依托地域的背景，在后人列举江西文学、学术成就的话语时将欧、王并举。例如郭孝友关于"言文章则欧阳为之伯，语经书则临川为之冠"的论述③，倪朴在《筠州投雷教授书》中对"庐陵欧阳公"与"临川王文公"等人的共同列举，等等④。另外，程敦厚关于"自孔子殁，曾子、子思、孟子以降，得道德之传而发圣贤之秘以诏后觉，惟国朝欧阳氏、司马氏、苏氏、王氏、程氏，各一家言，皆非汉唐先儒之所能到"的一段表述⑤，也将欧阳修、"三苏"及王安石共同置于宋代儒学体系的组成部分加以探讨。

综合来看，在南宋金元时期的各种史论描述中，苏洵、苏轼、曾巩、王安石都因作为欧阳修的同道或后学而被共同提及，从而被纳入以欧阳修为中心的经典系统之中。杨万里在《再答虞少卿》中列举历代"儒宗文师，老于文学者"时将欧、苏（轼）、曾、王四

---

① ［宋］傅伯寿：《云庄集序》，曾枣庄、刘琳主编：《全宋文》卷六二六三，第276册，第424页。
② ［宋］刘克庄：《迂斋标注古文》，辛更儒笺校：《刘克庄集笺校》卷九六，中华书局2011年版，第4049页。
③ ［宋］郭孝友：《六一祠记》，曾枣庄、刘琳主编：《全宋文》卷三四〇五，第158册，第116—117页。
④ ［宋］倪朴：《筠州投雷教授书》，曾枣庄、刘琳主编：《全宋文》卷五四〇七，第242册，第92页。
⑤ ［宋］程敦厚：《临川文集序》，曾枣庄、刘琳主编：《全宋文》卷四二八八，第194册，第283页。

人共同作为本朝的代表：

> 麟仪凤师，金春球鸣。如司马、班、范，如舒、向、卿、云，如韩之日光玉洁，如柳之芒寒色正，如本朝之欧、苏、曾、王者，磊磊相望。①

再如吴澄在《别赵子昂序》中将欧阳修、王安石、曾巩、二苏五人并称：

> 画易造书以来，斯文代有。然宋不唐，唐不汉，汉不春秋、战国，春秋、战国不唐虞三代，如老者不可复少，天地之气固然。必有豪杰之士出于其间，养之异，学之到，足以变化其气，其文乃不与世而俱。今西汉之文最近古，历八代浸敝，得唐韩、柳氏而古；至五代复敝，得宋欧阳氏而古。嗣欧而兴，惟王、曾、二苏为卓卓。之七子者，于圣贤之道未知其何如，然皆不为气所变化者也。②

这五人被吴澄认为是宋代体现"斯文"精神的卓越代表，欧阳修居于领袖之位；联系吴澄《临川王文公文集序》和《刘尚友文集序》等文章，"二苏"为苏洵、苏轼父子的可能性更大。由此可知，以欧阳修为中心的儒学学术脉络即"欧学"，形成了一条与曾巩、王安石、苏洵、苏轼等散文家连结为经典系统的纽带。

苏轼是以欧阳修为中心的经典系统的重要成员，但在包括《皇朝文鉴》《新刊国朝二百家名贤文粹》等多部南宋文章选本中，

---

① [宋]杨万里：《再答虞少卿》，辛更儒笺校：《杨万里集笺校》卷一〇七，中华书局2007年版，第4071页。
② [元]吴澄：《别赵子昂序》，李修生主编：《全元文》卷四七六，江苏古籍出版社1999年版，第14册，第93页。

苏轼散文受到关注的程度都超过了欧阳修。在这一时期的历史叙事和评论话语中,苏轼又是以"三苏"为主导的另一个经典系统的中心,黄庭坚、张耒、陈师道等苏门文人也时而被归入这一系统中。例如,杨万里在《杉溪集后序》中将欧阳修、苏轼、黄庭坚共同作为"古今文章,至我宋集大成"的示范:

> 在仁宗,时则有若六一先生,主斯文之夏盟。在神宗,时则有若东坡先生传六一之大宗。在哲宗,时则有若山谷先生续《国风》《颂》之绝弦。视汉之迁、固、卿、云,唐之李、杜、韩、柳,盖奄有而包举之矣。①

另外,吴子良在《筼窗续集序》中称"宋东都之文以欧、苏、曾倡,接之者无咎、无己、文潜其徒也"②,以此将晁无咎、陈师道、张耒三位苏门后学共同纳入欧、苏、曾组成的经典序列。王炎(1137—1218)《见程司业书》中也描述了欧阳修、苏轼分别以各自为中心形成了学术或文学的脉络,从而产生两个交叉但独立的经典体系的事实:

> 昔者欧阳子以古学先天下,而南丰之曾、眉山之苏在其门。天下皆曰欧阳子即韩子也。苏子以文章先天下,而宛丘之张、淮海之秦、济北之晁在其门,天下皆曰苏子即欧阳子也。③

可知苏轼虽属于欧学体系的一脉,但已被公认为另一经典系统的

---

① [宋]杨万里:《杉溪集后序》,辛更儒笺校:《杨万里集笺校》卷八三,第3351页。
② [宋]吴子良:《筼窗续集序》,李修生主编:《全宋文》卷七八六三,第341册,第19页。
③ [宋]王炎:《见程司业书》,曾枣庄、刘琳主编:《全宋文》卷六〇九九,第270册,第117页。

中心。不过，苏门弟子却最终未能与"三苏"一起进入足以代表北宋散文成就的经典系统中。叶适在《习学记言序目》中注意到了这一问题：

> 独黄庭坚、秦观、张耒、晁补之始终苏氏，陈师道出于曾而客于苏，苏氏极力援此数人者，以为可及古人，世或未能尽信。①

这段材料说明，尽管黄庭坚、秦观、张耒、晁补之等人的文章水平得到了乃师的褒扬与奖掖，但在更为广阔的儒学场域中，他们的成就并未得到普遍的认可。究其原因，这很可能缘于他们的成就较为单一地体现在文章创作以及对苏门文风的传承，但在儒学思想的探研上并未体现出引人注目的深化与开拓。本书第三章第二节曾经论及，散文经典层面的"三苏"并称在很大程度上依托于苏学的学术含义和学理价值。作为苏学的源头，苏洵的散文获得了成为经典的依据；而苏辙散文的经典性更多地依托于"苏学"在知识上的深入拓展及其与理学思想更为紧密的契合度。黄庭坚、张耒等苏门弟子的文章虽成就斐然，但主要集中于文章写作技艺与审美效果的层面，而在儒学思想文化的场域中受到关注与认可的程度并不突出。在前述王炎的论述中，进入六家系统的欧、曾、苏以对"古学"的阐释与发展构成学术共鸣的纽带，而苏、张、秦、晁之间则单纯以"文章"形成师承的关联。在接受史的视野中，"古学"相对于"文章"的优越性，或许足以阐释当时的儒学精英认为什么样的作家作品最能代表北宋散文的突出成就，足以进入最为核心的经典体系。

此外，苏轼、苏辙与王安石在学术思想维度内并称之例也偶

---

① ［宋］叶适：《习学记言序目》卷四七《皇朝文鉴》，第698页。

有出现。例如王之道(1093—1169)《无为别集序》中说"当时好谈性理之学,如临川王介甫、眉山苏子瞻,犹或避路,放一头地,而况余人乎"①,即将王安石、苏轼共同作为"性理之学"的代表而并举。另外,苏轼、王安石的并举还经常在朱熹的文章中出现。例如在《答汪尚书(七月十七日)》中:

> 又蒙教喻以两苏之学不可与王氏同科,此乃浅陋辞不别白、指不分明之过,请复陈之于后。而来教又以欧阳、司马同于苏氏,则熹亦未能不以为疑也。盖欧阳、司马之学,其于圣贤之高致,固非末学所敢议者,然其所存所守,皆不失儒者之旧,特恐有所未尽耳。至于王氏、苏氏,则皆以佛老为圣人,既不纯乎儒者之学矣非恶其如此,特于此可验其于吾儒之学无所得,而王氏支离穿凿,尤无义味,至于甚者,几类俳优。②

这段话认为二苏与王安石的学术都不能符合纯粹的儒学宗旨,并与欧阳修、司马光进行对比。朱熹在同年十一月写给汪应辰的另一封回信中再次确认自己的这一论点,认为"苏氏之学虽与王氏若有不同者,然其不知道而自以为是则均焉"③。另外,朱熹评论苏辙《古史》时也将苏辙与王安石类同视之:

> 独其讥当世言道之失,盖指王氏而言,则为近之。然所

---

① [宋]王之道:《无为别集序》,曾枣庄、刘琳主编:《全宋文》卷四〇六三,第185册,第113页。
② [宋]朱熹:《答汪尚书(七月十七日)》,刘永翔、朱幼文校点:《晦庵先生朱文公文集》卷三〇,朱杰人等主编:《朱子全书》,上海古籍出版社、安徽教育出版社2002年版,第21册,第1300页。
③ [宋]朱熹:《答汪尚书(十一月既望)》,刘永翔、朱幼文校点:《晦庵先生朱文公文集》卷三〇,朱杰人等主编:《朱子全书》,第21册,第1303页。

谓道者,己亦莫之识,而未免于诬也。盖王氏之诬人,以其言者诬之也;苏氏之诬人,以其不言者诬之也。二者虽殊,其失则均矣。凡此皆其学之所不及而妄言之,故其失如此。①

在朱熹的学术语境中,苏轼兄弟与王安石都被视为与正统儒学观念存在轩轾之处的思想者。这也足以更有力地说明,南宋金元时期的知识阶层在学术思想领域的切磋、辨析与争鸣,逐步将北宋散文六家聚合为一个整体的经典系统。员兴宗在《苏氏王氏程氏三家之学是非策》中称"王同志于南丰曾公",谓王安石在"临川学长于名数"的特点上与曾巩类同②,这也给王、曾的并称赋予了学术思想的内涵。

综上所述,通过对南宋金元时期史论描述中有关北宋六家散文并称现象的梳理,我们可以对这一经典系统形成如下基本的判断。首先,知识阶层较为普遍地将北宋六家散文这一整体的经典系统,理解为分别以欧阳修、苏轼为中心的"欧学""苏学"两个经典体系的统合。14世纪初,自南宋入元的吴澄在《送虞叔常北上序》中概括道:

东汉至于中唐六百余年,日以衰敝。韩、柳二氏者出,而文始革。季唐至于中宋二百余年,又日以衰敝。欧阳、王、曾三氏者出,而文始复。噫!何其难也。同时眉山乃有三苏氏者,萃于一家。噫!何其盛也。③

---

① [宋]朱熹:《读苏氏纪年》,刘永翔、朱幼文校点:《晦庵先生朱文公文集》卷七〇,朱杰人等主编:《朱子全书》,第23册,第3389页。
② [宋]员兴宗:《苏氏王氏程氏三家之学是非策》,曾枣庄、刘琳主编:《全宋文》卷四八四二,第218册,第217页。
③ [元]吴澄:《送虞叔常北上序》,李修生主编:《全元文》卷四七七,第14册,第131页。

这段话中包含了对北宋六家,乃至唐宋八家散文的并称及评价。对于北宋六家的整体,吴澄较明确地将其视为对欧(包含欧、王、曾)、苏(包含"三苏")两个系统的整合,而苏洵、苏轼也被视为欧学体系的重要部分。其次,这一时期的史论描述中有时也出现将"三苏"与苏门弟子并称的情况,但苏门弟子对"三苏"的传承较为单一地体现于文章写作的层面,无法从儒学思想史的视角加以全面考察,因此难以得到接受者的普遍认可,也未能列入足以代表北宋散文最高成就的经典体系。再次,在朱熹的话语体系中,王安石与苏轼、苏辙经常被同样视为与正统儒学精神有所差异的学说加以讨论,另外王安石与曾巩的并称也包含了学术因素的考量。由此可知,在南宋金元时期,精英阶层在对各种儒学形态和思想内涵进行历史梳理、统合的过程中,逐渐从学术思想的维度将北宋散文六家聚合为一个整体的经典系统。

三、道学视域对儒学史的审视性回顾

如前文所述,北宋六家散文作为一个整体性的经典系统,是由"欧学"和"苏学"这两个体系统合而成的。这一选择、整合的过程包含了鲜明的思想史因素,体现了南宋金元时期知识精英对儒学发展历史的回顾与梳理。

"欧学"和"苏学"作为宋代学术史中的重要组成部分,南宋后的知识阶层对它们的历史意义已经有了较清晰的定位。对于以欧阳修为代表的学术体系,知识阶层普遍承认其足以赓续儒学思想的正统。早在11世纪,欧阳修即被称许为"今之韩愈",12、13世纪后的史论者仍然将其纳入与贾谊、董仲舒、韩愈等古代儒者一脉相承的历史序列中。赵秉文在《答李天英书》中说:

贾谊、董仲舒、司马迁、杨子云、韩愈、欧阳、司马温公,大

儒之文也,仆未之能学焉。①

在郝经编纂的文集《原古录》中,欧阳修的典范性甚至跳出了北宋散文六家的体系和文学的畛域,跃迁至历代优秀政治家的谱系中:

> 乐毅、张良、贾谊、汲黯、萧望之、丙吉、魏相、袁安、杨震、李固、陈蕃、孔融、诸葛亮、羊祜、王导、刘琨、谢安、王猛、高允、房玄龄、魏徵、褚遂良、狄仁杰、姚崇、宋璟、张九龄、颜真卿、陆贽、权德舆、裴度、李德裕、王朴、窦俨、赵普、王旦、寇准、吕夷简、范仲淹、韩琦、文彦博、富弼、欧阳修、司马光则挺特瑰伟,神明博达,刚大谅直,闳肆尊显,佐王经世,拨乱反正,以为事业。②

可知郝经认为欧阳修的示范意义不仅停留于思想维度,甚至可上升至士大夫政治文化实践的层面。与之相对,六家中的另外五家,则仍处于文学家的序列中:

> 宋之杨亿、王禹偁、夏竦、苏洵、曾巩、王安石、苏轼、苏辙、吕惠卿、李清臣、黄庭坚、张耒、秦观、晁无咎,金源之韩昉、蔡珪、党世杰、赵沨、王庭筠、赵秉文、李纯甫、雷渊、麻九畴,则鼓吹风雅,铺张篇什,藻饰纶綍,列上书疏,敷陈利害,诘竟论议,雕绘华采,堆琢章句,掐抉造化,穷极笔力,精核义理,照耀竹帛,剸刻金石,撼摇天地,陵轹河山,剀切星斗,推

---

① [金]赵秉文:《答李天英书》,《闲闲老人滏水文集》卷一九,《四部丛刊初编》本,上海书店1989年版。

② [元]郝经:《原古录序》,李修生主编:《全元文》卷一二五,第4册,江苏古籍出版社1998年版,第205页。

荡风云,震叠一世,作为文章。①

由此可知"欧学"被郝经赋予了具有政治、文化、人格等多重维度的权威性。郝经在《周子祠堂碑》一文中也肯定了欧阳修有接续"道统"的贡献,将其与前代大儒并举,称"千有余年之间,学士大夫致志用力,掇拾残断,崎岖章句,不为不勤。其独造自得,力探特悟,以道自任者,如杨、王、韩、欧,绝无仅有"②。不过,在很多其他批评者看来,"欧学"的正统性虽不容置疑,但却并不以理论的严密性、深刻性见长,以致后世《宋元学案》在梳理"庐陵学案"时只选择了《易童子问》和《本论》作为体现欧阳修学术立场的代表文献③。这些著作和文章符合正统的儒家价值观念,也具有很强的现实针对性,但对儒学学术发展的推动意义却并不突出。因此,赵秉文在肯定其为"大儒之文"的同时也点出世人关于"韩、欧之学失之浅"的质疑④。其实,认为欧学不够深邃的观点也是宋室南渡后诸多知识者的共识。陈淳在《答徐懋功书(二)》中说:

> 欧阳之文,步骤最学韩,而欠韩之健,不免浅弱而少理致,由其不事性学,无韩之渊源。⑤

"浅弱"和缺乏"理致"是其对欧阳修学术与文章弱点的概括。另外,员兴宗《苏氏王氏程氏三家之学是非策》虽未明确指出此点,

---

① [元]郝经:《原古录序》,李修生主编:《全元文》卷一二五,第4册,第206页。
② [元]郝经:《周子祠堂碑》,李修生主编:《全元文》卷一三三,第4册,第405页。
③ 参见[清]黄宗羲编纂,[清]全祖望增补,陈金生、梁运华校《宋元学案》卷四,中华书局1986年版,第184—201页。
④ 参见[金]赵秉文《性道教说》,《闲闲老人滏水文集》卷一。
⑤ [宋]陈淳:《答徐懋功书(二)》,曾枣庄、刘琳主编:《全宋文》卷六七二〇,第295册,第131页。

但也包含了此中意味：

> 昔者国家右文之盛，蜀学如苏氏，洛学如程氏，临川如王氏，皆以所长经纬吾道，务鸣其善鸣者也。程师友于康节邵公，苏师友于参政欧阳公，王同志于南丰曾公。考其渊源，皆有所长，不可废也……苏学长于经济，洛学长于性理，临川学长于名数。①

这段话将苏轼、王安石、程颐所代表的蜀学、临川学、洛学作为宋学成就的重要组成部分，并对此三家学术的侧重与优劣加以探讨，而"欧学"却在这段讨论中被相对忽视。另外，按照惯常的历史叙事模式，欧阳修的顺序应居于苏轼之前，然而本段话却在"长于经济"的学术视角下替换了两人的位置，只强调了欧阳修是苏学的"师友"。这足以从侧面说明，欧阳修领衔的学术体系虽然具有很强的包容性与延展性，以至"三苏"、王安石、曾巩的文章与学术都可从中找到源头，但却缺乏更加深刻、严谨的理论建树。

相形之下，"苏学"却包含了较为全面、多维的理论体系，苏洵在"权书""衡论""史论"组文中所体现的兵政和史学观点，苏辙在《古史》中标举的著史原则和对历代人物、政治的分析，都更具有实践、反思的现实意义。然而，这种治学策略以及由此产生的诸多观点，难免与宋室南渡以来逐渐成为主流的"心性"儒学构成诸多矛盾，甚至会产生明显的抵触。朱熹时常将苏学作为"杂学"或异端来加以批判，其弟子陈淳（1159—1223）也批评道：

---

① ［宋］员兴宗：《苏氏王氏程氏三家之学是非策》，曾枣庄、刘琳主编：《全宋文》卷四八四二，第218册，第217页。

> 眉山之文，老苏波澜最为雄健，然纵横偏驳，原于战国之学；欧阳子以为似荀卿，其偏驳者相似也。东坡雄健大不及其父，然节气所充亦英发。但揆之理，则不十语必差，未能改家学纵横之旧。至子由，则弱矣。又不及其兄，然其致颇近理而少缪，又似过于兄，惟所学以虚无为宗，皆非有圣贤之渊源者也。①

北方的赵秉文、王若虚也表述过诸如"苏氏之学失之杂"②，"苏氏喜纵横而不知道"③的看法。总之，"欧学"与"苏学"作为分别由韩愈和贾谊、陆贽等人绵延而下、在理学思想产生之前被广泛认同的儒学形态的代表，在宋室南渡后的文化场域中都遭到新批评观念的重新审视。

这一新的审视视角，是伴随理学思想的深入发展和影响力的扩充逐步形成的。南宋金元时期，越来越多的知识精英从理学思想的新视角出发，解析、回顾以往曾盛行过的儒学形态。若进一步考察这一阶段精英阶层关于北宋六家散文并称的历史描述，即可发现相当多的文章编选者和史论家采用理学的视角批判性地审视这一由"欧学""苏学"聚合而成的经典系统。前文所引陈淳《答徐懋功书》一文曾总结道：

> 若濂溪关洛诸儒宗，不为文，惟其道体昭明，间有著书遗言一二篇，实与圣经相表里，为万世之至文。④

---

① ［宋］陈淳：《答徐懋功书（二）》，曾枣庄、刘琳主编：《全宋文》卷六七二〇，第295册，第131页。
② ［金］赵秉文：《性道教说》，《闲闲老人滏水文集》卷一。
③ ［金］王若虚：《议论辨惑》，《滹南遗老集》卷三〇。
④ ［宋］陈淳：《答徐懋功书（二）》，曾枣庄、刘琳主编：《全宋文》卷六七二〇，第295册，第132页。

可知濂、洛诸家理学思想的出现,为新的知识阶层提供了新视域和对旧有思想的评判准则。由此,还引发了对如何深入诠释"文"这一概念的新反思,这在黄震对欧阳修文章的评述中也有清晰体现:

> 然苏公以公继韩文公,上达孔孟,谓即孔子之所谓斯文,此则一门之授受所见然耳。公虽亦辟异端,而不免归尊老氏,思慕至人,辨《系辞》非圣人之言,谓嬴秦当继三代之统,视韩文公《原道》《原性》等作已恐不同,况孔子之所谓斯文者,又非言语文字之云乎!故求义理者,必于伊、洛;言文章者,必于欧、苏。①

这段话已由对欧阳修散文的个案评价,上升至对欧苏并称这一经典系统的历史认知。理学思想提供的新视角,使得知识阶层对孔子"斯文"概念的理解发生了改变。黄震的这段表述说明,韩愈、欧阳修、苏轼所代表的以文章写作、政务实践来履行道德精神的传统行为模式不足以体现"斯文"的精神,而伊、洛学者对义理的深入阐释和发明才更符合孔子对"斯文"的要求。

南宋金元时期,知识精英在标举以欧、苏为核心的散文经典体系时,在很多时候会将其与理学思想进行观照,从而以新的视角审视并重新确立其在儒学思想史中的位置。前述真德秀所编《续文章正宗》所呈现的经典体系,已经接近了由北宋六家散文构成的经典系统及其内部格局。这部书一方面认可欧、苏等人的作品接续了从《左传》直至唐代的儒家正统文学范式,但其最后一卷的文章悉数由周敦颐、张载、程颐等理学家的文章组成,其对比、

---

① [宋]黄震:《慈溪黄氏日抄分类》卷六一"读文集三·欧阳文",中华再造善本,北京图书馆出版社2005年版。

审视的意味显而易见。真德秀在一篇文章中直言道：

> 汉西都文章最盛，至有唐为尤盛，然其发挥理义、有补世教者，董仲舒氏、韩愈氏而止尔。国朝文治蔚兴，欧、王、曾、苏以大手笔追还古作，高处不减二子。至濂洛诸先生出，虽非有意为文，而片言只辞，贯综至理，若《太极》《西铭》等作，直与六经相出入，又非董、韩之可匹矣。①

这段话与前文引录陈淳的议论如出一辙，体现了真德秀以理学视角对汉、唐直至北宋的文章典范与儒学成就加以重新梳理与审视的治学意图，并且认为只有"濂洛诸先生"才达到了对儒学义理最为准确的诠释。这一对比、审视的视角还体现于吴澄的文章中。前引《送虞叔常北上序》一文中出现了对六家并称的表述，但在末尾写道：

> 贡举者，所以兴斯文也，而文之敝往往由之。何也？文也者，垂之千万世，与天地日月同其久者也。贡举之文则决得失于一夫之目，为一时苟利禄之计而已，奚暇为千万世计哉？贡举莫盛于宋。朱子虽少年登科，而心实陋之，尝作《学校贡举私议》，直以举子所习之经、所业之文为经之贼、文之妖。②

该文以朱熹的观点做结，指出贡举文章与制度的弊端，足以体现作者的理学视角。另外，《临川王文公文集序》一文既标举了王安石散文的经典属性，同时推出了"唯庐陵欧阳氏、眉山二苏氏、南

---

① [宋]真德秀：《跋彭忠肃文集》，曾枣庄、刘琳主编：《全宋文》卷七一七五，第313册，第258—259页。
② [元]吴澄：《送虞叔常北上序》，李修生主编：《全元文》卷四七七，第14册，第131页。

丰曾氏、临川王氏五家与唐二子相伯仲"的经典格局,但最终也以对理学家的至高推崇来收束全文,称"论之平而当,足以定千载是非之真者,其唯二程、朱、陆四子之言乎"①。综上可知,南宋以后的批评者惯于用理学思想的视角,在对比中反观北宋六家散文的成就与得失,对其作为经典系统的属性加以重新评估和阐释。这一思维的路径,反映了在理学思想逐步发展之后,知识阶层试图以这一新的学术视角和历史观念,对传统儒学思维形态、知识结构与践履模式予以重新审视的学术旨趣。

这一理学思想影响下的评判视角在后世的文学批评史中影响深远。清人也时常沿用这一视角来论述"唐宋八大家"散文的历史意义。比如张伯行在为《唐宋八大家文钞》作序的末尾称:

> 余故选其文而论之,不特以资学者作文之用,而穷理格物之功即于此乎在,盖学者诚能沿流而溯其源,究观古圣贤所以立言者,则由六经四子而下,惟有周、程、张、朱五夫子之书,可以上接尧、舜、禹、汤、文、武、周公、孔、曾、思、孟之心传,兼立德、立言、立功以不朽于万世者,夫岂唐宋文人所能及也哉?②

另外,沈德潜在为《唐宋八大家古文》作序中称"宋五子书,秋实也;唐宋八家之文,春华也,天下无骛春华而弃秋实者,亦即无舍春华而求秋实者"③,也是对这一研究视角和批评模式的贯彻。由此可知,后世批评者对北宋六家乃至唐宋八家作为经典系统的价

---

① [元]吴澄:《临川王文公文集序》,李修生主编:《全元文》卷四八五,第14册,第351页。

② [清]张伯行:《唐宋八大家文钞》卷首《原序》,《丛书集成初编》本,商务印书馆1936年版。

③ [清]沈德潜:《唐宋八大家古文》卷首《叙》,中国书店1987年版,第1—2页。

值判断和历史定位,即在这一对比的视角中体现。

第二节 生成机制

北宋六家所代表的学术体系与逐渐发展为儒学主流的理学思想同属"宋学"的重要组成成分。二者之间既存在明显的区别,也包含彼此相通的学术要素。经过上一节的研究,我们发现在理学文化背景的作用下,南宋金元时期的知识阶层逐渐以新的视角审视欧、苏等人的学术思想和唐宋古文的经典地位,以朱子学为代表的理学主流也对唐宋八家散文的经典化有正面的推动。本节试图对这一文学经典化的过程做更为细致、动态的历史还原,即深入考察在这一时期里,理学思想家中具体是哪些人、在怎样的文化动因和文化行为中将以欧苏为核心的北宋六家散文确立为具有历史意义的文学经典。

法国文艺理论家、社会学家皮埃尔·布尔迪厄(Pierre Bourdieu)将文学研究中的"场域"定义为作品所涉及或作者所身处的"社会空间的结构",这些结构构成了作家写作、作品生成的"引导机制",而学术性的社会结构属于"知识场"。针对文学作品的"经典化",布尔迪厄强调场域因素的作用,认为"对存在于过去作品中的特定成果的实践支配构成了进入生产场的条件,这些成果被负责保存和颂扬的整个专家团体、艺术史家、文学史家、注释者、分析家、批评家记录、规范化和确立为经典"[①]。

场域理论的视角可被运用于北宋六家散文经典化研究的探索实践中。这一经典化进程的社会机制,也可被理解为由理学士大夫组成或从属的学术社群及其从事的各种文化活动所共同形

[①] 〔法〕皮埃尔·布尔迪厄:《艺术的法则:文学场的生成与结构》第三部分《对理解的理解》,刘晖译,中央编译出版社2011年版,第283页。

成的"知识场"。因此,对这一经典系统生成机制的研究,可基本等同于对这一知识场域的阐释和剖析。

一、知识场域的界定:经典化推动者的文化身份

北宋六家散文的经典化,既包含六家中单独各家的经典化,也包括在各种文章选本和文学史述中由多家并称所形成的各"系统"的经典化,它们都具有各自的推动主体。此处通过下面的表格,胪列这些推动者的地域籍贯、社会身份、学术脉络,在此基础上界定他们所从属的知识场域。

经典化客体	推动者	地域籍贯	文化、政治身份	在《宋元学案》中的归属
欧阳修文	周必大	江西庐陵	理学学者、南宋中央官员	"陈邹诸儒学案"
	杨万里	江西吉水	理学学者、南宋中央官员	"赵张诸儒学案"、张浚弟子
	陈 亮	婺州永康(浙江)	理学学者、南宋地方官员	"龙川学案",兼属"东莱学案"
	郝 经	泽州陵川(山西)	理学学者、金元中央官员	"鲁斋学案",朱学续传
曾巩文	朱 熹	福建尤溪	理学学者、南宋地方官员	"晦翁学案",兼属"东莱学案"
	陈宗礼	江西	理学士大夫、南宋中央官员	无
	刘 埙	江西南丰	理学学者	无
	吴 澄	抚州崇仁(江西)	理学学者、元代中央官员	"草庐学案",兼属"象山学案",朱熹四传弟子

续表

经典化客体	推动者	地域籍贯	文化、政治身份	在《宋元学案》中的归属
王安石文	陆九渊	抚州金溪（江西）	理学学者、南宋地方官员	"象山学案"
	吴　澄	同前		
苏洵文	吕祖谦	浙江婺州	理学学者、南宋中央官员	"东莱学案"，兼属"赵张诸儒学案""晦翁学案""龙川学案"
苏轼文	宋高宗		南宋第一代帝王	
	宋孝宗		南宋第二代帝王	
	郎　晔	浙江杭州	文献学者	张九成弟子
	黄　震	浙江慈溪	理学学者、南宋地方官员	"东发学案"，朱熹、吕祖谦四传弟子
苏辙文	吕祖谦	同前		
	王　柏	婺州金华（浙江）	理学学者	"北山四先生学案"，朱熹三传弟子
	黄　震	同前		
"三苏"并称	吕祖谦	同前		
"欧苏"并称	杨万里	同前		
	王十朋	温州乐青（浙江）	理学学者、南宋中央官员	"赵张诸儒学案"，张浚弟子
	吕祖谦	同前		
	楼　昉	浙江鄞县	文史学者	"东莱学案"，吕祖谦弟子
	陈　淳	漳州龙溪（福建）	理学学者	"北溪学案"，朱熹弟子
"欧曾"并称	朱　熹	同前		
	王　柏	同前		

续表

经典化客体	推动者	地域籍贯	文化、政治身份	在《宋元学案》中的归属
六家并称	吕祖谦	同前		
	叶 适	温州永嘉（浙江）	理学学者、南宋中央官员	"水心学案"，兼属"龙川学案"
	真德秀	建州浦城（福建）	理学学者、南宋中央官员	"西山真氏学案"，朱熹再传弟子
	汤 汉	饶州安仁（江西）	理学学者、南宋中央官员	"存斋晦静息庵学案"，真德秀弟子
	吴 澄	同前		

上表中总共列举了21位南宋时期与北宋六家散文经典化进程密切相关的推动者。由表可知，除宋高宗、宋孝宗两位帝王外，其余19位都具有理学的知识背景，16位都在《宋元学案》的史述中拥有位置。另外，孝宗皇帝对苏轼散文的推崇，也与精英阶层弘扬理学的文化风气有关。可以说，理学型士大夫的学术追求与文化互动构成了北宋六家散文经典化的基本知识场域。

若对表中所列推动者的地域籍贯、学案归属做进一步分析，则可发现其中浙江籍士人最多且形成了完整的学术体系，含王十朋、吕祖谦、陈亮、郎晔、叶适、楼昉、王柏、黄震8位。这当中，吕祖谦、陈亮、叶适、王柏、黄震都形成了以其本人为核心的学术体系；楼昉系吕祖谦的弟子；郎晔虽未被列入任何学案，但他及其宗师张九成也都出自浙江。此外，杨万里与王十朋同出张浚门下的"赵张诸儒学案"，且与吕祖谦、陈亮多有交集。欧阳修、苏洵、苏轼、苏辙四家散文的经典化，以及由"欧苏""欧曾"和六家并称所形成的各种经典系统，都是在上述浙江学者的共同、持续推动下得以实现。其中，吕祖谦的作用最为突出，他本人从属于多个"学案"，对苏氏父子散文的经典化和"三苏""欧苏"及六家整体的经典化都有效用,其弟子楼昉编撰的精选类选本《崇古文诀》也与此密切相关。在理学型士大夫的总体场域中,上述浙江籍学者构成了推动北宋六家散文经典化的第一个"知识场"。

此外,由上表可知,朱熹对北宋六家散文经典化的作用也颇为明显。他本人推动了曾巩散文地位的提升,以及"欧曾"并称这一经典体系的确立。并且,朱熹与周必大、吕祖谦等人围绕欧阳修、苏轼散文的地位和评价问题都有过深入的讨论[①];他对如何认识王安石文章、学术的历史影响,也与陆九渊存在共识[②]。总体而言,朱熹重视对以欧、苏为代表的北宋散文的研读,但在评价时多持保留的观点与贬抑的态度。然而,朱熹的后学弟子却对北宋六家散文整体的经典化有直接的推动,陈淳、真德秀、汤汉、王柏、黄震、吴澄、郝经的学术脉络都可溯至朱熹,而《续文章正宗》等选本的重要性尤为突出。因此,由"朱学"传承所形成的朱门后学体系构成了推动北宋六家散文经典化的第二个"知识场"。与"浙学"的场域相比,朱门后学的"知识场"包含了更为广阔的时空范围,但二者间也具有明显的交集——王柏、黄震的学术都属于"浙学"的范畴。

总之,北宋六家散文在南宋金元时期的经典化进程主要由理学型士大夫所推动。在这一宏观的文化场域内部,浙学学者及朱门后学这两个存在交叉的"知识场"构成了北宋六家散文经典化的主力因素。这两大知识场域的结构组成、文化活动与融合交流,构成了北宋六家散文经典系统的建构机制。

[①] 参见[宋]朱熹《答周益公书》《答吕伯恭》,刘永翔、朱幼文校点:《晦庵先生朱文公文集》卷三三,朱杰人等主编:《朱子全书》,第21册,第1690、1427—1429页。

[②] 黎靖德编,王星贤点校《朱子语类》卷一三〇载"问:'万世之下,王临川当作如何品?'曰:'陆象山尝记之矣,何待它人问。'"(中华书局1986年版,第3101页)。

二、"浙学"场域的学术追求与社会干预：经典系统的创建机制

北宋六家散文作为一套经典系统的建构始于宋孝宗淳熙六年(1179)吕祖谦所编《皇朝文鉴》的问世，欧阳修、苏轼、王安石等人的文章作为经典的地位都在该书中得到了突出的彰显和确认。另一部与此密切相关的文章选本《古文关键》也出自吕祖谦。在整个12世纪中后期，以吕祖谦为代表的浙江籍理学型士大夫构成了北宋六家散文经典化的主要推动力量。

"浙学"在理学场域中以对历史和"人事"的重视尤为引人注目。清儒章学诚在《文史通义》中指出"浙东之学，言性命者必究于史，此其所以卓也"①。吕祖谦、陈亮等杰出的浙学士大夫的学术实践都贯彻了这一特色。

《宋史·吕祖谦传》载，"祖谦之学本之家庭，有中原文献之传"。厚重的家学渊源铸塑了他开阔、贯通的治学思路，"长从林之奇、汪应辰、胡宪游，既又友张栻、朱熹，讲索益精"；同时助其积淀了丰富、渊博的知识底蕴，"祖谦学以关、洛为宗，而旁稽载籍，不见涯涘"②。吕祖谦在乾道六年(1170)的《轮对札子》中向宋孝宗阐明了他所理解的"圣学"内涵：

> 陛下所当留意者，夫岂铅椠传注之间哉！宅心制事，祇畏兢业，顺帝之则，是圣学也；亲贤远佞，陟降废置，好恶不偏，是圣学也；规模审定，图始虑终，不躁不挠，是圣学也。陛下诚留意此学，日就月将，缉熙光明，实理所在。③

---

① [清]章学诚著，叶瑛校注：《文史通义校注》卷五"内篇五·浙东学术"，中华书局1985年版，第523—524页。
② [元]脱脱等：《宋史》卷四三四，中华书局1985年版，第12872—12874页。
③ [宋]吕祖谦：《乾道六年轮对札子二首(一)》，《东莱吕太史文集》卷三，黄灵庚、吴战垒主编：《吕祖谦全集》，浙江古籍出版社2008年版，第1册，第55页。

他认为适用于帝王的"圣学"应该包括审慎的行事态度、公正的施政准则和理性的发展战略,使精神层面的道德觉悟服务于现实层面的政治事务。此外,吕祖谦在其拟的一系列《策问》试题中,即有题目要求受试诸生阐明六经在当代的应用价值,并指出他们有责任对儒学经典的现实意义做出新的探索①。总体来看,吕祖谦的文章并不包含对于心性问题的着力探讨,这一搁置心性、侧重现实的经世倾向切合了欧阳修、苏轼所代表的宋学早期形态的学术理路。另外,吕祖谦另有《策问》试题谈及如何从与道德、实践的关系上理解"文"的含义和作用:

> 问:文之时用,大矣哉。观乎天文以察乎时变,观乎人文以化成天下。所谓文者,殆非绘章雕句者之为也。"子以四教:文、行、忠、信",冠文于四教之首,而行则次焉。至于"行有余力则以学文",则行先文后。参两说而并峙,抑将何所取正耶?后世以文士名者,一觞一咏,互相标榜,傲诞纵弛,至自以不护细行自居。呜呼!文与行果两物,而文之所以为文既于是欤!《记》曰:"文王之所以为文也,纯亦不已。"学者盍深绎之!②

这段话侧重探讨"文"在知识、文化层面上的含义,将符合儒学精神的文学活动与道德实践置于平等的维度上展开比较。这不同

---

① 吕祖谦《策问》中写道:"世之儒者,亦尝以《六经》之学而窃见之于用,如以《禹贡》行河,如以《春秋》断狱,如以《三百五篇》谏。噫!《六经》之用,果止于是欤!《六经》之用果止于是,则儒者之责何其易塞也……今诸君幸生明昌之朝,前无阻,后无系,将何以辞其责!"(《东莱吕太史外集》卷二,黄灵庚、吴战垒主编:《吕祖谦全集》,第1册,第633—634页。)

② [宋]吕祖谦:《策问》,《东莱吕太史外集》卷五,黄灵庚、吴战垒主编:《吕祖谦全集》,第1册,第695页。

于朱熹所谓"不必托于言语、著于简册,而后谓之文,但自一身接于万事,凡其语默动静,人所可得而见者,无所适而非文也"的观念①。由此,与朱熹代表的道学家相比,吕祖谦对儒学范畴内的文学经典体系投注了更多的兴趣,也呈现了更为积极的观照态度。

吕祖谦的学术特色还体现为对史学问题的探索兴趣。他的"考古论""六朝十论"两组文章都对过往人物、朝代成败兴衰的历史经验做了专题性的思考。吕祖谦对史学的侧重,被认为是苏学影响下的结果——"三苏"后代,特别是苏辙长子苏迟家族迁居浙东,促进了这一学术场域的整合②。吕祖谦是"三苏"散文经典化的重要推动者,他所编选的《东莱标注三苏文集》中收录了苏辙的大量史论,他本人在"考古论"组文中的许多论证视角和论点也与苏辙的文章多有契合——例如吕祖谦对汉文帝"不以一时之快而易千万世之害"的赞扬,对汉武帝"假儒术以欺天下"因而"非徒无利,而反有害焉;非徒无益,而反有损焉"的批判,都在苏辙"历代论"组文中相关论点的基础上做了进一步的阐发③。围绕对苏学以及苏轼的认识,吕祖谦在乾道六年(1170)与朱熹的书信中写道:

> 详观来论,激扬振厉,颇乏广大温润气象。若立敌较胜负者,颇似未弘。如注中东坡字改为苏轼,不知以诸公例书名而厘正之耶?或者因辨论有所激而加峻耶?出于前说,固无害。出于后说,则因激增怒于治心,似不可不省察也。④

---

① [宋]朱熹:《读唐志》,刘永翔、朱幼文校点,《晦庵先生朱文公文集》卷七〇,朱杰人等主编:《朱子全书》,第 23 册,第 3374 页。
② 参见张剑、吕肖奂、周扬波《宋代家族与文学研究》第七章第三节《苏学与浙学之渊源》的表述(中国社会科学出版社 2009 年版,第 205—219 页)。
③ [宋]吕祖谦:《考古论·汉文帝》《考古论·武帝》,《吕集佚文》,黄灵庚、吴战垒主编:《吕祖谦全集》,第 1 册,第 935—940 页。
④ [宋]吕祖谦:《与朱侍讲元晦书(二)》,《东莱吕太史别集》卷七,黄灵庚、吴战垒主编:《吕祖谦全集》,第 1 册,第 397 页。

这段话劝导朱熹不必为有关苏轼的话题而"因激增怒",有损心情。此后,吕祖谦又在接下来的书信中继续劝导朱熹:

> 以吾丈英伟明峻之资,恐当以颜子工夫为样辙。回禽纵低昂之用,为持养敛藏之功,斯文之幸也。孟子深斥杨、墨,以其似仁义也。同时如唐勒、景差辈,浮词丽语,未尝一言与之辨,岂非与吾道判然不同,不必区区劳颊舌较胜负耶?某氏之于吾道,非杨、墨也,乃唐、景也,似不必深与之辨。①

从吕祖谦对"三苏"散文的重视以及为推动其经典化所做的工作来看,他并未将苏学轻视为"唐、景"。因此这段话虽在明面上对苏学有所贬损,但其实是曲线的辩护,意在平复朱熹的情绪,以澄清其将苏学视为"异端"的误解。统观其文集,吕祖谦从未支持与附和过朱熹对苏轼的批判。吕祖谦对儒学经世性的强调和对史学的重视,体现了苏学对其知识结构的影响,也是他与欧阳修、苏轼等人共同的学术旨趣。

陈亮也是浙学士大夫中的突出代表,以"功利主义儒家"的经世立场以及与朱熹的论争而引人注目。在上呈孝宗的《廷对策》中回答有关引领风俗的问题时,陈亮已表明不可片面重视"道德性命之学"而忽视文章、政事之类的实务之学:

> 二十年来,道德性命之学一兴,而文章、政事几于尽废,其说既偏,而有志之士盖尝患苦之矣。十年之间,群起而沮抑之,未能止其偏,去其伪,而天下之贤者先废而不用,旁观

---

① [宋]吕祖谦:《与朱侍讲元晦书(二)》,《东莱吕太史别集》卷七,黄灵庚、吴战垒主编:《吕祖谦全集》,第1册,第399页。

者亦为之发愤以昌言,则人心何由而正乎! 臣愿陛下明师道以临天下,仁义孝悌交发而示之。尽收天下之人材,长短小大,各见诸用,德行、言语、政事、文学,无一之或废,而德行常居其先,荡荡乎与天下共由于斯道,则圣问所谓"士大夫,风俗之倡也,朕所以劝励其志者不为不勤,而偷惰犹未尽革",殆将不足忧矣。①

此后在一篇书信中,陈亮再次阐明了这一主张:

> 文章、行义、政事、书判,并举兼能而不可掩,而道德性命之说政自不相妨也。②

由此可知,陈亮认为在将儒学理念服务于政治、社会事业的实践中,"文学"或"文章"的地位应与"道德性命"之学等同,彼此不应有所偏废。这一思想亦近于吕祖谦而不同于朱熹。在另一封书信中,陈亮还表示了对"文以载道"观念的认同:

> 亮闻古人之于文也,犹其为仕也。仕将以行其道也,文将以载其道也。③

这一思想也近似于欧苏有关"文与道俱"的主张,异于朱熹"文便是道"的观点。在此学术旨趣的引领下,陈亮本着"关世教"的原则编选了《欧阳文粹》,意在"推其心存至公而学本乎先王",从而有力推动了欧阳修散文的经典化。并且,陈亮的文集中也包含多

---

① [宋]陈亮:《廷对策》,邓广铭点校:《陈亮集》(增订本)卷一一,中华书局1987年版,第117页。
② [宋]陈亮:《送吴允成运幹序》,邓广铭点校:《陈亮集》(增订本)卷二四,第271页。
③ [宋]陈亮:《复吴叔异》,邓广铭点校:《陈亮集》(增订本)卷二九,第397页。

组史论文,他自述"酌古论"组文的写作意图为"于前史间窃窥英雄之所未及,与夫既已及之而前人未能别白者,乃从而论著之;使得失较然,可以观,可以法,可以戒"①,这与三苏"以古今成败得失为议论之要"的家学有明显的默契;而"三国纪年"组文的写作意在树立三国史述的正确体例标准,同时认为司马迁的《史记》不足以成为正确的垂范:

> 汉兴九十余载,司马迁世为史官,定论述之体,为司马氏《史记》。其所存高矣;出意任情,不可法也。史氏之失其源流,自迁始焉。②

这一意图也和苏辙写作《古史》的动因相契合。在当时,陈亮的知识结构已被认为是在苏学的影响下形成,当时的宰相王淮即以"朱为程学,陈为苏学"来概指朱熹、陈亮学术论争的渊源③。

吕祖谦、陈亮所代表的浙学士大夫与欧阳修、"三苏"相契合的学术追求,是他们搭建欧苏经典散文体系、推动北宋六家散文经典化的基础性因素。在此基础上,浙学士大夫以其力所能及的文化活动实现对政治、社会事务的干预,对北宋六家散文体系的建构也属于这一系列干预性活动中的重要内容。

浙学士大夫对政治、社会事务的干预,首先体现于对"帝王之学"所施加的影响。何为"帝王之学"?《涧泉日记》中记载了宋高宗的一段理解:

> 高宗曰:"有帝王之学,有士大夫之学。朕在宫中,无一

---

① [宋]陈亮:《酌古论序》,邓广铭点校:《陈亮集》(增订本)卷五,第50页。
② [宋]陈亮:《三国纪年序》,邓广铭点校:《陈亮集》(增订本)卷一六,第177页。
③ [清]黄宗羲编纂,[清]全祖望增补,陈金生、梁运华校:《宋元学案》卷五六《龙川学案》附录,第1842页。

日废学,然但推究前古治道,有宜于今者,要施行尔,不必指摘章句以为文也。士大夫之学则异于此,须用论辨古今以为文,最不可志于利,学而志于利,上下交征,未有不危国者也。①

这段记载也被《建炎以来系年要录》所收录,时间被确定为"绍兴十一年十二月己卯"②。这段话表明,宋高宗所认定的"帝王之学"应该具备务实性、功利性,而且要以史学为基本的依托。这也构成了和回避、超越功利之术的"士大夫之学"的基本区别。从高宗本人的学术兴趣与知识结构来看,他所偏好的文史知识也大多集中于历史、兵政的内容。比如《涧泉日记》记载:

> 高宗曰:"朕读《晋书》,爱《王羲之传》,凡诵五十余过。盖其《与殷浩书》及《会稽王笺》所谓:'自长江以外,羁縻而已。'其论用兵,诚有理也。"③

高宗所提及的《晋书·王羲之传》中所含《与殷浩书》和《会稽王笺》两篇目,都是王羲之就东晋如何应对退居江左的政治局势、如何等待并寻找有利军事时机所提出的建议,这无疑对南渡后的宋室有很强的现实指导性。此外,孝宗所研习的"帝王之学"也较多体现于史学,比如《续资治通鉴》所载淳熙十三年(1186)的史事:

> 二月丙子,帝曰:"自古人主读书,少有知道,知之亦罕能

---

① [宋]韩淲撰,张剑光整理:《涧泉日记》卷上,上海师范大学古籍整理研究所编:《全宋笔记》第6编,大象出版社2013年版,第9册,第98页。
② [宋]李心传:《建炎以来系年要录》卷一四三,上海古籍出版社1992年版,第2297页。
③ [宋]韩淲撰,张剑光整理:《涧泉日记》卷上,上海师范大学古籍整理研究所编:《全宋笔记》第6编,第9册,第98页。

行之,且如'与人不求备,检身若不及'二语,人君岂不知之!然所行不至。陆贽论谏谆复不已者,正欲德宗知而行之;如魏徵于太宗,则言语不甚谆复。且德宗之时何时也?而与陆贽论事,皆是使中人传旨。且事有是非,当面反复诘难,犹恐未尽,投机之会,间不容发,岂可中人传旨!朕每事以太宗为法,以德宗为戒。"

五月己卯,萧燧奏陆贽《奏议》圣语。帝曰:"朕每见贽论德宗事,未尝不寒心,正恐未免有德宗之失。卿等言之。"又曰:"德宗不肯推诚待下,虽更奉天离乱,终不悔悟,此以知其不振也。"①

由此可知,孝宗对于"人主读书"和"知道、行道"的感悟也在相当程度上来自对史学的研读和思索,并认真、恳切地希望能将自史书中收获的反思与心得运用于政务的践履。并且与高宗相比,孝宗对兴复宋室有更强烈的渴望,陈亮的主张响应了他的这一需求。车若水(约1209—1275)《脚气集》中记载:

孝宗真应恢复之运,极有志焉。而光尧以艰难之余,爱兵惜民,往往宽之。士大夫习安既久,置之度外,惟一陈同父以书生慷慨议论,乃共骇愕,以为怪人。遂使金国侥幸少延,水旱凶荒,渐渐自亡。人事有负于天矣。②

"帝王之学"本身即偏重于史学与实务,这与吕祖谦、陈亮等浙学士大夫的学术特点形成了呼应;而孝宗强烈的恢复之志以及对士大夫恬然风气的不满,更使其容易与陈亮的功利主张产生共鸣。

---

① [清]毕沅:《续资治通鉴》卷一五〇,中华书局1957年版,第4016、4018页。
② [宋]车若水:《脚气集》卷之下,《丛书集成初编》本,中华书局1991年版,第28页。

以此为出发点,推崇以欧、苏为代表的北宋散文经典体系足以成为帝王与浙学士大夫双方共同的文化默契。

《皇朝文鉴》的编纂即源自孝宗与吕祖谦的文化互动。该书的编选出自孝宗的旨意,周必大在为这套总集所作序言中称"皇帝陛下天纵将圣如夫子,焕乎文章如帝尧,万几余暇,犹玩意于众作,谓篇帙繁夥,难于遍览,思择有补治道者表而出之,乃诏著作郎吕祖谦发三馆四库之所藏,衷缙绅故家之所录,断自中兴以前,汇次来上"①,可知《皇朝文鉴》的编纂出自帝王对"有补治道"的实学追求。吕祖谦的选录标准更体现了对道德性和实用性的共同贯彻:

> 古赋诗骚则欲主文而谲谏,典策诏诰则欲温厚而有体。奏疏表章取其谅直而忠爱者,箴铭赞颂取其精慤而详明者。以至碑记论序书启杂著,大率事辞称者为先,事胜辞则次之;文质备者为先,质胜文则次之。复谓律赋经义,国家取士之源,亦加采掇,略存一代之制。②

吕祖谦学术的经世特性和以史为鉴的用心,亦渗透在《皇朝文鉴》的体例与标准中。叶适在《习学记言序目》中梳理《皇朝文鉴》时写道"后有欲明吕氏之学者,宜于此求之矣"③。帝王的文化追求与吕祖谦学术理路所产生的默契,共同促成了《皇朝文鉴》的产生,以欧阳修、苏轼、王安石散文为核心的经典体系即通过此书形成。

另外,高宗、孝宗两代帝王对实务之学的推重,也构成了他们

---

① [宋]周必大:《皇朝文鉴序》,曾枣庄、刘琳主编:《全宋文》卷五一二一,第230册,第193—194页。
② 同上。
③ [宋]叶适:《习学记言序目》卷五〇,第756页。

尊崇苏轼的重要原因。高宗在《苏文忠公赠太师制》中称赞其"王佐之才可大用,恨不同时;君子之道暗而彰,是以论世"①;孝宗在《御制文集序》中褒扬苏文"参天地之化,关盛衰之运"②,都着眼于苏轼文章的经典性与"帝王之学"间的关系。编著《经进东坡文集事略》的郎晔也是浙学场域中的一员,这套书作为进呈帝王的知识性读本,既体现了浙学士大夫对"帝王之学"的干预,同时也足以见出二者的默契。事实上,郎晔的著述不仅限于此,更为宏阔的《经进三苏文集事略》也出自这位浙江籍学者,他对"三苏"散文的经典化都大有助益,只是其中有关苏洵文、苏辙文的部分今已基本佚失。12世纪末的光宗时期,郎晔完成了他的又一部著作《经进唐陆宣公奏议》,他在上表中写道:

> 惟陆贽蕴经济之略,值德宗艰难之初,势虽危疑,动必剀切,无片言不合于理,靡一事或失于机……伏望皇帝陛下置座之隅,以古为鉴。廓日月之明,断制庶政;恢江海之量,容纳众言。监瓜果而赏不妄加,念兵食而将不轻用,斯皆治道之急务,固亦圣主所优为。使毫厘有济于斯民,则竹帛愈光于前哲。③

高宗在赞誉苏轼时即称"知言自况于孟轲,论事肯卑于陆贽"④,《宋会要辑稿·崇儒》中也记载孝宗在淳熙十年(1183)、淳熙十三年(1186)多次"诏见进读《陆贽奏议》"的经历⑤。因此,郎晔

---

① [宋]宋高宗:《苏文忠公赠太师制》,[宋]郎晔:《经进东坡文集事略》卷首,台湾世界书局1992年版。
② [宋]宋孝宗:《御制文集序》,[宋]郎晔:《经进东坡文集事略》卷首。
③ [宋]郎晔:《经进唐陆宣公奏议表》,曾枣庄、刘琳主编:《全宋文》卷四八八四,第220册,第238—239页。
④ [宋]宋高宗:《苏文忠公赠太师制》,[宋]郎晔:《经进东坡文集事略》卷首。
⑤ 苗书梅等点校:《宋会要辑稿·崇儒》"经筵",河南大学出版社2001年版,第398—401页。

对"三苏"和陆贽的共同推重，也应源自他对"帝王之学"的理解和干预，即试图向帝王彰显并阐释其中事关"治道之急务"的"经济之略"。

在"帝王之学"以外，浙学士大夫对社会事务的干预还体现为对科举的影响。《古文关键》《崇古文诀》等文章选本都具有为科举应试者指导作文技法的效用，这些选本所收录的文章也被树立为科举层面的典范。对于科举文章的习作，朱熹长期持相对消极的态度，称"科举是无可奈何，一以门户，一以父兄在上责望"[①]，他晚年在《学校贡举私议》中仍然批评当时实行的科举制度有"败坏学者之心智"，致使"人材日衰，风俗日薄"之弊[②]。然而，浙学学者对于科举的态度大多较为积极、开明。比如张九成曾回答相关的疑问道：

> 或问："科举之学，亦坏人心术。近来学者，唯读时文，事剽窃，更不理会修身行己是何事！"先生曰："汝所说，皆凡子也。学者先论识。若有识者，必知理趣。孰非修身行己之事？本朝名公，多出科举。时文中议论正当，见得到处，皆是道理。汝但莫作凡子见识足矣，科举何尝坏人！"[③]

张九成认为科举应试与通晓"理趣"并不矛盾。吕祖谦也认为"程文"的习作可以与修习经史学术并行不悖，但需要分清主次。他在为朱熹之子授学时给朱熹写信说道：

> 令嗣在此读书，渐有绪。经书之类，却颇能诵忆，但程文

---

① ［宋］黎靖德编，王星贤点校：《朱子语类》卷一三九，第3319页。
② ［宋］朱熹：《学校贡举私议》，刘永翔、朱幼文校点：《晦庵先生朱文公文集》卷六九，朱杰人等主编：《朱子全书》，第23册，第3356页。
③ ［清］黄宗羲编纂，［清］全祖望增补，陈金生、梁运华校：《宋元学案》卷四〇《横浦学案》，第1307页。

> 未入律,今且令破三两月工夫、专整顿。盖既欲赴试,悠悠则卒难见工也。此段既见涯涘,则当于经、史间作长久课程。大抵举业,若能与流辈相追逐,则便可止。得失盖有命焉,不必数数然也。①

可知吕祖谦也承认"举业文章"具有局限性,但他对此持相对宽容的态度。此外,他所撰写的《东莱左氏博议》也是力图弥合科举与正统经史学术差距的重要著作。

实际上,对于科举的干预是 12 世纪中后期理学士大夫共同的思想主张与行动实践,这其中自然也包括了崇奉性理之学的其他"洛学"学者。但是,他们对于心性之学的片面强调,也容易把科举文风带入另一个虚夸、浮躁的极端。《续宋编年资治通鉴》记载孝宗淳熙七年(1180)六月,秘书郎赵彦中上疏道:

> 士风之盛衰,风俗之枢机系焉。且以科举之文言之,儒宗文师成式俱在,今乃祖性理之说,以浮言游词相高。士之信道自守,以六经圣贤为师可矣。今乃别为洛学,饰怪惊愚,外假诚敬之名,内济虚伪之实。士风日弊,人材日偷。②

这段话指出,科举文的写作应以"儒宗文师"的现有文章作为取法的示范,而不应该盲目、浮夸地另起炉灶。此外,早在绍兴七年(1137),出身于永嘉的权礼部侍郎吴表臣(1084—1150)即向高宗建议,应提高策论文在科举中的评价权重,以此提升文章的实用性,"若诗赋虽平而策论精博,亦不可遗,庶几四方学者知向慕,不

---

① [宋]吕祖谦:《与朱侍讲元晦》,《东莱吕太史别集》卷八,黄灵庚、吴战垒点校:《吕祖谦全集》,第 1 册,第 416 页。
② [宋]刘时举:《续宋编年资治通鉴》卷九,《丛书集成初编》本,中华书局 1985 年版,第 121 页。

徒事于空文,皆有可用之实"①。对儒学"可用之实"和文章经世治用的强调,正符合浙学士大夫的思想倾向与治学理路。影响巨大的唐宋经典散文,无疑属于"儒宗文师成式"的组成部分,足以在文章的道德指向、内容立意和结构章法上向备考者提供借鉴。由此,吕祖谦、陈亮、楼昉等浙学士大夫推动欧、苏散文系统的经典化,既符合浙学一贯的思想主张,也满足了理学学者干预科举内容、改造科举文风的普遍吁求。《古文关键》所收录的欧阳修、"三苏"和曾巩的作品,大多集中于政论、史论的题材。陈亮所编《欧阳文粹》,也着眼于欧阳修文章对于科举"时文"的指导意义,试图由此影响"世教"。北宋六家散文的经典系统,也在浙学士大夫干预科举的文化实践中逐步形成。

总之,在 12 世纪中后期,北宋六家散文经典的系统主要由以吕祖谦、陈亮为代表的浙学知识场域中的士大夫所创建。浙籍学者对儒学经世性和史学的重视,契合了以欧、苏为代表的早期宋学的学术追求,形成了他们推动建立北宋散文经典体系的基础因素。浙学士大夫对"帝王之学"和科举文风的干预,构成了北宋六家散文经典系统得以建立的社会机制。

三、朱熹后学对理学知识场的融合:经典系统的形成机制

12 世纪末期,吕祖谦、陈亮等人相继离世;13 世纪后,陈淳、真德秀等朱熹后学的知识体系逐步成熟,并随着朱熹"道统"地位的确立而发挥日趋重要的作用。经他们所传承、连结的学术谱系,促成了北宋六家散文经典系统的最终确立。

作为理学文化场域中的集大成者,朱熹本人也在实质上认可了北宋六家散文作为经典系统的存在价值。通过编纂《欧曾文

---

① [宋]李心传:《建炎以来系年要录》卷一一三,第 1832 页。

粹》,他推动了曾巩散文的经典化;他在《古史余论》《答赵几道》等文章中都肯定了苏辙的《古史》与正统义理相接近的价值取向①。朱熹对于苏轼学术的强烈批判,则主要集中于1160—1171年这一时段内。这十余年是他求学于李侗,更新并确立自己知识结构的初始岁月,因此朱熹对苏轼的批判也具有学术上的破旧立新和匡谬正俗的双重功用②。晚年的朱熹已形成较为完备的学术体系,也表现出更大的知识包容性。在《学校贡举私议》一文中,朱熹提议对士子进行全面、丰富的经史教育与考核:

> 今欲以《易》《书》《诗》为一科,而子年午年试之;《周礼》《仪礼》及二戴之《礼》为一科,而卯年试之;《春秋》及三《传》为一科,而酉年试之。诸经皆兼《大学》《论语》《中庸》《孟子》。论则分诸子为四科,而分年以附焉。策则诸史,时务亦然。则士无不通之经,无不习之史,而皆可为当世之用矣。③

可知,浙学所提倡的历史与经世之学,得到了朱熹的认同与重视。浙学的学术主张已被纳入朱熹的思想体系。受此影响,在晚年朱熹门下求学的弟子及其再传,在学术思想上大多具有包容的特性,从而实现了理学内部"知识场"的融合。

朱熹晚年弟子陈淳的治学理路鲜明体现了对浙学、陆学等不同场域理学思想的兼容。在《答西蜀史杜诸友序文书》一文中,陈淳主张在明确治学指导原则的基础上,对理学所涵括的多种场域

---

① 参见[宋]朱熹《古史余论》,刘永翔、朱幼文校点《晦庵先生朱文公文集》卷七二,朱杰人等主编:《朱子全书》,第24册,第3496—3505页;[宋]朱熹《答赵几道》,《晦庵先生朱文公文集》卷五四,《朱子全书》,第23册,第2574页。
② 参见拙文《〈晦庵先生朱文公文集〉中评论苏轼之文考释》,《新亚论丛》2013年(总第14期),香港国际教科文出版社2013年版,第144—154页。
③ [宋]朱熹:《学校贡举私议》,刘永翔、朱幼文校点:《晦庵先生朱文公文集》卷六九,朱杰人等主编:《朱子全书》,第23册,第3359—3360页。

的学术思想都有所了解:

> 其论闽、浙、湖湘、江西之学,为门各异,而独有取于闽学,得正传之粹,亦所主之不差矣。但诸家之深浅邪正,亦当灼知其本末表里,无纤悉遁情,方能决不为吾惑,而所主者益坚以定。若未能然,则未可全惹著。只一意坚吾所主,以待他时识见长而自明。①

在对浙学的具体评述中,陈淳写道:

> 浙中之学,有陈、吕之别,如吕以少年豪气雄大,俯视斯世,一旦闻周、程、朱、张之说,乃尽弃其学而学焉,孜孜俯首,为圣门钻仰之归,未论所至之何如,只此勇于去邪就正一节,深足为至道者之观,亦吾名教中人。如诸陈辈,乃鄙薄先儒理义为虚拙,专驰骛诸史,捃摭旧闻为新奇,崇奖汉唐,比附三代以便其计功谋利之私,曰:此吾所以为道之实者。兹又管晏之舆皂,而导学者于卑陋之归也。②

这段话对吕祖谦的情怀和思想有极高的评价,对陈亮的批判虽未脱离朱熹的视域,但也有较深的了解、剖析。对于吕祖谦、陈亮所代表的学术场域,陈淳总体上贯彻了包容与理解的态度。并且,陈淳对科举应试与科举文的习作也较为宽容,他在一封书信中表示:

---

① [宋]陈淳:《答西蜀史杜诸友序文书》,曾枣庄、刘琳主编:《全宋文》卷六七一九,第295册,第119页。
② 同上书,第120页。

而圣贤学问，实未尝有妨于科举之文。盖理义明，则文字议论益有精神，光采耀然，从肺腑中流出，自切人情，当物理，为天下之至文，而非常情所及者。故学者亦不必以此分厌怿，在平居暇日，当知本末轻重立课程尔。①

陈淳认为只要在本末的判断上把握得当，科举文的习作并不至于与"圣贤学问"构成冲突，而对"理义"的正确把握将会促进写作能力的提升。在《似学之辨》一文中，陈淳对"科举之学"与"圣贤之学"的区别做了更深的阐释。他肯定了"科举之学"有"似学而非学"的肤浅之处，但同样可以在"圣贤学问"的引领下产生积极的效果：

科举程度固有害于圣贤之旨，而圣贤学问未尝有妨于科举之文。理义明，则文字议论益有精神；光采躬行，心得者有素，则行之商订时事，敷陈治体，莫非溢中肆外之余，自有以当人情，中物理，蔼然仁义道德之言，一一皆可用之实。②

在"圣贤学问"的统率下，科举文可以阐发正确的道德观念，也可以体现、发挥儒学思想的实用价值。这种对待科举的积极的干预态度，与吕祖谦、陈亮等人的主张相契合，也见出陈淳的思想兼容了浙学场域的重要观念。在《答徐懋功书（二）》一文中，陈淳以濂洛之学的视角审视欧学、"三苏"之学的特性、价值和缺陷，对欧苏散文所代表的学术性经典系统做了新的定位，即体现了他兼容浙

---

① ［宋］陈淳：《答蔡廷杰书（二）》，曾枣庄、刘琳主编：《全宋文》卷六七一三，第295册，第36页。
② ［宋］陈淳：《似学之辨》，曾枣庄、刘琳主编：《全宋文》卷六七三一，第295册，第296—297页。

学旨趣的治学理路①。

真德秀是朱熹的再传弟子,他的学术体系也呈现出以朱熹正统思想为主但兼容多家的特性。在回答有关"文章与性与天道"的疑问时,真德秀表示"文章二字,非止于言语词章而已","圣人盛德蕴于中,而辉光发于外,如威仪之中度、语言之当理,皆文也……后世始以笔墨著述为文,与圣贤之所谓文者异矣"②。这段话强调了"文"的终极含义应体现于道德、行为的维度,继承了朱熹的相关主张。然而,真德秀对理学场域中其他学派的思想也多有融会。在《西山先生真文忠公读书记》中,他征引欧阳修《本论》以及苏轼《荀卿论》《东坡易传》的文本并辨析其观念③。真德秀对吕祖谦及其代表的学术同样推重有加,他在为吕祖谦、吕祖俭兄弟的祠庙所作记文中写道:

成公所传,中原之文献也;其所阐绎,河洛之微言也。扶持绝学,有千载之功;教育英材,有数世之泽。及庆元初,孽臣始窃大柄,大愚以一太府丞抗疏显斥其奸,孤忠凛然,之死不悔。迨其晚年,义精仁熟,有成公之风焉。④

浙学重视史学与实务的学术旨趣,也为真德秀所接受和容纳。他在为友人的一部历史著作所作序文中表示"儒者之学有二,曰性命道德之学,曰古今世变之学……善学者本之以经,参之以史,所

---

① [宋]陈淳:《答徐懋功书(二)》,曾枣庄、刘琳主编:《全宋文》卷六七二〇,第295册,第131页。
② [宋]真德秀:《问答二·问文章性与天道》,曾枣庄、刘琳主编:《全宋文》卷七一八一,第313册,第369页。
③ 参见《西山先生真文忠公读书记》甲集一卷"论性善"、甲集二八卷、乙集一卷,中华再造善本,据国家图书馆藏宋开庆元年(1259)福州官刻元修本影印,北京图书馆出版社2006年版。
④ [宋]真德秀:《东莱大愚二先生祠记》,曾枣庄、刘琳主编:《全宋文》卷七一八四,第313册,第429页。

以明理而达诸用也"①。可知,真德秀的知识结构传承了朱熹晚年所呈现的融会特质,并更多接纳了浙学的文化主张。

真德秀还将其对史学和实务之学的推重贯彻于学术、文化的实践活动中。他直接干预"帝王之学",前述《读书记》即意在为帝王施行有效的统治提供学术的支持——《宋史》本传载其"修《读书记》,语门人曰:'此人君为治之门,如有用我者,执此以往'"②。他的《大学衍义》也是有关"帝王之学"的关键著作,试图用史学解读经学,以历史典故阐释道德心性的理念:

> 名之曰《大学衍义》,首之以帝王为治之序者,见尧、舜、禹、汤、文、武之为治,莫不自身心始也;次之以帝王为学之本者,见尧、舜、禹、汤、文、武之为学,亦莫不自身心始也……每条之中,首之以圣贤之典训,次之以古今之事迹,诸儒之释经论史,有所发明者录之,臣愚一得之见,亦窃附焉。③

例如在阐释"格物致知之要·辨人材"一条中,真德秀借助寒浞杀羿、田陈代齐、吕不韦献姬、王莽篡汉的典故,向帝王讲解"奸雄窃国之术"④。另外,真德秀也试图对科举文施加积极的影响。他承认科举属于"俗学",但认可其在国家制度中不可或缺,并且对正统学术并不构成直接的妨碍:

> 何谓俗学?科举之业是已。然自宾兴废,上以是求于

---

① [宋]真德秀:《周敬甫晋评序》,曾枣庄、刘琳主编:《全宋文》卷七一六九,第313册,第155页。
② [元]脱脱等:《宋史》卷四三七《儒林七·真德秀》,第12963页。
③ [宋]真德秀:《札子(四)》,曾枣庄、刘琳主编:《全宋文》卷七一五一,第312册,第310—311页。
④ [宋]真德秀撰,朱人求校点:《大学衍义》卷一七,华东师范大学出版社2010年版,第273—284页。

下,下以是应之,则士之业乎此固有所不可已。而所谓程试之文,必是尧、禹,必非桀、跖,必祖仁义、必尚忠孝,虽士之不可已,要亦未为害道也。①

这一观点近似于浙学的张九成,异于朱熹"作文害道"的立场。而在《泉州科举谕士文》中,他希望士子能以心性的冶炼促进文章的进益:

"志壹则动气,气壹则动志。今夫蹶者趋者,是气也,而反动其心"。此乃治心之格言,修身之至要……况于文章者,精神之所发见者也……今愿七邑之士,父兄友朋,交相劝勉,以静重安徐为先,以喧呼躁扰为戒,则发之于文,必将大有可观者。非特文字流传四方,学者皆以为法,而士风之美,尤足以冠绝一时,岂不伟哉!②

并且,真德秀在此文中讲述了自己年轻时"安坐凝神"而"连收科目"的成功经验。对史学与实务之学的推重以及对"帝王之学"和科举的积极干预,都体现了真德秀与浙学士大夫学术特色的融会贯通之处,也使其具备了认可、推崇古代散文经典体系的学术基础。本着"明义理切世用"的原则,真德秀编纂了《文章正宗》,建立了纵跨先秦至唐代的文学经典体系;而在《续文章正宗》中,他以理学家的视角,建构了以欧阳修、苏轼、王安石、曾巩、苏辙为核心,兼及程颐、苏洵等人的北宋散文体系,勾画了与北宋六家散文并称几乎等同的系统格局。

---

① [宋]真德秀:《送徐元杰子祥序》,曾枣庄、刘琳主编:《全宋文》卷七一六八,第313册,第132页。
② [宋]真德秀:《泉州科举谕士文》,曾枣庄、刘琳主编:《全宋文》卷七一六一,第313册,第12页。

陈淳、真德秀都出自福建,作为与朱熹有密切地缘关系的弟子和再传,他们的学术思想已呈现较为明显的兼容性,从而有力推动了北宋六家散文经典系统的生成。宋理宗淳祐元年(1241),朱熹作为道学正统的地位得到了帝王的正式承认且获得从祀孔庙的殊荣①。自此,理学场域中所涵括的所有学术社群都归属于朱熹的旗帜之下,朱子学的体系也进一步跨越学派和地域的阻隔,体现为对多种知识场域的融合。来自不同地域、不同学源的朱熹后学,都以各自的方式推动了北宋六家散文经典系统的生成。

郝经是生长于北方的程、朱续传弟子。与福建、浙江等地的理学家不同,郝经的知识结构受到家学与地域文化的多重影响,呈现出"泛取诸家而不专主一家"的"驳杂而又通达"的特性②。《宋元学案》亦记述其学术特色为"上溯洙泗,下追伊洛诸书,经史子集,靡不洞究"③。由此,郝经在尊崇"周、邵、程、张之学"的同时,认为"孟、荀、杨、王、韩、欧、苏、司马之学"都应被归属为"道学"的范畴④,这就承认了欧苏所代表的散文经典系统在"道学"谱系中的地位。他所编纂的《原古录》也在不同的门类下一并涵容了周、程、张、朱与北宋散文六家,以及更为宏阔的儒学脉络谱系,被认为显示了"糅合某种'道学'观念的经学家的大文学观"⑤。经由郝经的表述,北宋六家散文作为学术性的经典系统,进一步在

---

① 参见[清]毕沅《续资治通鉴》卷一七〇"理宗淳祐元年",第4630页。
② 参见查洪德《理学背景下的元代文论与诗文》第七章的表述(中华书局2005年版,第180—186页),以及魏崇武《金代理学发展初探》中的表述(《历史研究》2000年第3期)。
③ [清]黄宗羲编纂,[清]全祖望增补,陈金生、梁运华校:《宋元学案》卷九〇《鲁斋学案》,第3007页。
④ [元]郝经:《与北平王子正先生论道学书》,李修生主编:《全元文》卷一二三,第4册,第158页。
⑤ 参见陈广宏《"古文辞"沿革的文化形态考察——以明嘉靖前唐宋文传统的建构及解构为中心》,《文学遗产》2012年第4期。

理学视角下得到确立。

另外,生长于江西的朱熹四传弟子吴澄也在治学中涵容了多家的学术精华。作为"象山私淑",吴澄对王安石文章、学术的高度赞誉即体现了他与陆九渊思想的贯通①。并且在《十贤祠堂记》中,他提倡"循朱、张、吕之言而上达于程、张、周、邵,以立天下之大本"的治学路径②,从而将朱熹、张栻、吕祖谦共同视为师承、取法的对象。对于推崇欧苏散文的杨万里,吴澄也赞誉其"学行文章为一代儒宗"③。吴澄的著述中也体现了对偏重历史和实务的"帝王之学"的青睐,他为《贞观政要集论》所作序文中认可唐代政治在现实中的借鉴意义,称"譬之行远必自迩,譬之登高必自卑,则《贞观政要》之书何可无也"④。此外,吴澄对于科举考试的现状也提出直接的批评,他在《送虞叔常北上序》中称"贡举者,所以兴斯文也,而文之弊往往由之"⑤,并借用朱熹《学校贡举私议》中的相关观点予以佐证;对此,他力图借用北宋古文家的范型,对科举进行积极的改造——包括在《送虞叔常北上序》中推出北宋六家并称的散文经典体系作为引领的标杆,在《遗安集序》中揭示欧阳修、王安石、曾巩、苏轼四人"皆由时文转为古文"的写作范式⑥。

朱熹后学在浙江的传承脉络,则更鲜明地显现了朱学与浙学的双重烙印。王柏是朱熹的再传弟子,《宋史》本传载其父王瀚

---

① 参见[元]吴澄《临川王文公文集序》《王友山诗序》,李修生主编:《全元文》卷四八五、四八六,第14册,第351、384页。
② [元]吴澄:《十贤祠堂记》,李修生主编:《全元文》卷五〇四,第15册,江苏古籍出版社1999年版,第202页。
③ [元]吴澄:《题苏德常诚斋》,李修生主编:《全元文》卷四九〇,第14册,第503页。
④ [元]吴澄:《贞观政要集论序》,李修生主编:《全元文》卷四八五,第14册,第345页。
⑤ [元]吴澄:《送虞叔常北上序》,李修生主编:《全元文》卷四七七,第14册,第131页。
⑥ [元]吴澄:《遗安集序》,李修生主编:《全元文》卷四八六,第14册,第369页。

"兄弟皆及熹、祖谦之门"①。王柏与其宗师何基都是婺州金华人，因此他与吕祖谦具有更为紧密的学缘、地缘的双重联系。史传记载，王柏的学术著作包含《读易记》《读书记》《读春秋记》《左氏正传》《续国语》《文章复古》《文章续古》《濂洛文统》《文章指南》等共40部，内容涵括了经、史、集等多个门类②。王柏曾为朱熹所编纂的《欧曾文粹》作跋，肯定了该书的文章选录标准③；对于苏辙《古史》中存在的问题，王柏也曾与人在书信中有过较深入的研讨④。可知，王柏对欧、曾、苏代表的北宋经典散文有过仔细研读。此外，王柏曾为其祖父遗留的"古贤像"写作赞语，在其中抒发了对陆贽、韩愈、柳宗元、欧阳修、苏轼等儒家"文统"传承者的景仰之情。他在对欧阳修、苏轼的赞语中分别写道：

> 学授孟母，一代文宗。追琢大雅，划涤浇踪。谏疏直笔，雪壑霜空。全节蚤退，颍水清风。（欧阳修）
> 奎宿精神，乌台缧绁。神龙追电，天马汗血。世外文章，笔头风月。航海而南，平生奇绝。（苏轼）⑤

在这两段话中，王柏肯定了欧阳修"一代文宗"的成就和"颍水清风"的人格，以及苏轼性格与文采的双重魅力。王柏对欧苏的尊崇承接了浙学的思路，但这一侧重于欧苏文学而非思想价值的立论则较接近于朱熹的立场。并且，王柏的文章中还包含一些史论，例如《蜀先主托孤说》即是一篇翻案性的短文，篇中写道：

---

① ［元］脱脱等：《宋史》卷四三八，第 12980 页。
② 同上书，第 12982 页。
③ ［宋］王柏：《跋〈欧曾文粹〉》，《鲁斋王文宪公文集》卷一一，第 398—399 页。
④ ［宋］王柏：《复天台陈司户》，《鲁斋王文宪公文集》卷八，第 298—306 页。
⑤ ［宋］王柏：《古贤像赞》，《鲁斋王文宪公文集》卷六，第 240—241 页。

> 识者精考密察,以为元(应为"玄"——引者注,下同)德平生心事于是俱败,言若甚公而心甚私。庸黯之禅,不足以了乃翁家享,岂不甚明？元德既不能择贤宗以授国,则当公天下以为心,盍于精爽未瞀之时,播告天下,以行尧舜之事,以孔明而代……是知平时鱼水之欢,皆虚文也。①

该文以公私之辨的道德立场出发质疑刘备托孤的用心,稍显迂阔,但"言若甚公而心甚私"一句判断却堪称诛心之论。朱熹道学的价值观与浙东史学的慧眼,于此共同呈现。

作为朱子学与浙学两条谱系中共同的重要一环,王柏拥有众多后学,他的学术特色也影响了其多位弟子。车若水、金履祥(1232—1303)等出自王柏门下的浙学学者,都对欧苏与史学多有青睐。车若水在《上大田王先生书》中,将对方比作"片言断句,人道于今诵之"却"无位而名"的苏洵,称赞"先生之文简严沉邃,实似老泉,虽规模不践,而气象实侔"②,并期盼他也能够遇到像欧阳修那样的在位者的赏识和提携。在《脚气集》中,车若水虽站在道学立场上对苏轼的"本源处欠"和个别观点有过非议,但更赞赏苏轼的"浩然之气"③。另外其《读庄子》一文写道:

> "绝圣弃智,大盗乃止,殚残天下之圣法,而人始可与议论",盖欲尽天下而愚之,使万物为刍狗,生民如野鹿,而我以无为为治。悲夫！庄子固寓言也,安知焚书坑儒以愚黔首者

---

① [宋]王柏:《蜀先主托孤说》,《鲁斋王文宪公文集》卷六,第217页。
② [宋]车若水:《上大田王先生书》,曾枣庄、刘琳主编:《全宋文》卷七九九三,第346册,第188页。
③ [宋]车若水《脚气集》卷之下载"东坡万言书,前面说时事尽好、尽好。至于厚风俗,存纪纲处,便淡薄枯槁,盖其本源处欠,所以如此"(第24页);"两《赤壁赋》,见得东坡浩然之气,是他胸中无累,吐出这般语言"(第31页)。

不出于此乎！①

该文认为庄子"绝圣弃智"的激进无为观念应为秦朝的历史悲剧负责，而这一思想吻合了苏轼《韩非论》中关于"庄、老之后，其祸为申、韩"的表述。车若水的史论思想受苏学影响，亦由此可见一斑。金履祥的史论文章《三监论》重新梳理了周公诛管蔡的史事，以近似吕祖谦《周公论》的视角解读周公的道义抉择，也辨析、澄清了苏轼对武王的指责②。

并且，依据《北山四先生学案》所勾勒的学术脉络，由王柏所衍生的学术谱系可一直延续至明初的宋濂、朱右，他们两人都推崇韩柳欧苏的散文系统。其中，作为"唐宋八大家"观念最早的提出者，朱右在谱系中的地位及知识结构尤其值得注目。在《宋元学案》的描述中，朱右是王柏的三传弟子，受教于黄岩（属浙江台州）人陈德永。《学案》为朱右所叙小传为：

> 朱右，字伯贤，临江人，程门高弟光庭之后。学于陈两峰，又尝受文法于李五峰。明初，征赴史局，累官至晋府右长史。所著有《白云稿》《春秋类编》《三史钩元》《秦汉文衡》《深衣考误》《历代统纪要览》《元史补遗》。先生在明初与潜溪、子充辈皆朱门之世嫡，然渐趋于文章，而心得则似少减矣。③

由于朱右出自王柏的学术谱系，因此《宋元学案》也将其视为朱熹学术的嫡传。该文同时强调，朱右的治学侧重后来逐渐趋向于

---

① [宋]车若水：《读庄子》，曾枣庄、刘琳主编：《全宋文》卷七九九三，第346册，第197页。
② [宋]金履祥：《三监论》，曾枣庄、刘琳主编：《全宋文》卷八二五五，第356册，第332—333页。
③ [清]黄宗羲编纂，[清]全祖望增补，陈金生、梁运华校：《宋元学案》卷八二《北山四先生学案》，第2802页。

"文章",他的知识体系受到陈两峰(即陈德永)、李五峰两人在不同领域的共同影响,而"文法"的师承则主要来自李五峰。《宋元学案》中未交代李五峰的具体事迹,但其履历在今天仍大致可考,记载其生平的《行状》正由朱右的学术宗师陈德永所撰写。陈德永在《李五峰行状》中写道:

> 至正七年,御宣文阁,与语宋儒性理,进《太极图说》,上悦甚,升秘书监丞。公为人倜傥有大志,熟悉古昔兴废之源,喜谈当世事务,通五经,尤邃于《春秋》,晓畅治体,为文高古,有西汉风,诗篇轶荡奇怪,端倪莫测,而不失矩度……公生平著作有《春秋述始》,显微阐幽,足发前贤之秘。①

由这段描述,可知李五峰虽长于诗文写作,但也活动于理学文化的场域中,其学术特色体现为对历史与实务之学的擅长。陈德永的生平脉络则在《宋元学案》中有简短记述:

> 陈德永,字叔夏,黄岩人也。杜清碧称其文章似欧阳子,而尤长于理。先生少从盛象翁。又有林弦斋者,亦鲁斋之徒也,亦从之游,造诣邃密,学者称为两峰先生。所著有《两峰惭草》。②

陈德永行文似欧阳修,且以理致见长,这也符合浙学的一贯传统。由此可知,朱熹后学在浙江的传承谱系作为一个基于道学立场、擅长史学与实务之学,并尊重欧苏学术价值的文化场域,铸塑了

---

① [元]陈德永:《李五峰行状》,李修生主编:《全元文》卷一七九九,凤凰出版社2004年版,第59册,第179—180页。
② [清]黄宗羲编纂,[清]全祖望增补,陈金生、梁运华校:《宋元学案》卷八二,第2765页。

朱右的知识结构,奠定了北宋六家乃至唐宋八家散文经典系统的最终状貌。

总而言之,随着朱熹学术体系的完备以及理学正统地位的获得,12世纪末至13世纪中后期的朱子学表现为对众多知识场域的融会。在这一趋势下,来自福建、江西、浙江和北方的朱熹后学都以各自的方式推动了北宋六家散文的经典化,而朱子学在浙江的传承谱系直接奠定了"唐宋八大家"这一体系的最终确立。

综上所述,在南宋金元时期,理学士大夫所形成的知识场域对北宋六家散文的经典化进程发挥了重要的推动作用,其中"浙学"士大夫与朱熹后学的因素最为突出。以欧苏为代表的六家散文及其承载的思想体系,既在相当程度上契合了上述理学士大夫的学术旨趣,也为他们积极参与政治、社会事务提供了重要的学术资源。由此,12—13世纪的理学精英在实践其儒学理念的政治文化活动中,将北宋六家散文建构为具有学术意义的经典系统。

结　语

在前面四章中，本书首先总结了儒家文学经典观念在南宋之前发展演进的历史；在此基础上全面梳理了南宋金元时期欧阳修、曾巩、王安石及"三苏"散文的经典性被标举、确认和阐释的进程，并逐一剖析了上述北宋六家散文经典化的文化史内涵；最后考察了北宋六家散文被建构为经典系统的学理意义，及其得以生成的社会文化机制。

一、六家散文经典属性的确认与重估

在中国古代由儒学思想引领的话语体系中，评估文学作品的价值一般要通过知识含量、文化思想、情感属性、表达效果这四重维度的考量。被儒家传统文学经典观念所认可、推崇的作品，也往往被确认为传承儒家道德精神的文化载体。然而在北宋中后期，以二程为代表的道学家认为"文"的至高意义应贯彻于心性的体认与道德的实践，而不能由文学创作来单一表现。在道学思想发展、普及的冲击下，自南宋开始，北宋六家散文作为经典的价值属性需要以新的视角重新审视。

以欧阳修、苏轼作品为代表的北宋经典散文，作为唐代韩愈、柳宗元等人所缔造的古文传统在宋代的赓续，在南宋前被长期、普遍确认为承载、传播儒学精神的文化典范。然而道学思想的影响，促使宋室南渡后的知识精英逐一重估北宋六家散文的经典属性。在受到理学思想影响的总体文化视域下，欧阳修散文的价值经过多维解读得到了重新审视，其儒学文化维度的经典性因受到质疑而相对降低，但在知识、表达维度上的典范价值却得到了更加细致的解析；曾巩散文以其对心性之学的偏重和行文法度的严谨受到朱熹等道学家的青睐，从而得到了更高的评价；在否定荆公"新学"的文化语境下，王安石文章中与儒学主流观念存在冲突的思想内容得到了深入解析和有力批判，但其在经学、道德层面的示范意义以及与理学思想相通的学术因素也得到了理学家的肯定；构成"苏学"体系的"三苏"散文经典性包含了丰富的内容，且在史学、兵政、实务之学等知识层面尤为显著，而"三苏"文章中与理学主流观念存在分歧的思想观点与文化观念也为道学家所批评，从而在思辨、争鸣的语境中被打造为具有多元学术内涵的文化典范。

从整体来看，北宋六家散文代表了由"欧学"与"苏学"构成的儒学体系，这一经典系统的价值属性也在南宋金元时期被理学型士大夫所主导的知识界重新评估。以周必大、杨万里为代表的士大夫依然秉承标举"古文"传统的文学经典观，用"本朝儒宗""斯文正脉"的评价来概指欧苏古文的文化意义。以朱熹为代表的道学家则力图区分"文章"与"义理"，从而对欧苏散文的经典性做出较为清晰的限定。以吕祖谦、陈亮为代表的浙学士大夫和陈淳、真德秀、吴澄、郝经等朱熹后学，则以各自的知识背景和学术实践，努力融合了理学思想的主流观念与欧苏古文的文化价值：他们通过对文章选本的编纂和对文学史的叙述和评价，确认了北宋六家散文在历史、实务之学与文章技法、文风建设上的典范价值，"唐宋八大家"这一文学史的观念和称谓也在这个演进过程中逐步形成。总而言之，理学型士大夫普遍确认了北宋六家散文所具有的经典意义,同时以道学思维的新视角对这一经典属性重新进行了具体的评估。这构成了北宋六家散文在南宋金元时期经典化的实质与意义。

二、"传统"的演变与新旧融合

根据西方社会学理论对"传统"的定义,"人类所成就的所有精神范型、所有的信仰或思维范型"都能够成为"传统"。在文学领域,荷马(Homer)、维吉尔(Virgil)、莎士比亚、但丁(Dante Alighieri)等文学家的著作以及围绕其所形成的大量诠释,均可被归入"传统"的范畴[①]。根据这一理论,北宋六家散文作为具有学术思想性的经典系统,其本身及其在后世的经典化历程,都是儒学思想文化这一知识性"传统"中的重要组成单元。

美国学者爱德华·希尔斯(Edward Shils)在其著作《论传统》中认为,后人对待"同一"传统存在分化程度与专门程度不同的沿袭,还有实质上的不同解释和重点[②]。另外,具有知识性的"科学传统",在后世还应包含"修正"与"理性化"的行为过程[③]。北宋六家乃至唐宋八家散文作为儒学文化传统的一个组成部分,其在南宋金元时期的经典化可被理解为在道学思维引领下的、具有修正意义的"理性化"过程。在道学的文化场域中,拥有不同学术背景或秉持不同学术主张的知识精英,分别从各自角度对这一经典系统的内在属性加以重新评估与解读,北宋六家散文的文化内涵由承载纯粹儒学精神的至高典范逐步演变为包含知识性、思辨性与文法示范性的复合型文化资源。唐宋古文"传统"自身属性的演变,是北宋六家散文经典化的第一个影响。

[①] 〔美〕爱德华·希尔斯:《论传统》,傅铿、吕乐译,上海人民出版社2014年版,第17—18页。
[②] 同上书,第28页。
[③] 同上书,第231页。

唐宋"古文"传统的属性演变,缘于12世纪后的中国知识精英普遍接受了道学的思维体系,并将"濂溪关洛诸儒宗"这一新的"知识传统"确认为传承儒学思想、义理的正宗谱系。然而儒学作为经世之学,在心性思辨的基础上必须包含对历史发展的阐释,也必须对现实的政治、社会事务有积极的干预;同时,文学创作,特别是散文写作作为士大夫阐述政治及文化、学术立场与参与社会事务的基本媒介,也有必要在儒学思想的框架内持续得到正确、具体的引导。以"欧学"和"苏学"为中心的北宋六家经典散文系统,其本身即属于"宋学"的重要组成部分,在思想史与经世之学的领域中都足以提供知识、学理的资源,更足以为包括科举文在内的各类文章写作提供直接的范式。因此,"伊洛"之学与"欧苏"之学分别作为侧重义理、文章的新旧儒学传统,必须融入更为广阔的理学文化场域当中。侧重不同要素的两大儒学传统的整合,构成了北宋六家散文经典化的第二个影响。

新旧儒学传统在理学语境下的兼容整合,还推动了新的文学风尚的形成。12世纪中后期,吕祖谦、叶适等人形成的"宋南渡之文"即被认为融合了理学思想与欧苏文风。吴子良在《筼窗续集序》中称"自元祐后,谈理者祖程,论文者宗苏,而理与文分为二,吕公病其然,思会融之,故吕公之文早葩而晚实。逮至叶公,穷高极深,精妙卓特,备天地之奇变,而只字半简无虚设者"[1]。南宋政权终结后,在元明台阁文学中形成了唐宋文传统,而台阁文学的推动者也大多积极致力于义理、文章这两大传统的融合[2]。这构成了北宋六家散文经典化的第三个影响。

自元入明的宋濂在《宋九贤遗像记》中同时颂扬周敦颐、程

---

[1] [宋]吴子良:《筼窗续集序》,曾枣庄、刘琳主编:《全宋文》卷七八六三,上海辞书出版社、安徽教育出版社2006年版,第341册,第19页。
[2] 参见张德建《"欧学"与明初台阁文学》,《天津师范大学学报》(社会科学版)2008年第1期。

颢、程颐、邵雍、张载、司马光、朱熹、张栻、吕祖谦九位源自不同学术脉络的宋代理学家的功绩①,体现了他较为宽阔的理学视野。宋濂与朱右共同出自以何基、王柏为源头的"北山四先生学案",具有朱子学与浙学的双重烙印。他曾为朱右的文集《白云稿》作序,称赞朱右"先秦两汉以至近代诸文无不周览。用功之久,灼见其是非之真",故而"操觚书之,凡阴阳盈虚之运,民物伦品之理,万汇屈伸之变,皆随事而著,源源乎罔知其所穷,且其为体多而不冗,简而有度,神气流动,而精魄苍劲,诚可谓粲然藻火之章矣"②,高度赞誉其在文章领域的功力与造诣;在《张侍讲翠屏集序》中,宋濂表达了对欧阳修、曾巩、王安石文章成就的推崇,称"欧阳氏之文非宋之文也,周、秦、西汉之文也。欧阳氏同时而作者,有曾巩氏,有王安石氏,皆以古文辞倡明斯道,盖不下欧阳氏者也"③;此外又在《苏平仲文集序》中表达对"三苏"散文的颂扬,称"自秦以下,文莫盛于宋,宋之文莫盛于苏氏。若文公之变化傀伟,文忠公雄迈奔放,文定公汪洋秀杰,载籍以来,不可多遇"④,实质上确认了由"欧学""苏学"聚合而成的北宋六家散文的经典系统。对于"文"的含义,宋濂也做出了多重维度的阐释。例如《徐教授文集序》中的"文"主要概指文章写作的意义,认为"文者,道之所寓也",这一解读大体基于古文家"文与道俱"的立场,承认文章写作能够承载道德的使命,是儒家终极道德得以阐发、弘扬的基本媒介⑤;而在《文说(赠王生黼)》中,宋濂指出"明道之谓文,立教之谓

---

① [明]宋濂:《宋九贤遗像记》,黄灵庚编辑校点:《宋濂全集》卷一四,人民文学出版社2014年版,第253—254页。
② [明]宋濂:《白云稿序》,黄灵庚编辑校点:《宋濂全集》卷二三,第471页。
③ [明]宋濂:《张侍讲翠屏集序》,黄灵庚编辑校点:《宋濂全集》卷三三,第717页。
④ [明]宋濂:《苏平仲文集序》,黄灵庚编辑校点:《宋濂全集》卷三〇,第647页。
⑤ [明]宋濂:《徐教授文集序》,黄灵庚编辑校点:《宋濂全集》卷二九,第633页。

文,可以辅俗化民之谓文"①,基本上秉持了理学家的主张,将"文"的概念定位为思想、道德、文化领域的心性与实践;并且在《文原》中进一步阐释道:

> 余之所谓文者,乃尧、舜、文王、孔子之文,非流俗之文也,学之固宜……予复悲世之为文者不知其故,颇能操觚遣辞,毅然以文章家自居,所以益摧落而不自振也。②

该文指出"为文者"的文化修为不能恬然于"文章家"的狭隘身份,更不能局限在从事文学写作、操弄遣词技巧的畛域,这与理学家的观念更为接近。可知,宋濂对"文"的理解同时涵盖了文章写作与道德实践两重语境与维度,将古文家与理学家所代表的传统立场兼容并包。

这一在不同语境下兼容新旧儒学传统的学术思路,也体现在明初另一位台阁体文学重要作家杨荣(1370—1440)的著述中。杨荣在《送翰林编修杨廷瑞归松江序》中梳理了自汉至宋的文学经典谱系:

> 若汉之贾谊、董仲舒、司马迁、杨雄、班固,唐之韩愈、柳宗元、李翱、皇甫湜,宋之欧阳修、二苏、王安石、曾子固诸贤,皆能以其文章羽翼六经,鸣于当时,垂诸后世。③

由此可知北宋六家散文的经典化对于台阁体文学家的文学史观

---

① [明]宋濂:《文说(赠王生黻)》,黄灵庚编辑校点:《宋濂全集》卷八一,第1961页。
② [明]宋濂:《文原》,黄灵庚编辑校点:《宋濂全集》卷八三,第2002—2005页。
③ [明]杨荣:《送翰林编修杨廷瑞归松江序》,《杨文敏公集》卷一三,台湾文海出版社1970年版,第571—572页。

与经典观念影响甚大。此外,杨荣的文集中同时包含了他为欧阳修、程氏兄弟父子和朱熹祠堂所作的记文。他在《欧阳文忠公祠堂重创记》中称"汉自贾董马班诸子以来七百余年,而唐有韩子,又二百余年,而宋有欧阳子,其文推韩子以达于孔孟,一洗唐末五季之陋,当时学者翕然宗之;及今四百年,而读其文者,如仰丽天之星斗,莫不为之起敬,虽通祀于天下学宫不为过;矧尝居于颍,其遗风余泽犹有在者乎?是不可以不祀也"①,表明他对欧阳修文化成就以及儒家文学经典谱系的高度尊崇。他在《重修河南程氏三先生墓祠记》中说道"迨宋之兴,文运斯振,而明道、伊川二先生出,孟氏之传乃续……人至于今赖之,是二先生之功当不在孟子下也"②;又在《重修文公朱先生祠堂记》中表示"迨至宋,濂洛诸大儒相继而作,阐幽发微,以明圣贤之道,上续夫千载不传之绪,可谓盛矣,而其后又有若先生者,杰然特出,著书立言,扩先圣之未发,正诸儒之乖误,剖析折衷,无复遗蕴,然后圣人之道昭然如日之行天,先生之功其所谓集大成者欤"③,表达了他对二程、朱熹上承孟子的理学思想谱系的崇敬。由此可知,杨荣的知识结构与文化观念中对古文家、理学家儒学成就与思想理念都有所继承。

总而言之,北宋六家散文在南宋金元时期的经典化,一方面使得唐宋散文这一知识性传统自身的含义得到演变;另一方面也促使分别由"伊洛""欧苏"所代表的新旧儒学传统在更为广阔的理学场域中实现兼容;南宋统治终结后,这一融合的理念被秉承唐宋文传统的元明馆阁文人所接收并传承,新的文学风尚也由此逐渐形成。

---

① [明]杨荣:《欧阳文忠公祠堂重创记》,《杨文敏公集》卷九,第414页。
② [明]杨荣:《重修河南程氏三先生墓祠记》,《杨文敏公集》卷一〇,第424页。
③ [明]杨荣:《重修文公朱先生祠堂记》,《杨文敏公集》卷一〇,第442页。

三、延展性问题举例

本书全面、系统地研究了"唐宋八大家"中的北宋六家散文在南宋金元时期的经典化历程及其作为经典体系的建构意义与建构机制。这一论题及相关研究思路还可以延伸至一些新的领域中,此处略举一二。

第一,有关"唐宋文传统"如何影响明清时期的经典观念、文学批评与创作实践的问题。这实质上涉及已经被确立为经典的唐宋八家散文,如何在明清时期被进一步"经典化"。前文提到的明初台阁文学即在"唐宋文传统"的影响下形成,而明中后期出现的"唐宋派"和清代的"桐城派"散文及文学观念,都与唐宋八家散文的经典传统存在密切联系。"唐宋文传统"这一古老的命题为何能够在不同时期不断被提出,如何经由新的阐释与解读被赋予新的学术文化意义,如何在不同时期对文学批评、文学创作、文学传播施加具体的影响,其过程背后体现了何种社会文化机制,相关因素与北宋六家散文在南宋金元的经典化有怎样的融通与区别,都值得进一步关注。

第二,有关中国古代散文史上其他经典形态、经典系统如何被接受、阐释的问题。例如,明代的台阁文学家与"唐宋派"散文家都承认、标举唐宋八大家散文的典范属性,而以前后"七子"为代表的复古文学家却高扬"文必秦汉,诗必盛唐"的文化主张,将秦汉散文视作取法的示范。这一价值取向自然与唐宋八家散文经典化的推动者有显著区别。然而,以欧苏为代表的北宋六家都高度推崇汉代的经世文学,南宋金元时期理学型士大夫所描述的文学经典谱系也大多自先秦、汉代贯穿至唐宋,可知"秦汉文"与"唐宋文"所标示的典范内涵在思想史渊源上并无根本性的区别。因此,标举秦汉散文的复古文学理论,其经典观念、学术理路与形成机制,究竟如何区别于此前以及相近时期唐宋八家散文的经典化过程，也值得进一步深入探研。

第三，有关中国古代其他时期、其他文体的文学作品经典化问题。以韩柳欧苏为代表的唐宋文传统与儒家政治、道德的正统秩序关涉紧密，北宋六家散文在南宋金元时期的经典化也主要由理学士大夫的推动而实现。明代中后期以后，文学批评的视野有了较大扩展，小说、戏曲等通俗性的文体也在新的文化场域中被逐步打造为经典。金圣叹所推崇的"六才子书"，更打破了正统与通俗的界限，将《庄子》《离骚》《史记》《杜工部集》《水浒传》《西厢记》共同推举为经典。以此为代表的、兼容正统与通俗文学的经典化历程，同样可以用标举经典、解读经典、传播经典的逻辑步骤加以历史性的梳理，而这些新生成的经典系统所具有的文化含义，以及推动其产生的社会机制，则与唐宋散文等儒家正统文学的经典化有明显不同。中国古代文学经典化研究的历史与理论视野，也可向这一领域继续开拓。

广而言之，从文学史的脉络与格局来说，似乎对于所有被后人写入文学史、列入文学经典谱系的作家作品，都可以进行经典化研究的尝试，但这样的研究不应该是机械重复与庸俗泛滥的，尤其不应该简单地沦为对相关批评史料的线性罗列。我们需要深入、具体地把握研究对象在文学史、思想史谱系与链条中的位置，在此基础上全面剖析其被建构为经典的历史意义以及由多重社会因素交互作用形成的文化机制，并在个案分析的基础上进行"类从"的联系与比较，才能对中国古代文学史的形成格局有更加立体、深刻的认识。

主要参考文献

凡例

    1. 古籍包括总集、别集、诗文评、经书和子史四部分，均先按历史朝代先后顺序排列，属同一朝代的，再按作者或编纂者姓氏或首字音序排列。

    2. 工具书按编纂者姓氏或首字音序排列。

    3. 研究论著包括研究专著和期刊论文两部分，均按作者、编者姓氏或首字音序排列。

一、古籍

（一）总集

[南韩梁]萧统编，[唐]李善注：《文选》，上海古籍出版社1986年版。

[宋]杜大珪：《名臣碑传琬琰集》，台湾文海出版社1969年版。

[宋]楼昉：《迂斋先生标注崇古文诀》，中华再造善本，北京图书馆出版社2005年版。

[宋]吕祖谦辑：《皇朝文鉴》，中华再造善本，北京图书馆出版社2006年版。

[宋]吕祖谦：《增注东莱吕成公古文关键》，中华再造善本，北京图书馆出版社2004年版。

[宋]吕祖谦标注：《东莱标注三苏文集》，中华再造善本，北京图书馆出版社2004年版。

［宋］汤汉：《妙绝古今》，国家图书馆出版社 2014 年版。

［宋］王霆震主编：《新刊诸儒批点古文集成》，中华再造善本，北京图书馆出版社 2005 年版。

［宋］魏齐贤、叶棻辑：《圣宋名贤五百家播芳大全文粹》，中华再造善本，北京图书馆出版社 2006 年版。

［宋］谢枋得：《叠山先生批点文章轨范》，中华再造善本，北京图书馆出版社 2005 年版。

［宋］真德秀：《文章正宗》，北京图书馆出版社 2006 年版。

［宋］真德秀：《真文忠公续文章正宗》，南京国子监刻明弘治十七年（1504）戴镛重修本，全国图书馆文献缩微中心 1986 年版。

［宋］佚名：《圣宋文选全集》，中华再造善本，北京图书馆出版社 2006 年版。

［宋］佚名：《三苏先生文粹》，中华再造善本，北京图书馆出版社 2004 年版。

［宋］佚名：《重广眉山三苏先生文集》，中华再造善本，北京图书馆出版社 2006 年版。

［宋］佚名：《新刊国朝二百家名贤文粹》，中华再造善本，北京图书馆出版社 2006 年版。

［明］茅坤：《唐宋八大家文钞》，上海古籍出版社 1993 年版。

［清］董诰等编：《全唐文》，中华书局 1983 年版。

［清］储欣：《唐宋八大家类选》，乾隆乙巳（1785）年刻本，受祉堂梓行。

［清］沈德潜选，宋晶如注释：《唐宋八大家古文》，中国书店 1987 年版。

［清］沈德潜评点，〔日〕岛田正干纂评：《纂评唐宋八家文读本》，（大阪）田中菊三郎 1887 年版。

［清］徐乾学等编：《御选古文渊鉴》，光绪癸卯春正蜚英分局石印本。

［清］张伯行：《唐宋八大家文钞》，《丛书集成初编》本，商务印书馆 1936 年版。

安平秋、郝平主编：《日本宫内厅书陵部藏宋元版籍选刊》，上海古籍出版社 2012 年版。

（二）别集

［唐］韩愈：《韩昌黎全集》，中国书店 1991 年版。

［唐］柳宗元：《柳宗元集》，中华书局 1979 年版。

[唐]王勃著,[清]蒋清翊注:《王子安集注》,上海古籍出版社1995年版。

[宋]陈亮著,邓广铭点校:《陈亮集》(增订本),中华书局1987年版。

[宋]陈亮辑:《欧阳先生文粹》,全国图书馆文献缩微中心,2011。

[宋]陈师道:《后山居士文集》,上海古籍出版社1984年版。

[宋]郎晔:《经进东坡文集事略》,台湾世界书局1992年版。

[宋]刘克庄著,辛更儒笺校:《刘克庄集笺校》,中华书局2011年版。

[宋]楼钥著,顾大朋点校:《楼钥集》,浙江古籍出版社2010年版。

[宋]陆游著,钱仲联、马亚中主编:《陆游全集》,浙江教育出版社2011年版。

[宋]吕祖谦著,黄灵庚、吴战垒主编:《吕祖谦全集》,浙江古籍出版社2008年版。

[宋]欧阳修著,李逸安点校:《欧阳修全集》,中华书局2001年版。

[宋]欧阳修著,洪本健校笺:《欧阳修诗文集校笺》,上海古籍出版社2009年版。

[宋]秦观著,徐培均笺注:《淮海集笺注》,上海古籍出版社1994年版。

[宋]石介著,陈植锷点校:《徂徕石先生文集》,中华书局1984年版。

[宋]苏轼著,[清]王文诰辑注,孔凡礼点校:《苏轼诗集》,中华书局1982年版。

[宋]苏轼著,孔凡礼点校:《苏轼文集》,中华书局1986年版。

[宋]苏洵著,曾枣庄、金成礼笺注:《嘉祐集笺注》,上海古籍出版社1993年版。

[宋]苏辙著,陈宏天、高秀芳点校:《苏辙集》,中华书局1990年版。

[宋]苏籀:《双溪集·附遗言》,《丛书集成初编》本,中华书局1985年版。

[宋]王安石著,李之亮笺注:《王荆公文集笺注》,巴蜀书社2005年版。

[宋]王柏:《鲁斋集》,《丛书集成初编》本,中华书局1985年版。

[宋]王柏:《鲁斋王文宪公文集》,台湾学生书局1979年版。

[宋]王十朋著,《梅溪集》重刊委员会编:《王十朋全集》,上海古籍出版社1998年版。

[宋]魏了翁:《重校鹤山先生大全文集》,《四部丛刊初编》本,上海书店1989年版。

[宋]辛弃疾著,邓广铭辑校审订,辛更儒笺注:《辛稼轩诗文笺注》,上海古籍

出版社 1995 年版。

［宋］杨时：《杨龟山先生集》，杨氏家祠清康熙四十六年(1707)刻本。

［宋］杨万里著，辛更儒笺校：《杨万里集笺校》，中华书局 2007 年版。

［宋］叶适著，刘公纯、王孝鱼、李哲夫点校：《叶适集》，中华书局 1961 年版。

［宋］曾巩著，陈杏珍、晁继周校点：《曾巩集》，中华书局 1984 年版。

［宋］张耒著，李逸安、孙通海、傅信点校：《张耒集》，中华书局 1989 年版。

［宋］周必大编纂：《欧阳文忠公集》，中华再造善本，北京图书馆出版社 2005 年版。

［金］王若虚：《滹南遗老集》，《四部丛刊初编》本，上海书店 1989 年版。

［金］元好问：《遗山先生文集》，《四部丛刊初编》本，上海书店 1989 年版。

［金］赵秉文：《闲闲老人滏水文集》，《四部丛刊初编》本，上海书店 1989 年版。

［元］余阙：《青阳先生文集》，《四部丛刊续编》本，上海书店 1985 年版。

［明］郭云鹏辑：《欧阳先生文粹、遗粹》，全国图书馆文献缩微中心 2011 年版。

［明］宋濂：《宋学士全集》，《丛书集成初编》本，中华书局 1985 年版。

［明］宋濂著，黄灵庚编辑校点：《宋濂全集》，人民文学出版社 2014 年版。

［明］杨荣：《杨文敏公集》，台湾文海出版社 1970 年版。

［明］朱右：《白云稿》，《四库全书珍本》二集，台湾商务印书馆 1971 年版。

［清］孙琮：《山晓阁选宋大家曾南丰全集》，清代遗经堂刻本。

［清］袁枚著，周本淳标校：《小仓山房诗文集》，上海古籍出版社 1988 年版。

（三）诗文评

［南朝梁］刘勰著，范文澜注：《文心雕龙注》，人民文学出版社 1958 年版。

［南朝梁］钟嵘著，周振甫译注：《诗品译注》，中华书局 1998 年版。

［宋］陈骙、李涂著，刘明晖校点：《文则　文章精义》，人民文学出版社 1960 年版。

［宋］胡仔纂集，廖德明校点：《苕溪渔隐丛话》，人民文学出版社 1962 年版。

［清］方宗诚：《柏堂读书笔记》，桐城方氏志学堂清光绪元年至十二年（1875—1886）刻本。

［清］何文焕编：《历代诗话》，中华书局 1981 年版。

［清］刘际清、李元春编：《青照堂丛书摘二十种》，道光十五年(1835)刻本。

［清］刘咸炘：《文学述林》，尚友书塾推十书经理处 1929 年刻本。

［清］王葆心编撰，熊礼汇标点：《古文辞通义》，武汉大学出版社 2008 年版。

［清］王夫之：《船山遗书》，湘乡曾国荃同治四年(1865)版，光绪十三年(1887)重印。

［清］夏力恕：《菜根堂论文》，清代刻本。

［清］叶元垲编纂：《叶氏睿吾楼文话》，道光十三年(1833)刻本，鹤皋叶氏藏板。

［清］张谦宜：《絸斋论文》，清代刻本。

郭绍虞辑：《宋诗话辑佚》，中华书局 1980 年版。

郭象升：《文学研究法》，中山图书社 1932 年版。

郭象升：《五朝古文类案叙例》，山西图书馆 1921 年藏书。

张寿镛辑：《四明丛书》，广陵书局 2006 年影印本。

(四)经书、子史

［汉］班固撰，［唐］颜师古注：《汉书》，中华书局 1962 年版。

［汉］桓谭撰，朱谦之校辑：《新辑本桓谭新论》，中华书局 2009 年版。

［汉］刘安等著，陈广忠注译：《淮南子译注》，吉林文史出版社 1990 年版。

［汉］司马迁撰，［南朝宋］裴骃集解，［唐］司马贞索隐，［唐］张守节正义：《史记》，中华书局 1959 年版。

［汉］许慎撰，［清］段玉裁注：《说文解字注》，上海古籍出版社 1981 年版。

［南朝］沈约：《宋书》，中华书局 1974 年版。

［南朝梁］萧子显：《南齐书》，中华书局 1972 年版。

［南朝梁］萧绎撰，许逸民校笺：《金楼子校笺》，中华书局 2011 年版。

［北朝］颜之推著，檀作文译注：《颜氏家训》，中华书局 2007 年版。

［唐］房玄龄等：《晋书》，中华书局 1974 年版。

［唐］李延寿：《南史》，中华书局 1975 年版。

［唐］李延寿：《北史》，中华书局 1974 年版。

［唐］令狐德棻等：《周书》，中华书局 1971 年版。

［唐］陆德明撰，黄焯汇校：《经典释文汇校》，中华书局 2006 年版。

［唐］魏徵、令狐德棻撰：《隋书》，中华书局 1973 年版。

［唐］姚思廉:《梁书》,中华书局 1973 年版。

［唐］姚思廉:《陈书》,中华书局 1972 年版。

［宋］车若水:《脚气集》,《丛书集成初编》本,中华书局 1991 年版。

［宋］陈善:《扪虱新话》,《丛书集成初编》本,中华书局 1985 年版。

［宋］程颢、程颐著,王孝鱼点校:《二程集》,中华书局 1981 年版。

［宋］费衮著,金圆校点:《梁溪漫志》,上海古籍出版社 1985 年版。

［宋］龚熙正、吴子良:《续释常谈　林下偶谈》,《丛书集成初编》本,中华书局 1985 年版。

［宋］洪迈撰,孔凡礼点校:《容斋随笔》,中华书局 2005 年版。

［宋］黄震著:《慈溪黄氏日抄分类》,中华再造善本,北京图书馆出版社 2005 年版。

［宋］孔平仲、朱翌:《珩璜新论　猗觉寮杂记》,《丛书集成初编》本,中华书局 1985 年版。

［宋］黎靖德编,王星贤点校:《朱子语类》,中华书局 1986 年版。

［宋］李如箎:《东园丛说》,《丛书集成初编》本,中华书局 1985 年版。

［宋］李心传:《建炎以来系年要录》,上海古籍出版社 1992 年版。

［宋］李心传著,徐规点校:《建炎以来朝野杂记》,中华书局 2000 年版。

［宋］李廌、朱弁、陈鹄撰,孔凡礼点校:《师友谈记　曲洧旧闻　西塘集耆旧续闻》,中华书局 2002 年版。

［宋］刘时举:《续宋编年资治通鉴》,《丛书集成初编》本,中华书局 1985 年版。

［宋］陆九渊著,钟哲点校:《陆九渊集》,中华书局 1980 年版。

［宋］陆游撰,李剑雄、刘德权点校:《老学庵笔记》,中华书局 1979 年版。

［宋］罗大经撰,王瑞来点校:《鹤林玉露》,中华书局 1983 年版。

［宋］邵博著,李剑雄、刘德权点校:《邵氏闻见后录》,中华书局 1983 年版。

［宋］沈作喆:《寓简》,《丛书集成初编》本,中华书局 1985 年版。

［宋］苏辙:《古史》,《四库全书珍本》,台湾商务印书馆 1971 年版。

［宋］孙奕:《履斋示儿编（附校补）》,《丛书集成初编》本,中华书局 1985 年版。

［宋］唐庚、周密:《文录　浩然斋雅谈》,《丛书集成初编》本,中华书局 1985

年版。

[宋]王楙撰,王文锦点校:《野客丛书》,中华书局1987年版。

[宋]王辟之、欧阳修著,吕友仁、李伟国点校:《渑水燕谈录 归田录》,中华书局1981年版。

[宋]王应麟撰,[清]翁元圻等注,栾宝群等校点:《困学纪闻全校本》,上海古籍出版社2008年版。

[宋]吴曾:《能改斋漫录》,中华书局1960年版。

[宋]叶适:《习学记言序目》,中华书局1977年版。

[宋]叶寘、周密、陈世崇撰,孔凡礼点校:《爱日斋丛抄 浩然斋雅谈 随隐漫录》,中华书局2010年版。

[宋]袁褧、周煇撰,尚成、秦克校点:《枫窗小牍 清波杂志》,上海古籍出版社2012年版。

[宋]张邦基、范公偁、张知甫撰,孔凡礼点校:《墨庄漫录 过庭录 可书》,中华书局2002年版。

[宋]赵彦卫著,傅根清点校:《云麓漫钞》,中华书局1996年版。

[宋]庄绰撰,萧鲁阳点校:《鸡肋编》,中华书局1983年版。

[宋]真德秀:《西山先生真文忠公读书记》,中华再造善本,北京图书馆出版社2006年版。

[宋]真德秀撰,朱人求校点:《大学衍义》,华东师范大学出版社2010年版。

[宋]朱熹:《四书章句集注》,中华书局1983年版。

[宋]朱熹著,朱杰人、严佐之、刘永翔主编:《朱子全书》,上海古籍出版社、安徽教育出版社2002年版。

[元]刘埙:《隐居通议》,《丛书集成初编》本,中华书局2011年版。

[元]陶宗仪编:《说郛三种》,上海古籍出版社1986年版。

[元]脱脱等著:《宋史》,中华书局1985年版。

[元]佚名:《宋季三朝政要》,中华再造善本,北京图书馆出版社2006年版。

[清]毕沅:《续资治通鉴》,中华书局1957年版。

[清]黄宗羲编纂,[清]全祖望增补,陈金生、梁运华校:《宋元学案》,中华书局1986年版。

[清]纪昀、陆锡熊、孙士毅总纂,四库全书研究所整理:《钦定四库全书总目》

（整理本），中华书局1997年版。

［清］陆心源：《宋史翼》，中华书局1991年版。

［清］王先谦撰，沈啸寰、王星贤点校：《荀子集解》，中华书局1988年版。

［清］章学诚著，叶瑛校注：《文史通义校注》，中华书局1985年版。

黄灵庚疏证：《楚辞章句疏证》，中华书局2007年版。

李学勤主编：《十三经注疏（标点本）·毛诗正义》，北京大学出版社1999年版。

李学勤主编：《十三经注疏（标点本）·周易正义》，北京大学出版社1999年版。

苗书梅等点校，王云海审订：《宋会要辑稿·崇儒》，河南大学出版社2001年版。

汪荣宝撰，陈仲夫点校：《法言义疏》，中华书局1987年版。

杨伯峻：《论语译注》，中华书局1958年版。

杨伯峻：《孟子译注》，中华书局1960年版。

杨伯峻编著：《春秋左传注》（修订本），中华书局1990年版。

杨家骆编：《读书札记丛刊·宋人札记八种》，台湾世界书局1980年版。

杨明照：《抱朴子外篇校笺》（下），中华书局1997年版。

张沛撰：《中说译注》，上海古籍出版社2011年版。

二、工具书

北京大学、北京师范大学中文系教师同学编：《古典文学研究资料汇编·陶渊明卷》，中华书局1962年版。

陈广宏、龚宗杰编校：《稀见明人文话二十种》，上海古籍出版社2016年版。

傅璇琮等主编：《全宋诗》，北京大学出版社1998年版。

郭绍虞主编，王文生副主编：《中国历代文论选》（四卷本），上海古籍出版社1979年版。

郭绍虞主编，王文生副主编：《中国历代文论选》（一卷本），上海古籍出版社2001年版。

汉语大词典编辑委员会、汉语大词典编纂处：《汉语大词典》（第九卷），汉语大词典出版社1992年版。

洪本健:《欧阳修资料汇编》,中华书局1995年版。

李修生主编:《全元文》,江苏古籍出版社(凤凰出版社)1998—2005年版。

李震:《曾巩资料汇编》,中华书局2009年版。

四川大学中文系唐宋文学研究室:《苏轼资料汇编》,中华书局1994年版。

王水照主编:《历代文话》,复旦大学出版社2007年版。

余祖坤主编:《历代文话续编》,凤凰出版社2013年版。

曾枣庄、刘琳主编:《全宋文》,上海辞书出版社、安徽教育出版社2006年版。

朱易安等主编:《全宋笔记》,大象出版社2003—2013年版。

三、研究论著

(一)研究专著

〔美〕爱德华·希尔斯著,傅铿、吕乐译:《论传统》,上海人民出版社2014年版。

〔英〕艾略特著,王恩衷编译:《艾略特诗学文集》,国际文化出版公司1989年版。

〔美〕包弼德:《斯文:唐宋思想的转型》,刘宁译,江苏人民出版社2001年版。

陈逢源:《朱熹与〈四书章句集注〉》,台湾里仁书局2006年版。

陈来:《朱子书信编年考证》,生活·读书·新知三联书店2011年版。

陈桐生:《〈孔子诗论〉研究》,中华书局2004年版。

陈植锷:《北宋文化史述论》,中国社会科学出版社1992年版。

陈柱:《中国散文史》,东方出版社1996年版。

邓广铭:《邓广铭全集》,河北教育出版社2005年版。

戴燕:《文学史的权力》,北京大学出版社2002年版。

〔荷兰〕佛克马、蚁布思:《文学研究与文化参与》,俞国强译,北京大学出版社1996年版。

付琼:《清代唐宋八大家散文选本考录》,商务印书馆2016年版。

复旦大学文史研究院编:《中国思想文化史研究的新视野》,中华书局2015年版。

〔日〕副岛一郎:《气与士风——唐宋古文的进程与背景》,王宜瑗译,上海古籍出版社2005年版。

〔日〕高津孝:《科举与诗艺——宋代文学与士人社会》,潘世圣等译,上海古籍出版社2005年版。

郭庆财:《南宋浙东学派文学思想研究》,中华书局2013年版。

郭英德:《中国古代文体学论稿》,北京大学出版社2005年版。

郭预衡:《中国散文史长编》,山西教育出版社2008年版。

郭预衡:《中国散文史》,上海古籍出版社2011年版。

"国立编译馆":《宋史研究集》,台湾"国立编译馆"中华丛书编审委员会1980至今出版。

〔美〕哈罗德·布鲁姆:《西方正典:伟大作家和不朽作品》,江宁康译,译林出版社2005年版。

何俊:《南宋儒学建构》,上海人民出版社2004年版。

黄春贵:《宋代古文运动探究》,台湾八德教育文化出版社1987年版。

孔凡礼:《苏辙年谱》,学苑出版社2001年版。

李建军:《宋代浙东文派研究》,中华书局2013年版。

李玉平:《多元文化时代的文学经典理论》,南开大学出版社2010年版。

刘成国:《荆公新学研究》,上海古籍出版社2006年版。

〔美〕刘子健:《中国转向内在——两宋之际的文化转向》,赵冬梅译,江苏人民出版社2012年版。

鲁迅:《鲁迅全集》,人民文学出版社2005年版。

马东瑶:《苏门六君子研究》,北京大学出版社2005年版。

马茂军、刘春霞、刘涛:《中国古代散文思想史——文化生态与中国古代散文思想的嬗变》,人民出版社2011年版。

闵泽平:《南宋"浙学"与传统散文的因革流变》,浙江大学出版社2014年版。

莫砺锋:《朱熹文学研究》,南京大学出版社2000年版。

欧明俊:《宋代文学四大家研究》,人民出版社2013年版。

〔法〕皮埃尔·布尔迪厄:《艺术的法则:文学场的生成与结构》,刘晖译,中央编译出版社2011年版。

钱穆:《中国学术思想史论丛》,安徽教育出版社2004年版。

束有春:《理学古文史》,大象出版社2011年版。

〔美〕孙康宜:《文学经典的挑战》,皮述平等译,百花洲文艺出版社2002

年版。

〔美〕田浩编:《宋代思想史论》,杨立华、吴艳红等译,社会科学文献出版社2003年版。

〔美〕田浩:《朱熹的思维世界》,江苏人民出版社2011年版。

〔美〕田浩:《功利主义儒家:陈亮对朱熹的挑战》,姜长苏译,江苏人民出版社2012年版。

童庆炳、陶东风主编:《文学经典的建构、解构和重构》,北京大学出版社2007年版。

涂美云:《朱熹论三苏之学》,台北秀威资讯科技股份有限公司2005年版。

〔日〕土田健次郎:《道学之形成》,朱刚译,上海古籍出版社2010年版。

王水照:《唐宋文学论集》,齐鲁书社1984年版。

王水照、侯体健主编:《中国古代文章学的衍化与异形——中国古代文章学二集》,复旦大学出版社2014年版。

王宇:《道行天地:南宋浙东学派论》,中国社会科学出版社2012年版。

杨再喜:《唐宋柳宗元传播接受史研究》,中国社会科学出版社2013年版。

余英时:《朱熹的历史世界:宋代士大夫政治文化的研究》,生活·读书·新知三联书店2004年版。

曾枣庄等:《苏轼研究史》,江苏教育出版社2001年版。

查洪德:《理学背景下的元代文论与诗文》,中华书局2005年版。

詹福瑞:《论经典》,人民文学出版社2015年版。

张剑、吕肖奂、周扬波:《宋代家族与文学研究》,中国社会科学出版社2009年版。

张毅主编:《宋代文学研究》,北京出版社2001年版。

张毅:《苏轼与朱熹》,天津教育出版社2007年版。

朱刚:《唐宋"古文运动"与士大夫文学》,复旦大学出版社2013年版。

祝尚书:《宋人别集叙录》,中华书局1999年版。

祝尚书:《宋人总集叙录》,中华书局2004年版。

祝尚书:《北宋古文运动发展史》,北京大学出版社2012年版。

祝尚书:《宋元文章学》,中华书局2013年版。

中国文心雕龙学会编:《论刘勰及其〈文心雕龙〉》,学苑出版社2000年版。

(二)研究论文

蔡德龙:《韩愈〈画记〉与画记文体源流》,《文学遗产》2015年第5期。

曹明升:《纳兰词在清代的接受及其经典化要素》,《四川大学学报》(哲学社会科学版)2013年第6期。

曹明升:《论朱彝尊在清代词坛的接受及其经典化过程》,《南京大学学报》(哲学·人文科学·社会科学)2015年第6期。

陈逢源:《从"政治实践"到"心性体证":朱熹注〈孟子〉的历史脉络》,《东吴中文学报》第20期,2010年11月。

陈广宏:《"古文辞"沿革的文化形态考察——以明嘉靖前唐宋文传统的建构及解构为中心》,《文学遗产》2012年第4期。

陈广胜:《吕祖谦与〈宋文鉴〉》,《史学史研究》1996年第4期。

邓建:《从"宋人选唐宋文"看宋人心目中的"唐宋八大家"》,《江汉论坛》2011年第9期。

丁放:《唐诗选本与李、杜诗歌的经典化——以唐代至明代唐诗选本为例》,《文史哲》2018年第3期。

杜海军:《吕祖谦与"唐宋八大家"》,《广西师范大学学报》(哲学社会科学版)2006年第1期。

高洪岩:《论唐宋八大家散文选本经典化与文论的推进》,《沈阳师范大学学报》(社会科学版)2003年第2期。

高岩:《论元曲的自我经典化》,《民族文学研究》2017年第3期。

葛志伟:《锺嵘〈诗品〉与中古五言诗经典谱系的建构》,《文学遗产》2017年第4期。

巩本栋:《论〈宋文鉴〉》,《中国文化研究》2012年春之卷。

郭宝军:《试论〈文选〉经典化之可能与生成》,《文学遗产》2016年第6期。

韩立平:《张志和〈渔歌〉引发的风波——谈宋人对文学经典的改编》,《古典文学知识》2010年第4期。

何诗海:《清代非韩论及其对"文以载道"的冲击》,《文学遗产》2019年第1期。

侯体健:《南宋评点选本〈古文标准〉考论》,《北京大学学报》(哲学社会科学版)2016年第5期。

胡琦:《词章趣味与经典重置:以〈檀弓〉批点为中心》,《文学遗产》2017 年第 4 期。

黄强、章晓历:《南宋时期集唐宋八大家为古文流派的趋势》,《扬州大学学报》(人文社会科学版)2001 年第 5 期。

黄强、章晓历:《推举"唐宋八大家"的重要动力》,《扬州大学学报》(人文社会科学版)2004 年第 1 期。

李建军:《宋人选宋文之典范——〈宋文鉴〉编纂、价值及影响考述》,《古籍整理研究学刊》2011 年第 6 期。

李蔚:《现代视域中文学史著对〈红楼梦〉经典化的推进(1900—1949)》,《红楼梦学刊》2019 年第 2 辑。

刘成国:《文以明道:韩愈〈原道〉的经典化历程》,《文史哲》2019 年第 3 期。

刘彦青:《汉代史传文学在汉赋经典化过程中的作用——以〈史记〉〈汉书〉为中心》,《云南师范大学学报》(哲学社会科学版)2016 年第 2 期。

罗时进:《宋代图像传播对唐代诗人与作品的经典化形塑》,《文学遗产》2018 年第 6 期。

罗莹:《〈古文关键〉:经典的确立与文章学上的意义》,《沈阳师范大学学报》(社会科学版)2009 年第 4 期。

吕双伟:《陈维崧骈文经典地位的形成与消解》,《文学遗产》2018 年第 1 期。

马君毅:《文学史教科书中的〈左传〉书写及其文学经典化——以民国时期为例》,《北京社会科学》2018 年第 4 期。

闵泽平:《〈文章精义〉的文章观》,《湖北三峡学院学报》2000 年第 6 期。

潘磊:《〈宋书·隐逸传〉的隐逸观与陶渊明形象的经典化》,《北京社会科学》2019 年第 5 期。

裴云龙:《〈晦庵先生朱文公文集〉中评论苏轼之文考释》,《新亚论丛》2013 年总第 14 期。

普慧:《文学经典:建构、传播与诠释》,《文学遗产》2018 年第 4 期。

邱江宁:《吕祖谦与〈古文关键〉》,《浙江社会科学》2005 年第 5 期。

沙先一、张宏生:《论清词的经典化》,《中国社会科学》2013 年第 12 期。

沙先一、赵玉民:《定庵诗的经典化历程及其文学史意义》,《暨南学报》(哲学社会科学版)2016 年第 8 期。

苏文健:《秦观词在两宋时期的经典化生成》,《北方论丛》2016 年第 4 期。

孙欣婷:《从清词总集看"清词三大家"的经典化生成》,《南京师范大学文学院学报》2017 年第 4 期。

童庆炳:《〈红楼梦〉、"红学"与文学经典化问题》,《中国比较文学》2005 年第 4 期。

王顺贵:《历代宋诗选本与"江西诗派"的经典化》,《社会科学战线》2017 年第 3 期。

魏崇武:《金代理学发展初探》,《历史研究》2000 年第 3 期。

吴承学:《〈过秦论〉:一个文学经典的形成》,《文学评论》2005 年第 3 期。

吴承学、沙红兵:《中国古代文学的经典》,《中山大学学报》(社会科学版)2004 年第 6 期。

吴承学、沙红兵:《中国古代文学的经典与反经典》,《文史哲》2010 年第 2 期。

吴建辉:《从〈论学绳尺〉看南宋文论范畴——"老"》,《湖南科技大学学报》(社会科学版)2007 年第 3 期。

夏明宇:《柳永词在宋代的传播与经典化》,《中国韵文学刊》2015 年第 4 期。

许云和:《经典建构:〈隋书·经籍志〉总集的范式意义》,《文学遗产》2015 年第 4 期。

许总:《论理学与唐宋古文主流体系建构》,《文学评论》2005 年第 4 期。

郁玉英:《姜夔词史经典地位的历史嬗变》,《文学评论》2012 年第 5 期。

曾绍皇:《手批杜诗:杜诗经典化的重要一环》,《中国文化研究》2018 年秋之卷。

查洪德、袁梅:《唐诗选本经典性及相关问题的几点思考》,《中州学刊》2018 年第 1 期。

詹福瑞:《试论中国文学经典的累积性特征》,《文学遗产》2015 年第 1 期。

詹福瑞:《唐宋时期李白诗歌的经典化》,《文学遗产》2017 年第 5 期。

张德建:《"欧学"与明初台阁文学》,《天津师范大学学报》(社会科学版)2008 年第 1 期。

张健:《从祀配享之议:南宋政治与思想视野下的苏学地位》,《北京大学学报》(哲学社会科学版)2018 年第 2 期。

张新科:《汉赋的经典化过程——以汉魏六朝时期为例》,《人文杂志》2004 年第 3 期。

张新科:《唐宋时期汉赋的经典化过程》,《陕西师范大学学报》(哲学社会科学版)2008 年第 1 期。

张新科:《汉赋在明代的经典化途径》,《文学评论》2012 年第 3 期。

张新科:《〈史记〉文学经典的建构过程及其意义》,《文学遗产》2012 年第 5 期。

张新科:《元代科举对汉赋经典化的影响》,《南京大学学报》(哲学·人文科学·社会科学)2015 年第 1 期。

张新科:《古代赋论与赋的经典化》,《陕西师范大学学报》(哲学社会科学版) 2013 年第 2 期。

张新科:《〈史记〉文学经典化的重要途径——以明代评点为例》,《文史哲》 2014 年第 3 期。

张新科、刘彦青:《新时期对汉赋经典的重新建构》,《文史哲》2016 年第 5 期。

张新科:《汉魏六朝:〈史记〉文学经典化的起步》,《甘肃社会科学》2016 年第 6 期。

张智华:《南宋人所编古文选本与古文家的文论》,《文学评论》1999 年第 6 期。

张智华:《南宋人所编文章选本与理学家的文论》,《文艺理论研究》2000 年第 4 期。

周晓琳:《文学史书写与古代文学经典化路径的重塑——以关汉卿[南吕·一枝花]〈不伏老〉为考察中心》,《甘肃社会科学》2015 年第 2 期。

周游:《晚清桐城派中的王安石文风——兼谈〈泰州海陵县主簿许君墓志铭〉的意义》,《文学遗产》2018 年第 6 期。

诸雨辰:《被塑造的经典——清代文评专书中的归有光》,《求是学刊》2017 年第 2 期。

祝尚书:《论宋代理学家的"新文统"》,《文学遗产》2006 年第 4 期。

后　　记

　　这本小书是在我的博士学位论文基础上,经过反复修改完成的。对于此书的不足之处,我十分期待来自师长、学友和读者的批评与指教。

　　对于中国古典文学,我的最初印象来自儿时爷爷教我背诵的古诗,以及上小学之后姥爷在颐和园为我讲解的长廊画故事,还有电视里播放的《西游记》《三国演义》等剧集。上高中之后,语文课上学到的一篇篇古代经典诗文,还有古代小说、戏曲所呈现的斑斓世界,带给了我从未有过的愉悦和震撼。从那时起,我就希望能够步入文学研究的殿堂努力深造,并把中国古典文学研究作为未来的终身事业。

　　从2004年金秋到2015年盛夏,我在北京师范大学文学院度过了11年的学习时光。在学习的过程中,我对思想史与文学史的互动关系逐渐产生了兴趣,也越来越希望清晰地了解,古代经典的作家、作品如何能够奠定它们在文学史上的重要地位?中国古代文学史的基本格局是在哪些社会文化因素的作用下得以形成的?带着这样的好奇心,在完成硕士学位论文《论朱熹对苏轼文学及学术的接受》的基础上,我选择以"北宋六家散文的经典化研究(1127—1279年)"作为自己的博士论文题目,由此开始了这一全新的学习、研究之旅。

回顾我的学习历程，我要向郭英德教授致以最衷心、最诚挚的感激和敬意。2005年，只有本科一年级的我就有幸修读了郭老师讲读的中国古典戏曲课程，由此结下这段珍贵的师生情缘。从那时起，郭老师就开始不厌其烦地为我指点读书的方法，为我批改一篇篇稚拙的习作。后来，我的研究范围从明清跨越至唐宋，学术兴趣从小说戏曲拓展到散文和理学，研究实践也经历过不少曲折，但郭老师总能给我以有力的支持、严格的督促和及时的指引。我在学术上的每一个进步，在人生发展的每一个重要关口，都凝聚着郭老师关爱的目光和心血。郭老师对于我，不仅有专业知识的传授，更有人格的指引和示范。我会把恩师的教诲铭记在心，在学术道路上继续坚定前行。

衷心感谢在求学期间培养我、关心我的所有老师。刘宁研究员多年来对于我学业、事业发展给予殷切的关怀和竭尽所能的帮助。蒋寅教授为我出国访学和论文写作给予了鼎力协助。还有周思源先生、易敏教授、过常宝教授、康震教授、马东瑶教授、刘勇教授、刘洪涛教授、段江丽教授、傅光明研究员、苗怀明教授、徐永斌研究员，我的发展道路也伴随着他们对我的帮助和期待。尤难忘记北京十三中的何雪丽老师、吴天华老师，我选择报考北师大，把中国语言文学研究作为毕生耕耘的事业，得益于她们对我的悉心培养和关爱。

我还要郑重地感谢2015年5月29日下午出席我博士论文答辩会的五位答辩委员老师：北京大学中文系张鸣教授、中国社会科学院文学研究所竺青编审以及北师大文学院于翠玲教授、杜桂萍教授和张德建教授。在他们的评审指导下，我的博士论文获评北京师范大学优秀博士学位论文。

学长李小龙老师、谢琰老师，以及一起奋战过的同门师友，在我学业发展历程中给予了诸多关心和点拨。多次协助我校正英文摘要的包安若博士，还有陈刚博士、李灵曦博士、罗唯嘉博士、韩婷婷老师，感谢你们的陪伴，以及跟你们在一起欢聚、畅叙带给我的快乐。

在博士就读期间，我曾在日本京都大学文学研究科访学半年。我的日方导师平田昌司教授提供了这次珍贵的机会，并且始终关心我的论文进展状况，指出我在"经典化"研究中需要突破的思路局限，并提供了方向性的建议。金文京教授一个学期的"李白研究"课程使我全面体会到日本学界研究中国古代诗歌的思维与实践模式，金老师对我的帮助和鼓励也让我倍感温暖。难忘我初到日本时木津祐子教授对我生活上的关怀，木津老师开设的"朱子语类选读"课程既与我研究的题目密切相关，又对我日语读译水平的提升大有助益。绿川英树教授与我进行过多次深入的交谈，帮助我调整了论文写作的框架，并为我写作《"三苏"并称和苏洵、苏辙散文经典化》一节给予了重要的提示。京都女子大学的爱甲弘志教授邀我参加每月一次的"东山之会"，使我领略日本学者切磋学问的过程和态度。早稻田大学的内山精也教授在我访问东京期间给予了盛情接待和答疑解惑。

2015年7月，我在博士毕业后来到中国社会科学院文学研究所工作。四年来，我对博士论文做了细致的修改，并以此为基础开启了新的研究征程。衷心感谢刘跃进所长的关心和厚爱，以及张伯江书记、张心亮副所长的支持和鼓励。感谢陆建德研究员、王达敏研究员、吴光兴研究员、郑永晓研究员、范子烨研究员、张剑教授、李超编审等前辈在学术和工作中给予我各种指教和帮助，科研局的马援局长、王子豪副局长、方继水老师在我两年挂职工作期间给予我关怀和慰勉。

本书中部分内容的原稿刊登于各种学术期刊，具体情况是：第二章，《理学视域下的多维解读——欧阳修散文经典化历程考论（1127—1279）》，《求是学刊》2016年第5期；《古文传统与理学思想的涵容——曾巩散文经典化历程及学理意义考论(1127—1279年)》,《励耘学刊(文学卷)》2016年第1辑;《在否定语境中走向经典——王安石散文经典化历程及文化内涵(1127—1279年)》,《中国文化研究》2018年夏之卷。第三章,《苏轼散文的经典化历程及其文化内涵》,《文学评论》2015年第2期(中国人民大学复印报刊资料《中国古代、近代文学研究》2015年第6期全文转载);《"三苏"并称与苏洵、苏辙散文的经典化历程考论》,《北京师范大学学报》(社会科学版)2018年第3期。第四章,《理学思维的儒学史审视——北宋六家散文经典系统的建构意义》,《中国社会科学院研究生院学报》2019年第1期;《理学知识场域与北宋六家散文经典系统的建构》,《文学遗产》2018年第2期(中国人民大学复印报刊资料《中国古代、近代文学研究》2018年第7期全文转载)。感谢上述高水准的学术期刊,为我的研究成果提供了宝贵的版面,也使我更加快速、全面地获得学界师友的批评与反馈。感谢王秀臣、刘京臣、宋媛、马丽敏、左杨、谭惟等编辑老师们的辛勤劳动。

　　这部书稿得以出版,要再次感谢郭英德老师的支持与赠序,以及刘宁老师的推荐。感谢商务印书馆编辑为书稿出版做了细致的编辑工作,并针对内容细节提供了切实的修订建议。

　　最后,我要把最深的谢意献给我的亲人。爸爸妈妈给了我人生,给了我充满爱的港湾。年逾九旬还一直关心我、惦记我的姥爷姥姥,还有伯伯、姑姑、姨妈、表舅和表兄弟们,我在他们的亲情和呵护下长大成人。此时此刻,更加想念从我一出生就一直悉心照料我、现已离开我的爷爷奶奶,我盼望能用自己的成长和进步告慰远在天堂的他们。今后的我,会以更加专注、勤奋的工作,回报所有亲人的关怀和期待。

　　中国古代文学研究的对象是千百年前中国人的文化活动和精神生活,这貌似有些古老和玄妙,但它的魅力和价值不应凝滞在泛黄的故纸堆里。它烛照了中华民族精神和性格的成长变迁，也能为我们今天的宠辱际遇提供历史的镜鉴。我相信，一切有用的学问都是活在当下的；好的研究，也一定能给世人带来有益的启迪和由衷的愉悦。这是我奋斗的目标，也是我前进的方向。

裴云龙

2019 年 8 月 25 日于北京

图书在版编目(CIP)数据

北宋六家散文经典化研究：南宋金元时期：1127—1279 / 裴云龙著. —北京：商务印书馆，2020
（北京师范大学中国古代散文研究中心专刊）
ISBN 978-7-100-18236-2

Ⅰ.①北… Ⅱ.①裴… Ⅲ.①古典散文—古典文学研究—中国—1127—1279 Ⅳ.①I207.62

中国版本图书馆 CIP 数据核字（2020）第 048931 号

权利保留，侵权必究。

北京师范大学中国古代散文研究中心专刊之五
北宋六家散文经典化研究
南宋金元时期（1127—1279）
裴云龙　著

商 务 印 书 馆 出 版
（北京王府井大街 36 号　邮政编码 100710）
商 务 印 书 馆 发 行
北京艺辉伊航图文有限公司印刷
ISBN 978-7-100-18236-2

2020 年 4 月第 1 版	开本 710×1000　1/16
2020 年 4 月北京第 1 次印刷	印张 20½

定价 58.00 元